ROBERT CROTTET

Verzauberte Wälder

Geschichten und Legenden
aus Lappland

Nymphenburger Verlagshandlung

Aus dem Französischen übertragen
von Maria Honeit

Gesamtherstellung Mohndruck Reinhard Mohn OHG, Gütersloh
ISBN 3-485-00269-0
Printed in Germany

2 5

Inhalt

Es gibt noch Geheimnisse

Ich hatte das seltene Glück, ein Völkchen kennenzulernen, das noch im Zeichen eines goldenen Zeitalters lebt. Es sind die Skolt-Lappen, wahrscheinlich die kleinste Nation der Welt. Man vermutet, daß sie tibetanischer Herkunft sind, und es ist sehr wohl möglich, daß sie die ersten Bewohner Skandinaviens waren.

Sie sind nie Krieger gewesen, so daß ihre viel kampflustigeren Nachbarn sie immer weiter nach dem hohen Norden getrieben haben, bis sie die Küste des Eismeers erreichten. Vor dem letzten Krieg bewohnten sie das Dorf Suenjel im Gebiet von Petsamo. Jetzt leben sie nordwestlich des großen Inari-Sees, etwa vierhundert Kilometer nördlich des Polarkreises.

Meine Begegnung mit den Skolt-Lappen verdanke ich einem Traum. Ich weiß, das klingt wie ein Märchen. Aber ich glaube, es gibt selbst heute noch wahre Märchen.

Als ich im Jahre 1937 im nördlichen Finnland war, träumte mir von ganz kleinen Menschen mit außergewöhnlich klaren und leuchtenden Augen, die etwas Besonderes an sich hatten, dem ich bisher noch nie begegnet war. Ich konnte den Traum nicht vergessen und erzählte ihn dem bekannten Forscher Professor Vaino Tanner, den ich in Helsinki traf.

»O ja«, sagte er, »es gibt noch solche Menschen in unserer Welt, aber es sind wohl die letzten ihrer Art. Man weiß kaum etwas von ihnen, denn sie wohnen sehr abgelegen. Aber man vermutet, daß sie eine uralte Kultur haben und daß sie sich durch ihre enge Verbundenheit mit der reinen Natur noch Kräfte bewahrten, die von einem hohen geistigen Niveau zeugen. Russische Mönche haben sie zum orthodoxen Christentum bekehrt, trotzdem haben sie noch uralte heidnische Riten, die sich in seltsamer Weise mit dem christlichen Glauben mischen.«

Professor Tanner vermutete, daß die Skolten noch alte Legenden besäßen, obwohl sie finnischen Journalisten, die sie einmal nach diesen Legenden fragten, antworteten: »Wir kennen keine Geschichten. Unser Gehirn ist kleiner als eine Beere der Tundra.«

Die Skolt-Lappen hatten im Süden Finnlands einen schlechten Ruf: es hieß, sie seien schmutzig, verlogen und unfreundlich.

Als ich endlich ihr Dorf im unbekanntesten Teil von Petsamo erreichte, schien es mir zunächst so, als sei dieser Ruf – wenigstens, was die Unfreundlichkeit anging – nicht ganz unbegründet. Mit runden, dummen Augen sahen sie mich an, und ihre Gesichter waren voller Runzeln.

Ich ging von Haus zu Haus, in der Hoffnung, eine Familie zu finden, bei der ich bleiben könnte. Ich war sehr enttäuscht. Mein Traum war offenbar doch nur eine romantische Phantasie.

Endlich fand ich eine Familie, die mir ein bißchen menschlicher erschien. Ich fragte Kaissa, die Mutter, ob ich bei ihnen wohnen könne. Sie war sehr erstaunt. Noch nie war ein Fremder länger als ein paar Stunden in Suenjel geblieben. Sie sagte: »Ich weiß nicht, ich muß meinen Mann fragen.«

Der Mann sagte: »Ich weiß nicht, ich muß meinen Sohn Mikolai fragen.«
Endlich aber fand man, daß es doch gewisse Gesetze der Gastfreundschaft gebe und daß man mich nicht so ohne weiteres wegschicken könne. Da bat ich sogleich Kaissa, mir eine Legende zu erzählen. »Mein Gehirn ist kleiner als eine Beere der Tundra. Wie könnte ich da eine Geschichte wissen?« sagte Kaissa.

Man kann sich vorstellen, daß ich die ersten Tage in Suenjel nicht gerade sehr erfreulich fand. Um einen Einklang mit der allgemeinen Stimmung herzustellen, ließ auch ich so viele Runzeln wie möglich auf meinem Gesicht erscheinen und blickte gelangweilt in die Ferne.

Etwas stellte ich aber sehr bald fest: Man konnte unmöglich behaupten, die Skolten seien schmutzig. Ich hatte bisher geglaubt, von normaler Reinlichkeit zu sein. Aber schon am zweiten Tag erschien Mikolai mit einem Becher heißen Wassers. »Wasch dich besser«, sagte er.

Bald entdeckte ich auch, daß die Skolten durchaus keine Lügner waren, daß sie aber eigenartige Gesetze der Höflichkeit hatten. So galt es bei ihnen als unhöflich, ohne Umschreibung nein zu sagen. Wenn ich zum Beispiel fragte, ob jener Weg der richtige sei, so antworteten sie: »O ja, aber der entgegengesetzte Weg wäre noch richtiger.«

Nach ein paar Tagen verschwanden die Runzeln, und ich begriff, daß mein Traum keine Illusion gewesen war. Die Skolten, die ausgezeichnete Schauspieler sind, tragen nur eine Maske, um sich gegen das Einbrechen der zivilisierten Welt zu schützen. Als die Finnen versuchten, ihnen Radioapparate zu verkaufen, hörten sie höflich zu und sagten dann: »Das Geräusch aus einer Büchse stört die Musik des Waldes.«

Ich merkte auch, daß die Skolten Künstler des alltäglichen Lebens sind. Sie zankten sich nie, aus Angst, böse Geister aufzuwecken. Kaissa hatte merkwürdige Beziehungen zu den bösen Geistern. Sie bemitleidete sie und sagte, daß man viel Geduld mit ihnen haben solle: »Sie leiden ja so sehr darunter, daß sie böse sein müssen.«

Auch der Tod ist für die Skolten etwas ganz Natürliches. Im Nordlicht sehen sie den Tanz der Toten, die den Lebenden Licht schenken in der langen Polarnacht. Man feiert den Tod, denn er ist die Brücke in eine noch schönere Welt. Das Leben bewegt sich zwischen den zwei großen Festen: Geburt und Tod.

Ein alter Skolte, der nur noch kurze Zeit zu leben hatte, feierte seinen eigenen Tod im voraus. »Wenn ihr meinen Tod schon feiern müßt, so möchte ich wenigstens dabeisein«, sagte er.

Dennoch wäre es falsch, zu glauben, daß die Skolten in einer blassen, unwirklichen Welt leben; ihre innige Verbundenheit mit der Natur hat ihnen nur eine reiche und starke Phantasie geschenkt; gleichzeitig aber stehen sie fest mit beiden Füßen auf der Erde.

Es fehlt ihnen auch nicht an einer gewissen Logik: Feklista, unsere alte Nachbarin, hielt mir eines Tages ein Päckchen Tee unter die Nase: »He! Du! Du kommst von weit her, sag mir, ob es in deinem Land solche Tiere gibt. Dieses hier hat zwei Köpfe und viel zu viele Krallen an seinen Pfoten.« Ich erklärte ihr, daß es den chinesischen Drachen in Wirklichkeit gar nicht gäbe. Da schrie sie mir ins Gesicht: »Seit wann leben Tiere, die es nicht gibt? Bist du auch ein Tier, das es nicht gibt?«

Im Gegensatz zu anderen Stämmen sind die Skolten viel mehr Beschützer der Natur als Jäger. Sie jagen eigentlich nur den Wolf und den Vielfraß, die beide sehr gefährlich für die Rentiere sind.

Das Rentier behandeln sie mit Achtung und Liebe. Doch das Ren, das sogar im Winter seine Nahrung selber sucht, betrachtet die Skolten ein wenig von oben herab. Es fordert völlige Unabhängigkeit und erlaubt sich alle möglichen Komplexe. So müssen die Skolten es zum Beispiel um Erlaubnis bitten, wenn sie es aus dem Wald holen wollen. Niest das Tier, so heißt das: »Laß mich heute in Ruhe, ich habe Besseres zu tun als dich und deinen Schlitten zu schleppen.« Ist es bereit, sich anspannen zu lassen, so muß man immer einen langen Stock mitnehmen. Wenn die Wege sich trennen, steht das Tier still und wartet. Will man nach links fahren, so muß man nach rechts zeigen, und umgekehrt. Es ist gewissermaßen eine stillschweigende Abmachung, um die zarte und empfindsame Eigenliebe des Tieres zu schonen, denn das Rentier tut immer das Gegenteil dessen, was man von ihm verlangt.

Ich selbst mußte die Erfahrung machen, daß es nicht leicht ist, diese Geschöpfe zu behandeln: Als ich einmal einen Hügel hinunterfuhr, merkte ich, daß mein Schlitten schneller lief als das Rentier. Ich wußte nämlich nicht, daß man in solchen Fällen mit den Füßen bremsen muß. Das Tier wandte den Kopf und sah mich mit schlauen Augen an. Als der Schlitten seine Hinterbeine berührte, ließ sich das Rentier einfach auf mich fallen, streckte alle viere in die Luft und blieb ruhig auf mir liegen. Später fragten die Skolten, ob es nicht vernünftiger sei, das nächste Mal mich anzuspannen und das Tier in den Schlitten zu setzen. Man wird sicher verstehen, daß einem einfachen Europäer in einem Land, wo Tiere Schlitten fahren, alles wie ein Wunder erscheint.

Was mich am stärksten bei den Skolt-Lappen beeindruckte, war das hohe Maß an Telepathie und die Fähigkeit des Zweiten Gesichts.

Sie haben noch die Sitte, zur Begrüßung die Nasen aneinander zu reiben. Dadurch können sie den anderen Menschen aus nächster Nähe betrachten. Man fühlt aber, daß der Skolte sich nicht damit begnügt, einen nur mit seinen klaren Augen anzusehen. Der Blick geht viel weiter. Er dringt durch die Maske, die wir tragen, hindurch, um eine Art verzauberten Wald in uns zu entdekken. Denn er weiß, nur dort kann man den wirklichen Menschen finden. – Jedesmal, wenn ich den Skolten einen Freund vorstellte, wußten sie gleich alles über ihn. Wenn unser Leben in unserem Innern in einem geheimen Buch niedergeschrieben ist, so kann der Skolte nicht nur die aufgeschlagenen Seiten lesen, sondern mit einem Blick das ganze Buch.

Die Skolten vermögen auch ihre Gedanken in einem erstaunlichen Maß auf andere zu übertragen. Kaissa sagte mir zum Beispiel eines Morgens, sie habe gar nichts für mein Frühstück und müsse eigentlich gesalzenen Fisch von ihrem Nachbarn holen. Der Nachbar wohnte fünf Kilometer von uns entfernt. Sie tat jedoch nichts. Sie saß nur da mit listigen Augen. Nach einiger Zeit kam der Nachbar und warf einen großen Fisch auf den Tisch. »Da hast du deinen Fisch«, sagte er. Später sagte Kaissa: »Ich war so faul heute morgen. Da habe ich ihn den Fisch bringen lassen.«

Im Jahre 1938, zur Zeit der Münchener Konferenz, haben die Skolten, die nichts von Politik wissen, merkwürdige Zeichen im Mond und auf dem Fell der Rentiere bemerkt. »Das bedeutet Krieg«, sagten sie, »und unser Land wird vernichtet.«

Die letzten Worte Mikolais waren eine Art Vorahnung: »Es mag geschehen, was will, dein Schicksal ist mit unserem verbunden.« Während des Krieges habe ich oft an diese Worte gedacht, ohne ihren eigentlichen Sinn zu verstehen. Dann kam 1946 ein Brief aus Helsinki. Ein Freund schrieb mir: »Die Skolten haben alles verloren – ihre Hütten, ihr Land, ihre Rentiere. Petsamo gehört nun zu Rußland. Viele sind verhungert oder vor Kälte gestorben. Die Überlebenden werden von einem Ort zum anderen evakuiert. Ihr Leben ist furchtbar. Sie hausen in Baracken, die die deutschen Soldaten verlassen haben. Die finnische Regierung kann nur wenig für sie tun.«

Da habe ich in England und Schweden zu Spenden aufgerufen, und die Antwort war mehr als erstaunlich. Das Ergebnis eines Radioappells in London waren siebentausend Briefe und ebenso viele Pfunde. Und so wurden mit Hilfe der finnischen Regierung neue Hütten gebaut in einer Gegend nordwestlich vom Inari-See, die seit Jahrhunderten unbewohnt war.

Inzwischen ist die Rentierherde gewachsen. Aber das Land ist trotzdem noch ziemlich arm. Und doch habe ich nie eine Klage gehört. Auch haben die Skolten trotz so vieler Leiden nichts von ihrem Humor und ihrer Lebensfreude eingebüßt. Daß sie trotz allem glücklich sind, ist ihr Geheimnis. Aber das Glück ist vielleicht das einzige Geheimnis, das sich nicht mit Worten erklären läßt.

Zum Schluß bleibt mir noch zu erzählen, wie ich die Legenden fand.

Eines Tages kam mir ein riesiges Rentier entgegen und wollte im Schnee mit mir kämpfen. Als ich Kaissa das erzählte, sagte sie: »O! Das war der König der Rentiere, und wenn der König mit dir spielte, bedeutet es, daß der Wald dich angenommen hat. Nun kann ich dir eine Geschichte erzählen.«

Und so erzählte sie mir jede Nacht eine Geschichte. Sie saß da, am Kamin, zierlich und voller Leben, und sah selber aus wie eine kleine Märchenkönigin. Ihre Augen leuchteten, manchmal in listiger Ironie, manchmal ernst und traurig. Auf ihrer Stirn standen Falten vor Anstrengung, kein Wort, keine Handlung auszulassen und die Geschichten genauso wiederzugeben, wie sie ihr überliefert waren.

Ich hörte zu, einen Bleistift in der Hand. Kraftvolle, saftige, urwüchsige Worte, geboren im großen Wald, kamen aus Kaissas Mund. Ich weiß, daß ich der Erzählerin nicht immer ganz getreu gefolgt bin. Ich weiß, daß meine Wiedergabe machmal zu blaß und zu zivilisiert klingt. Aber Kaissa wird mir verzeihen. Ich weiß sogar, daß sie mir verziehen hat. Sie fühlt sich nämlich ein wenig mitschuldig, denn als ich sie neulich besuchte, fragte sie mich mit leiser, aber wohlwollender Ironie: »Na, und wie geht es mit dem Buch, das wir zusammengelogen haben?«

Inzwischen ist Lappland Mode geworden. Die Touristen erscheinen, wenn die Mücken kommen, und gehen wieder, wenn die Mücken verschwinden. Aber die Polarstraße, diese lange, schmale Zunge, die die Zivilisation bis zum Eismeer ausgestreckt hat, ist nicht das wahre Lappland. Die kostümierten Lappen, die sich für Geld fotografieren lassen, sind nur Postkarten-Lappen. Will man das wahre Lappland finden, so muß man die Hotels, die Autos und die Straßen verlassen und in die Wälder vordringen, in denen Rentiere, Wölfe und die wahren Lappen wohnen. Wenn man bei solcher Wanderung auf einen See trifft, kann man ziemlich sicher sein, auch eine Hütte zu finden.

Die Tür ist offen. Man tritt ins Haus. Man wird nicht gefragt, wer man ist, woher man kommt, was man sucht. Man wird empfangen mit einem Lächeln, es wird einem zu essen und zu trinken angeboten und ein Rentierfell zum Schlafen.

Lappland gibt alles und erwartet nichts dafür zurück. Die Lappen sind mit dem zufrieden, was die Natur ihnen schenkt. Nach und nach fällt einem der Mantel der Zivilisation von den Schultern, verflüchtigen sich die Konventionen, die man mitbrachte, und man steht einer anderen Zivilisation gegenüber, die so alt zu sein scheint wie die Welt. Man stößt auf eine Natur, die nicht durch Menschenhand und Maschinen gezähmt ist, und auf ein uraltes Volk, das nicht gealtert ist und in seinen Augen den Blick aus der Kindheit der Welt hat.

»Nun ja«, mögen manche sagen, »das ist alles sehr schön. Aber wozu dient es?«

Auf eine solche Frage könnte ich nur antworten: »Zu nichts. Lappland dient zu nichts. Deshalb läßt man es auch mehr oder weniger in Ruhe. Deshalb ist es das am spärlichsten bevölkerte Land Europas.«

Ein Mann, der überall herumgekommen war und mich dort oben besuchte, erklärte: »Ich habe beinahe alle Länder der Erde bereist, aber nur hier fand ich so etwas wie ein kleines Paradies.«

Ein kleines Paradies dient zu nichts, zumal in der heutigen Zeit. Man kann in ihm weder Fabriken bauen noch den Boden nutzbar machen oder den seltenen Erzvorkommen einen nennenswerten Ertrag abringen.

Das eigentliche Lappland zeigt sich den Reisenden ohne Gepäck, die zufrieden sind mit bescheidener Bequemlichkeit und uralter Weisheit.

Nichts kennzeichnet Seele und Geist eines Volkes so deutlich wie seine Geschichten, Legenden, Märchen. Deshalb glaube ich, daß diese Sammlung von Erzählungen und Legenden zweier Stämme aus dem finnischen Lappland eine Ahnung vermitteln kann von der Welt, in der sie leben, denn Phantasie und Wirklichkeit haben im Grunde dieselbe Wurzel.

Früher sprach man von den Skoltlappen als einem primitiven Volk. Seit einiger Zeit ist ein Wandel in der öffentlichen Meinung spürbar, vor allem in Finnland. Man nennt sie jetzt die Aristokraten des hohen Nordens.

Ich selber liebe sie zu sehr, um sie einordnen und definieren zu können. Ich finde, sie sind, vor allem andern, Persönlichkeiten und im wahrsten Sinne menschlich.

Oft verbergen sie Gefühle der Weichheit und Zärtlichkeit hinter der Maske der Ironie: ein Zug, den man häufig in ihren Geschichten und Legenden findet. Ihr Humor ist niemals derb oder plump, höchstens einmal ein wenig gewagt. Einen Skoltlappen gewinnt man, wenn man ihn zum Lachen bringt.

Ich bedaure immer wieder, daß meine Leser Kaissa nicht sehen können, wenn sie eine Geschichte oder Legende erzählt. Sie spielt die Rolle der Tiere noch besser als die der Menschen. Bald ist sie ein listiger Fuchs oder ein vorsichtiges Rentier, bald ein Hecht, der schon halb verwest ist vor lauter Alter. Sie braucht nicht zu sagen, was sie darstellt. Man sieht sofort, um welches Tier es sich handelt.

»Die Tiere und wir gehören zu einem Stamm«, sagt sie. »Wir sind von demselben Schöpfer geschaffen worden.«

Manche Geschichten und Legenden sprechen vom Tod und vom Jenseits. Man darf nicht vergessen, daß dies für die Skoltlappen ganz natürlich ist. Der Gedanke an das Leben nach dem Tode ist ihnen so selbstverständlich wie uns das Vorhandensein der Elektrizität.

Ein Lappe sagte mir einmal: »Eine Legende wächst wie ein Baum, sie nährt sich von Himmel und Erde.«

Aber Lappland ist groß, und der Boden, auf dem seine Bäume wachsen, ist sehr verschiedenartig – vom unberührten Wald über die Tundra bis zum Eismeer.

Diese Sammlung enthält neben Geschichten und Legenden der Skoltlappen auch einige der Utsjoki-Lappen, die im äußersten Norden Finnlands, nicht weit vom Eismeer, wohnen. Ihr Leben ist hart, erfordert Mut und Kraft. In ihren Legenden spielt der Kampf mit den Elementen eine große Rolle. Die Personen ihrer Erzählungen sind heroisch, stark und leidenschaftlich, manchmal grausam. Der Utsjoki-Lappe braucht seine ganze List und Klugheit, um die vielen Gefahren zu bewältigen, denen er ständig ausgesetzt ist.

Die Utsjoki-Lappen sind Protestanten, die Skoltlappen orthodox. Das Gebiet, in dem die Skoltlappen wohnen, mitten im Wald, ist abgeschlossener und geheimnisvoller. Jede Familie hat ihren eigenen See, und jeder See hat seinen besonderen Charakter. Also ist es nicht verwunderlich, daß ihre Geschichten und Legenden lyrischer sind und manchmal bis an die Grenze des Mystizismus gehen.

Grausame oder kriegerische Menschen finden sich hier kaum. Die telepathischen Fähigkeiten oder das zweite Gesicht, die Vertrautheit mit der Welt des Unsichtbaren mögen uns auf den ersten Blick seltsam oder naiv erscheinen, genau wie die Symbole in ihren Erzählungen (zum Beispiel, wenn die Seele mit einem goldenen Knopf verglichen wird). Im Grunde ist es so, wie ich schon sagte: die Skoltlappen sind Kinder in ihrem eigenen Königreich. Sie sehen weiter als die Erwachsenen, weiter jedenfalls als unsere zivilisierte Welt.

Sicher wurde ein großer Teil des polaren Erzählgutes vom Nordlicht beeinflußt. Stärker als jedes andere Naturphänomen ist das Nordlicht gleichzeitig Symbol. Selbst für die Menschen der Zivilisation scheint es eine Tür in eine andere Welt zu öffnen und noch tiefer an die Seele zu rühren als die Musik. Von daher erklärt sich das merkwürdige Ineinander von Wirklichkeit und Übernatürlichem, auf das man überall in Lappland trifft, vor allem im Winter. In dem großen Schweigen der Polarwelt, angesichts des Nordlichts, wird dem Menschen spürbar, daß es über seiner kleinen individuellen Wirklichkeit Kräfte gibt, die sein Leben lenken und beherrschen.

Der Seehund

Als die Menschen das Feuer entdeckten und das Mittel, sich seiner zu bedienen, da fingen sie an, das Fleisch zu kochen und zu braten, und ihr Blut, das einst aus dem noch warmen Blut der wilden Tiere stammte, verlor seine Kraft.

So trennten sich die Menschen von den Tieren. Sie betrachteten sie nicht mehr als Freunde oder als gleichrangige Gegner, mit denen sie Kämpfe auszufechten hatten, sondern wurden ihre Beschützer oder ihre überlegenen Feinde, denen der Sieg immer gewiß war.

Dennoch bewahrten die Menschen in ihrem Herzen die Erinnerung an die seltsame Freundschaft mit den Tieren, aus jener Zeit, da der gleiche Durst sie an demselben Bach zusammenführte und die gleiche Furcht sie vor dem Unwetter fliehen ließ. Und es war den Menschen, als hätten sie etwas verloren, das sie niemals wiederfinden würden. Sie hatten sich von den Tieren und damit auch vom Weltall getrennt. Ihre Herzen schlugen nicht mehr im Gleichklang mit dem Herzen des Weltalls. Die gewaltigen Stimmen des Ozeans und der Wälder sangen nicht mehr in ihren Adern, wie sie in jedem Baum oder in den Masten der Schiffe singen, sondern weckten in ihnen nur noch das ferne Echo vertrauter Sehnsüchte.

Die Sonne goß ihre Strahlen nicht mehr so tief in ihre Adern, daß sie auch noch warm blieben, wenn sie nicht da war; neidisch blickten die Menschen auf die Tiere, die keine Kleider zu tragen brauchten, um sich vor der Kälte zu schützen, und dachten daran, daß auch sie eines Tages nackt unter der Liebkosung des Windes und der Sonne gestanden hatten.

Oft ging der junge Rego in den Wald, um insgeheim zu weinen, und der Wind, der alle liebt, die einsam sind auf Erden, trocknete seine Tränen. Und Rego sagte zum Wind:

»Die Bäume lieben deine Stimme und antworten ihr, mir aber gibt niemand Antwort, und niemand spricht meine Sprache. Ich bin ein Mensch und gehöre doch nicht zum Menschengeschlecht. Wenn ich aber ein Tier bin, weshalb bin ich dann in einer Hütte geboren und nicht wie du im Herzen der Wälder und Meere?

Woher kommen diese fernen Klänge und wilden Stürme, die ich in mir höre? Wo ist jene Welt, die ein schmerzliches Heimweh in mir weckt?«

Aber der Wind war schon weitergezogen. Er zog immer weiter, wenn Rego ihm Fragen stellte. Und der junge Mann ging wieder zurück zu seinem Haus, in dem er wie ein Fremder lebte.

Eines Abends jedoch, als er die Wölfe hörte und sich fragte, ob ihr Gesang wohl dem seinen gleiche, begegnete ihm ein alter Mann, der ihn lächelnd anblickte.

»Wer bist du?« fragte Rego. »Ich habe noch niemals ein so altes Gesicht gesehen. Wer bist du?«

»Als du dem Wind Fragen stelltest, hat er dich verlassen. Willst du, daß ich dich auch verlasse?« fragte der Alte.

»Nein, nein. Ich will nicht, daß du fortgehst. Du bist weiser und älter als der Wind. Du bist die Seele des Windes. Die Seele ist immer älter als der, in dem sie wohnt.«

»Die Menschen, die von der Seele sprechen, sind nie sehr glücklich auf Erden«, sagte der Greis.

»Ich weiß nicht einmal, ob ich ein Mensch oder ein Tier bin. Wie kann ich da glücklich sein?«

»Es kostet dich nichts, es zu versuchen«, sagte der Alte lächelnd. »Ich kann dir die Gestalt eines Tieres geben.«

»Könntest du mich zu einem Wolf machen?« fragte Rego.

Endlich hatte seine wilde Seele eine Hülle gefunden, die ihrer würdig war. Er fühlte sich froh und unbeschwert. Über das Moos laufen, im Vorübereilen die Bäume streifen, den Kopf zurückwerfen, seine Zähne knirschen lassen: das alles machte ihm viel Vergnügen.

Aber er bekam bald Hunger und blickte um sich. Er fand nichts zu essen. Alle Tiere waren verschwunden. Da fühlte er sich einsam, eingeschlossen in eine erschrekkende Stille. Selbst die Bäume erschienen ihm ernst und ungesellig. Ein Schneehuhn erwachte, als er sich näherte, und entfloh mit angstvollem Schrei.

Da floh er selber auch, rasch und leicht, ohne anzuhalten und ohne den Kopf zu wenden. Plötzlich erblickte er andere Wölfe, die schlafend auf einem Hügel lagen. Nur einer wanderte hin und her, um die anderen im Falle einer Gefahr zu warnen. Rego lief auf ihn zu, er war glücklich, endlich ein Geschöpf zu treffen, das nicht bei seinem Anblick die Flucht ergriff.

Der Wolf betrachtete ihn ohne das geringste Zeichen einer Teilnahme.

Rego begrüßte ihn schüchtern, indem er den Kopf neigte. Der Wolf schien überrascht, blieb einen Augenblick stehen, zeigte die Zähne und nahm dann die Wanderung wieder auf.

›Er ist sicher schlecht gelaunt‹, dachte Rego und begann, mit eingezogenem Schwanz hinter ihm her zu gehen. Da sah er, wie der Wolf den Kopf hob, in die Richtung, aus der der Wind kam, sicherte und unbeweglich stehenblieb. Kein Muskel seines Körpers regte sich. Nur seine Nase zuckte und betastete die Luft. Dann ließ er ein leichtes Schnaufen hören. Sogleich richteten sich die anderen Wölfe auf und glitten mit gestrecktem Leib über das Moos ihrem Wächter nach. Rego schloß sich ihnen fast wider Willen an. Er strich nicht gern so am Boden geduckt dahin, und als er begriff, weshalb die Wölfe das taten, fühlte er sich noch mehr abgestoßen. Ein Rentier, das sich von der Herde abgesondert hatte und deshalb wehrlos war, sollte überfallen werden. Rego beschloß, es zu retten. Er lief voraus, um es zu warnen. Das Ren verlor völlig den Kopf und rannte davon, in die falsche Richtung.

Als Rego sah, wie die anderen Wölfe über ihr Opfer herfielen, ihm die Eingeweide herausrissen und ihre gewaltigen, von Blut triefenden Rachen aufsperrten, wurde ihm übel.

Hinter den Hügeln kam der Mond hervor, und die gesättigten Wölfe bildeten einen Kreis gleich dem Vollmond am nächtlichen Himmel.

Rego stimmte in ihr Heulen ein. Aber er mochte ihre Stimme noch so gut nachahmen und bald wild und grausam, bald traurig und klagend singen, wie wenn die Opfer tief in der Kehle weinten – seine Seele blieb still und nahm nicht teil an dem Gesang unterm Mond.

Er hatte sich getäuscht. Die Welt der Wölfe war nicht seine Welt.

»Ich wollte, ich wäre ein Bär.«

Die Tiere des Waldes flohen nicht mehr, aber als er sich ihnen nähern wollte, stieß er auf unüberwindliche Hindernisse. Sie spotteten über ihn, was zwar in höflicher Weise geschah, aber doch so, daß er immer auf belustigte oder ironische Blicke traf, in denen nicht die geringste Zuneigung stand.

›Ich bin zu dick‹, sagte er sich. ›Ich muß einen anderen Bären finden. Er wird es nicht wagen, sich über mich lustig zu machen, weil er genauso aussieht wie ich.‹

Und er begann überall zu suchen. Endlich fand er zwei Bären, die über ein Loch gebeugt dastanden und Klagelaute von sich gaben. Ihre Mutter war in eine Grube gefallen und versuchte mit aller Kraft, wieder herauszukommen.

Rego kam ihr zu Hilfe, und bald trabten die vier schweigend mit jener plumpen Würde dahin, die alle anderen Tiere so sehr zu belustigen schien.

Die Bärenmutter bezeigte Rego nur eine sehr gemessene Dankbarkeit und behandelte ihn ein wenig gönnerhaft. Sie war zu sehr in Anspruch genommen durch ihre Kinder, um wirklich Anteil an ihm zu nehmen.

Er versuchte mit ihr zu sprechen, indem er brummte und die Lippen schürzte. Aber sie sah ihn nur überrascht an und ließ einige ungeduldige und nicht sehr angenehme Töne hören. Rego antwortete in der gleichen Weise.

Diesmal blieb sie still, aber ihre Augen waren voller Verachtung und sagten deutlich: ›Wenn du in deinem Alter noch nicht sprechen kannst, so tätest du besser, deinen Mund nicht aufzumachen.‹

Damit war Rego einverstanden. Er wußte im voraus alles, was sie ihm sagen würde, und er hatte keine große

Neigung, ein höfliches Interesse zu heucheln für die Mitteilungen dieser schwerfälligen und anmaßenden Person.

Allerdings gab es eine Frage, die ihn beunruhigte. Wo mochte ihr Mann sein? Denn ganz offensichtlich hatte sie einen. Was würde er sagen, wenn er seine Frau in Begleitung sah? Und wenn er auch in eine Grube gefallen war? Wenn sie Witwe war und also frei? Dieser Gedanke entsetzte ihn, und er sagte sich, daß es besser wäre, sie so bald wie möglich zu verlassen, um auf jeden Fall der Möglichkeit zu entgehen, daß ihre Beziehungen einen vertrauteren Charakter annahmen. Aber wo würde er einen weniger eingebildeten Bären finden? Jetzt war es ihm gleichgültig, daß die Tiere des Waldes bei ihrem Vorbeimarsch lachten. Wen aber sollte er, sobald er wieder allein war, dafür verantwortlich machen, den Spott herauszufordern, wenn nicht sich selber?

So ertrug er geduldig die Blicke, die sie ihm zuwarf und die nicht im geringsten verbargen, was sie von ihm dachte.

›Ihr fehlt wirklich jegliches Taktgefühl‹, dachte er, und es überkam ihn das brennende Verlangen, ihr einige Ohrfeigen zu versetzen.

Die Gelegenheit dazu bot sich früher, als er gehofft hatte. Vor ihnen tauchte der alte Jaak auf, der, sobald er sie sah, sich zu Boden warf und sich tot stellte.

›Die Närrin‹, dachte Rego, als die Bärenmutter Jaak beschnüffelte und sich dann neben ihm hinsetzte. Wenn sie dumm genug ist zu glauben, daß er bei ihrem Anblick vor Schreck gestorben ist, dann soll sie ihn in Ruhe lassen – ihre kostbaren Jungen werden bestimmt nicht von einem Toten angegriffen.

Er kannte den alten Jaak gut und konnte ihn nicht leiden. Früher würde er nichts unternommen haben, um ihn zu retten, aber jetzt, da er ein Bär war, faßte er den Entschluß, sich auf die Seite des Menschen zu stellen.

Deshalb begann er, die jungen Bären auf dem Boden hin und her zu wälzen, sie mit seinen Tatzen gegen die harte Erde zu drücken und sie heftig gegeneinander zu stoßen. Sie dachten, er wolle mit ihnen spielen, begriffen aber plötzlich, daß er ihnen keineswegs wohlwolle, und stießen kleine, erstickte Schreie aus.

Jaaks rechte Hand wurde von einem Krampf befallen und bewegte sich. Sofort fiel die Bärin über sie her und zerfleischte sie.

›Dieses krankhafte Tier hat eine solche Vorliebe für den Tod‹, dachte Rego, ›daß es alles bestraft, was nur das geringste Lebenszeichen von sich gibt.‹

Was kümmerte Rego schon Jaaks Hand, deren einzige Tätigkeit darin bestanden hatte, Frau und Kinder zu prügeln! Dennoch stürzte er sich auf die Bärenmutter und versetzte ihr gewaltige Prankenhiebe. Sie geruhte sich zu verteidigen, und es entspann sich ein Kampf, aus dem Rego siegreich hervorging und in dem er sich für alle Demütigungen rächen konnte, die er durch sie erlitten hatte. Als er sah, daß ihr die Zunge heraushing und ihre Augen matt und gar nicht mehr anmaßend blickten, ließ er von ihr ab und ging davon, nachdem er ihr einen letzten Blick zugeworfen hatte, der alles enthielt, was er von ihr dachte.

›Weshalb sollte ich eines dieser Tiere werden, die sich vom Menschen einzig dadurch unterscheiden, daß sie gar nicht erst den Versuch machen, ihren schrecklichen Charakter zu verbergen?‹

Und er ging, um seine Wunden im See zu baden.

›Das Blut der Tiere hat dieselbe Farbe wie das Blut der

Menschen, und mein Rücken tut mir auf dieselbe Weise weh, als wäre es ein menschlicher Rücken.‹

Ein kleiner Fisch sprang hoch und fiel mit einem so bescheidenen und furchtsamen Laut wieder ins Wasser zurück, daß Rego eine Zärtlichkeit in sich aufsteigen fühlte für dieses taktvolle Tier, dessen Manieren in so angenehmem Gegensatz standen zu denen der Bären.

›Endlich neue Empfindungen‹, dachte Rego. Er berührte mit seinen Flossen ein Schilfrohr, küßte es, kletterte leicht an ihm empor, drehte sich einmal um sich selbst und verschwand hinter einem Stein.

›Fische und Vögel sind Brüder‹, dachte er, ›die einen fliegen durch die Luft, die anderen durchs Wasser. Die einen benutzen dazu ihre Flügel, die anderen ihre Flossen.‹

In der Freude, sich so leicht zu fühlen, stieg er kerzengerade zum Wasserspiegel auf, nahm einen Anlauf und sprang.

›Vorher tauchte ich ins Wasser, jetzt tauche ich in die Luft‹, dachte er.

Es gingen ihm alle möglichen Gedanken durch den Kopf. Er versuchte, sie festzuhalten, aber sie flohen ebenso schnell davon wie die Luftbläschen, die von seinem Mund aufstiegen.

›Ich werde tatsächlich ein wenig leichtfertig, aber das ist sehr erfrischend.‹

Endlich beruhigte sich die Aufregung darüber, daß er ein Fisch geworden war, ein wenig, und er blieb still auf dem Grunde des Wassers liegen und versenkte sich in die Betrachtung der Pflanzen, die eine leise Strömung hin und her wiegte.

›Die Bäume oben auf der Erde neigen sich auch unter

dem Anstoß des Windes, hier auf dem Grunde des Sees aber haben die Pflanzen langsamere und nachdenklichere Bewegungen, als bereite ihnen das Schmeicheln der Strömung einen ganz besonderen Genuß.‹

Er hob den Kopf. Ein wenig über ihm schlief, leicht gestützt auf einen Zweig des Wasserwaldes, ein kleiner Fisch.

Da schlief auch Rego ein.

Als er erwachte, sah er, daß es rings um ihn dunkel war und daß Bäume und Pflanzen sich tiefer beugten, als ob der Druck der Strömung stärker geworden sei. Plötzlich fuhr er auf. Das gedämpfte Echo eines fernen Sturmes war bis zu ihm gedrungen.

Zum ersten Mal strömte jene seltsame Melodie, die er in der Tiefe seiner Seele begraben glaubte wie die Erinnerung an eine ferne Vergangenheit, von außen auf ihn ein.

Hatte er endlich jene geheimnisvolle Welt gefunden, die ihn unaufhörlich gemahnt hatte mit Anrufen, auf die er nicht zu antworten wußte?

Rego fühlte sich ein wenig betrogen. War es nichts weiter als dies hier, dieser See in der Tiefe des Waldes? War das die Welt, die er sich so groß und mächtig vorgestellt hatte, und war die Seele, die, irregegangen in den Körper eines Menschen, so viele sehnsüchtige Träume barg, nur die Seele eines kleinen Fisches? Und sollte sein Verlangen nach Zärtlichkeit und Freundschaft, das er unter den Menschen nicht zu befriedigen vermochte, hier auf dem Grunde des Wassers gesättigt werden?

Indessen mußte er zunächst ein anderes Bedürfnis befriedigen: essen.

Er brachte es jedoch nicht fertig, die Würmer hinunterzuschlucken, die im Sand herumkrochen oder sich um die Pflanzen ringelten. Endlich ergab er sich, sperrte den Mund einfach weit auf und sog eines dieser klebrigen Geschöpfe tief ein, so daß es gleich in seinem Magen landete.

›Ich muß wohl, der Not gehorchend, dieses Ungeziefer essen‹, dachte er, ›aber ich kann unmöglich auch noch Genuß daran finden.‹

Er wagte kaum, es sich einzugestehen, aber jedesmal, wenn er einen kleineren Fisch nah an seinem Mund vorüberziehen sah, überkam ihn ein sträfliches Verlangen.

Lieber irgend etwas in sich hineinschlingen als sich dem Kannibalismus ergeben, dachte er. Also wandte er den Kopf ab, richtete seine Blicke auf Fische, die größer waren als er, und erlaubte der Versuchung nicht mehr, ihn zu quälen.

Es gab nur ein Mittel, zukünftig die Wiederkehr seiner sündigen Gelüste zu verhindern: nämlich sich Freunde zu verschaffen; denn im allgemeinen vermeidet man es ja, seine Freunde aufzufressen.

Aber wie sollte er mit den Fischen reden? Er sah wohl, daß sie den Mund aufmachten, konnte aber nicht entdecken, zu welchem Zweck das geschah: ob in der Hoffnung, Gewürm zu erwischen, ob aus Freude darüber, Luftblasen zu erzeugen oder in dem Bemühen, eine Äußerung von sich zu geben. Übrigens mochte er sich noch so oft sagen, die Fische seien die anziehendsten Tiere der Welt, es gelang ihm nicht, sich wirklich zu dieser Überzeugung durchzuringen. Sie verbrachten ihre Zeit damit, immer um dieselben Steine herumzuschwimmen, als ob sie irgend etwas verloren hätten, das sie niemals wiederfinden würden.

›Sicher sind sie ebenso tief wie die Welt, in der sie

schwimmen, dennoch erwecken sie den Eindruck von kalten und oberflächlichen Wesen.‹

Er bewunderte ihre völlige Gleichgültigkeit den Leiden des Todes gegenüber. Sobald sie sahen, daß die Fischer ihre Netze auswarfen, eilten sie herbei, um sich fangen zu lassen.

Denn die verdächtigen fetten Würmer, die fast unbeweglich mitten im Wasser hingen und von der Strömung nicht weggetragen wurden, übten eine große Anziehungskraft auf sie aus. Mit bewundernswerter Ergebung ließ sich ein Fisch nach dem andern zur Oberfläche des Wassers und in den Tod reißen.

Nach und nach aber erschien Rego das, was er für Mut und Todesverachtung gehalten hatte, als Gefräßigkeit und Dummheit. Um die Wahrheit zu sagen, so begann er, sich in dem Wasser des kleinen Sees zu langweilen. Er hatte alle Ecken untersucht, jeden Stein und jedes Schilfrohr geküßt, Tausende von Sandkörnern geschluckt und sogleich wieder ausgespuckt, wie es die meisten Fische machten, um sich einen angenehmen Kitzel in der Kehle zu verschaffen.

Eines Tages sah er unmittelbar vor seiner Nase einen jener Würmer, die so dick und unbeweglich im Wasser hingen. Er schlang ihn hinunter, nicht weil er Selbstmord begehen wollte, sondern aus Neugier, um zu sehen, was geschehen würde, und vor allem, weil es ihn nach einer Abwechslung gelüstete. Wie groß war seine Überraschung, als er sich in der Hand des Greises wiederfand, der auf einem Stein neben dem Wasser saß und ihn lächelnd ansah.

Rego machte den Mund auf, als ob er erstickte; der Alte aber, der auch die Sprache der stummen Tiere verstand, hörte ihn sagen:

»Der See ist zu klein, das Wasser zu süß und meine Seele zu groß, um in einen so kleinen Fisch eingeschlossen zu bleiben.«

Als der Wind sich über dem Meer erhob, trat Ula aus seiner Hütte und blieb am Ufer stehen, um die Wellen zu betrachten.

Ula kannte keine andere Liebe als die zum Meer. Und das Meer erwiderte die Liebe, indem es seine Hütte mit Schaum und Muscheln umspülte. Ula verdiente sein Leben, indem er Fische verkaufte, aber eigentlich fischte er nur, um unter seinem Boot das große freigebige Herz des Ozeans zu fühlen.

Eines Tages fand er mitten unter Algen und Muscheln einen kleinen Seehund. Er nahm ihn in seine Arme und übergab ihn den Wogen, die zurückflossen.

Kurze Zeit danach, als er wieder im Hause war, hörte er draußen eine Art Scharren und ein merkwürdiges stoßweises Atmen, als ob jemand am Eingang der Hütte schnüffelte. Er sah einen langen Schnurrbart, der sich unter der Tür vordrängte und über den Fußboden hin und her wischte.

»Du bist es wieder«, sagte Ula und ließ den kleinen Seehund herein, der sogleich den Mund aufriß und anhaltend gähnte.

»Wenn du hierherkommst, um zu schlafen, so bedaure ich; für dich habe ich kein Bett. Dein Platz ist im Meer bei deinen Eltern. Du bist noch zu klein, um auf Abenteuer auszugehen und an fremden Türen zu klopfen.«

Er war höchst verdutzt, als er sah, daß der Seehund den Kopf erst auf die eine, dann auf die andere Seite neigte und ihm zuhörte, als verstünde er jedes Wort.

»Wenn du verstehst, was ich sage, solltest du mir gehorchen, denn in deinem Alter gehorcht man denen, die älter sind als man selber.«

Der kleine Seehund machte den Mund auf, zeigte, daß er noch keine Zähne hatte, zog die Lippen breit und ließ den jungen Fischer nicht daran zweifeln, daß er sich über ihn lustig machte.

»Du bist ein unverschämter Bursche«, sagte Ula. »Geh deiner Wege! Da ist die Tür!«

Der Seehund schlängelte sich zu dem Fischer hin.

»Bin ich die Tür?«

Der Seehund hob den Kopf, und der junge Mann sah in seinen Augen eine so feste Entschlossenheit zu bleiben, daß er nachgab.

»Also gut«, sagte er. »Du kannst ein wenig herumspielen, während ich mir mein Essen bereite.«

Wieder warf der Seehund seine Lippen verächtlich auf.

»Wenn du zu alt bist, um zu spielen, so bleib in einer Ecke und denke nach. Oder ist es etwa auch unter deiner Würde, nachzudenken?«

Der Seehund rückte bis in die Mitte des Zimmers vor, um jeden Preis entschlossen, die Aufmerksamkeit auf sich zu ziehen. Der junge Fischer verlor die Geduld.

»Ist es nicht genug, daß du Häuser überfällst, ohne dazu ermächtigt zu sein? Muß man sich auch noch unaufhörlich um dich kümmern? Und könntest du mich nicht etwas weniger anmaßend anblicken? Meinst du nicht auch, daß man nur eine sehr bescheidene Haltung einnehmen sollte, wenn man sich in einer Lage wie der deinen befindet?«

Der Fischer glaubte den Seehund einzuschüchtern,

wenn er sich einer sehr gewählten Sprache bediente, wie er sie im Verkehr mit dem Meer gelernt hatte.

Denn der Wind, der um die ganze Erde läuft und alle Rassen der Welt reden hört, trägt dem Meer die einfachsten und die schwierigsten Ausdrucksweisen zu.

Wieder schien der Seehund alles zu verstehen. Er hatte eine hochmütige und beleidigte Miene angenommen. Ula lachte, während er sich für seine Mahlzeit Fische kochte.

»Fang auf!« rief er.

Der kleine Seehund geruhte nicht einmal den Kopf zu wenden.

»Oh, verzeihen Sie«, sagte der Fischer, indem er feierlich vortrat, »würden Sie wohl die Güte haben, diese herrliche Frucht zu kosten, die ich eigens für Sie an der Brust des Meeres gepflückt habe?«

Der Seehund wandte dem Fisch, den Ula ihm hinhielt, den Rücken und begann, eine Fliege zu beobachten, die an der Decke spazierte.

»Ich habe nicht die Ehre, Ihre Frau Mutter zu kennen«, sagte der Fischer, »aber sie hätte Ihnen beibringen sollen, daß die Fische nur dazu geschaffen sind, den Seehunden als Nahrung zu dienen.«

Plötzlich schlug er sich an die Stirn und rief:

»Die Zähne sind dazu geschaffen, Fische zu essen. Aber deine schlafen ja noch tief im Zahnfleisch!«

Und er stellte dem Seehund einen Napf mit Rentiermilch vor die Nase. Sofort öffnete und schloß sich der Mund des kleinen Tieres, öffnete sich von neuem, um die Zunge herauszulassen. Die Zunge rührte in dem Napf herum, aber die Milch kam nur den Schnurrbarthaaren zugute.

Der kleine Seehund wollte seine Niederlage nicht eingestehen. Er legte den Kopf neben den Napf, streckte sich der Länge nach aus, schloß die Augen und schien, wie nach einer guten Mahlzeit, schlafen zu wollen.

Aber der Fischer ließ sich nicht täuschen. Er nahm den kleinen Seehund auf den Schoß, hielt ihm den Mund auf und goß die Milch hinein.

»Jetzt kannst du schlafen«, sagte er.

Der Seehund warf einen zornigen Blick auf den jungen Mann und rutschte zur Tür. Und bald konnte man ihn auf der Spitze einer Woge sehen, umgeben von Schaum, der ebenso weiß war wie Rentiermilch. Er wandte sich nicht nach Ula um, der am Ufer stand, sondern tauchte, mit dem Kopf voran, unter, während nur der Schwanz wie zum Gruß noch einen Augenblick hin und her wedelte, bevor auch er sich vom Meer verschlingen ließ.

›Er wird nicht wiederkommen‹, dachte Ula, und fühlte sich zu seiner Verwunderung ein wenig traurig.

Am selben Abend ging er zum Strand, um eines der Rentiere zu melken, das dort umherstreifte. Kaum hatte sich seine Hand in der Dunkelheit vorgetastet, als sie einen feuchten glatten Kopf und einen Schnurrbart berührte, die sich unter den Beinen des Rentiers hin und her bewegten.

Der Fischer wurde böse und sagte:

»Deine eigene Mutter genügt dir also nicht! Gehört es sich etwa, daß du die Milch des Ozeans mit der des Waldes mischest? Weißt du denn nicht, zu welcher Welt du gehörst?«

»Weißt du es denn?«

Hinter einem Stein hielt sich der Greis halb verborgen und blickte den jungen Fischer lächelnd an.

»Weißt du, zu welcher Welt du gehörst? Schweifst du nicht dein Leben lang auf dem Meer herum, während deine Mutter dir doch einen Platz auf dem festen Land gegeben hat? Du trinkst zwar nicht die Milch des Ozeans, aber sind nicht die Fische, die du ißt, der Rahm der Wellen?

Der kleine Seehund ist früher einmal ein junger Mann gewesen wie du. Auch er vernahm in seinem Herzen den Widerhall ferner Stürme; jene Stürme aber, unter denen die Bäume sich neigen und ächzen, weckten in ihm nur einen unstillbaren und wilden Durst.

Da gab ich ihm die Gestalt eines Wolfes und dann die eines Bären, und er drang bis in das Herz des Waldes. Und dann ließ er seine Seele noch tiefer tauchen, aber er fühlte sich beengt in dem Leib eines Süßwasserfisches, und es verlangte ihn nach einem herberen, salzigen Wasser.

Deshalb verwandelte ich ihn in einen kleinen Seehund im Meere. Und da muß er jetzt, ob er will oder nicht, bleiben, bis ihn der Tod befreit von jeder sterblichen Hülle und den unerfüllten Wünschen, wie sie in allen jenen leben, die nicht wissen, zu welcher Welt sie gehören.

Ich habe ihn in einen kleinen Seehund verwandelt, damit er Zeit hat, größer zu werden, aber schon erinnert er sich der Zeit, wo er Mensch war, und umschleicht deine Hütte.

Ich konnte in der Tiefe des Meeres keine Eltern für ihn finden, aber ich sehe, daß er jetzt keine mehr braucht.«

Der Herbstwind kam und grub tiefe Löcher ins Meer, als wollte er sehen, was auf dem Grunde verborgen sei. Seine Anstrengungen waren so groß, daß sie dem Meer langgezogene Seufzer entrissen. Der Ozean bäumte sich wie ein Pferd, das sich vergeblich müht, seinen Reiter abzuwerfen, und in seiner ohnmächtigen Wut rührte er Muscheln und Kiesel auf und schleuderte sie Ula vor die Füße.

Der junge Fischer blickte hinaus auf die Wogen, aber sie zerbrachen eine nach der anderen am Strand und zeigten sich ebenso leer und unbeständig wie der Wind, der sie geboren hatte.

Plötzlich schien Ula die Geduld zu verlieren. Er legte beide Hände wie eine Muschel vor den Mund. Da war es, als ob selbst der Sturm seine Stimme dämpfte, um jener Melodie zu lauschen, die schmelzender war als der Gesang der Vögel in der Tundra und wilder und geheimnisvoller als der gebieterische Ruf der großen Möwen über dem Meer.

Bald darauf kam eine Woge, höher als die anderen, näherte sich vorsichtig wie eine Frau, die ein Kind in ihrem Leib trägt, und öffnete sich ohne zu zerschellen.

»Konntest du dich nicht früher zeigen?« sagte Ula. »Was hast du den ganzen Tag gemacht? Offenbar findest du die Gesellschaft der Walfische angenehmer als meine. Oder bist du wieder mit deiner Krabbe in den versunkenen Wäldern umhergestreift, unter den Bäumen, die schon vor Millionen von Jahren gestorben sind?

Ich kenne die Vorliebe deines Freundes für Friedhöfe. Seit du nicht mehr an den Eutern meiner Rentiere zu saugen brauchst, frißt du die Brosamen, die dieser Leichenfresser dir übrigläßt.«

Rego stieg aus dem Wasser, rutschte zu Ula hin und ließ zum Zeichen der Reue seinen Schnurrbart herabhängen. In dem Augenblick jedoch, als der Fischer bereit war, ihm zu verzeihen, drehte sich der Seehund auf den

Rücken, ließ sich zu den Muscheln und Kieseln gleiten und rollte ins Meer zurück. Ula rief aus aller Kraft, aber statt des Seehundes fand ein junger Walfisch den Weg, vor Ulas Füßen zu stranden. Der Fischer blickte ihm in eines seiner Augen, denn er konnte nicht in beide zugleich sehen. Das Auge, scheinbar das einzig Lebendige in einer riesigen Fleischmasse, sah ein wenig verlegen drein. Und wie ein schüchternes junges Mädchen ihr Gesicht in den Händen verbirgt, so ließ es das Lid fallen und verbarg sich hinter ihm. Nach einer Weile öffnete sich das Auge ein wenig und schickte seinen untertänigsten Blick bis zu Ulas Füßen, als wagte es nicht, ihn höher zu erheben.

»Du bist ebenso feige wie dick, du ekelst mich an«, sagte Ula und wandte dem Walfisch den Rücken. Der Walfisch wandte Ula den Rücken und beschenkte ihn mit dem ganzen Wasser, das er für ihn gesammelt hatte, während eine Krabbe gleichzeitig mit aller Kraft seine beiden Knöchel mit ihren Scheren umklammerte.

Als der Fischer, den die Wucht des Wassergusses zu Boden geworfen hatte, wieder zu sich kam, waren Walfisch und Krabbe verschwunden. Neben ihm aber lag ein junger Seehund, der ihn so unschuldig und mit so aufrichtigem Mitgefühl anblickte, daß er sich kaum vorstellen konnte, sein Freund habe sich einen Racheakt erlaubt.

Am Abend jedoch, am Kamin, wo der Wind sein Abschiedslied sang, hatten Ula und der Seehund aufgehört zu streiten. Draußen grollte das Meer noch, als könne es nicht zur Ruhe kommen, als habe der Sturm auf seiner Flucht zu anderen Welten einen unersättlichen Hunger in ihm erweckt.

Sie sprachen nicht. Zwischen Menschen und Tieren bleibt der Mund verschlossen, aber die Augen sind offen. Rego brachte aus den Tiefen des Meeres ein ganzes Buch voller wunderbarer Bilder mit, das sein Freund Ula in seinen Augen las, ohne die Seiten umblättern zu müssen.

Er sah, wie der Seehund vordrang in die tiefen Gärten, in denen er umherstreifte und mit seinen Flossen an eine versunkene Welt rührte. Traumfarbene Fische glitten zwischen lebenden Anemonen dahin, die ihre Blumenblätter öffneten und schlossen, als wollten sie zeigen, daß ein einziger Augenblick genügte, um sie erblühen zu lassen.

Er ließ sich noch weiter tragen, unergründlichen Tiefen zu, wo seltsam schimmernde Schatten trieben – denn dort unten trägt selbst der Tod die grellen Farben des Lebens.

Sie kamen in Wälder, die kein menschliches Auge gesehen hatte, und glitten durch Alleen, in denen sich nur Fische ergingen, die erschrocken aufstiegen und über ihren Kopf einen Regenbogen spannten.

Manchmal ruhte ein Walfisch neben einem Wrack – und es war, als ob ein Schiff bei einem anderen schlafenden Schiff wachte, während eine Weise, unergründlicher als jene, die den Schlaf der Toten wiegt, aus dem versunkenen Wald aufstieg.

Hatte Rego endlich unter diesen nackten Bäumen, die das Meer bis zum Mark abgewaschen hatte, die Melodie gefunden, die er suchte: den Widerhall jener uralten, vertrauten Welt, die in seiner Seele schlief, ohne sterben zu können?

Sehr weit, über seinem Kopf, peitschte gewiß der Wind das Meer mit seinen stählernen Flügeln, aber hier waren es die Wurzeln der Wogen, die den Tiefen die gedämpfte Stimme der Wellen zutrugen.

Rego schlief ein und träumte, er habe seinen Kopf an die ruhevolle Brust eines Gottes gelegt.

Doch wenn er aufwachte, hatte er manchmal Angst. Nichts regte sich rings um ihn, kein Sandkorn verschob sich. Jetzt war es, als wachte das Wrack über den unbeweglichen Wal. Der Tod wachte über das Leben, und es schien Rego, als sei der ganze Ozean auf ihn herabgestorben. Aber die Sonne, die auch Wurzeln in den Tiefen des Meeres hat, hüllte Rego in ihre Strahlen und führte ihn weit fort von den toten Trümmern und den saftlosen Wäldern zum offenen Himmel und den von Möwen umschwärmten Schiffen.

Dann gab es noch den hohen Norden, wo die großen weißen Bären sich sacht auf Eisschollen wiegten und wo der schwangere Himmel Tausende von Schneeflocken gebar, die auf den Wellen starben. Auch von dieser Welt, wo die Sonne strahlt, ohne zu versengen, und wo das Nordlicht um die höchsten Eisberge ein Feuer ohne Wärme entzündet, brachte Rego dem Freund seine schönsten Gesichte mit, reine Augenblicke der Polarwelt, entrissen dem unendlichen Eisfeld der Ewigkeit.

Und dann sprach Ula. Rego erinnerte sich des Tages, da auch er ein menschliches Herz gehabt hatte, erfüllt von einem Duft, der alt war wie die Erde, denn die Erde hat seit ihrer Geburt nach Moos gerochen und nach dem Harz der Bäume. Ja, Rego erinnerte sich. Das Harz der Bäume war wie Menschentränen: Tränen der Freude, nicht der Trauer, des Lebens und nicht des Todes. Und der Atem der Rentiere war warm, er roch nach Moos und stieg unmittelbar aus ihrem Herzen. Das Herz der

Rentiere war ebenso alt und ebenso warm wie das der Menschen, und es war voll von Träumen. Die Erde träumte bei ihrer Geburt unschuldig und tief, wie kleine Kinder träumen. Nur die Rentiere und einige andere unschuldige Geschöpfe tragen diesen Traum in der Tiefe ihres Blickes, und ebenso jene Menschen, die sich als Brüder der Wälder und Tiere fühlen und die das Moos und die Bäume noch zu küssen vermögen.

Während er Ula zuhörte, füllten sich die Augen des Seehunds mit Tränen, ähnlich jenen, die aus der Rinde der Bäume treten. Und mit einem Gefühl inniger Dankbarkeit blickte er zu dem Freund auf, der für ihn beide Welten vereinte, indem er in seinem Herzen den Duft des Mooses mit dem der Meeresalgen mischte.

Und doch wäre Rego in dieser selben Hütte, wo sie solche Stunden schweigsamer Gespräche miteinander verbrachten, eines Tages beinahe gestorben vor Demütigung.

Ula war zu schön, um nicht die Aufmerksamkeit der jungen Mädchen zu erregen. Er lief ihnen nicht nach, aber es geschah der einen oder anderen zuweilen, daß sie wie zufällig in der Nähe seiner Hütte von ihrem Wege abkam und der junge Mann sie zurückgeleiten mußte.

Eines Abends waren es gleich drei, die an seine Tür klopften.

Die eine hatte ein so reizendes Lächeln und so weiße Zähne, daß der junge Fischer alle drei, anstatt sie auf den richtigen Weg zu bringen, einlud, hereinzukommen und mit ihm Tee zu trinken.

Rego hatte einen beachtlichen Erfolg.

»Was für ein schöner Fisch!« sagte die eine.

»Er ist nicht mehr Fisch als du«, sagte die zweite.

»Er hat einen Schnurrbart wie mein Großvater«, sagte die mit dem reizenden Lächeln und den weißen Zähnen.

Diejenige, an der nichts reizend war, auch die Stimme nicht, sagte, daß ihm zum Menschsein nur die Sprache fehle.

Alle begannen, über die Vorteile und Nachteile des Menschseins zu reden.

»Wie viele Seehunde möchten wohl Menschen sein?«

»Wie viele Menschen würden wohl gern Seehunde sein?«

»Ich«, sagte die, an der nichts reizend war, »ich möchte einen Tag Fisch sein, einen anderen Tag Seehund und am Sonntag eine Möwe.«

›Ein sehr natürlicher Wunsch für ein so häßliches Mädchen‹, dachte Rego.

Die Mädchen lachten alle drei, streichelten dem Seehund den Kopf und zogen ihn abwechselnd am Schnurrbart, was ihn dauernd zum Niesen brachte.

Rego hatte die Gewohnheit, seine Nasenlöcher bei jedem Atemzug weit zu blähen, wobei sich sein Gesicht in Falten legte und seine Augen eine Zeitlang vollständig verschwanden.

Das war eine alte Gewohnheit bei den Seehunden. Die Mädchen glaubten jedoch, er mache das zu ihrer Belustigung, und riefen: »Noch einmal! Noch einmal!«

Außerdem kitzelte ihn die Luft, die in der Kehle aufstieg, und brachte ein leises Pfeifen hervor, wenn sie durch die Nasenlöcher entwich.

»Er hat einen Vogel verschluckt, der in seiner Kehle singt.«

»Nein, er ist selber der kleine Vogel. Er ist ein winziger Vogel aus dem großen Wald.«

Ula freute sich über den Erfolg seines Freundes und bemerkte nicht die flehenden Blicke, die der Seehund ihm zuwarf.

»Wir wollen tanzen!« rief die mit dem reizenden Lächeln und den weißen Zähnen.

Rego kauerte sich in eine Ecke und meinte, daß sie ihn nun wenigstens endlich in Frieden lassen würden. Aber die, an der nichts reizend war, nahm ihn bei den Flossen, preßte ihn an sich und begann sich mit ihm im Kreise zu drehen.

Ihm wurde schwindlig, aber niemand achtete darauf.

»Er sieht zu komisch aus«, rief eine der Tänzerinnen.

»Er ist seekrank.«

»Ein seekranker Seehund!«

»Nein, er ist landkrank«, schrie die dritte voller Stolz auf ihren Witz.

Rego versuchte sich gewaltsam loszumachen. Dabei zerriß das Kleid seiner Tänzerin, und ein großes Stück Stoff blieb an seiner Haut haften.

Man hätte kaum sagen können, wer von den beiden den größeren Heiterkeitserfolg hatte: das junge Mädchen, der ein Teil ihres Kleides fehlte, oder der Seehund, dem dieser Teil an der Brust klebte.

Kurz darauf waren beide draußen, aber da trennten sich ihre Wege.

Am folgenden Tag war Ula darauf gefaßt, daß einige Ungeheuer aus dem Meer auftauchen und ihn und sein Boot verschlingen würden. Aber sein Freund schien ihm die Kränkung des vorigen Abends verziehen zu haben. Er sah ihn in der Ferne fischen und beobachtete, wie er ihm von Zeit zu Zeit mit einem Fisch im Maul den runden Kopf zuwandte.

Das Meer lag ruhig da. Als der Abend kam, stieg der Mond mit einem ebenso runden Kopf wie Rego aus dem Wasser. Bald danach sah Ula einen kleinen Mond nach dem anderen auftauchen und sich auf den Wellen schaukeln. Er lächelte. Rego hatte alle diese Seehunde bestimmt nicht umsonst versammelt. Er mußte an die Krabbe und den Walfisch denken und bereitete sich auf eine Strafe vor, die sich gewiß bald über ihm entladen würde.

Aber da hörte er plötzlich einen Gesang, dessen sanfte Klänge ihm mitten in die Seele drangen. Es war ihm, als ob ein Meer von Harmonien seine Adern füllte und seine Sinne überflutete. Die Seehunde hätten nicht schöner singen können, und wenn das ganze Weltall von den versunkenen Wäldern bis zu den fernsten Sternen seine Stimme mit der ihren vereinigt hätte.

Ula fühlte den Wunsch zu sterben. Man glaubt meistens, daß die letzten Augenblicke auf der Erde sich jenseits des Lebens fortsetzen. Der Gesang der Seehunde hätte genügt, um eine ganze Ewigkeit zu füllen.

Wenn aber Rego so sang, dann brauchte er Ula nicht mehr. Rego und das Weltall hatten sich endlich gefunden. Man braucht seinen Kopf nicht mehr auf die Schulter eines Freundes zu stützen, wenn er an der Schulter eines Gottes ruht.

Ula kehrte ganz traurig in seine Hütte zurück, und als Rego wiederkam, als ob nichts geschehen wäre, sagte der junge Fischer:

»Was kann ich schon für dich bedeuten? Ich bin nur ein armer Fischer. Geh wieder zu deinen Gefährten, die unter den Wellen auf dich warten.«

Aber als der Seehund an einem andern Tag wie gewöhnlich zu der Hütte kam, war Ula nicht allein. Das

Mädchen mit dem reizenden Lächeln und den weißen Zähnen war bei ihm. Sie erschien Rego wie eine große wilde Katze, die schnurrte und von Zeit zu Zeit ein leises Miauen ausstieß. Halb ausgestreckt neben dem Tisch, ließ sie sich Fischbrocken in den Mund stecken und blickte dabei auf die Hand, die sie nährte, als habe sie Lust, ihre Zähne hineinzugraben.

Plötzlich erhob sie sich und fing an, durch das Zimmer zu laufen. Ula verfolgte sie, packte ihre Haare, die hinter ihr herflatterten wie zerrissene Segel eines Schiffes, und zwang sie, den Kopf nach rückwärts zu drehen. Lachend riß sie sich los und ließ sich dann neben dem Feuer nieder. Rego nieste ein wenig kräftiger als nötig, aber Ula schien nicht einmal zu merken, daß sein Freund da war. Er streckte sich neben dem jungen Mädchen aus und sprach leise mit ihr. – Was mochten sie sich sagen, diese beiden, die einander doch kaum kannten? Welches Geheimnis konnte es zwischen ihnen geben, die sich erst einmal gesehen hatten?

Woher kam dieser Glanz in den Augen des jungen Fischers? Sonst, wenn sein Freund lächelte, schien es Rego, als ob auf dem Grunde von Ulas Blick eine kleine Sonne verborgen sei. Aber welches Gestirn sandte dieses Licht aus, das zwar Kraft, aber keine Wärme hatte? War es nicht derselbe unheimliche Stern, der die Augen der Wölfe entflammte und ihre Leiber beim Anblick der Beute straffte wie einen Bogen, der sich spannt, bevor er seinen Pfeil entsendet? – Rego begriff. Er glitt zur Tür, die offengeblieben war.

Einer nach dem anderen flohen die Tage dahin. Ula merkte kaum, daß sein Freund nicht mehr kam. Er hatte genug zu tun, um das junge Mädchen zu unterhalten, das ihn jeden Tag besuchte. Nach und nach aber fand er ihr Lachen weniger reizend und ihr Herz nicht so weiß wie ihre schimmernden Zähne. Ihr Geschwätz ermüdete ihn, und immer häufiger mußte er an seinen stummen Freund denken, der das Schweigen so schön und geheimnisvoll zu füllen wußte.

Eines Tages sagte das junge Mädchen zu Ula:

»Dein Körper gehört mir, aber was in ihm ist, gehört einem anderen.«

Es ist leicht, einander zu verlassen, wenn die Seelen sich nie getroffen haben.

Ula suchte überall nach Rego. Er streichelte die Wellen mit seinem Schiff, er schmeichelte ihnen in der Hoffnung, daß sie ihm seinen Freund wiedergeben würden. Er rief ihn mit zärtlicher und gebieterischer Stimme. Nur die Möwen gaben Antwort.

Da ging er zu Kjurelli, der nicht weit von ihm fischte. Kjurelli hätte Rego eines Tages beinahe getötet. Ula war gerade zur rechten Zeit gekommen, um ihn zu retten.

»Vor meiner Nase frißt er Fische und jagt die übrigen in die Flucht«, hatte Kjurelli erklärt.

Ula war wütend geworden.

»Die Menschen meinen immer, sie allein hätten das Recht, ihren Hunger zu stillen. Aber jene Tiere, die das Unglück haben, dasselbe zu fressen wie die Menschen, können nur wählen: entweder vor Hunger oder auf eine noch weniger angenehme Art zu sterben. Die Gesetze der Gastfreundschaft scheinen für diese armen wehrlosen Geschöpfe keine Geltung zu haben.«

Kjurelli, der ein braver Bursche war und nur den Fehler hatte, nie nachzudenken, hatte sich über seine Selbstsucht geschämt. Das hatte Rego, der zu faul war, um selber Fische zu fangen, ausgenutzt und sich die Fische unmittelbar aus Kjurellis Netzen geholt.

»Da!« sagte Kjurelli, als Ula kam. »Jetzt wende ich die Gesetze der Gastfreundschaft auf die Fische an. Seit dein Freund verschwunden ist, gibt es hier so viele, daß ich die großen ruhig die kleinen auffressen lasse.«

Man muß krank gewesen sein, um die Gesundheit zu schätzen. Und man muß sich manchmal erst von einem Freund trennen, um zu entdecken, wie sehr man ihn liebt. Vielleicht sind deshalb die Götter immer fern.

Ein einziges Wesen kann die ganze Welt mit sich forttragen. Dem Fischer schien das Weltall leer, nachdem der Seehund verschwunden war. Die Sterne waren für ihn nur noch tote Augen eines längst erloschenen Himmels und die Stimmen der Wälder und des Meeres das letzte Stöhnen einer sterbenden Welt.

Nach und nach gab Ula es auf, seinen Freund mit zärtlicher oder gebieterischer Stimme zu rufen. Er suchte ihn auch nicht mehr unter den Wellen, aber er blieb länger draußen auf dem Meer und fuhr auch dann hinaus, wenn die andern Fischer es klüger fanden, zu Hause zu bleiben.

Das Meer hob und senkte sich unter ihm, und eines Tages wurde es sehr zornig.

Ula achtete weder auf die Schreie der Möwen, die ihn warnen wollten, noch auf die Wolken, die gleich riesigen Vogelleichen ohne Flügel vom Wind gegen den Strand getrieben wurden. Die Wogen kletterten eine auf die andere, als könnten sie so ihre Neugier besser befriedigen. Bald genügte es ihnen nicht mehr, in den Kahn hineinzublicken, sondern jede warf dem jungen Mann beim Vorüberziehen ein wenig Schaum vor die Füße. Aber dann schien ihnen auch der Schaum eine zu geringe Opfergabe.

Das Wasser stieg bis zu seinen Knien, und immer noch stand Ula unbeweglich, als ob er den Mast ersetzen wollte, den der Sturm umgerissen hatte.

Sehr langsam, wie um ihm eine letzte Möglichkeit zu bieten, begann das Boot zu sinken. Der Bug tauchte unter, hob sich mühsam wieder und zögerte wie am Ende seiner Kraft, allein den Kampf aufzunehmen gegen die gewaltige Last der Gaben, die unaufhörlich von den Wogen gespendet wurden.

Mit einem letzten Seufzen, voller Klage und vielleicht auch leisem Vorwurf, versank das Boot endlich unter den Füßen seines Herrn.

Einen Augenblick lang schien Ula wach zu werden. Er umschlang mit Armen und Beinen eine Woge, als er aber merkte, daß sie ihm untreu war und ihn gleich den ermüdenden Liebkosungen einer anderen weitergab, ließ er sich sinken zu allen jenen, die sich statt Blumen Meeresalgen zum Grab gewählt hatten.

Da sah er neben sich einen runden Kopf, und ein fester Körper schob sich zwischen ihn und den Tod.

Der Schnee fiel in dicken Flocken, häufte sich langsam rings um die Hütte und schloß sie in eine Umarmung, die zärtlicher und weißer war als der Schaum. Das Meer schlief ermattet, die Wogen rollten traumhaft langsam, als gingen sie im Schlaf, auf den Strand. Vor der Mauer aus Schnee und Eis zögerten sie einen Augenblick und zogen sich erschauernd von dem kühlen Kuß dieser anderen Ewigkeit zurück.

Die große Ruhe nach dem Sturm war auch in die Hütte getreten.

Schweigend ruhten die Freunde, Mensch und Tier, neben dem Feuer, das im Kamin brannte. Was hätten sie einander sagen sollen? Sie hatten sich wiedergefunden, nachdem sie sich verloren hatten. Von nun an konnte sie nichts mehr trennen.

Sankt Alexei

Alexei war noch nicht lange auf dieser Welt, da sagte der Vater:

»Er ist zu schön, um der Sohn seiner Mutter zu sein.«

»Er ist zu schön, um der Sohn seines Vaters zu sein«, sagte die Mutter.

»Wenn er weder der Sohn seines Vaters noch der Sohn seiner Mutter ist«, sagte die Tante, »so kann er nur der Sohn von . . .«

Sie sprach den Satz nicht zu Ende.

Aber der kleine Alexei beendete ihn für sie. Er zeigte lächelnd alle seine Zähne, die wie Milchtropfen in seinem Munde glänzten, und grüßte den Himmel mit einem Blick, wie man einen alten Bekannten grüßt. Entrüstet sagte die Tante:

»Schließlich sind wir alle Kinder Gottes und tragen das Zeichen der Schönheit unseres Schöpfers auf unserem Gesicht.«

Die Tante war so häßlich, daß schon die bloße Vorstellung einer Ähnlichkeit mit ihrem Schöpfer alle Welt hätte zum Lachen bringen müssen. Aber der kleine Alexei sah sie beifällig an. Er war zu schön, um die Häßlichkeit zu erkennen.

Das Böse konnte ihm ebensowenig etwas anhaben, wie die Finsternis der Sonne etwas anhaben kann.

Die Kinder, die oft grausam sind und die einem Engel die Flügel abschneiden würden, wenn er käme, um mit ihnen zu spielen, lachten über Alexei, aber er lachte mit solcher Lust und Freude zurück, daß sie ihm um den Hals fielen.

Eines Tages traf er im Wald eine Bärenmutter mit ihren Kleinen. Aufgeschreckt und aus Angst um ihre Jungen wollte sie sich auf ihn stürzen und ihn zerreißen. Plötzlich aber ließ sie die Tatzen sinken, machte sich weicher als ein dickes Kissen und legte sich ihm zu Füßen. Ihre Zunge kam zum Vorschein und leckte seine Hände, während sie freundlich brummte. Dann gab sie ihm mit der Schnauze einen sanften Stoß und schob ihn mitten unter ihre Jungen. Sie machten sich alle zusammen auf den Weg, und Alexei spielte mit den kleinen Bären, als sei er einer von ihnen.

Als sie jedoch immer tiefer in den Wald kamen, konnte der kleine Knabe nicht weiter mit seiner neuen Familie gehen. Er wollte sie nicht kränken; deshalb blieb er hinter ihnen zurück und tat so, als könne er nicht so schnell gehen. Aber die kleinen Bären machten ihre Mutter darauf aufmerksam, und sie ließ sie einen Augenblick allein, um nach Alexei zu sehen. Sie packte ihn am Ärmel seines Kittels und brachte ihn nach vorn zu ihren Kleinen, nachdem sie ihm zur Strafe einen leichten Stoß in den Rücken versetzt hatte.

Da nahm er ihren Kopf in seine Hände, blickte ihr in die Augen und sagte:

»Ich würde gern bei dir im Wald bleiben und mich mit deinen Kindern im Moos herumwälzen. Aber ich bin kein kleiner Bär, verstehst du? Ich habe nichts als diesen Kittel, um mich vor der kalten Nacht zu schützen. Darunter bin ich nackter als ein Birkenzweig im Winter. Auf meiner Brust habe ich nicht ein einziges Stückchen Fell. Selbst wenn ihr euch alle, du und deine Kinder, gegen mich pressen würdet, könnte ich nicht schlafen. Immer bliebe ein Teil von mir unbedeckt.«

Die Bärenmutter begriff. Sie seufzte und ließ ihre Zunge zweimal über Alexeis Gesicht wandern, indem sie bei seinem Mund begann und bei der Stirn endete.

Der kleine Knabe aber vergaß niemals, daß einer der gefährlichsten Bewohner des Waldes ihn unter seinen Schutz genommen hatte.

Später, als er älter und stärker geworden war, wurde er der Beschützer des Waldes, so wie auch aller Bewohner des Dorfes, die Hilfe brauchten.

Seine Eltern wunderten sich oft über seine lange Abwesenheit. Zuerst ging er zu den Alten. Und da es meistens die Zähne sind, die sowohl den kleinen Kindern als auch den Alten Kummer machen, blickte er der Großmutter Marishka in den Mund. Die beiden Zähne, die aus ihren jungen Jahren übriggeblieben waren, verursachten ihr mehr Schmerzen und Sorgen, als alle zusammen je getan hatten. Die alte Svekla stöhnte aus demselben Grund an der Schulter ihres Mannes, während ihr Mann keine Schulter fand, an die er sich stöhnend lehnen konnte.

Alexei blickte in alle diese leidenden Münder, die ihm sogleich ihr Elend klagten. Er hörte alles lächelnd an, und die Alten sagten, sein Lächeln sei so, als ob die Sonne in den Mund hereinscheine und die Zähne verzaubere. Zufrieden schliefen sie ein und vergaßen für viele Stunden ihre Schmerzen.

Es gab noch andere Leiden, die Alexei heilte, ohne es zu wissen. Die jungen Mädchen brauchten ihn nur vorbeigehen zu sehen – und schon machte ihnen die Untreue von Jaak oder Evan weniger Kummer.

»Solange es noch einen so schönen, guten und liebenswerten Burschen auf der Welt gibt«, sagten sie sich, »so lange ist mein Verlust noch erträglich.«

Was die jungen Männer angeht, so liefen sie hinter ihm her, erzählten ihm ihren Liebeskummer und fragten ihn um Rat. Da er wenig Erfahrung hatte, antwortete er im allgemeinen gar nichts, aber sie bedankten sich trotzdem und gingen getröstet davon.

Kaum hatte er den Wald betreten, sah er blanke Augen zwischen den Zweigen aufleuchten.

Die Rinde der Bäume knackte unter den Krallen der Eichhörnchen. Hinter jedem Stamm tauchte ein buschiger Schwanz auf, als ob jeder Baum seinen eigenen Schwanz besäße. Es waren manchmal nur ein oder zwei Eichhörnchen, aber sie benahmen sich so, daß man den Eindruck hatte, der ganze Wald sei voll von ihnen. Sie hatten den Jüngling gern, weil es ihnen gelang, immer von neuem seine Aufmerksamkeit zu erregen. Eines setzte sich auf seine Schulter, rollte den Schwanz um seinen Hals und nagte einen Tannenzapfen an seiner Backe. Unaufhörlich spuckte es ihm kleine Rindenstücke ins Ohr und hinderte ihn, die anderen Laute des Waldes wahrzunehmen.

Alexei stieg zu dem See hinunter, wo der unglückliche alte Isaaki fischte. Der unglückliche Isaaki war vor einiger Zeit von seiner Frau und seinen Kindern verlassen worden, und er tröstete sich nun damit, Fische zu fangen. Aber er nahm sie niemals mit ins Dorf. Ihr Fleisch war nicht nach seinem Geschmack, und er wußte niemanden, dem er sie hätte anbieten können. Er ließ sie neben sich sterben. Wenn der Schwimmer langsam im Wasser verschwand, begann der Alte ganz aufgeregt zu werden und vor Freude zu keuchen; sein Herzschlag setzte beinahe aus. Hielt er den Fisch aber fest in der Hand, so wandte sich seine Aufmerksamkeit und Neugier dem nächsten zu.

Alexei hatte ihm den Vorschlag gemacht, die Fische, wenn er sie gefangen hatte, doch wieder ins Wasser zurückzuwerfen. Der Alte hatte sich erst geweigert, weil er meinte, die Fische würden ihr Erlebnis den anderen Fischen erzählen. Als Alexei jedoch erklärt hatte, er verstehe nun recht gut, weshalb seine Familie ihn verlassen habe, versprach der alte Isaaki, sich großzügiger zu zeigen. Meistens vergaß er allerdings sein Versprechen. Dann sammelte Alexei die Fische und warf sie hinaus in den See, so weit wie er konnte.

In angemessener Entfernung von Isaaki fischte ein anderer unglücklicher Alter: ein Wolf, der von den anderen Wölfen verstoßen worden war, man wußte nicht recht, warum – vielleicht, weil er so häßlich war. Er hatte einen langen spitzen Kopf wie ein Hecht. Auf dem Rükken und an den Flanken sah man kahle Stellen, die irgendeine unangenehme Krankheit hinterlassen hatte. Dieser Alte fischte, um seinen Hunger zu stillen, deshalb hütete Alexei sich wohl, ihm Vorwürfe zu machen.

Wenn der Wolf den Jüngling kommen sah, wedelte er mit dem Schwanz, der an den eines Löwen erinnerte, weil die einzigen Haare, die übriggeblieben waren, sich alle am Ende zu einer Art Büschel zusammenfanden.

Das Unglück hatte den einsamen Wolf verbittert; die herabhängende Unterlippe war ein Zeichen seines Ekels und seiner Enttäuschung. Das eine Ohr gab sich keine Mühe mehr, sich aufzurichten, seitdem er das andere im Kampf mit einem Adler verloren hatte. Die Augen waren immer feucht, obwohl die Tränen nicht Kraft genug hatten, um zu fließen.

Seit der alte Wolf Alexei kannte, ging es ihm besser.

Er konnte den Kopf wieder heben und mit mächtiger und trauriger Stimme zum Himmel hinauf heulen. Es erleichterte ihn, daß er dem jungen Mann seine Demütigungen erzählen durfte. Alexei hörte zu und richtete währenddessen den Schnurrbart seines Freundes wieder auf, der müde herunterhing. Endlich begannen auch die Tränen wieder zu fließen; sie enthüllten einen wilden und beunruhigenden Glanz auf dem Grunde der Augen.

Alexei entschuldigte sich, daß er ihm Moralpredigten hielt, und erklärte, daß Rachegelüste eines Wolfes nicht würdig seien. Glücklicherweise hatte der Wolf im Augenblick nur einen Feind: der Alte, der am Ufer desselben Sees fischte, der ihm aber wohlweislich nicht zu nahe kam. Die beiden Alten konnten einander nicht ausstehen, einmal, weil sie ein ähnliches Schicksal hatten, zum andern aber, weil beide mit Alexei bekannt waren. Seit sie ihn kennengelernt hatten, war ihre Feindschaft größer geworden. Sie zitterten vor Wut und Eifersucht, allerdings auch vor Angst, wenn einer den anderen erblickte.

Um es nicht zu Verwicklungen kommen zu lassen, erzählte der Jüngling jedem von ihnen, wie mächtig und furchtbar der andere sei. Deshalb begnügten sie sich damit, einander von fern zu bedrohen, der eine mit seiner Angelrute, der andere mit seinen Zähnen.

Alexeis beste Freunde wohnten tief im Wald. Er liebte sie wegen ihres makellosen Felles, ihrer unschuldigen Augen und ihrer sanften Herzen. Er war ihr Beschützer und ihr großer Bruder.

Vielleicht war er selber in ferner Vergangenheit ein Rentier gewesen. Wie sie war er verliebt in die Stille und jenen Frieden, den sie in Jahrhunderten von Beschaulichkeit in ihrem Blick angesammelt hatten.

Er fühlte sich wohl unter diesen bescheidenen Tieren, die sich von Moos ernähren, niemandem Böses zufügen und so leicht über die Erde zu fliegen scheinen, als fürchteten sie, ihre Tritte könnten etwas Lebendiges zerstören.

Er legte sein Gesicht an ihr Fell und sog den Duft ein, der rein war, als fließe er aus der Seele des Waldes. Hätte die Seele des Waldes eine Stimme, so könnte sie nicht zärtlicher sein als das bedachtsame Schnaufen der Rentiere, das leise aus dem Moos zu ihm aufstieg.

Aber ein gefährlicherer Feind als der Wolf umschlich die Rentiere: der Vielfraß, der böse Geist der Wälder, der aus Lust am Morden tötete. Zwar geschieht es wohl, daß er seinem ersten Opfer das Blut aussaugt, weil er wirklich Durst hat, aber die weiteren tötet er nur aus Spaß. Alexei wußte, daß Bösartigkeit eine Folge zu großer Einsamkeit sein kann und daß es zuweilen nur ein wenig Liebe braucht, um Dämonen in Engel zu verwandeln. Er versuchte es bei dem Vielfraß mit Güte.

Er erklärte ihm, daß es böse sei, aus Lust zu töten, und daß es so viele andere Möglichkeiten gäbe, Nahrung und Abwechslung zu finden, ohne jemandem Unrecht zu tun. Der Vielfraß hörte artig zu und fühlte sich mit einem Schlage in Freundschaft zu dem Jüngling hingezogen. Aber am nächsten Tag fand Alexei drei tote Rentiere neben einem Vielfraß, der auch noch stolz auf seine Heldentat war. Da griff der junge Mann zum Stock, denn er wußte jetzt, daß bei gewissen Kreaturen Güte nichts nützt.

Am Tage darauf fand er wieder drei Rentiere, die gerade auf dem Moos verendeten. Der Vielfraß trat, als er

Alexei erblickte, mit einem Stock im Maul auf ihn zu. Der Jüngling brach verzweifelt in Tränen und Klagen aus, da er begriff, daß diesem Untier sogar die Prügel Genuß bereiteten.

Am folgenden Tag fand Alexei den Vielfraß in Tränen schwimmend und laut jammernd neben drei Rentieren, die schweigend ihren Todeskampf kämpften. Alexei sagte nichts, aber er ging in dieser Nacht nicht nach Hause. Mit seinem Messer löste er die Haut von einem toten Körper, kroch in sie hinein und ging auf Händen und Füßen, wobei er die Bewegungen eines Rentiers nachahmte.

Hinter einem Baum sah er, vom Mond beschienen, einen Kopf auftauchen und kurz danach den ganzen Vielfraß, der vorsichtig näherschlich, damit die Rentiere ihn nicht bemerkten. Alexei begann nach allen Richtungen zu laufen, um die anderen Rentiere zu warnen, die auch sogleich die Flucht ergriffen.

Außer sich vor Wut sprang der Vielfraß auf das herumtobende Rentier, doch Alexei stieß einen gewaltigen Schrei aus, warf das Fell zurück und richtete sich vor dem Vielfraß auf, der vor Schreck in Ohnmacht fiel.

Von diesem Augenblick an überfiel der böse Geist der Wälder die Rentiere nie wieder, so groß war seine Angst, unter seinen Zähnen die Kehle seines Freundes zu fühlen.

Alexei hatte so viel zu tun, daß er gar nicht daran dachte, sich eine Frau zu suchen. Sein Vater mußte ihn erst zur Seite nehmen und ihm sagen:

»Macha hat mir anvertraut, ihr Herz fange so heftig an zu klopfen, wenn sie dich sieht, daß sie die Hand auf die Brust pressen muß, um es wieder zu beruhigen. Du solltest sie nicht so nutzlos leiden lassen. Außerdem hat sie mir drei Kühe versprochen, wenn ich dir erlaube, sie zu heiraten. Eine von ihnen soll sogar bald ein Kalb kriegen.«

Alexei war gewohnt, seinem Vater zu gehorchen. Trotzdem bat er ihn, ihm noch sieben Tage Zeit zu lassen.

Während der ganzen Woche war er sehr beschäftigt, und die Nächte verbrachte er außerhalb des Hauses. Diesmal war es nicht der Wald, der ihn brauchte, sondern Ania, das junge Mädchen, das seit Jahren ihre Beine nicht mehr bewegen konnte. Sie wohnte bei ihrer Großmutter Aglaia, die blind und taub war, die aber mit ihrem Herzen besser sah und hörte als ehemals mit ihren Augen und Ohren.

»Die Kälte wird mir noch meine Enkelin stehlen«, sagte sie. »Ich drücke mich zwar ganz eng an sie, aber mein alter Leib ist so ausgetrocknet und kalt, daß er das bißchen Leben, das noch in ihm ist, für sich behält.«

Ein kräftiges Feuer brannte im Ofen, aber Ania wurde nicht warm.

»Was kann ich für dich tun?« fragte Alexei.

»Die Nacht hat mich in die Arme genommen«, sagte sie. »Ihre Hände haben mich gestreichelt, aber ihre Finger sind Eiszapfen.«

Alexei zog seine Kleider aus und legte sich unter die Rentierfelle neben das junge Mädchen. Tag und Nacht blieb er bei ihr liegen und verließ sie nur für wenige Augenblicke. Die Großmutter wachte neben ihnen. Ihr Mund lächelte, ihr Herz sah, wie der Tod allmählich seine Umschlingung löste und sich wie ein schwerfälliger Nachtvogel von ihrer Enkelin entfernte.

Alexei sagte dem jungen Mädchen, daß sie keine

Angst vor den Schatten zu haben brauche. Die bösen Geister seien kalt, weil niemand sie liebe. Und sie verbreiteten Furcht, weil sie selber Furcht haben. Sie würden davongehen, wenn man ihnen zeige, daß man keine Angst vor ihnen habe. Und dann erzählte er ihr vom Wald und seinen Bewohnern: wie die kleinen Rentiere frühzeitig lernen, unter dem Schnee ihre Nahrung zu suchen, nämlich schon zu einer Zeit, wenn ihre Lippen noch feucht von der Milch ihrer Mutter sind; wie manchmal die Bären den Füchsen aus Eifersucht den Schwanz ausreißen und ihre Höhle damit schmücken.

Vor allem aber sprach er vom Frühling, wenn die Sonne die schlafenden Flüsse erwärmt und die Eisdecke brechen läßt, wenn man nach dem langen Schweigen des Winters das Wasser wieder singen und rauschen hört, während die Eisschollen, aufeinander kletternd, erschrocken die Flucht ergreifen.

Am siebenten Tag endlich regten sich Anias Beine zum ersten Mal.

»Ich höre das Blut in meinen Adern singen«, sagte sie, »ich höre, wie die Eisschollen erschrocken die Flucht ergreifen.«

Die Großmutter stieß einen Freudenschrei aus. Alexei sprang aus dem Bett, nahm das junge Mädchen in seine Arme, hüllte sie in warme Felle und trug sie in den Wald. Dort bettete er sie aufs Moos, gerade an der Stelle, wo ein kleines Ren laufen lernte. Es hatte vier Beine, so steif wie Stöcke, und wußte nicht, was es damit anfangen sollte. Es setzte jedes in eine andere Richtung, fiel hin, stand wieder auf, machte einen Schritt rückwärts und setzte sich kläglich seufzend hin. Seine Mutter seufzte ebenfalls und wandte sich ab, so sehr schämte sie sich ihres Sohnes.

»Du hast nur zwei Beine«, sagte Alexei zu Ania, »zeig ihm, wie man sie gebraucht.«

Mit großer Anstrengung machte das Mädchen einen Schritt vorwärts. Das Ren machte einen rückwärts. Sie lachte. Das kleine Ren drückte den Kopf ins Fell seiner Mutter. Aber die stieß das Kleine zurück, es stolperte und fiel Ania zu Füßen. Sie half ihm wieder auf, und plötzlich gingen die beiden, sich gegenseitig stützend, dahin, als ob sie ihr ganzes Leben lang nichts anderes getan hätten.

Am Ende dieses aufregenden Tages waren sie die besten Freunde.

Abends brachte Alexei Ania wieder zu ihrer Großmutter und machte sich auf, um Hochzeit mit Macha zu feiern.

Nach der Trauung nahm der Priester Alexei beiseite und sagte:

»Man erzählt sich, daß du Kranke heilst und böse Geister in Engel verwandelst. Du sprichst nur selten von Gott, und so fragt man sich, woher du wohl die Macht hast.«

Alexei errötete und blickte zu Boden.

Die ersten Tage nach der Hochzeit waren ein wenig unruhig, weil Macha Alexei unaufhörlich fragte, ob er sie auch liebe.

»Wie könnte ich dich nicht lieben, da man doch selbst seine Feinde lieben muß?« sagte Alexei.

Aber sie fing immer wieder an:

»Liebst du mich mehr als alle anderen?«

»Die Liebe läßt sich nicht abmessen«, antwortete er geduldig.

Eines Abends kam die Großmutter Aglaia und flüsterte Alexei ins Ohr, daß es Anias Beinen wieder schlechter gehe.

»Wohin willst du?« fragte Macha.

»Ich bringe ihrer Enkelin ein Heilmittel.«

Er war sehr erstaunt, Macha am nächsten Tag in Tränen zu finden.

»Dein Heilmittel muß sehr schwer gewesen sein«, sagte sie schluchzend, »da du die ganze Nacht gebraucht hast, um es zu tragen.«

»Ihre Beine sind noch nicht ganz gesund«, sagte er. »Von Zeit zu Zeit brauchen sie Wärme, und nur ich kann sie ihnen geben.«

Von diesem Augenblick an wurde Macha von einer Krankheit befallen, die Alexei nicht zu heilen vermochte. Sie zeigte die Zähne, wenn man ihrem Mann nur näher kam.

Sie verbot ihm, Ania zu besuchen. Er fragte sie, was Ania ihr getan habe, aber sie schwieg. Inständig bat er sie zu antworten.

»Mann und Frau«, sagte sie endlich, »sind ein Fleisch. Ein anderes Fleisch berühren, heißt den Schöpfer beleidigen.«

Da ging Alexei und vertraute dem Wald seine Not an.

»Ich habe ein Mittel gefunden, um dich von deiner häßlichen Angewohnheit zu heilen«, sagte er zu dem Vielfraß, »aber der böse Geist, der meine Frau beherrscht, ist zu arglistig für mich.«

»Ich will nicht mehr, daß du in den Wald gehst, ich will, daß du immer bei mir bist«, sagte Macha.

»Ist denn der Mann ein Kleid, das man aus Angst vor Dieben überallhin mitnimmt?« sagte Alexei seufzend.

Die eine von Machas drei Kühen hatte ihr Kalb bekommen, und Alexei beobachtete neidisch, wie es um seine Mutter herumsprang. Da bat er seine Frau:

»Binde mich doch an ein Seil, das lang genug ist, damit ich ums Haus gehen kann. Und statt es an einem Baum festzubinden, kannst du das Ende immer in der Hand halten.«

Macha mußte ihm diese Bitte wohl erfüllen, aber sie zog ständig an dem Seil, um seine Länge zu verkürzen und vergewisserte sich unaufhörlich, daß ihr Mann noch am anderen Ende sei. Er beklagte sich nicht. Er dachte an alle, die ihn brauchten, an die Rentiere im Wald, an Ania mit ihren kranken Beinen, und dann sagte er sich, daß seine Frau auch krank sei, und er beschloß, wieder hineinzugehen.

Aber schon zog ihn der Strick ins Haus zu den Tränen Machas, die ihn fragte, weshalb er so lange fort gewesen sei. Er warf sich auf die Knie und flehte sie an, ihn weniger heftig zu lieben. Er zeigte ihr die Vögel in den Bäumen und sagte:

»Sieh doch, die Männer und Frauen sind auch nicht immer beieinander.«

»Die Vögel in den Bäumen wissen ebensowenig wie du, was Treue ist«, sagte sie. »Wenn ich dich losließe, würdest du gleich fortfliegen zu Anias Bett.«

›Wenn sie nur mitkommen wollte, so würde sie sehen, daß ich nicht daran denke, sie zu betrügen‹, dachte Alexei. ›Ich kann nicht die ganze Zeit bei ihr bleiben. Das hätte zur Folge, daß sie nie gesund wird. Die Wächter und die Gefangenen leben in demselben Gefängnis. Ich muß sie gleichzeitig von mir und von sich selber befreien.

Am folgenden Tag löste er den Strick von seinem Bein und band ihn dem Kalb um den Hals. Das Kalb zog mit aller Kraft daran, und Macha zog ihrerseits nicht weniger kräftig, ohne zu ahnen, daß ein anderer Fisch an der Angel hing.

Drei Tage und drei Nächte lang weinte Macha, am vierten Tag aber ging sie ins Dorf, und alle konnten sehen, wie sie ihre Hand gegen die Brust preßte, als ihr ein anderer junger Mann begegnete, der fast ebenso schön war wie ihr Mann.

Der Wald nahm Alexei auf und wachte über ihn, ohne einen Strick um sein Bein zu binden. Wenn der Abend kam, ging er ins Dorf. Er versuchte sich zu verbergen, aber die Sterne leuchteten heller bei seinem Anblick, und man brauchte den Kranken nur ins Gesicht zu sehen, um zu wissen, daß er wieder gekommen war. Diejenigen, die gesund geworden waren, erzählten, in der Nacht sei ein Vogel in ihre Hütte gekommen, habe die Schmerzen angepickt und sie in seinem Schnabel davongetragen.

Als Ania mit ihrem Korb am Arm das Haus verließ, lächelten alle ihr zu, und ihre Großmutter schien nicht beunruhigt, als sie merkte, daß sie in den Wald ging, wo doch so viele wilde Tiere wohnen.

Es kam ein Jahr, in dem viele Tiere des Waldes starben. Man erzählte sich, daß eine furchtbare Krankheit sie befallen habe, vor allem die Rentiere.

Eines Morgens spürte das ganze Dorf beim Erwachen einen köstlichen Duft, der nachts in die Hütten gedrungen war. Es roch nach Moos und Weihrauch, aber der Priester sagte, er habe noch nie einen so reinen Duft geatmet, es sei, als ob eine himmlische Rose auf die Erde gefallen wäre, ein Hauch des Paradieses.

Man fand ihn ausgestreckt liegen neben einem jungen Ren, das zur selben Zeit wie er gestorben war. Man begrub sie beide im Schatten einer Kiefer. Zu Häupten des Grabes wuchs ein ganz kleiner Baum. Er hielt sich verborgen im Schatten der Kiefer, aber die Kranken gingen zu ihm, um sich Stücke von seiner Rinde zu holen. Die Alten legten sie auf ihre Zähne und auf ihre Augen, um die Tränen zu trocknen. Die Jungen preßten sie gegen ihre Brust als Heilmittel gegen Liebeskummer.

Der weiße Pelzmantel

Meri näherte sich sehr sanft und liebevoll ihrem Mann.

»Antho«, sagte sie, »die Liebe steigt in Gestalt einer weißen Taube auf die Erde herab. Gott liebt die Erde und bedeckt sie mit einem Pelz aus Schnee, um sie vor der Kälte zu schützen. Es ist die Farbe der Treue und der Liebe, und wenn das Glück der Menschen Flügel hätte, würden sie weiß sein.«

»Was bedeutet eine so lange Rede?« fragte Antho. »Du machst den Mund doch sonst nur auf, wenn du betest oder wenn meine Küsse dir Seufzer entlocken. Was bedeutet eine so lange Rede, du schweigsamste Frau der Erde?«

Sie sprach weiter mit einer Stimme, klar und lauter wie das Wasser eines stillen Sees:

»Ich habe dir diesen weißen Pelz genäht. Die Kinder unserer Rentiere ließen ihn zurück, als sie starben, bevor das Leben Zeit gefunden hatte, ihre Herzen und die Seide ihres Fells zu beflecken; und so schenkten sie uns diesen Mantel, der die Farbe der Liebe Gottes hat. Wenn du in den Wald gehst oder noch weiter fort, so wirst du immer fühlen, daß die Liebe Gottes deine Schultern bedeckt. Die Liebe der Menschen ist ein Widerschein jener, die aus dem Himmel kommt. Und so wird es gleichzeitig die Liebe deiner Frau sein, die auf deinen Schultern ruht. Wenn du eines Tages einen Flecken auf diesem Mantel finden solltest, so wirst du wissen, daß deine Frau dir untreu war. Dann würde Gott, der unsere beiden Körper und Seelen zusammengenäht hat, seine Liebe, die wir befleckten, von uns nehmen.«

Liebevoll legte sie ihrem Mann den weißen Pelz um die Schultern.

Da nahm er sie sanft in seine Arme und drückte sie so innig an seine Brust, daß der Mantel sie alle beide umhüllte.

Von diesem Tag an verließ Antho selten das Haus ohne das Geschenk seiner Frau. Selbst wenn die Luft milde war und kein Mensch daran dachte, sich in einen Pelz zu hüllen, bot er der Sonne das schimmernde Weiß seines Mantels, der untrennbar mit ihm verbunden schien. Allen, die ihn im Vorübergehen bewunderten, pflegte er zu sagen: »Seht nur, man findet keinen einzigen Fleck auf dem ganzen Mantel, bei so vielen Nähten – keinen einzigen Fleck!«

Es gibt Geheimnisse, die man besser für sich behält, vor allem solche, die nur zwei Liebende angehen. Aber manchmal genügt ein einziges Glas zuviel, um einen Mund zu öffnen, der sonst verschlossen geblieben wäre. So geschah es mit Antho, dessen Mund sich vor vielen, vor zu vielen anderen Menschen öffnete.

»Wer von euch weiß schon, was die Treue einer Frau ist! Paßt auf, dreht euch zu dieser Tür her! Seht diesen Pelzmantel an, der weißer ist als die Milch, die aus der Mutterbrust rinnt. So wird er bis ans Ende meiner Tage bleiben. Nichts vermöchte ihn abzunutzen oder schmutzig zu machen. Einzig und allein die Untreue meiner Frau könnte sein Weiß beflecken. Und ihr wißt alle, daß meine Frau sich eher aufhängen würde als sich einem anderen Mann nähern.«

So sprach Anthos Mund, aber sein Herz wurde traurig bei diesen Worten.

Ein Kapitän, der aus fernen Landen gekommen war, um seine Waren gegen Rentierfelle und Wolfspelze zu tauschen, hob sein Glas gegen Antho und sagte:

»Ich habe deine Frau gesehen. Sie ist schöner als das schönste Mädchen meiner Heimat. Wenn ich eine solche Frau mitnehmen könnte, würde mein Schiff Flügel bekommen, um mich nach Hause zu bringen. Aber es gibt leider gegen die Treue kein Heilmittel, und eure Wälder haben keine zweite Frau hervorgebracht, die der deinen gleich wäre.«

Jaak hatte auch zugehört. Er wurde allgemein der Rabe, der Teufelsvogel genannt. Anstelle des Herzens hatte er einen Sack voller Bosheiten. Trotzdem war sein Gesicht nicht übel anzusehen, und mehr als ein junges Mädchen hatte sich dadurch verführen lassen und war erst durch Schaden so klug geworden, fortan nicht mehr nach dem Äußeren zu urteilen.

Der Rabe schlich unbemerkt aus der Hütte, kam mit Schlamm in der Hand zurück und beschmutzte heimlich den Mantel. Aber er sah sofort, daß seine List nichts nützte und daß der Mantel makellos blieb. Da rief er:

»Antho, du Armer! Ich fühle, daß deine Frau dich in diesem Augenblick betrügt.«

»Was willst du von mir, du Unglücksvogel, den die Hölle auf die Erde geschickt hat, um die Menschen zu quälen?«

»Was ich von dir will? Nichts als dich warnen. Treue paßt genauso wenig zu einer hübschen Frau wie eine Großmutterhaube auf den Kopf eines Kapitäns. Es ist gut möglich, daß deine Frau, die ebenso schlau wie schön ist, ein Mittel gefunden hat, dir einen Pelz zu nähen, der keine Flecken annimmt. Auf diese Weise wiegt sie dich in Sicherheit und kann dich ganz ruhig hinter deinem Rücken betrügen. Wenn du mir nicht glaubst, so will ich dir den Beweis wohl bringen.«

»Welchen Beweis?« schrie Antho.

»Für die Untreue deiner Frau.«

»Gut«, brüllte Antho. »Sie trägt ihren Trauring am Finger. Wenn du sie in einer Stunde dazu bringst, ihn dir zu geben, will ich dir glauben, wenn nicht, so soll die Zunge, die deinen Mund schmückt, in alle Winde geworfen werden.«

Trotz seiner Sicherheit war der Rabe sehr unruhig, als er die Hütte verließ. Er wußte, wie scheu und unzugänglich Anthos Frau war. Meistens schloß sie sich im Hause ein, wenn ihr Mann nicht da war, und alles, was Hosen trug und eine tiefe Stimme hatte, klopfte vergeblich an ihre Tür.

Auf dem Weg traf Jaak seine alte Patentante, die hexenhafteste aller Hexen. Sie sah seine sorgenvolle Miene und fragte, was ihm in die Quere gekommen sei. Er erzählte ihr seinen Kummer und versicherte, wenn es ihm nicht gelinge, den Ring zu bekommen, so würde sein Mund so leer von jeglicher Zunge sein wie ihr Rücken von Engelsflügeln.

»Du Dummkopf«, sagte die Hexe, »da flennst du anstatt nachzudenken, wie du dich aus der Affäre ziehen kannst. Aber gut, ich will noch mal Mitleid mit dir haben. Lehne dich gegen diesen Baum und warte, bis ich zurückkomme.«

Und sie ging, ohne sich zu beeilen, mit kleinen Schritten davon.

Meri kauerte am Flußufer und wusch die Wäsche ihres Mannes. Die Alte ging auf sie zu und sagte:

»Guten Tag, junge Frau, die der Himmel zur Freude ihres Mannes auf die Erde geschickt hat. Da wäschst du die Hemden deines Antho, während er sich dem Trunk ergibt. Ich rate dir, ihm auch die Zunge zu waschen, wenn er heimkommt. Aber was sehe ich? Du hast ja deinen Trauring verloren. Ich kann ihn nicht an deiner Hand entdecken.«

»Beruhigt Euch, Großmutter«, sagte Meri, »ich nehme ihn beim Waschen immer ab. Er könnte mir vom Finger gleiten und in den Fluß fallen.«

»Und wenn ein anderer Dieb als der Fluß ihn dir wegnähme?«

»Ich verwahre ihn in einer kleinen Schachtel auf dem Tisch. Und niemand außer meinem Mann würde das Haus betreten, wenn ich nicht da bin.«

»Das stimmt«, sagte die Alte. »Oh, oh«, jammerte sie dann und hielt sich den Kopf mit beiden Händen, »es macht mich ganz schwindlig, das fließende Wasser zu sehen. Mir ist, als sei es das Leben, das mir wegfließt.«

»Dann wende dich doch ab vom Wasser. Niemand zwingt dich, es anzusehen.«

»Gewiß nicht. Aber dann müßte ich dich ansehen. Und vor soviel Jugend und Schönheit fühle ich mich dahinschwinden vor Häßlichkeit und Altersschwäche.«

Und um deutlich zu zeigen, daß ihre Worte keine Lüge seien, fiel die Patin des Raben der Länge nach in den Ufersand.

»Es bleibt mir nichts übrig als zu sterben«, jammerte sie. »Die Kälte wird schon das Ihre tun, um das letzte Glimmen in meinem alten Leib auszulöschen.«

»Aber, Großmutter, das dürft Ihr nicht sagen. Kommt, ich werde Euch in unser Haus bringen. Wenn

Ihr wirklich sterben müßt, so soll es wenigstens nicht vor Kälte sein.«

»Ich merke wohl, daß du das Herz eines Engels hast. Ich werde mich leichter machen als ein Vogel wiegt. Das hohe Alter ist nicht schwer zu tragen – für die anderen.«

Den ganzen Weg, der zu Meris Haus führte, befeuchtete die Alte mit ihren Tränen, und ihr Ächzen und Seufzen wurde so schwach und jämmerlich, daß man glauben konnte, sie gebe ihren Geist in Meris Armen auf.

»So, nun wärme dich«, sagte Anthos Frau, während sie die Alte auf das Bett legte und sie mit Decken überhäufte.

»Ah«, seufzte die Hexe, »die Welt sollte mehr solcher Herzen haben wie deines! Wenn du mir nun noch frisches Wasser vom Fluß holst, so werde ich dein Lob singen, bis ich meine Stimme verliere.«

Sobald Meri mit einem Krug unter dem Arm gegangen war, sprang die Alte aus dem Bett, öffnete die kleine Schachtel auf dem Tisch, nahm den Ring heraus und legte sich wieder unter die Decken.

In einem gewissen Alter scheinen selbst die schwersten Anfälle nicht lange zu dauern. Kaum hatte das frische Wasser die Lippen der Hexe berührt, so fühlte sie sich besser, warf die Decken zurück und stand auf.

»Sieh da, mein Täubchen«, sagte sie, und ihre Stimme klang gar nicht mehr erbarmungswürdig, »für diesmal ist der Tod davongeflogen. So ist das bei uns Alten. Entweder das Unwetter reißt uns mit, oder es vergeht ebenso schnell, wie es gekommen ist.«

Man kann sagen, daß sie geradezu galoppierte, um ihren Patensohn noch rechtzeitig zu erreichen.

Jaak stürzte in die Hütte der Trinker und hielt Antho den Ring vor aller Augen unter die Nase. Dann erzählte er so anstößige Dinge, daß man nur seine letzten Worte wiederholen kann.

»Und während ich sie in meinen Armen hielt, bat ich sie um ihren Ring. ›Da‹, seufzte sie, ›nimm ihn, nimm alles, was du willst. Dir könnte ich nichts verweigern.‹«

Die Blässe der Toten ist nichts im Vergleich zu jener, die Anthos Gesicht überzog. Er stand auf und sagte, an allen Gliedern zitternd:

»Kapitän, bist du nicht hierhergekommen, um Waren einzutauschen? Was gibst du mir im Tausch gegen meine Frau? Oh, ich weiß wohl, ich kann nicht viel verlangen. Ein paar Päckchen Tabak und ebensoviel Tee – das wird genügen. Dein Schiff wird Flügel haben, um dich nach Hause zu bringen. Aber nimm dich in acht, Kapitän, es sind keine Engelsflügel, und während der ganzen Reise mußt du gut auf die Matrosen aufpassen.«

Der Kapitän hütete sich wohl, das Angebot gleich anzunehmen, denn er glaubte, die Trunkenheit habe Antho den Kopf verdreht. Am Ende jedoch begriff er, daß Antho es ernst meinte, und er sagte sich, es wäre eigentlich dumm, eine solche Gelegenheit nicht zu nutzen.

Sehr spät in der Nacht kehrte Antho heim. Ohne ein Wort zu sagen, legte er sich neben seine Frau und schien gleich einzuschlafen. Am nächsten Morgen weckte er sie früh und sagte, sie solle ihr Sonntagskleid anziehen, weil der Kapitän sie beide an Bord seines Schiffes eingeladen habe. Um ihrem Mann den Tag nicht zu verderben, sagte sie ihm nicht, daß sie den Ring vermißte. Er schien es auch gar nicht zu bemerken.

Nach einer langen Wanderung kamen sie ans Ufer des Meeres. Meri fand es wunderbar, auf einem wirklichen großen Schiff zu sein. Munter aß sie von der Mahlzeit, die der Kapitän ihr zu Ehren vorbereitet hatte. Ermutigt von ihrem Mann, trank sie zum ersten Mal in ihrem Leben zwei oder drei kleine Gläser Wein. Der Alkohol machte sie fröhlich, so daß sie am liebsten die ganze Welt umarmt hätte. Zum Schluß drehte sich alles in ihrem Kopf, und sie hatte nur noch das Verlangen, sich hinzulegen. Man führte sie zu einem Bett, und bald war sie mit einem Lächeln auf den Lippen eingeschlafen.

Als sie aufwachte, glaubte sie weiter zu träumen. Noch nie war sie in einem Zimmer gewesen, das solche Fenster hatte, rund wie der Mond oder die Sonne. Außerdem knackte und schaukelte ihr Bett, als ob sich jemand darunter verborgen hielte. Aber wenn man träumt, wird man durch nichts in Erstaunen versetzt, und so achtete sie nicht weiter darauf, sondern erhob sich und trat ans Fenster. Im Gedanken an ihren Mann mußte sie lächeln. Aufmerksam blickte sie hin und her, um nichts zu vergessen. Noch nie hatte sie soviel Himmel, soviel Wasser und soviel Licht auf einmal gesehen. Tausende von Wellen liefen hintereinander her, holten sich ein, gingen eine in der anderen auf. Neben dem Schiff konnte man Schnee sehen, als genüge es, das Meer ein wenig aufzurühren, um ihm die Farbe Gottes zu geben. Am Himmel schwebten große Vögel, die manchmal Lust bekamen, das Meer zu küssen, und niederstürzten, um ihre Schnäbel in die Wogen zu tauchen.

»Das ist alles schöner als ein Traum«, sagte Meri. »Es ist gut möglich, daß ich gar nicht schlafe.«

»Die Schlafenden haben die Augen geschlossen, deine aber sind ganz voller Sonne«, sagte eine Stimme.

Ein junger Mann stand neben ihr. Er trug nur Hemd und Hose. Seine Füße waren nackt. Sie erkannte den Kapitän und fragte, wo ihr Mann sei.

»Siehst du jene Linie, die Meer und Himmel trennt? Dort ist dein Mann. Wir könnten ihn nicht mehr sehen, und wäre er auch so groß wie ein Berg.«

»Er ist ohne mich weggegangen?«

»Wir sind ohne ihn weggefahren«, sagte der Kapitän und legte seinen Arm um Meris Hüfte.

»Euer Arm täuscht sich«, sagte sie. »Er hält mich anscheinend für den Mast des Schiffes. Ich bin aber nicht so stark, daß ich einem Mann des Meeres als Stütze dienen könnte.«

Der Kapitän lachte.

»Die Raben sind offenbar weniger schwer«, sagte er, »vor allem jene, die die Arme junger Frauen den Zweigen der Bäume vorziehen.«

Als Meri nicht zu verstehen schien, fügte er mit härterer Stimme hinzu:

»Du warst weniger zimperlich, als du Jaak hinter dem Rücken deines Mannes umarmtest. Ich bin doch gewiß nicht häßlicher als Jaak. Auf dem Mast gibt es keine Raben, dafür aber andere Vögel, die nicht weniger wert sind. Du brauchst also den Kopf nicht hängen zu lassen wie eine Blume, die der Regen vergessen hat. Paß auf, wir beide werden uns gut verstehen. Ich bin nicht so schwierig wie dein Mann. Ich verlange nicht, daß du mir einen weißen Pelzmantel nähst. Ich bin zufrieden, wenn du mir treu bist, solange ich bei dir bin. Während meiner langen Reisen kannst du machen, was du willst.«

Meri sagte nichts. Da holte der Kapitän aus seiner Hosentasche den Ring, den die Hexe gestohlen hatte, und sagte:

»Du gehörst mir, das ist ausgemacht. Dein Mann hat dich zu einem geringen Preis verkauft, und er hat mir obendrein diesen Ring gegeben. Er wollte ihn nicht mehr behalten, nachdem er durch die Hände des Raben gegangen war.«

Meri beugte sich ein wenig vor, und ihr Gesicht, das von der Sonne erhellt war, trat in den Schatten.

Der Schmerz, der oft lautes Klagen und Weinen hervorruft, entlockte ihr nicht einen Seufzer. Sie ließ ihn in ihr Herz eintreten und bat den Kapitän, ihr zu erlauben, sich einen Augenblick zu setzen. Er führte sie zu dem Bett und blieb vor ihr stehen.

»Dein Blick ist so klar wie ein durchsichtiges Meer«, sagte er. »Ich suche vergeblich auf seinem Grund die giftigen Pflanzen der Treulosigkeit und Falschheit.«

Sie löste endlich die Lippen voneinander und sagte mit einer Stimme, die von keiner Erregung zitterte:

»Mein Mann ist auf der anderen Seite des Meeres geblieben. Meine Augen würden ihn nicht sehen, und wäre er auch so groß wie ein Berg. Aber die Liebe ist ein Stern, der die Schatten der Entfernung hell macht und der alle wieder zueinander führt, die von der Nacht getrennt wurden.«

Der Kapitän begriff, daß sie unschuldig war und daß sie ihm niemals gehören würde.

»Wenn dein Mann hier auf dem Schiff wäre«, sagte er, »würde ich ihn am Mast aufhängen und seinen Leichnam ins Meer werfen. Er hat mir eine Ware verkauft, die, selbst getrennt von ihm, niemals den Preis wert ist, den ich bezahlt habe. Die Pakete Tabak und Tee, die ich ihm im Tausch gegen dich gegeben habe, sehnen sich nicht nach mir zurück, und es ist ihnen ganz gleichgültig, in welchen Magen sie wandern. Aber gut«, fügte er freundlicher hinzu, »ich lasse dich im ersten Hafen an Land. Behalte diese Kabine solange. Ich werde irgendwo anders schlafen, da ich es ohne dich tun muß.«

Meri verbrachte die Tage am Bug des Schiffes, und bald wurden sie und das Meer gute Freunde.

Sie hatten keine Geheimnisse voreinander, und der Kapitän, der sie miteinander reden sah, fand, sie sei wie geschaffen dafür, die Frau eines Seemanns zu sein.

Meri kannte die Sprache des Waldes, und der Wind in den Masten des Schiffes war ihr nicht fremd.

Manchmal erschrak sie vor den Schreien der Möwen, und sie fragte sich, weshalb die Meeresvögel wohl den Schnabel nur aufreißen, um Klagetöne auszustoßen.

»Eure Vögel singen nicht wie die Vögel der Wälder«, sagte sie zu dem Kapitän.

»Wenn dir die Stimme der Raben lieber ist«, sagte er lächelnd, »so wirst du sie bald hören können.«

Eines Tages ließ das Meer seine Wogen auseinanderklaffen und zeigte seiner Freundin ein gewaltiges Tier, das beim Vorwärtsschnellen so heftig schwitzte, daß ihm das Wasser in hohem Strahl vom Rücken schoß.

»Was hältst du davon?« schien das Meer zu flüstern.

»Wenn Antho da wäre, würde er seine Netze auswerfen, und wir würden einen ganzen Winter lang zu essen haben.«

An einem anderen Tag sah Meri, während die Möwen alle gleichzeitig schrien und das Schiff unruhig umtanzten, wie ihr Freund, das Meer, sich mit Schaum bedeckte. Sein Gesicht war ernster und düsterer als sonst, und es gruben sich immer tiefere Runzeln und Falten hinein.

Der Wind brüllte so laut, daß die Möwen allmählich

schwiegen, denn sie konnten die Stimme des Sturmes nicht übertönen.

Meri lachte anfangs, wenn das Wasser, das über Bord sprang, ihr Gesicht überflutete, aber sie fand dann doch, daß die Küsse ihres Freundes zu salzig schmeckten, und lächelte fortan nur mit geschlossenem Munde.

Sie mußte sogar ihren Lieblingsplatz verlassen und lehnte sich gegen einen Mast. Da bemächtigte sich der Wind ihrer Haare und bedrängte sie so heftig, daß sie den Mast mit beiden Armen umfassen mußte, um nicht über Bord geweht zu werden. Mit offenen Segeln ließ sich das Schiff vom Sturm davontragen. Es schien Meri, als sei es leichter als sonst. Es hielt sich auf dem Gipfel der Wogen und neigte sich immer nach der Seite, wohin die Wellen entflohen.

Den Kopf an den Mast gepreßt, hörte Meri das Schiff singen. Es war ein stiller und schöner Gesang, mit dem es auf das Heulen des Windes antwortete.

Was können einem die Stürme des Lebens anhaben, wenn man sie dazu benutzt, schneller ans Ziel zu kommen? Wenn man sich singend auf dem Gipfel der Wogen hält, um nicht in die gefährlichen Tiefen zu gleiten?

In dieser Nacht träumte Meri, sie und das Schiff seien aus demselben Holz gebaut.

Am nächsten Morgen überschwemmte eine strahlende Sonne die Brücke. Das erschöpfte Meer schien eingeschlafen zu sein, und in seinen lächelnden Träumen fuhr es fort, das Schiff zu wiegen. Meri sprach leise und zärtlich zu ihm, um es nicht aufzuwecken:

»Du hast jetzt ein anderes Gesicht, aber ich liebe auch jenes, das du gestern hattest, denn sonst hätte ich nicht das Glück kennengelernt, dich wieder so ruhig und hell zu sehen.«

In der Ferne schob sich ein Berg über das Wasser.

»Dort oben im hohen Norden gibt es ein ganz weißes Land«, sagte der Kapitän. »Die Stürme reißen manchmal Stücke von ihm los, die dann, Wassern und Winden ausgesetzt, umherirren.«

Meri mußte viel an das Land denken, das Gottes Farbe trug und von dem große Stücke gleich weißen Schiffen auf den Wogen reisten. Ihre Blicke folgten dem schimmernden Berg, bis er so klein war wie ein zum Himmel gestreckter Finger; dann schloß sie die Augen, um die wunderbare Erscheinung nicht verschwinden zu sehen.

Als sie die Augen wieder öffnete, stand unbeweglich am Horizont ein anderer Berg.

»Siehst du den Felsen dort?« fragte der Kapitän. »Es ist nicht gerade dein Mann selbst – obwohl er auch aus Stein ist –, aber es ist der Anfang des langen Weges, der dich zu seinem Haus führt.«

Sie brauchte drei Jahre, um dieses Haus zu erreichen. Sie war zu stolz, sich Brot zu erbetteln, und nahm nur dort Gastfreundschaft an, wo man ihr erlaubte, es sich durch Arbeit zu verdienen. Wenn sie nach dem Weg fragte, kannte man nicht einmal den Namen ihrer Heimat. Aber sie wurde geführt von dem Stern der Liebe; er wußte den Weg.

Oft geschah es, daß sie nicht mehr weiter konnte; doch dann hörte sie den Gesang des Schiffes, und sie erhob sich wieder und nahm ihre Wanderung trotz Wind oder Schnee von neuem auf.

Sie fand die Tür ihres Hauses weit offen zu ihrem Empfang, aber ihr Mann war nicht da. Sie begann ihn überall zu suchen, und bald hörte sie trunkene Stimmen aus einer Hütte dröhnen. Sie klopfte an die Tür, und Antho selber öffnete. Zuerst rieb er sich die Augen, dann hob er die Faust, und seine Stimme ließ das Haus zittern:

»Wenn du den Raben suchst – er ist nicht hier. Und wenn du deinen Mann suchst, so wirst du den Tod finden, falls du es wagen solltest, ihm näher zu kommen.«

Als sie zum zweiten Mal an ihrem Haus vorbeiging, konnte sie nicht anders: sie mußte eintreten. Man merkte wohl, daß keine Frau ihren Fuß hineingesetzt hatte. Das Bett war in Unordnung, der Fußboden mit Schmutz bedeckt. Nur der Pelzmantel, der an der Wand hing, hatte seine weiße Farbe bewahrt.

Meri zündete Feuer im Kamin an, machte Ordnung und richtete das Bett wie zu einer Hochzeitsnacht. Dann flüchtete sie in den Wald.

Diesmal horchte sie vergeblich in ihrem Herzen auf das Lied des Schiffes. Sie umschlang mit ihren Armen den Stamm eines Baumes, wie sie es mit dem Mast des Schiffes getan hatte. Sie legte den Kopf an die Rinde und schloß die Augen, denn sie glaubte, daß sie so den Stern der Liebe besser sehen könne.

Da fühlte sie einen warmen Hauch auf ihrer Hand und sah ein Rentier vor sich. Sie nahm seinen Kopf und küßte es auf die Lippen, aber es wandte sich ab und ging mit kleinen Schritten davon. Sie folgte ihm. Es führte sie zu einer Höhle, die ein Bär verlassen hatte. Aus Laub machte sie sich ein Bett und streckte sich darauf aus.

Als sie erwachte, verspürte sie Hunger. Das Rentier, das am Ausgang der Höhle Wache hielt, zeigte ihr eine Stelle, wo sie Blaubeeren und andere wilde Beeren fand.

So lebte sie im Wald, wo sie sich geborgen und heimisch fühlte, und das Rentier blieb bei ihr.

Manchmal verließ sie ihre Höhle mitten in der Nacht und schlich zu der Hütte ihres Mannes, nur um ihn atmen zu hören.

Eines Tages humpelte die alte Hexe zu Anthos Hütte und jammerte:

»Die Haut über meinen Knochen ist nicht einmal mehr so viel wert wie eine durchlöcherte Decke. Mir ist jämmerlich kalt, und der weiße Pelzmantel, den ich da an der Tür hängen sehe, wäre ein wunderbarer Ersatz für das Fell, das mein hohes Alter aufgezehrt hat.«

Antho warf ihr den Pelz zu: »Da, fang, Hexe! Auf deinem Rücken ist er genau am richtigen Platz. Er ist weiß, aber die Seele derjenigen, die ihn genäht hat, ist ebenso schwarz wie deine.«

Die Hexe stieß einen entsetzlichen Schrei aus. Der Pelzmantel hatte sich um sie gewickelt und schnürte sich immer fester zusammen. Sie rief Antho zu Hilfe.

»Wenn ein Tier ein anderes überfällt, rufe ich die Kraft meiner Arme an, um sie voneinander zu trennen«, sagte Antho. »Eine Hexe sollte besser wissen, welche Kräfte sie anrufen muß, um sich von einem Pelzmantel zu befreien, der sie ersticken will.«

Aber weder ihr Onkel, der Teufel, noch ihre Tante, die Blutsaugerin, kümmerten sich um ihre Gebete. Da rief sie den Himmel an und versprach ihm, keine jungen Rentiere mehr zu stehlen, um sie bei Mondlicht zu rösten. Doch der Himmel ließ den Mantel noch fester pressen, gerade an jener Stelle, wo das Herz liegt, und die Alte fiel zu Boden.

»Mir scheint, du willst sterben«, sagte Antho. »Das sind deine Sünden, die dich ersticken. Beichte sie!«

Der Mantel drückte von neuem fest zu.

»Ich kann mich an nichts erinnern«, rief die Hexe. Dann fügte sie hinzu: »Ich hab der alten Feklista das Umschlagtuch gestohlen und ihm eine andere Farbe gegeben, damit sie es nicht wiedererkennt.«

Der Mantel drückte jetzt gleichzeitig vorn und hinten.

»Ich habe den Zahn gestohlen, den der alte Rego unterwegs verlor.«

Die Knochen knackten mit einem dumpfen Laut.

»Ich habe dem Raben deinen Ehering gegeben, damit er seine Zunge behalten konnte.«

Noch nie hatte der Wald einen Schrei gehört, in dem Freude und Schmerz, Hoffnung und Reue, Leben und Tod so innig verbunden waren.

Meri und Antho umfingen einander so leidenschaftlich, daß sie ins Moos fielen. Die Sonne und der Mond blickten abwechselnd durch die Zweige der Bäume, und jedesmal sahen sie die beiden eng umschlungen und unbeweglich am selben Platz liegen, als habe das Glück ihnen einen gemeinsamen Tod geschenkt.

Der Ratschlags-Verkäufer

»Du bist ein schlechter König«, sagte Mania zu ihrem Vater. »Du verurteilst die Unschuldigen und sprichst die Schuldigen frei. Dein Verstand ist ebenso klein, wie deine Gestalt groß ist.«

Der Riesenkönig wurde sehr böse und sagte:

»Wenn dein Vater schlecht ist, mußt du ja noch weniger wert sein.«

»Die Kinder schlechter Eltern schämen sich manchmal, solchen traurigen Beispielen zu folgen.«

»Die Tür ist offen«, brüllte der Riesenkönig. »Wenn sie sich wieder geschlossen hat, wird das Haus ein für allemal die verdorbene Nahrung ausgespien haben, die ihm den Magen beschwerte.«

Mania nahm nichts weiter mit als ihre Schönheit, aber die war groß. Sie machte sich auf den Weg und begegnete bald einem jungen Mann.

»Ich heiße Evan«, sagte der junge Mann. »Ich bin nicht reich, aber meine Arme sind fest und warm genug, um dich an meine Brust zu drücken.«

Sie machten noch am selben Tage Hochzeit, und am Abend nahm er sie in sein Bett.

Am folgenden Tag ging er ins Dorf, um Stoff zu kaufen. Mania machte drei Halstücher daraus, die er für einen guten Preis verkaufte.

»Willst du mir nicht drei Ratschläge abkaufen?« fragte ihn ein alter Mann.

Evan antwortete: »Ich bin nicht Reich, ich bin arm.«

»Gib mir alles, was du hast«, sagte der Alte, »ein guter Rat ist manchmal mehr wert als alles Gold der Welt.«

Evan leerte seine Taschen in die Hände des Alten, und dieser sagte:

»*Habe keine Furcht vor dem Tod.*

Der Diamant ist ebensoviel wert wie der Smaragd.

Laß die erhobene Hand sinken und stoße nicht zu.

Geh und vergiß diese drei Sätze nicht.«

Und er ging davon und wurde Matrose auf einem Segelschiff und befuhr die Meere.

Der Wind wollte nicht wehen. Die Segel hingen leblos, und der Kapitän war nahe daran zu sterben vor Langerweile und Ungeduld.

Da erschien der alte Ratschlagsverkäufer und sagte:

»Wirf einen gefesselten Mann ins Wasser, und das Schiff wird gerettet.«

Der Kapitän versammelte seine Mannschaft, aber alle zitterten vor Angst.

Da erinnerte Evan sich an den ersten Rat: *Habe keine Furcht vor dem Tod.*

»Wenn du ertrinkst, wird das Schiff auch verloren sein«, sagte der Kapitän zu ihm. »Kommst du aber wieder, so soll das Schiff dir gehören, weil du es gerettet hast.«

Evan ließ sich an Armen und Beinen fesseln und wurde ins Meer geworfen. Er fiel ohne Umweg in das Reich des Königs Salomon. Dort stritten sich der König und die Königin gerade so heftig, daß sie den jungen Mann nicht ankommen sahen.

»Der Diamant ist mehr wert als der Smaragd«, sagte der König.

»Nein, der Smaragd ist mehr wert als der Diamant«, sagte die Königin.

Sie schrien furchtbar, beide mit um so größerem Nachdruck, als keiner sicher war, recht zu haben.

Ihre Gesichter waren rot und unglücklich, es machte keine Freude, sie anzusehen. Evan wurde von Mitleid ergriffen. Er holte tief Luft und brüllte so laut, daß seine Lunge beinahe platzte:

»Der Diamant ist ebensoviel wert wie der Smaragd.«

Der Jubel des königlichen Paares überstieg alle Grenzen. Sie erdrückten Evan beinahe mit ihren Umarmungen. Und über seine Schultern hinweg küßten sie einander. Dann nahmen sie ihn bei der Hand und führten ihn durch die Säle des Palastes. Sie hießen ihn an einem goldenen Tisch niedersitzen und boten ihm Fische an, deren Fleisch ihm den Mund mit einem so seltenen und wollüstigen Geschmack erfüllte, daß er meinte, vor Entzücken zu vergehen.

Evan war ganz traurig, als er seine Gastgeber wieder verlassen mußte. Sie baten ihn, zur Erinnerung ein Kästchen voller Smaragde und Diamanten mitzunehmen. Evan lächelte verlegen und neigte den Kopf erst auf die eine Schulter, dann auf die andere. Der König und die Königin fürchteten so sehr, er könne das Geschenk vielleicht zurückweisen, daß sie vor Ungeduld zitterten.

Als er endlich das Kästchen unter den Arm schob und mit der freien Hand Kußhände zurückwarf, begann das Königspaar vor Freude zu tanzen. Das Meer tanzte mit, und es gab einen großen Aufruhr und viele Strudel. Es dauerte gar nicht lange, da fand Evan sich wieder an Bord eines Segelschiffes.

Der Wind blies. Die Edelsteine funkelten wie Sterne,

das Segelschiff tanzte auf den Wogen und trug seinen neuen Herrn zu einem Land, dessen Fürst gerade ein großes Fest gab.

Elf Schiffe lagen im Hafen, Evans war das zwölfte.

»Wer bist du, daß du dich mir zur Rechten setzest?« fragte der Prinz.

Evan neigte den Kopf bescheiden erst auf die eine, dann auf die andere Schulter.

»Mit meinem Schiff«, sagte er, »könnte ich alle anderen kaufen.«

Der Fürst lachte und die Gäste lachten, tippten mit dem Zeigefinger an ihre Köpfe und wiesen mit demselben Finger auf Evans Kopf. Evan fing auch an zu lachen und rief:

»Seht euch diesen Kopf an, der die Ehre hatte, eure Aufmerksamkeit auf sich zu ziehen. Ich will ihn mir abschlagen lassen, wenn ich nicht die Wahrheit gesagt habe. Habe ich aber die Wahrheit gesagt, so sollen eure elf Schiffe mir gehören.«

Begeistert ging man auf die Wette ein und begab sich lärmend mit dem ganzen Gefolge zum Meer. Es wurde aber sehr still, als sie auf Evans Schiff das Kästchen fanden, bis zum Rand gefüllt mit Diamanten und Smaragden. Das war genug, um die elf Schiffe zu kaufen und ihre Eigentümer dazu, wenn sie zu verkaufen gewesen wären. Der Fürst verneigte sich vor Evan und sagte:

»Ich habe eine Tochter, die mir sehr teuer ist und die mir ähnlich sieht. Ich gestatte dir, sie zur Frau zu nehmen.«

Evan verneigte sich nicht ganz so tief wie der Fürst und sagte:

»Es gehört nicht zu meinen Gewohnheiten, Töchter zu heiraten, die ihrem Vater ähnlich sehen.«

Zwölf Schiffe verließen das Land, dessen Fürst ein großes Fest gegeben hatte, und zwölf Schiffe fuhren zu dem Land, wo Evans Frau, so geduldig wie sie konnte, auf ihren Gatten zu warten versuchte.

Der Riesenkönig war ganz geblendet, als er die Reichtümer sah, die einem einzigen Manne gehörten. Er stieg von seinem Thron herab, um Evan zu begrüßen, verneigte sich tief vor ihm und sagte:

»Wenn ich eine Tochter hätte, würde ich sie dir zur Frau geben.«

Evan verneigte sich nicht ganz so tief und sagte:

»Du hattest eine Tochter, aber du hast sie davongejagt, weil dein Verstand ebenso klein wie deine Gestalt groß ist.«

Der König blickte auf die Spitze seiner Schuhe nieder, und da die Entfernung zwischen seinem Kopf und seinen Füßen beträchtlich war, fühlte er sich schwindlig.

»Es ist wahr«, sagte er, »ich habe sie davongejagt, und ich weiß nicht einmal, wo ich sie wiederfinden könnte.«

Evan aber wußte, wo er seine Frau wiederfinden würde.

Sie lag in ihrem Bett und schlief.

Zu ihrer Rechten lag ein Mann.

Zu ihrer Linken lag ein Mann.

Evan zog seinen Dolch und hob die Hand.

Da erinnerte er sich des dritten Satzes: *Laß die erhobene Hand sinken und stoße nicht zu.*

Seine Frau erwachte und stieß einen Freudenschrei aus.

»Dies hier sind deine Söhne, die geboren wurden, nachdem du weggegangen warst. Sie werden bald die

Gestalt meines Riesenvaters haben, aber ihr Verstand wird hoffentlich deinem ähnlich sein.«

Evan umschlang seine Frau mit seinen warmen und festen Armen, neigte den Kopf erst auf die eine, dann auf die andere Schulter und schaute sie lächelnd an.

Der See von Galajarvi

Wenn die Nacht herabsinkt, tritt der See von Galajarvi nicht in jene dunkle Stille ein, mit der sich die anderen Seen umhüllen.

Menschen, die sich verspäteten und zu jener Stunde an seinen Ufern weilten, da die Geister aus ihren Schlupfwinkeln hervorkommen, haben erzählt, daß aus dem Schoß seines Wassers Stimmen aufsteigen und im Schilfrohr flüstern. Zu dieser Stunde fangen die Seerosen an zu zittern und leise miteinander zu reden. Ihre Blüten, die größer und reicher sind als auf den anderen Seen, öffnen sich und lassen den Himmel in ihr Herz blikken.

Kein Wesen hat je den Grund des Sees von Galajarvi gesehen, kein Auge je die grüne Oberfläche durchdrungen. Weder Himmel noch Felsen noch die Bäume, die an seinen Ufern wachsen, spiegeln sich in seinem Wasser. Selbst das Eis im Winter läßt seine leuchtende grüne Färbung unangetastet. Und wenn es anfängt zu schneien, treibt ein wilder Wind den Schnee ans Ufer zurück.

So strahlt der See, tief gebettet in die arktische Nacht, wie ein Smaragd in einem Schmuckkästchen mit weißer Watte oder wie ein grünender Weideplatz im Königreich des Schnees. Später, wenn der Sommer kommt und Fische aller Art die Seen des hohen Nordens bevölkern, kräuselt kein einziges Lebewesen den Spiegel des Galajarvi-Sees, es sei denn, daß jene geheimnisvoll leuchtenden Augen, die zuweilen durch die Seerosen hindurchschimmern, ohne die dunklen Schatten aufzuhellen, ein paar riesigen Hechten gehören.

Die Menschen, die in der Umgegend wohnen, haben kein Vertrauen zu dem See. Sie behaupten nicht gerade, daß er verhext sei, aber sie wagen nicht, ihm allzu nahe zu kommen. Sie behaupten nicht, daß er keine Seele habe, aber sie sind überzeugt, daß sie anders ist als die Seele der übrigen Seen.

Dasselbe gilt für den Bewohner jenes Hügels, dessen Hänge fast senkrecht zum Galajarvi-See hin abfallen. Die Menschen behaupten nicht, daß er ein Hexenmeister oder ein vom Teufel Besessener sei, aber sie kommen nie zu ihm, um ihn zu besuchen oder ihn in ihre Häuser einzuladen.

Einige gehen sogar so weit, zu erklären, seine Seele gleiche derjenigen des Sees so sehr, daß man sie nicht voneinander unterscheiden könne.

Es wäre fast vermessen, wollte man versuchen, die seltsamen Dinge zu erzählen, die während der Zeit, da der Fischfang beginnt, bis zu dem Tag, da der erste Schnee fällt, am See von Galajarvi geschehen.

Wenn die Schatten, befreit von der großen Sommersonne, sich wieder über den See von Galajarvi breiteten, pflegte der einsame Bewohner seine Hütte zu verlassen und die Hänge des Hügels hinabzuschreiten. Mehrere Tage lang sah man keinen Rauch aus der Hütte über dem See aufsteigen. Dann sagten die Menschen:

»Der Herr von Galajarvi ist auf die Suche nach einem Gehilfen gegangen; die Zeit des Fischfangs kommt.«

Er ging sehr weit, bis in ferne Gegenden, wo man ihn nicht kannte. Er trat in die Häuser und bat um Gastfreundschaft. Seine Augen, die nicht wie die Augen anderer waren und von denen man sagte, sie seien mit Nebel verhängt wie der Blick der Toten, sahen sich suchend unter seinen Gastgebern um. Sie verweilten nicht auf den Gesichtern der Alten, begannen aber seltsam zu lächeln, wenn sie einem jungen Blick begegneten, den die Wolke unheilbarer Melancholie beschattete.

Dann erklärte der Herr von Galajarvi, daß er gekommen sei, einen Gehilfen zu suchen, der ihm helfen solle, die Netze aus dem Wasser zu ziehen, denn die Zeit des Fischfangs habe begonnen.

Und da sein Anerbieten, unterstützt von großzügigen Geschenken, nichts Ungebührliches an sich hatte, willigten die Eltern des jungen Mannes ein und ließen ihn mit dem Fremden ziehen.

Wieder sah man Rauch aufsteigen aus der Hütte am Galajarvi-Hügel. Wieder löste sich in der Abenddämmerung, wenn die Schatten den See umhüllten, lautlos ein Boot vom Ufer und glitt über die unbewegliche Oberfläche hin, die weder Baum noch Stern spiegelte und der selbst der Mond mit all seinem Strahlen kein Leuchten zu geben vermochte.

Statt wie die anderen Fischer die Netze nicht weit vom Ufer auszuwerfen und sie dann an Land zu ziehen, fuhren der Herr von Galajarvi und sein Helfer bis zur Mitte des Sees und blieben dort stundenlang, ohne ein Lebenszeichen von sich zu geben.

Was sie dort machten, hat kein Mensch je zu erzählen gewußt. Tief neigten sie die Köpfe über den Rand des Bootes und schienen viel mehr damit beschäftigt, zu lauschen, was ihnen der See sagte, als Fische aus dem Wasser zu ziehen. Man behauptete sogar, daß ihre Hände müßig blieben und daß sie nicht einmal ein Netz oder sonst ein Fanggerät auf ihre nächtlichen Fahrten mitnahmen.

Der August neigte sich seinem Ende zu, und schon verschwand der kurze lappländische Sommer so schnell wie er gekommen war. Die Blätter der Birken wurden gelb und dann rot. Der Hügel von Galajarvi hüllte sich in einen blutbefleckten Mantel. Dennoch behielt der See seine ewig grüne Farbe, nur auf die Blätter der Wasserpflanzen waren einige Blutstropfen gefallen.

Es kam die Zeit, da die Augen der Seerosen sich offen dem Himmel darboten. Die beiden Fischer blieben noch länger unbeweglich mitten auf dem See, und ihre Köpfe neigten sich noch tiefer über den Rand des Bootes, bis ihre Ohren den Wasserspiegel fast berührten.

Die ersten Strahlen der Morgensonne hatten immer mehr Mühe, die dichter werdende Finsternis zu durchdringen. Je näher der Herbst und die Zeit der ewigen Nacht rückten, desto weniger gelang es dem See, sich von den Schatten zu befreien. Es schien fast so, als habe er Gefallen an der Dunkelheit und wehre sich viel länger als die anderen Seen gegen die morgendliche Helle.

Und doch waren alle diese Erscheinungen, die der natürlichen Ordnung widersprachen, nichts im Vergleich zu dem, was sich in jener Nacht begab, da zum ersten Mal wieder Schnee die Erde bedeckte.

Wenn man die Bewohner dieser Gegend bat zu erzählen, was sie in jener Zeit, da der Boden sich in seine Winterdecke hüllte, um Mitternacht am See von Galajarvi sahen und hörten, so antworteten sie entweder gar nicht oder erklärten, daß es nicht gut sei, sich mit dunklen Geschichten abzugeben, zumal der Teufel seine Hand im Spiele habe.

Die Alten bekreuzigten sich und wandten die Blicke gen Himmel, um Schutz zu suchen gegen Dinge, die der Erde oder vielleicht einer noch tieferen Welt entstiegen. Sagten sie dennoch etwas, so geschah es mit gedämpfter Stimme, damit die schlafenden, stets zum Aufwachen bereiten bösen Mächte nicht gestört würden.

Kaum hatte die Sonne liebkosend den Horizont gestreift, der zum ersten Mal in ein weißes Kleid gehüllt war, da ertönte ein seltsamer Gesang in der Gegend von Galajarvi. Das war nicht mehr die Klage des Windes in Bäumen oder Häusern, das war eine Stimme, die von so weither kam, daß sie nur vom Grunde des Galajarvi-Sees aufgestiegen sein konnte.

Zuweilen heulen aus der Tiefe des arktischen Waldes die Wölfe, deren wilde Seelen schwer von Kummer und Sehnsucht sind, ihr hoffnungsloses Lied, das in die Herzen der Menschen fällt und schmerzliche Träume in ihnen weckt. Wieviel trauriger und verzweifelter aber klangen jene Stimmen, die zwischen dem Schilfrohr und den blutbefleckten Blüten der Seerosen aus dem See von Galajarvi aufstiegen!

Selbst die stärksten und unempfindlichsten Herzen begannen zu zittern, und wenn sie sich nicht gewaltsam dem Zauber jener Stimmen entzogen hätten, so wären sie gewiß dem Rufe gefolgt.

Am selben Tag erschien zu jener Stunde, da die Geister aus ihren Schlupfwinkeln hervorkommen, ein wunderbares Gespann auf dem Gipfel des Hügels, dessen Hänge steil in den Galajarvi-See abfallen. Über den Schnee glitt ein Schlitten dahin, der mit prächtigen Stoffen ausgelegt war und von drei riesigen Rentieren gezogen wurde. In dem Schlitten saß ein Jüngling, bekleidet mit einem Mantel in den Farben des Nordlichts, wie ihn junge Männer tragen, die ihre Braut zur Hochzeit führen. Während der Ruf, der zwischen dem Schilfrohr und den blutbefleckten Seerosen aufstieg, immer drängender und mächtiger wurde, glitt das Gespann schneller und schneller den Hügel hinunter, und wer gute Ohren hatte, behauptete, leise Glockentöne gehört zu haben wie von einem Totengeläute.

Am folgenden Tag fuhr der Herr von Galajarvi allein hinaus in seinem Boot, und man erzählte sich, daß er mitten auf dem See an der gewohnten Stelle das Ohr stundenlang tief über den unbeweglichen Wasserspiegel geneigt hielt.

Wenn man ihn später beiläufig fragte, was aus seinem Gehilfen geworden sei, antwortete er mit ruhiger, hell singender Stimme: »Er ist nach Hause zurückgekehrt.«

Es kam jedoch ein Jahr, da der Herr von Galajarvi noch soviel in den entlegensten Winkeln Lapplands suchen mochte, niemand wollte ihm seinen Sohn als Helfer während der Zeit des Fischfangs anvertrauen. Obwohl die Leute keine Beweise gegen ihn hatten, machten sie ihn für das geheimnisvolle Verschwinden der Jünglinge verantwortlich, das sich alljährlich beim ersten Schneefall wiederholte. Und überall wies man ihm mit Blicken oder Worten die Tür.

Der Herr von Galajarvi sah nicht das Feuer, das die Holzscheite im Kamin verzehrte, und hörte nicht den Wind, der über den Hügel brauste und die Birkenblätter davontrug, als sei schon die Zeit der Herbststürme gekommen.

Er hatte den Kopf in die Hände gestützt und war so tief in Gedanken versunken, daß er das schüchterne Klopfen an seiner Tür nicht hörte. Doch das Klopfen verlor nach und nach seine Schüchternheit und wurde so laut, daß der Herr von Galajarvi es hören mußte. Da erhob er sich mühsam und schob den Riegel zurück.

Als er den jungen Mann erblickte, der ihn mit einem Lächeln auf den Lippen grüßte, machte er eine Bewegung, als wolle er ihn fortjagen. Doch der Besucher schien die Geste für eine Einladung zu halten und trat ins Haus.

»Was willst du von mir?« fragte der Herr von Galajarvi, und seine Stimme klang schwer und müde.

»Ich habe gehört, daß Ihr einen Helfer beim Fischfang sucht«, sagte der junge Mann. »Meine Arme sind kräftig, und ich weiß, wie man die Netze aus dem Wasser zieht und wie man die Fische nachher sammelt und am Ufer zu großen Haufen schichtet.«

Der Jüngling hatte so strahlende, klare Augen, daß der Herr von Galajarvi seinen Blick senkte.

»Ich habe keine Verwendung für dich«, murmelte er.

»Aber ich kann Euch versichern«, wiederholte der Jüngling, »daß Ihr niemals einen tüchtigeren und kräftigeren Helfer finden könntet. Oder ist Euch ein schwächlicher Lehrling lieber, der den Leuten nicht ins Gesicht zu sehen wagt? Denn gewiß bekommen die Ohren Eurer Gehilfen nur schaurige Töne zu hören, die aus den Tiefen der Erde oder aus einer noch tieferen Welt aufsteigen.«

Der Herr von Galajarvi machte einen Schritt vorwärts und hob die Hand zum Schlag.

»Eure Arme können mir nichts antun, denn sie haben so wenig wie Eure Augen die Kraft, etwas Lebendiges anzutasten. Seid vernünftig. Ihr habt keine Wahl. Nehmt mich an; ich werde Euch dienen, so gut ich kann.«

Draußen tobte der Wind, und trotz der frühen Jahreszeit hatte es zu schneien begonnen.

Der Jüngling blickte durch das Fenster, und das Lächeln auf seinen Lippen war jetzt sehr seltsam.

»Bald ist der Schnee hoch genug, um die Last eines Schlittens zu tragen«, sagte er. »Noch nie hat man im August ein ähnliches Wetter erlebt, und ich fürchte, nach einem solchen Tag braucht Ihr keinen Gehilfen mehr für den Fischfang. Kehrten nicht alle Eure Lehrlinge beim ersten Schneefall nach Hause zurück?«

Der Herr von Galajarvi antwortete nicht. Er war gelähmt von einer Müdigkeit, die ihn zehnmal älter erscheinen ließ als er war. Zusammengesunken saß er auf seinem Stuhl, die Augen geschlossen, den Mund halb offen, und murmelte verworrene und unverständliche Worte vor sich hin.

Als der Abend kam, verlor der Wind seine Heftigkeit, und allmählich breitete sich Ruhe um den See von Galajarvi. Aus den grünen Wassern zu Füßen des Hügels stieg ein Singen, durchbrach das Schweigen des ersten Schnees, der in dichten Flocken fiel, erklomm den Hang und trat in die Hütte. Da erwachte die alte Uhr, die in einer Ecke des Raumes hing, und ließ elf Schläge hören, die so traurig klangen, daß sie auch die härtesten Herzen zum Mitleid erweckt hätten.

Selbst der Jüngling mit den leuchtenden Augen schien von der Traurigkeit angerührt zu werden, aber er faßte sich, und von neuem wurde sein Antlitz von einem geheimnisvollen Lächeln erhellt.

Der Ruf des Sees wurde so drängend und gebieterisch in seiner Not, daß der Herr von Galajarvi sich von seinem Stuhl erhob und mühsam ans Fenster trat, wo er reglos stehenblieb, den Kopf weit vorgestreckt, als wollte er sein Ohr von der Höhe des Hügels herab der undurchdringlichen grünen Oberfläche zuneigen.

Wer noch an der Verwandtschaft seiner Seele mit der des Sees zweifelte, hätte sehen sollen, wie er sich plötzlich belebte: es war, als ob das Lied, das zu ihm aufstieg, ihm übernatürliche Kräfte verlieh. Seine Augen, die farblos wirkten und deren Blick nach innen gerichtet schien, wurden leuchtend grün, ein schimmerndes Licht stieg aus ihren Tiefen und sprühte nach außen.

So wandte er sich dem Jüngling zu, dem weder Erregung noch Staunen anzumerken war. Nur sein Blick wurde noch strahlender und hielt offen dem Ansturm der schimmernden Blitze stand. Der Herr von Galajarvi war es, der als erster nachgab. Das grüne Licht in seinen Augen wurde blaß, die Lider senkten sich, und der Blick kehrte wieder nach innen. Da trat der Jüngling zu ihm, legte die Hand auf seine Schulter und sagte ihm ein einziges Wort ins Ohr.

Zitternd, als ob er einem Befehl gehorchte, bückte sich der Herr von Galajarvi, zog aus einer Ecke des Raumes eine Truhe, öffnete sie und nahm einige Schlüssel heraus. Der Jüngling ergriff sie, und beide gingen in den Hof.

Der Schnee hatte aufgehört zu fallen und der Wind hatte aufgehört zu wehen, als wollten sie dazu beitragen, daß man den Ruf des Sees von Galajarvi besser hören konnte.

Mit den Schlüsseln in der Hand ging der Jüngling auf einen großen Felsen nahe der Hütte zu. Eine eiserne Tür, kaum erkennbar, weil sie die Farbe des Felsens hatte, verbarg den Eingang zu einer Grotte. Knarrend öffnete sich die Tür, und wie eine riesige Mundhöhle tat sich ein düsterer Raum vor ihnen auf.

Aus der Ferne hörte man das Geklapper von Hufen

und das Scharren eines Schlittens über den nackten Stein. Sechs schimmernde Augen wuchsen aus der Dunkelheit und näherten sich der Felsöffnung.

Der junge Mann trat einige Schritte zurück und ließ ein prächtiges Gefährt mit drei Rentieren an sich vorüberziehen, deren grüne Augen Blitze schleuderten. Vor dem Herrn von Galajarvi hielten sie an, neigten die mit riesigen Geweihen geschmückten Häupter und schienen gehorsam und ehrerbietig auf Befehle zu warten. Der Meister selbst hielt den Kopf gesenkt wie sie und zuckte kaum zusammen, als er eine Stimme vernahm, die seine eigene war, die aber aus einem anderen Munde kam. Er erkannte die feierlichen Worte, die er jedes Jahr beim ersten Schneefall sprach, wenn er Abschied von seinen Gehilfen nahm und sie nach Hause zurückschickte:

»Als ich zu euch kam und euch von euren Eltern fortnahm, habe ich wohl in euren Augen gelesen, daß ihr mit dem Leben nicht in Einklang lebtet. Eine unheilbare Schwermut bog euer Herz zur Erde. Der Himmel schien euch zu fern und zu schwer erreichbar, und ihr träumtet davon, daß es einen leichter zugänglichen Ort gäbe, an dem ihr eure kranke Traurigkeit begraben könntet. Ihr seid mir gefolgt, mir, dessen Blick dem euren ähnlich war; ich habe euch zu meinem See geführt und euch gelehrt, auf seine Stimme zu hören. Er hat euch gesagt, daß auf seinem Grunde Geschöpfe wohnen, deren Seele der euren gleicht und die wie ihr keine Freude an diesem Leben fanden. Wie eine welke Blume sich beugt und ihren müden Kopf auf die Erde legt, aus der sie gekommen ist, so neigtet ihr euch über den See und legtet euer Ohr auf sein unbewegliches Wasser. Eure Traurigkeit fand Gefallen an dem Klang der sehnsüchtigen Stimmen, die in singender, schmerzlicher Klage aus den Tiefen emporstiegen. Und während wir Nächte hindurch lauschten, empfand eure Seele ein unwiderstehliches Verlangen zu jenen anderen Seelen hin, die nach ihr riefen und sie einluden, sich wieder mit ihnen zu vereinen, damit sie die Mühen des Lebens vergäße.«

Für einen Augenblick wurde die Rede, die nicht aus dem Munde des Herrn von Galajarvi kam, unterbrochen. Der Jüngling hatte sich über den Schlitten gebeugt und einen prächtigen Mantel in den Farben des Nordlichts aus ihm hervorgezogen. Und wieder ertönten die feierlichen Worte über die Rentiere hin, die ihre Häupter ehrerbietig und gehorsam gesenkt hielten:

»Entledigt euch eurer traurigen Kleider aus den Farben der Erde und hüllt euch in diesen nordlichtfarbenen Mantel, der jenem gleicht, den die Lappen tragen, wenn sie ihre Braut zur Hochzeit führen. Dieser Schlitten und diese Rentiere, die mit riesigen Geweihen und kleinen Glocken geschmückt sind, werden euch in das Glück tragen, nach dem ihr Sehnsucht hattet in diesem Leben, das euch weder Freude noch Ruhe zu schenken vermochte.«

Langsam befreite sich der Herr von Galajarvi von seinen traurigen Kleidern in den Farben der Erde. Als er nichts anderes mehr trug als jenes Gewand, das nicht von Menschenhänden gemacht ist, wurde er von dem prächtigen nordlichtfarbenen Mantel umhüllt.

Lange noch stand der Jüngling da und blickte dem Gefährt nach, das den Herrn von Galajarvi zu seinem geliebten See davontrug.

Lange noch hörte er das Läuten der kleinen Glocken, das wie ein Totengeläute klang. Als es sich in der Ferne verloren hatte, schritt er in der Richtung des Waldes davon, wobei seine Füße die Erde kaum berührten.

Nachdem auch der Jüngling verschwunden war, fiel wie ein gieriger Raubvogel ein heftiger Sturm über den See her und bemächtigte sich seiner Wasser, die schäumend zu gewaltigen Wogen aufstiegen. Die Wasserpflanzen und die blutbefleckten Seerosen wirbelten durcheinander, wurden mit ihren Wurzeln ausgerissen und ans Ufer geworfen.

Die ganze Nacht hindurch tobte der Orkan, und erst beim Morgengrauen beruhigte er sich.

Auf dem Hügel stand keine Hütte mehr; sie war spurlos verschwunden. Und als die Bewohner aus der Umgegend sich dem See von Galajarvi näherten, da fanden sie zu ihrem Erstaunen, daß er aussah wie die anderen Seen. Zum ersten Mal spiegelten sich der Himmel und die Bäume am Ufer in seinem stillen Wasser. Am Abend lächelte der Mond und schaukelte sich sanft auf den leichten Wellen.

Und als die Zeit der Jagd kam, spielten die Hechte ihr Lieblingsspiel.

Sankt Mikolai

Man konnte eigentlich nicht behaupten, daß der Pope Stepa schlecht war, aber seine Armut war so groß und sein Magen so leer, daß er zuweilen dem Verlangen nachgab, sich mit Gewalt zu verschaffen, was seine Beichtkinder ihm freiwillig nicht gaben.

Um die Wahrheit zu sagen, so begnügte er sich damit, aus der Almosenbüchse zu schöpfen, und wenn er den größten Teil für sich behielt, so geschah es nur deshalb, weil er wirklich der Ärmste der Gemeinde war. Es wäre gewiß ein Mangel an Nächstenliebe, ihn wegen solcher Kleinigkeit zu tadeln.

Die wahren Schuldigen waren doch nur seine Beichtkinder, die sich einbildeten, daß Gebete genügten, um die Bedürfnisse eines solchen Popen zu befriedigen. Zu allem Unglück hatte die Natur Stepa mit einer großzügigen Wohlbeleibtheit ausgestattet, und man weiß doch wirklich allgemein, daß die größten Kamine auch am meisten Holz fressen.

Um aber die ganze Wahrheit zu sagen, so fanden es die Schäflein, deren Seelenhirte Stepa war, unendlich viel angenehmer für ihre Geldbörsen, ihren Popen der Fürsorge der Heiligenbilder zu überlassen, zumal die Geistlichen ja ohnehin die Gesellschaft der Heiligen derjenigen der Menschen vorziehen.

Der unglückliche Stepa mochte seine Pfarrkinder noch so sehr ermahnen, großzügig zu ihren Nächsten zu sein; sie hörten seinen schönen Worten aufmerksam zu, kamen aber wie von ungefähr nie auf den Gedanken, ihn zu ihren Nächsten zu zählen.

In seiner Not wandte sich der Pope an den Heiligen Mikolai, dessen Bild so ziemlich das einzige war, das den Angriffen von Staub und Kälte widerstanden hatte.

Stepa war der Ansicht, daß allein die Heiligen das Recht hatten, sich um ihr Bild zu sorgen, und es wäre ihm deshalb unehrerbietig erschienen, sich einzumischen.

Aber die Liebe, die ihn mit Sankt Mikolai verband, erlaubte ihm gewisse Ausnahmen, und so kam es vor, daß er von Zeit zu Zeit mit jenem Teil seiner Soutane, der am wenigsten Löcher aufwies, über das Antlitz seines Lieblingsheiligen fuhr.

Die Beziehungen zwischen der Ikone und dem Popen hätten nicht zärtlicher sein können. Stepa wußte wohl, daß die ein wenig spöttischen Augen des Heiligen ihm im voraus alle seine kleinen Sünden verziehen, und er verzieh seinerseits dem Heiligen, daß er in seiner Seele las wie in einem Buch.

Zwar erhörte Sankt Mikolai nur einen winzigen Teil seiner Gebete, aber Stepa war überzeugt, daß die Ikone ihr Möglichstes tat, um ihm zu helfen.

Eines Tages jedoch geschah etwas, das gewiß besser nicht geschehen wäre.

Seit einiger Zeit war Stepas Not noch größer geworden. Seine Pfarrkinder waren wie auf Verabredung einmütig dazu übergegangen, ihr Scherflein, anstatt es in die Opferbüchse der Kirche zu werfen, unmittelbar den Händen der Armen zu übergeben.

Eines Tages, als Stepa vor dem Bild seines Lieblingsheiligen kniete und ihn anflehte, ihm doch ein weniger hartes Brot zu essen zu geben, bemerkte er, wie Sankt Mikolai ihn voller Spott anblickte. Da vergaß er plötzlich, wieviel Güte und Verständnis für menschliche Schwächen dieser selbe Blick enthielt, und er fühlte sich so gekränkt, daß er die Hand hob und die Ikone mit dem großen Schlüssel der Kirchentür schlug.

Er war darauf gefaßt, daß sogleich etwas Furchtbares geschehen würde, aber der Heilige blickte ihn mit sanfter Nachsicht an. Nur ein Stückchen seines Bartes, das ohnehin beinahe abgeblättert war, hatte der Gewalt des Schlages nicht widerstehen können.

Als der Pope am nächsten Morgen zitternd vor Scham und Reue seine Kirche betrat, war die Ikone verschwunden. Vergeblich warf Stepa sich vor den anderen Heiligenbildern auf die Knie, vergeblich rieb er sie mit jenem Teil seiner Soutane, der am wenigsten Löcher aufwies – er fand nur fremde und strenge Gesichter, die um so unzugänglicher waren, als die Zeit und der Staub alles verwischt hatten, was einst dazu gedient hatte, ihren Ausdruck zu mildern.

Der arme Stepa mochte noch soviel flehen und einem nach dem anderen Heiligen versprechen, sie jeden Tag, einschließlich Sonntag, abzustauben – der Heilige Mikolai blieb verschwunden.

Stepa wagte nicht, seine Beichtkinder zu Rate zu ziehen, denn er war sicher, daß sie ihn beschuldigen würden, die Ikone verkauft zu haben.

Eines Morgens, als Stepa sich gerade fragte, was ihm mehr Kummer machte: seine Armut oder der schmerzliche Verlust seines lieben Sankt Mikolai, trat ein Fremder in die Kirche. Er legte ein kleines Paket auf eine Bank und sagte: »Ich bringe dir geweihtes Brot. Teile es am

Sonntag nach dem Gottesdienst mit deinen Pfarrkindern.«

Als der Fremde wieder gegangen war, öffnete der Pope das Paket und stellte fest, daß dem Brot ein lieblicher Duft entstieg. Er betastete es, um zu sehen, ob es frisch sei, und fand es so zart und noch ofenwarm, daß es ein Vergnügen war, die Finger hineinzugraben. Als er dann auch noch entdeckte, daß es innen weiß und sahnig war, als ob der Teig mit feinstem Rahm angerührt worden wäre, gab Stepa es auf, der Versuchung noch länger zu widerstehen.

Gegen Ende des Morgens war von dem geweihten Brot nur noch das Tuch übriggeblieben, in das es eingewickelt gewesen war.

Was Stepa angeht, so fühlte er sich ganz ermuntert, und die Gewissensbisse, die er eigentlich hätte verspüren sollen, waren außerordentlich gemildert durch den Gedanken, daß der Kummer über das Verschwinden des Heiligen doch sicher eine kleine Entschädigung verdiene.

Trotzdem konnte der Pope es nicht verhindern, daß er heftig errötete, als der Fremde wieder in die Kirche trat und fragte, wer das geweihte Brot gegessen habe.

»Ich nicht«, sagte er schnell.

»Du gefällst mir«, sagte der Fremde. »Sieh, wie der Mond auf den Schnee scheint. Hast du nicht Lust, mich zu begleiten? Ich habe mancherlei zu erledigen.«

Stepa nahm die Einladung gern an, denn er sagte sich, daß die Gesellschaft eines Mannes, der solche köstlichen Brote zu vergeben hatte, nur erfrischend und, wer weiß, vielleicht auch nützlich sein konnte.

Nicht nur der Mond, sondern auch die Sterne schienen auf den Schnee herab, und Stepa, der glücklich war, seine Not und das schmerzliche Verschwinden des Heiligen Mikolai zu vergessen, erzählte dem Fremden die lustigsten Geschichten von seinen Beichtkindern. Stepa war ihm dankbar, daß er stumm blieb und sich damit begnügte, von Zeit zu Zeit freundlich mit dem Kopf zu nicken. Der Pope, der sich leidenschaftlich gern reden hörte, konnte sich seinem Lieblingsvergnügen hingeben, ohne daß er fürchten mußte, unterbrochen zu werden.

Als sie an einen breiten zugefrorenen Fluß kamen, machte Stepa zum ersten Mal eine Pause, weil er bei sich denken mußte, ob das Eis wohl einem so wohlbeleibten Popen widerstehen könnte.

Das Eis widerstand nicht.

»Wer hat das geweihte Brot gegessen?« fragte der Fremde den Kopf, der aus dem Wasser starrte.

»Ich nicht.«

»Du gefällst mir«, sagte der Fremde, packte Stepa am Kopf und zog ihn wie einen großen Fisch aus dem Fluß. »Klettere auf meinen Rücken«, sagte er.

Stepa gehorchte, obwohl er im stillen dachte, daß sein Gewicht zusammen mit dem seines Trägers das Eis nur noch mehr befremden müsse.

Dennoch erreichten sie das andere Ufer, ohne daß ein unfreundliches Krachen das Ohr des Popen beunruhigt hätte.

Sie traten in die erste Hütte, um Stepa zu trocknen, der vor Kälte zitterte und Eiszapfen auf seiner Soutane tanzen ließ.

Er wurde neben den Kamin gesetzt und hatte das Vergnügen, von der guten Gastgeberin bemitleidet und umsorgt zu werden.

Bald aber erreichten andere Klagen oder vielmehr

schreckliche Jammerlaute ihr Ohr. Der Fremde fragte, ob es einen Kranken im Hause gebe.

»Ja, meinen Sohn«, sagte die Frau und wischte sich die Augen mit einem Zipfel ihrer Schürze.

»Was tut ihm weh?«

»Alles, guter Herr, alles!«

Der Pope schüttelte zum Zeichen seines Mitgefühls bedächtig den Kopf, der Fremde aber fragte, ob er den Kranken sehen könne.

»Hast du ein Messer?« sagte er dann, nachdem er den Leidenden untersucht hatte.

»Bist du ein Arzt?« fragte die Frau.

»O ja, das auch«, antwortete der Fremde.

Man konnte nur ein großes Küchenmesser finden, aber das war gerade das Richtige, und bald wurde der Sohn, der zuvor in Schlaf versenkt worden war, in zwei Stücke geschnitten.

Nachdem der Fremde den Körper von seinem Inhalt befreit hatte, legte er das Ganze in einen Kübel mit heißem Wasser und begann, alles sehr kräftig abzureiben.

Als er sicher war, daß Herz, Lunge und Gedärme wie neu glänzten, trat der Fremde wieder zu dem Kranken, der immer noch schlief, und legte alles einzeln an seinen Platz zurück.

Kaum hatte er die beiden Stücke wieder zusammengenäht, da sprang der Bursche auf und küßte den Fremden vor Begeisterung darüber, daß er wieder neu instandgesetzt war.

»Wieviel schulde ich dir für diese schöne Arbeit?« fragte die Mutter.

Der Arzt nannte eine Summe, aber Stepa flüsterte ihm ins Ohr, er solle doch mehr verlangen.

»Meine Arbeit ist soviel wert, wie sie wert ist«, sagte der Fremde.

Sie zogen weiter und fanden bald an ihrem Weg wieder eine Hütte, aus der ein dumpfes und schauriges Wehgeschrei drang.

»Tretet ein«, sagte der alte Mann, der in dem Haus wohnte, »meine Frau ist sehr krank.«

»Was tut ihr weh?«

»Alles, bester Herr, alles!«

»Hast du ein Messer?«

Und alles geschah genau wie beim ersten Mal. Nur sprang die Alte nicht aus dem Bett, sondern stieg mit Würde heraus. Auch stürzte sie sich nicht auf den Arzt, um ihn zu küssen, sondern hielt die Wange ihrem Mann hin, der einen Kuß darauf drückte und ihr auf diese Weise dafür dankte, daß sie geheilt war und seine Ohren nicht mehr mit ihrem gräßlichen Gebrüll zerriß.

»Wieviel schulde ich dir für diese schöne Arbeit?«

Wieder näherte sich Stepa seinem Gefährten.

»Meine Arbeit ist soviel wert, wie sie wert ist«, sagte der Fremde, und sie gingen weiter.

Der dritte Kranke, den sie in zwei Stücke zu schneiden hatten, ließ es ebenso gefügig über sich ergehen wie die anderen. Und alles wäre genauso glücklich verlaufen wie bei den ersten beiden, wenn Stepa den Arzt nicht unterbrochen hätte, gerade in dem Augenblick, als er seine Hände in den Kübel mit heißem Wasser tauchte.

»Laß mich weitermachen«, sagte Stepa. »Ich habe dich bei der Arbeit beobachtet. Es ist so leicht, daß ich es ebenso gut kann.«

Und er begann kräftig an all dem herumzureiben, was das Innere des Kranken ausmachte.

In einem Ausbruch von Begeisterung ergriff er die

Eingeweide mit beiden Händen, schwenkte sie durch die Luft und rief:

»Oh! Nicht nur auf die Seele meiner Beichtkinder beschränkt sich meine Heilkunst!«

Der Fremde betrachtete den Popen, ohne etwas zu sagen, und blieb auch weiter stumm, als Stepa nach beendeter Reinigung alles an seinen Platz im Körper zurückzulegen versuchte.

Er verurteilte den Kranken dazu, mit der Lunge zu verdauen und mit dem Magen zu atmen. Er legte das Herz an den Platz der Leber und die Leber an den Platz des Herzens, und er war sehr erstaunt und recht gekränkt, daß der Patient, nachdem er alles zusammengenäht hatte, ihm nicht um den Hals fiel, um seiner Dankbarkeit Ausdruck zu geben.

»Er will sich nicht bewegen«, sagte Stepa enttäuscht. Und dann begann er zu weinen und den Arzt anzuflehen, den Schaden wiedergutzumachen.

»Wer hat das geweihte Brot gegessen?«

»Ich nicht«, sagte Stepa.

»Du gefällst mir«, sagte der Arzt und machte sich an die Arbeit. Als der Kranke sich soweit wiederhergestellt fühlte, um zu fragen, wieviel er für die Operation schuldig sei, riet Stepa, der seine Sicherheit wiedergewonnen hatte, dem Fremden, mehr zu fordern.

»Meine Arbeit ist soviel wert, wie sie wert ist.«

Sie zogen weiter.

»Und jetzt wollen wir das Geld teilen«, sagte der Fremde.

»Warum machst du drei Teile?« fragte Stepa.

»Einen für dich, einen für mich und einen für den, der das geweihte Brot gegessen hat«, sagte der Fremde.

»Aber ich habe doch das geweihte Brot gegessen!«

»Du gefällst mir«, sagte der Fremde und blickte Stepa an. Und Stepa erkannte, wem die ein wenig spöttischen Augen gehörten, die gleichzeitig voller Nachsicht und Verständnis für Stepas zahlreiche Sünden waren.

»Sankt Mikolai!« rief der Pope, stürzte sich auf seinen Gefährten und überschüttete ihn mit Küssen.

»Mir wären etwas weniger Überschwang und etwas mehr Demut und Reue lieber gewesen«, sagte der Heilige Mikolai leicht enttäuscht. »Aber weil du es bist und weil man alte Popen doch nicht mehr ändern kann, so nimm das ganze Geld und schlage mich nicht wieder, wenn du findest, daß ich ein wenig langsam sei im Erhören deiner Gebete.«

Marishka

Es ist wirklich traurig, wenn eine Greisin wie Marishka sich einfach nicht taufen lassen will.

»Mein armes Kind«, sagte der Priester, »du bist die letzte Heidin im ganzen Land.«

Marishka schüttelte den Kopf und beklagte ihr eigenes Los. Dann legte sie drei ausgetrocknete Finger an den Mund und schickte einen Kuß zur Sonne.

»In meinem Alter«, sagte sie, »liebt man Götter, die warm sind.«

»Und wenn die Sonne sich versteckt, im Winter, oder hinter Wolken?«

»Einer ihrer Söhne sitzt in meinem Herd. Ich gebe ihm Baumklötze zu fressen.«

»Ich dachte, für dich seien die Bäume auch Götter?« sagte der Priester. »Ich habe gesehen, wie du dich vor ihnen verneigtest und an ihrer Rinde lecktest. Dabei waren deine Augen voller Andacht und Frömmigkeit. Wie kannst du sie dem Feuer zu fressen geben?«

»Nur ein Gott ist würdig, einen anderen Gott zu ernähren. Übrigens lecke ich nicht an den Bäumen, sondern ich küsse sie«, sagte Marishka ärgerlich.

Da nahm der Priester sie am Arm und führte sie zu einem Baumstumpf.

»Da war einmal ein Baum«, sagte er, »der senkte seine Wurzeln tief in die Erde. Selbstsüchtig sog er das Leben aus ihr. Er gab ihr nichts dafür. Eines Tages ist der Sturm gekommen und hat deinen armen Gott umgeworfen, meine arme Marishka.«

»Mir ist ein umgeworfener Gott lieber als einer, den man weder sehen noch berühren kann.«

»Kannst du dein Herz sehen – oder deine Lunge – oder deinen Magen? Und doch könntest du ohne sie nicht leben«, sagte der Priester. »Auch der Gott der Christen ist uns so nahe, daß wir ihn nicht sehen können. Auch er hat seine Wurzeln in unserem Herzen. Wir können sie nicht sehen, und auch seinen Stamm und seine Äste nicht, denn er wohnt im Himmel. Mein Baum saugt mein Leben nicht auf, sondern läßt seinen eigenen Saft in meine Adern fließen und füllt mein Herz mit seiner Liebe und Wärme. Um meinen Durst zu stillen, gibt er mir jenen Trunk, der auch die Lippen der Engel befeuchtet.«

Anstatt sich überzeugen zu lassen, stampfte Marishka mit dem Fuß.

»Ich mag keine Engel, die in einem unsichtbaren Baum wohnen. Ich höre lieber den kleinen Vögeln zu, die im Laub meiner Götter singen.«

Es ist wirklich traurig, wenn zwei Söhne unter dem Eigensinn ihrer Mutter leiden müssen.

Moca und Voca hatten es einfach satt, das ewige Geschrei zu hören: »Heidensöhne! Heidensöhne!«

Sie gingen in den Wald und holten sich zwei von den grauen Bärten, die auf den Tannen wachsen. Als Mönche verkleidet klopften sie an die Tür ihrer Mutter.

»Ich bin nicht zu bekehren!« sagte Marishka.

»Wenn du nicht zu bekehren bist, so ist dieser Pelz auch nicht zu haben«, sagte Moca und zog hinter dem Rücken ein prachtvolles weißes Rentierfell hervor.

Marishka hatte seit ihrer Kindheit die Gewohnheit behalten, alles, was ihren Augen Freude machte, dem Mund anzubieten. Kleine Kinder und sehr alte Leute küssen gern, was sie nicht essen können.

Marishka verbarg ihr Gesicht in dem weißen Fell und atmete den warmen Geruch von Moos und Wald ein. Sicher hielt sich ein Stück Sonne zwischen den Haaren des Rentiers versteckt. Sie ließ das Fell ein wenig sinken und beäugte die beiden Mönche. Ihre kleinen listigen Augen schienen auf einem Meer von Sahne zu schwimmen.

»Die Haut spannt sich bei uns Alten so dünn über die Knochen«, sagte sie, »daß man ihnen eine zweite Haut nicht verweigern sollte.«

»Laß dich taufen und behalte dieses weiße Fell!« sagte Moca.

»Behalte dieses weiße Fell und laß dich taufen!« sagte Voca.

Die kleinen listigen Augen, die auf einem Meer von Sahne schwammen, schlossen sich einen Augenblick und öffneten sich wieder. Kein Laut kam aus dem Mund. Offensichtlich faßte die alte Marishka endlich den Entschluß, jenen Weg zu gehen, der ihre arme Seele den Krallen des Heidentums entreißen würde.

Moca und Voca rissen ihre falschen Bärte ab, tanzten um Marishka herum und sangen:

»Man läßt sich leicht bekehren für ein weißes Rentierfell!«

»Für ein weißes Rentierfell läßt man sich leicht bekehren!«

»Holt den Priester«, sagte Marishka mit einer Stimme, die sich in den Haaren des Pelzes zu verstecken schien.

Durch die Tür, die Moca und Voca offen gelassen hatten, drang die Sonne herein und ließ die kleinen listigen Augen zwinkern.

Während das Meer von Sahne sich bis zum Kinn senkte, legten sich drei ausgetrocknete Finger an den Mund und schickten einen ganz kleinen Kuß zur Sonne.

Der kleine Riese

Von allen Seiten strömten sie herbei, um Stepan, den Riesen, zu besuchen; er aber antwortete nur mit gesenkter Stimme auf die Glückwünsche und schien sich sehr zu schämen. Immer wieder sagte er allen, die den Sohn sehen wollten, der ihm am Tag zuvor geboren worden war, dieselben Worte: »Sein Mund ist wie festgeklebt an der Brust seiner Mutter.«

Seinen besten Freunden verweigerte er den Eintritt in sein Haus und geriet in Zorn, wenn sie es wagten, hartnäckig zu bleiben. Allmählich verbreitete sich das Gerücht, seine Frau habe ein Ungeheuer geboren. Aber alle, die sich solchen Vermutungen hingaben, waren weit entfernt von der grausamen Wirklichkeit: das wegen seiner Kraft und Größe geachtetste Riesenehepaar hatte einen Zwerg zur Welt gebracht.

»Wenn er je so groß wird, daß er dir bis zum Knie reicht, kannst du dich für den glücklichsten Riesen halten«, hatte die weise Frau zu Stepan gesagt.

Doch als der kleine Ilja in sein siebzehntes Jahr ging, reichte sein Kopf kaum bis zu den ersten Haaren auf dem Bein seines Vaters, gerade über dem Fußknöchel.

Manchmal nahm Stepan seinen Sohn zum Spott in die Hand und hob ihn bis zu seinem Gesicht. Ilja blinzelte und schlug dann die Augen nieder, so sehr schämte er sich, seinem Vater ins Gesicht zu blicken. Er hätte ihn am liebsten um Verzeihung gebeten, weil er so klein war, aber niemand hätte verstanden, was er sagte. Er mußte es seinem Vater überlassen, für ihn seiner Scham Ausdruck zu geben.

»Ich wage keinen Schritt mehr zu tun, aus Angst, ihn zu zertreten«, sagte Stepan.

Vor allem aber hätte Ilja gewünscht, seine Mutter trösten zu können. Eines Tages, als er in das Zimmer trat, in dem sie mit einer Nachbarin plauderte, hörte er einen Satz, bei dem er das Gefühl hatte, es seien ihm hundert Ameisen in den Mund gelaufen und bissen ihn tief in der Kehle: »Das ist also alles, was dein Leib hervorbringen konnte?«

Warum bin ich auf die Welt gekommen? dachte er und ging in den Wald, um den kleinen Tieren seinen Kummer anzuvertrauen.

Er traf seinen Vater, der im Begriff war, auf Fischfang zu gehen. Der Riese holte aus den Tiefen seines Bootes einen toten Fisch hervor und zielte mit ihm nach dem Kopf des Sohnes.

»Du zeigst nicht gerade große Lust, mich zu begleiten. Es ist auch besser, wenn du dem See nicht näher kommst, denn alle Hechte würden bei deinem Anblick Reißaus nehmen. Nimm diesen Fisch als Zeichen meiner väterlichen Zuneigung. Er ist fast so groß wie du. Ihr paßt gut zusammen, ihr beiden.«

Ilja ging, um seiner Mutter den Fisch zu bringen.

Entrüstet erhob sich die Frau des Riesen aus ihrem Stuhl, und ihre Stimme war so gewaltig in ihrem Zorn, daß Ilja den Boden unter seinen Füßen zittern fühlte.

»Ein so winziger Fisch und ein solcher Gestank! Selbst der Geier, der sich von Verfaultem nährt, würde ihn wieder ausspeien. Marsch, packt euch, alle beide, sonst jage ich ihn dir so roh den Schlund hinunter.«

›Er ist tatsächlich noch nutzloser als ich‹, dachte Ilja. Als er jedoch die kleinen Füchse sah, die um einen großen Stein ihren Schwänzen nachjagten, dachte er: vielleicht wollen die ihn haben. Er ging zu dem Stein und streckte ihnen die Hand mit dem Fisch hin.

Vorsichtig näherte der erste Fuchs seine Schnauze, sperrte sie aber sofort weit auf und gab sich Mühe, sämtliche Zähne zu zeigen.

Der zweite antwortete mit einer Miene voller Verachtung, während er mit der Zungenspitze immer wieder über seine Nase fuhr, um sie vor dem unerträglichen Geruch zu schützen.

Der dritte ließ Ilja ebenfalls nicht im Zweifel darüber, daß seine Zähne vollzählig seien. Nur fügte er außerdem noch ein spöttisches und zorniges Knurren hinzu.

Die Fuchsmutter machte den Mund nicht auf, vielleicht weil ihr einige Zähne fehlten. Die restlichen preßte sie fest aufeinander und legte ihren ganzen Spott und Zorn in ihre Augen.

»Sie sind böse auf dich«, sagte Ilja zu dem Fisch.

Noch lange hörte er den spöttischen und verächtlichen kleinen Laut, mit dem die Schwänze der Füchse über das Moos hinstrichen.

›Er würde bestimmt glücklich sein, wenn irgend jemand ihn äße‹, dachte Ilja. ›Es ist nicht recht, Fische zu fangen, um sie dann nutzlos verfaulen zu lassen. Man muß zwar zugeben, daß dieser hier schlecht riecht, aber es ist nicht seine Schuld.‹

Brummend und ohne sich um Ilja zu kümmern, kam ein großer Bär des Weges, der Waldbeeren vom Boden auflas. Beim Anblick des Fisches stülpte er seine Lippen zurück und zeigte eine Beere, die er feinschmeckerisch zwischen seinen Zähnen zerdrückte, um den Saft herauszupressen. Mit dem Ausdruck großer Würde zog er weiter.

Da hob Ilja seine Hände mit dem armseligen Inhalt zu einem Geier empor, der über ihm kreiste. Aber der Geier stürzte sich auf eine Ratte, die ihren Kopf unter einem Stein vorgestreckt hatte, und stieß Ilja mit seinem Flügel zurück, um ihm seine Mißbilligung zu zeigen.

›Sie sind alle so groß und bedeutend, und wir beide sind so klein‹, dachte Ilja.

Sorgfältig bettete er den Fisch ins Moos und legte sich neben ihm nieder. Gerade als er einschlafen wollte, kam ihm ein Gedanke. Er faltete die Hände.

»Heilige Jungfrau, ich weiß, daß du keine Fische ißt. Aber er ist so klein, daß er leicht in dein Paradies eingehen kann. Er braucht nicht viel Platz, und wenn es unter deinen Engeln ganz kleine gibt, so werden sie ihm vielleicht erlauben, mit ihnen zu spielen. Man darf ihm nicht böse sein, weil er einen so wenig angenehmen Geruch verbreitet, ich kann dir versichern, daß man sich ziemlich schnell daran gewöhnt. Wenn er erst einmal bei dir ist, in deinem Haus, wird ein einziger Tropfen deines Parfüms genügen, um seinen Geruch so zu verwandeln, daß du dich selbst in seiner nächsten Nähe nicht mehr belästigt von ihm fühlst.«

Plötzlich mußte Ilja etwas denken, was nichts mit seinem Gebet zu tun hatte:

›Wenn man es dort oben zuläßt, daß so lächerliche Wesen auf die Welt kommen, müßte man eigentlich auch für sie sorgen, da sich hier unten niemand um sie kümmern will.‹

›Das sind keine sehr guten Gedanken‹, sagte er sich. Doch gelang es ihm verhältnismäßig leicht, sich darüber zu trösten:

›Wieviel Anstrengung kostet es die arme Heilige Jungfrau schon, alle die guten Dinge anzuhören, die ich ihr sage! Wenn sie auch noch den anderen, nicht so angenehmen Dingen Aufmerksamkeit schenken sollte . . .‹

Ilja schlief ein und überließ der Heiligen Jungfrau die Sorge, den Gedanken für ihn zu Ende zu denken.

Als er erwachte, hatte er das Gefühl, die Sonne sähe ihn an. Aber der Himmel war bedeckt, und kein Strahl, keines jener leuchtenden Schilfrohre, die durch die Zweige glitten, stieg von den Wolken zu ihm nieder.

Eine wunderbare Wärme brannte ihm auf den Wangen, auf der Stirn, auf den Händen; sie drang in ihn ein, er hätte nicht sagen können, woher sie kam. Er hätte auch nicht sagen können, weshalb sein Herz voll war von einem köstlichen Weh, das ihm die Augen mit Tränen füllte.

Er blickte um sich. Irgend jemand sprach zu ihm, und er fühlte, daß die Stimme zwischen zwei Birken hervordrang.

Zuerst glaubte er, es habe sich, während er schlief, ein dritter Baum zwischen den beiden aufgerichtet, eine junge Birke mit weißem Stamm und einer Gestalt voller Anmut.

Aber die Stimme sagte: »Ich bin kein Baum.«

Ilja stand auf und wollte weitergehen, doch seine Beine trugen ihn zu der Gestalt, die schöner war als alles, was er je gesehen hatte.

Anstatt vor ihr niederzuknien, wie er es vor den Heiligenbildern in der kleinen Kapelle am Ufer des Meeres tat, begann Ilja zu lächeln, und zwar nicht nur mit dem Mund, sondern mit seinem ganzen Herzen, das sich öffnete wie eine Blume unter der Wärme der Sonne und ganz angefüllt wurde mit grenzenloser Zärtlichkeit und Liebe. Es war jedoch ein Gefühl, das keine Ähnlichkeit hatte mit jener Liebe, die ein junger Mann für eine Frau empfindet.

›Wenn sie doch immer bei mir bleiben würde!‹

Aber Ilja sagte sich sogleich, daß sie natürlich keine Zeit hatte, sich mit jemand so Unbedeutendem wie ihm abzugeben, sondern daß sie bestimmt wichtigere Dinge zu tun habe.

›Wenn ihre Blicke doch immer auf mir ruhen wollten! Sie dringen mir bis ins Innerste und wecken einen anderen Ilja auf, während der Zwerg Ilja, den alle verachten, schon halb eingeschläfert ist.‹

Er hatte nur einmal in seinem Leben etwas Ähnliches empfunden, als die sanften und traurigen Augen der Heiligen Jungfrau in der Kapelle am Eismeer ihn angeblickt hatten.

Aber was ist ein Bild mit seinem scheinbaren Leben im Vergleich zum Leben selbst! Was ist ein goldener Heiligenschein, verglichen mit den leuchtenden Strahlen, die die Unbekannte umgaben, als ob sie sich gegen eine unsichtbare Sonne lehnte!

›Wie soll man weiterleben, wenn man das gesehen hat?‹ dachte Ilja.

Von neuem bewegten sich die Lippen der Unbekannten, und es war dem Jüngling, als streiche ein frischer Luftzug über sein Gesicht hin.

»Ich bin die Mutter aller jener, die mich so sehr lieben, daß ihr Herz keine Augen braucht, um mich zu sehen, und keine Ohren, um mich zu hören. Im Herzen der Menschen, die sich in meine Hände gegeben haben, ist es immer klar.«

»Ich bin nicht größer geschaffen worden als die jungen Füchse im Wald«, sagte Ilja. »Und selbst wenn meine ganze Liebe für Euch eine Flamme in meinem Herzen anzündete, so würde sie doch zu klein sein, um Euch zu wärmen, wenn Ihr sie in die Hand nähmet.«

Gerade als Ilja denken mußte, es sei sicher unhöflich, zu der Dame zu sprechen, da seine Stimme sie ja gar nicht erreichen konnte, sah er, daß die Unbekannte die Arme ausbreitete, wie um ihn von fern zu umarmen. In demselben Augenblick hatte er das Gefühl, als zerreiße seine Brust. Er stieß einen Freudenschrei aus, der die Bäume des Waldes erschauern ließ, so wie eine Mutter erschauert, wenn sie den ersten Schrei ihres Kindes hört.

Überwältigt von Dankbarkeit wollte Ilja sich vor der Unbekannten auf die Knie werfen, doch sie hielt ihn mit einer Bewegung ihres Kopfes zurück.

»Geh jetzt nach Hause«, sagte sie. »Du wirst drei Gläser finden, die mit Wein gefüllt sind. Du sollst alle drei austrinken. Und vergiß nicht, daß ich dich liebe und daß auch ich deine Liebe brauche. Und wenn der Teufel versucht, in deinen Kopf einzudringen und Sand auf das Feuer zu werfen, das in deinem Herzen brennt, wenn er dich durch alle möglichen Listen daran hindern will, mich zu hören und zu sehen, wenn er sogar so weit geht, dir ins Ohr zu flüstern, daß es mich gar nicht gibt – dann denke daran, daß ich dich nicht allein lasse, sondern dir immer beistehen werde gegen ihn.«

Nachdem sie das gesagt hatte, neigte die Unbekannte den Kopf, machte eine segnende Gebärde und verschwand. Die weißen Stämme der beiden Birken aber blieben noch lange hell, und als Ilja sich endlich entschloß heimzugehen, strich er leicht mit der Hand über die leuchtende Rinde. Dabei war es ihm, als habe er das Kleid der wunderbaren Erscheinung gestreift. Und er fühlte, daß jenes Licht, das jetzt in ihm war, ihn nie verlassen würde.

Er merkte nicht, daß der tote Fisch, den er so sorgsam ins Moos gebettet hatte, von der Unbekannten aufgehoben und davongetragen worden war.

Als er nach Hause kam, fand er die drei Gläser auf dem Tisch. Er wählte eines und trank den Wein, der einem flüssigen Rubin glich, in dem sich die Sonnenstrahlen fingen, die ihn zum Schmelzen gebracht hatten. Er trat zum Fenster und sah seine Mutter, die gerade das Haus verließ, um zur Nachbarin zu gehen.

Es hatte ihn manchmal schwindlig gemacht, seine Mutter zu sehen, so riesig war sie ihm immer erschienen. Jetzt aber war sie kleiner als der kleinste Vogel im Wald.

Er ergriff das zweite Glas und hatte es kaum ausgetrunken, als sein Vater mit dem Ertrag seiner Netze eintrat. Vielmehr: Ilja konnte nur erraten, daß es sein Vater war, denn es ist nicht leicht, eine Fliege zu erkennen, die über den Boden kriecht.

Was die Fische angeht, so konnte er sie nicht voneinander unterscheiden, und als der Riese ihn fragte, ob er je einen so großen Hecht gesehen habe, meinte Ilja, daß es seinen Vater ebensoviel Mühe kosten würde, ihn seine Hand sehen zu lassen.

Nach dem dritten Glas jedoch merkte er, daß es ihm für immer unmöglich sein würde, die Mücken wahrzunehmen, die über den sumpfigen Mooren spielen, denn jetzt war nicht einmal mehr sein Vater so groß wie sie.

Seine Mutter kam mit der Nachbarin herein, und beide begannen, mit dem Vater zu plaudern.

»Man muß ja wohl immer soviel wie möglich prahlen«, rief Ilja plötzlich, nachdem sein Vater eine lange Rede gehalten hatte über seine große Fischbeute.

Die Nachbarin rannte hinaus, um andere Nachbarn herbeizuholen, die mit anhören sollten, wie die Stimme das Haus erzittern ließ, als ob der kleine Ilja plötzlich ein gewaltiger Berg geworden wäre.

Der Zwerg mußte sich Mühe geben, die Leute wiederzuerkennen, die da hereinströmten. Wohl waren ihm ihre Gesichter vertraut, aber sie waren einander alle gleich und trugen alle den Ausdruck so würdiger und falscher Tugendhaftigkeit, daß Ilja sich ganz seekrank fühlte. Er zog sich in eine Ecke zurück und sagte nichts mehr.

Um das Ereignis zu feiern, bot Stepan Wein an. Bald fingen alle an zu schreien und jeder prahlte mit dem, was ihm des Prahlens wert schien: der eine mit seiner Kuh, der andere mit seiner Frau, der dritte mit seinem Pferd. Stepan rühmte die Stimme seines Sohnes, die lauter sei »als die Donnerschläge über der Tundra«, wie er sagte.

Da trat Ilja zu seinem Vater und sagte:

»Man muß ja wohl immer mit der Kraft der anderen prahlen, wenn man selber nichts Rühmenswertes hat.«

»Beinahe dasselbe hat er schon mal gesagt«, rief die Nachbarin, »aber seine Stimme dreht einem den Magen um. Wäre er so groß und mächtig wie seine Stimme, würde sein Kopf an die Wolken stoßen.«

Ilja hatte es satt, dieses Geschwätz länger anzuhören. Er verließ das Haus, um nie wieder einen Fuß hineinzusetzen.

Noch einmal trat er zwischen die beiden Birken, an den Ort, wo die Unbekannte sich ihm gezeigt hatte. Dort blieb er stehen und faltete die Hände.

»Die Sonne brennt so stark, daß sie die Rinde der Birken zum Weinen bringt, aber es sind keine Tränen der Traurigkeit. Es ist ein Schweiß voller Duft, der mir zusammen mit dem Geruch des Mooses in die Nase steigt. Ich weiß, daß die Erde und die Bäume sich einer geheimnisvollen Arbeit hingeben und daß sie die Kraft dazu von der Wärme der Sonne erhalten. Auch in mir ist eine große Kraft erwacht, und ich weiß, daß du es gewesen bist, die sie mir verliehen hat. Mit dem Wein, dessen Geschmack ich noch auf der Zunge fühle, hast du mir ein fast schmerzhaftes Verlangen, dir zu dienen, ins Blut gegossen. Sag mir, auf welche Weise ich etwas für dich tun kann!«

Er horchte einen Augenblick dem Wind in den Bäumen nach, aber eine andere Stimme kam aus der Luft nahe seinem Ohr und sprach:

»Ich habe deine Bitte gehört. Du siehst zwei Wege vor dir. Der eine ist voller Schatten, und keiner kann ihn bis zum Ende gehen, ohne eines jener armen Wesen zu werden, die im Lande der Trostlosigkeit und des Todes wohnen. Diesen Weg wirst du nicht wählen. Manchmal werden Unglückliche, die aus der Finsternis kommen, hervortreten und dich angreifen. Du wirst sie an ihren Augen erkennen, denn sie werden den Glanz deiner Augen nicht ertragen. Wenn sie versuchen, dich mitzuziehen in ihre düsteren Schlupfwinkel, sollst du dich ohne Haß, aber auch ohne Schwäche zur Wehr setzen. Vergiß das niemals. Sie haben keine Macht über dich. Die Sonne läßt sich nicht von einem erloschenen Stern verführen.«

Vor Ilja lagen zwei Wege. Sie waren einander so nahe, daß sie unzertrennlich schienen.

›Ein einziger falscher Schritt könnte mich vom Licht

ins Dunkel führen‹, dachte Ilja, tröstete sich jedoch damit, daß es ganz leicht sein würde, wieder auf den guten Weg zurückzukehren. Und er fühlte sich plötzlich so glücklich, daß er lächelte und, bevor er weiterging, zur Sonne sagte:

»Wie kommt es, daß du immer soviel Glanz und Wärme hast? Würdest du eifersüchtig werden, wenn ich versuchte, es dir gleichzutun?«

Unter Iljas Schritten sang das Moos fröhlich, und die Vögel antworteten ihm aus ihren Zweigen, und von fern, aus dem hohen Himmel jenseits der Wolken gaben vielleicht die Engel den Vögeln Antwort. Lange ging Ilja auf dem Wege dahin und fühlte sich immer noch so frisch und munter wie bei seinem Aufbruch. Er wäre die ganze Nacht hindurch gewandert, wenn nicht ein breiter Fluß ihn plötzlich aufgehalten hätte.

Als er sich niederbeugte, um von dem Wasser zu trinken, sah er, daß zwei kleine schwarze Pferde auf ihn zukamen. Sie hatten die Köpfe vorgestreckt und die Mäuler weit offen. Ihre Lippen waren breit gezogen und ließen Zähne sehen, die scharf wie Drachenzähne waren. Als Ilja sie jedoch offen und mutig ansah, hoben und senkten sich ihre Lider in schnellem Wechsel und zeigten Augen, die weniger erschreckend als vielmehr erschrokken blickten. Ilja wäre es am liebsten gewesen, wenn sie dorthin zurückgekehrt wären, woher sie gekommen waren, als er aber hörte, wie ihre Kiefer mit einem Geräusch, als werde ein Totengebein geschüttelt, der Bewegung der Lider folgten, legte er seine Hand auf die Mähne des einen Pferdes. Sogleich fiel das kleine Ungeheuer wie vom Blitz getroffen nieder und rollte in den Fluß. Das zweite machte es dem ersten nach, doch schon näherte sich ein drittes. Ilja hob die Hand. Einen

Augenblick später ließ er sie wieder sinken, ohne das Pferd berührt zu haben. Die Augen, die ihn fest anblickten, waren so verzehrend und so schön, daß es beinahe weh tat, sie anzusehen.

Ilja fühlte ein Verlangen, das Pferd zu streicheln, aber er wußte, daß seine Hand eine gefährliche Macht hatte über alles, was er berührte, und er hielt es deshalb für besser, einen Ort zu verlassen, an dem sich so viele Geister, gute und böse, zeigten. Da schienen die großen Augen bekümmert, mit einem Ausdruck von liebevoller Sorge und Zuneigung hafteten sie an dem Gesicht des jungen Mannes, als wüßten sie alles, was in den Tiefen seiner Seele vorging.

Die Sonne berührte in der Ferne schon die Wipfel der Bäume, und der Fluß zu Iljas Füßen hatte eine drohende Farbe angenommen und glänzte düster wie das Gefieder der Raben.

»Berühre es an der Mitte seines Leibes«, sagte eine Stimme, die Ilja sogleich wiedererkannte.

Ihn ergriff große Furcht. Er sah, daß das Pferd kein Fell hatte, sondern nur eine weiße Haut, und daß es vor Kälte zitterte.

›Es wird gewiß auch gleich in den Fluß rollen‹, dachte Ilja, ›es ist kleiner und zarter als die beiden anderen.‹ Und er fiel am Ufer auf die Knie und schickte ein Gebet zur Heiligen Jungfrau. Er sagte ihr, daß er noch nie einem solchen Freund begegnet sei, daß das Pferd ihm teurer als Vater und Mutter sei, was allerdings, wie er bekennen mußte, nicht viel heißen wollte, weil er noch nie jemand lieb gehabt hatte.

»Laß mich lieber selber in den Fluß stürzen«, rief er, »aber befehle mir nicht, das kleine Pferd in den Tod zu schicken. Weißt du nicht, daß dieses Pferd Augen hat, die deinen ähnlich sind, und daß sie meinem Blick standhalten, ohne die Lider zu senken?«

»Leg deine Hand an die Mitte seines Leibes«, wiederholte die Stimme mit sanfter Hartnäckigkeit.

»Aber es ist nicht gekommen, um mich anzugreifen, ich kann die Freundschaft, die es mir anbietet, nicht mit dem Tod beantworten.«

»Leg deine Hand an die Mitte seines Leibes«, sagte die Stimme, die keine Ungeduld zeigte, noch einmal.

Ilja seufzte, erhob sich und ging auf das Pferd zu, das unbeweglich stand. »Vergib mir«, sagte Ilja.

Als er die nackte Haut unter seiner Hand fühlte, schloß er die Augen. Er stieg einige Schritte zum Fluß hinab und horchte mit gesenkter Stirn auf das Geräusch eines Sturzes.

Plötzlich spürte er einen warmen Druck gegen den Nacken, und auf seine Schulter legte sich bedächtig ein Kopf mit weißem, seidenweichem Fell.

So wurde Ilja von seiner Furcht geheilt, und er begriff, daß seine Hand keine dunkle Macht besaß über jene Wesen, die aus einem anderen Reich als dem der Schatten zu ihm kamen.

Das kleine Pferd trabte mehrmals im Kreis um seinen Freund herum und forderte ihn auf, sein neues Fell zu bewundern. Es schimmerte wie zarter, frisch gefallener Schnee.

Was brauchen die Bewohner dieser Erde mehr als einen Freund! Mit allen angehäuften Schätzen kann man sich kein Herz kaufen, das dieselbe Sprache spricht wie das eigene. Wer würde wagen, es einzutauschen gegen Gold und Diamanten, selbst wenn sie als Regen aus den Wolken fielen?

Ilja dankte der Heiligen Jungfrau mit so glühenden Worten für das kleine Pferd, daß seine Lippen noch lange danach brannten.

Von nun an würde keine Macht der Welt ihn mehr abbringen von dem Weg, den die Unbekannte ihm gewiesen hatte, da sein Freund ja bereit sein würde, überallhin mit ihm zu gehen, sogar in die Finsternis, die zur Trostlosigkeit und zum Tod führt.

Beide mußten aber in der Folge lernen, daß die Finsternis zu einem kommt, auch wenn man nicht zu ihr geht.

Ihre düsteren Boten kamen Ilja und seinem Freund von allen Seiten entgegen. Einige stürzten sich auf sie und versuchten, sie gefangenzunehmen. Überall, wo diese Ungeheuer sich aufhielten, zwangen sie die Menschen, an ihre Götter zu glauben. Diese Götter waren ohne Zweifel ebenso böse wie sie, aber man kann niemanden zwingen, an böse Götter zu glauben, es sei denn, man bedient sich sehr unangenehmer Mittel. Sie hoben die Arme zum Himmel, als wollten sie ihn zu Hilfe rufen, und ließen dann ihre Hände mit solcher Wucht auf die Köpfe ihrer Opfer niederfallen, daß nur die Stärksten dem Tode entgingen.

Ilja und das kleine Pferd wurden an einen Baum gebunden, aber ein Vogel setzte sich dem Zwerg auf die Füße und begann an seiner Zehe zu picken. Ilja zuckte zusammen, und diese Bewegung sprengte alle Fesseln. Da strömten eine Menge der gräßlichen Wesen herbei und bedrängten die beiden Freunde. Ilja setzte sich ohne Haß, aber auch ohne Schwäche zur Wehr, und bald zeigte sich selbst der Mond erstaunt darüber, daß er auf so viele Leichen herabzuscheinen hatte. Die Bewohner dieser unglücklichen Gegend kamen von allen Seiten, um Ilja und dem kleinen Pferd dafür zu danken, daß die beiden sie von einem so schrecklichen Feind befreit hatten. Alle waren einstimmig der Meinung, es sei besser, gar keine Götter zu haben, als sie anderen mit Gewalt an den Kopf zu werfen.

Man vermag kaum auch nur einen kleinen Teil dessen zu beschreiben, was aus der Finsternis kam, um die beiden Freunde zu hindern, ihren Weg fortzusetzen. Doch das Blut in ihren Adern rann stetig und mächtig wie ein Fluß, der in seiner kräftigen Strömung alle jene ertränkte, die sich mit bösen Absichten näherten.

Eines Tages, als der größte Riese aller Riesen der Welt aus Spaß drei Löcher auf dem Weg machte, kamen Ilja und sein Gefährte ganz nahe an ihm vorbei. Der Riese hieß Vacenka, und die Löcher waren so tief wie sein Arm lang war. Es war so finster, daß die beiden Wanderer weder Vacenka noch die Löcher sahen. In das erste fielen sie nicht, in das zweite beinahe, in das dritte aber ganz und gar.

Vacenka war nicht böse, aber er hatte eine bedauerliche Angewohnheit: alles, was seinen Blick anzog, steckte er in den Mund und verschlang es. Davon abgesehen war er ein gutmütiger Bursche, der seine Frau nur prügelte, wenn es wirklich nötig war.

Nachdem seine Hand Ilja und das kleine Pferd bis zur Höhe seiner Jacke gehoben hatte, fühlte sie sich so ermattet, daß sie die beiden in die Tiefe der Jackentasche fallen ließ. Aber die Tasche zerriß, und die beiden Freunde setzten ihren Weg fort. Alle drei mußten lachen, und Vacenka fand das Abenteuer so lustig, daß er drei Bäume mitsamt den Wurzeln ausriß und sie in einem Freudenausbruch in die Luft schleuderte.

Als er sich ein wenig beruhigt hatte, erzählte er, daß

sein älterer Bruder Kitinka den König und die Königin gefangengenommen habe.

»Wenn man so gut ist wie ich, ist es nicht sehr angenehm, einen so garstigen Bruder zu haben«, sagte er. »Ich hätte sie längst befreit, wenn Kitinka nicht genauso stark wäre wie ich.«

Vacenka zeigte ihnen das Haus seines Bruders und ging vorsichtig davon, nachdem er versprochen hatte, niemals wieder etwas Lebendiges in den Mund zu stekken.

Kitinkas Haus war ein Ort, dem man sich nur näherte, wenn es gar nicht zu vermeiden war.

Das kleine Pferd blieb draußen, während Ilja ins Haus trat. Im Zimmer war es so windig, daß alle Sachen herumflogen. Das war der Atem von Kitinka, der schlief. Neben dem Bett saß Aliocha, sein bester Freund, und bewachte seinen Schlummer.

»Ah! Ich wußte wohl, daß wir uns begegnen würden«, rief Aliocha. »Du bist der, der die Menschen von den bösen Geistern befreit, die aus der Finsternis kommen. Niemals haben die Eingeweide der Nacht ein schrecklicheres Ungeheuer ausgespien als jenes da!« Und er zeigte mit der Hand auf den Riesen.

»Ist er denn nicht dein Freund?« fragte Ilja.

»Er war es bis zu dem Tag, da ich mich in die Königin verliebte, die er gefangenhält.«

Der Blick, mit dem er Kitinka betrachtete, war voller Wut. »Ich gebe dir den Rat, ihn zu töten«, sagte er zu Ilja.

»Ich töte niemanden, der mich nicht angegriffen hat«, sagte Ilja.

Aliocha bestand nicht weiter darauf, beobachtete aber voller Spannung eine Mücke, die sich anschickte, ihren

Stachel in Kitinkas Bauch zu bohren, an einer Stelle, die unbedeckt dalag und weder von dem Hemd noch von den Leinentüchern geschützt wurde.

Ohne die Augen aufzumachen, sagte der Riese zu Aliocha:

»Auf meiner Haut sitzt ein Feind, der mir sein Schwert in den Leib bohren will. Wenn du ihn nicht sofort tötest, werde ich aufwachen und deinen Kopf zwischen meinen Fingern zermalmen.«

»Meine Liebe zu der Königin hat meine Hand so geschwächt, daß ich nicht mehr die Kraft habe, sie zu heben«, sagte Aliocha seufzend zu Ilja. »Könntest du nicht für mich die Aufgabe übernehmen, die mein Freund mir gestellt hat?«

Ilja gehorchte unwillkürlich, ohne sich darüber klar zu werden, daß dies eine Falle war. Sogleich platzte Kitinkas Bauch auseinander. Der Knall war so heftig, daß die Fenster und die Tür aufsprangen und daß auch Aliocha starb, gewiß, weil er so treu über seinen Herrn gewacht hatte.

Der König und die Königin mußten aus dem Keller herausgeholt werden, wo man sie eingeschlossen hatte. Sie feierten ihre Befreiung, indem sie zwei Tage und zwei Nächte lang tranken, wahrscheinlich, um die Tränen zu ersetzen, die sie vergossen hatten. Ilja und seinem kleinen Pferd schenkten sie weiter keine Aufmerksamkeit, sondern meinten, daß ein Glas Wein wohl genüge, um Ilja für seine Mühe zu entschädigen.

Von neuem machten die beiden sich auf den Weg, den die Heilige Jungfrau ihnen bezeichnet hatte. Zum ersten Mal fühlten sie sich müde. Sie waren sogar ein wenig traurig, so wie einem zumute ist, wenn man am Ende einer langen Reise angekommen ist. Hinter den Bäumen sahen sie die Sonne untergehen und in der Tiefe ihrer Augen ihre Strahlen erlöschen. Da legte Ilja den Arm um den Hals seines weißen Pferdes, faltete die Hände an seiner Kehle und sagte leise:

»Sieh, die Sonne beendet ihre Reise. Erlaube uns nun auch zu rasten. Eines Tages bist du mir zwischen zwei Birken erschienen. Seither ist viel Zeit vergangen, aber in meinem Gedächtnis glüht noch das Leuchten deines Gesichtes, und in meinen Adern strömt noch die Kraft, die du mir verliehen hast. Sie hat sich ohne Haß und ohne Schwäche zur Wehr gesetzt gegen die bösen Mächte, die aus der Finsternis kommen und die ihre Nahrung finden bei jenen Geschöpfen, die ihnen keinen Widerstand entgegensetzen. Aber der Weg war, obwohl voller Licht, nicht leicht. Wir würden ihn verloren haben, wenn wir nicht gewußt hätten, daß du an seinem Ende stehst.«

Er schwieg, und plötzlich sah er vor sich zwischen zwei Birken die Gestalt, die er mit solcher Inbrunst wiederzusehen wünschte. Diesmal strahlte ihr Gewand von tausend Diamanten, und in ihren Augen lag mehr Liebe, als alle Mütter der Welt für ihre Kinder empfinden können oder als in den Herzen aller Liebenden der Erde leben kann. Ilja erhob sich. Ein wunderbarer Friede überkam ihn, und er fühlte sich so leicht, als ob er keinen Körper mehr hätte. Während er die Unbekannte in die Lüfte entschweben sah, als würde sie von einem geheimnisvollen Wind emporgehoben, hörte er, wie sie sagte:

»Du darfst mir folgen. Das kleine weiße Pferd aber mußt du zurücklassen. Es ist noch zu schwer.«

Iljas Augen füllten sich mit Tränen.

»Verzeih, daß ich dir diesmal ungehorsam sein muß.

Ich werde solange warten, bis mein Freund leicht genug ist, um mit mir zu kommen. Vielleicht nimmst du uns dann auch noch auf.«

Da ließ ihn die Heilige Jungfrau ihre Stimme zum letzten Mal hören:

»Deine Liebe hat deinem Freund Flügel geschenkt. Folgt mir alle beide.«

Am Tage darauf gab es im Wald zwei große Birken, deren Blätter sich unaufhörlich regten und die im Morgenwind eine Geschichte erzählten. Niemand hat je erfahren, weshalb sie so nachdenklich und träumerisch geworden waren.

Sonia

Der Teufel blickte traurig zum Fenster hinaus. Seine Frau blickte den Teufel an, und Sonia, ihre einzige Tochter, blickte in den Spiegel.

»Alle werden sie Christen«, seufzte der Teufel. »Sogar die alte Marpha hat sich taufen lassen, weil der Priester einen so schönen Bart hat. Früher kamen alle zu mir zum Tee, und man plauderte über die Männer, die von ihren Frauen betrogen wurden, und über jene kleinen Schurkereien, die mein altes Herz erfreuten. Jetzt sind sie alle so gut, so achtbar geworden. Sie grüßen mich nicht mal mehr mit Augenzwinkern oder verständnisvollem Lächeln. Sie wenden sich ab, entrüstet über meinen Anblick. Unhöflichkeit mir gegenüber wird als Tugend angesehen. Wenn man bedenkt, wie erfrischend es früher war, Teufel zu sein! Heutzutage ist es beinahe zum Weinen langweilig.«

Seine Frau legte ihm die Hand auf die Schulter und sagte: »Du hast ja noch Sonia und mich, deine Frau, die dir immer treu bleibt.«

»Ich weiß wohl, daß du mir treu bist«, schrie der Teufel. »Da! Sieh sie dir an: selbst die Vögel in den Bäumen machen sich lustig über dich! Die Untreue in der Liebe ist wie das Salz in der Suppe. Ohne Salz ist die Suppe fade und schmeckt nicht. Ich werde noch sterben, wenn du nicht versuchst, mich eifersüchtig zu machen.«

»Du weißt sehr gut«, sagte sie und gab ihm einen Kuß,

»daß ich dich sehr gern betrügen würde. Aber wer verliebt sich schon in die Frau des Teufels, jetzt, wo sie alle Christen geworden sind?«

»Warum läßt du dich nicht selber taufen?« sagte Sonia, die ihren Vater liebte, soweit es ihre Liebe zu sich selbst erlaubte.

»Ja, warum nicht?« sagte der Teufel. »Aber hättest du nicht Angst, daß ich ein wenig besser würde? Das Leben ist ja schon eintönig genug, wenn es nicht durch die Tugend entstellt wird. Außerdem brächte meine Bekehrung die Leute sehr in Verlegenheit. Wen sollten sie verantwortlich machen für die Bosheiten, die ihnen manchmal unterlaufen?«

Der Teufel ließ zwei brühheiße Tränen auf den Kopf seiner Frau niederfallen.

Sie sagte: »Das nächste Mal, wenn ich Eier kochen will, werde ich dich bitten, auf sie herab zu weinen. Das erspart mir die Mühe, Feuer anzuzünden.«

Gleich darauf schämte sie sich ihrer herzlosen Worte. Sie legte ihre Wange gegen die des Teufels und vereinte ihre Tränen mit den heißen Tränen ihres Mannes.

»Ach!« jammerte der Teufel. »Wer wird mich vor Langeweile retten? Wer wird mich besuchen und Tee mit mir trinken? Ich würde ihm weder Böses antun noch verlangen, daß er Böses tut. Es sind nun schon Monate, seit ich warte, und die einzigen Gesichter, die ich um mich herum sehe, kenne ich so gut wie mein eigenes. Wenn ich jünger wäre, würde ich in den Spiegel gucken wie meine Tochter, aber der Anblick meiner Schönheit befriedigt mich nicht mehr. Früher konnte ich Seelen sehr günstig kaufen. Heute würde ich für einen kleinen Besuch alles umsonst geben und meine eigene Seele noch obendrauf.«

Sonia wurde zornig. »Du redest so sanft und süß daher, daß es sogar einen Christen anekeln und Steine in Zucker verwandeln könnte.«

»Verlaß sofort das Haus!« brüllte der Teufel. »Geh in den Wald, verwandle einen Baum in einen Menschen und bring ihn mir her – oder ich reiße dir sämtliche Haare aus und pflanze dir weißes Moos auf den Schädel! Aus deinen Zähnen mache ich eine Kette für den Hals deiner Mutter, und die seidenen Härchen unter deiner Nase sollen zum mächtigsten Schnurrbart im ganzen Land werden. Aber dein Geschlecht bleibt unverändert.«

Diesmal lächelte Sonia sehr zufrieden, dankte ihrem Vater für seine guten Worte und ging hinaus in den Wald.

»Ich bin's«, sagte ein Jüngling mitten auf dem Weg, »und wer bist du?«

»Ich bin es«, sagte Sonia.

»Du bist schön, aber deine Augen sind böse.«

»Du bist schön, aber deine Augen sind gut.«

»Ist es meine Schuld, daß ich Christ bin?«

»Ist es meine Schuld, daß ich die Tochter des Teufels bin?«

»Deine Zähne sind so weiß, als seien sie aus reinster Rentiermilch gemacht«, sagte der Jüngling.

»Und deine roten Lippen leuchten, als seien sie voll vom Saft der wilden Beeren. Es ist traurig, daß sich die arme Tochter des Teufels von einem Christensohn verlocken läßt.«

»Es ist traurig«, sagte er, »daß sich ein armer Christensohn in die Tochter des Teufels verliebt.«

»Was sollen wir nun machen?« fragten beide, nachdem sie sich einen Kuß gegeben hatten.

»Wenn du schlecht werden würdest, könntest du mein Mann werden«, sagte Sonia.

»Wenn du Christin werden würdest, könntest du meine Frau werden.«

Sie gingen zusammen zum Teufel, der so glücklich darüber war, einen Fremden zu sehen, daß er in die Hände klatschte und im Zimmer herumhüpfte. Er fiel dem jungen Mann um den Hals, veranlaßte ihn zu erzählen, daß er Lucas heiße, und bat um Entschuldigung dafür, daß er selber einen so unerfreulichen Namen habe.

Zur Feier des Ereignisses verprügelte er seine Frau, die ihrerseits mit kräftigen Zähnen in seine Schulter biß. Nachdem sie sich beide auf diese Weise erleichtert hatten, baten sie Lucas, eine Tasse Tee mit ihnen zu trinken. Aber er lehnte höflich ab, irgend etwas zu sich zu nehmen, was von ihren Händen bereitet sei.

Noch einmal luden sie ihn auf das herzlichste ein und erklärten ihm, daß ihre Hände mit dem Wasser nicht in Berührung gekommen und daß Tee und Brot durchaus christlicher Herkunft seien. Die alte Marpha selbst habe das Brot mit ihren frisch bekehrten Händen geknetet. Allerdings seien ihr dabei einige Flüche entschlüpft, die ihr erst vor kurzem geläuterter Mund noch nicht ganz vergessen hatte.

Lucas fühlte sich gerührt von soviel Zuvorkommenheit, und man setzte sich zu Tisch. Um sich jedoch gegen böse Einflüsse zu schützen, murmelte er während des ganzen Essens Gebete vor sich hin, die der Teufel und seine Frau auf ihre eigene Art wiederholten.

Es war wirklich ein Vergnügen, die Freude des Teufels mit anzusehen. Er sprang auf den Tisch und vollführte einen Tanz, den er an einem Ort gelernt hatte, von dem er nicht sprechen wollte. Zum Zeichen des Dankes sang Lucas dafür ein schönes christliches Lied. Alle klatschten Beifall. Der Teufel gab seinem Bedauern Ausdruck, daß Lucas eine so wohltönende Stimme für derartig nichtssagende Lieder mißbrauche.

Ein wenig angesteckt von der allgemeinen Heiterkeit packte der junge Mann den Teufel am Arm und rief:

»Ich will deine Tochter heiraten. Hörst du? Ich will sie heiraten.«

Der Teufel wollte antworten, aber die Rührung preßte ihm die Kehle zu und übermannte ihn. Er ließ den Kopf in den Schoß seiner Frau fallen und weinte hemmungslos. Er stand nur wieder auf, um sich Lucas von neuem in die Arme zu werfen.

»Mein Schwiegersohn!« schluchzte er. »Mein lieber Schwiegersohn!«

»Ich heirate deine Tochter nicht, um dich als Schwiegervater zu bekommen«, sagte der junge Mann kühl.

Als der Priester das junge Paar mit dem Teufel und seiner Frau kommen sah, runzelte er die Stirn.

»In deinen Augen, junger Mann, sehe ich das Licht der Tugend leuchten. Ich will dich wohl zusammentun mit dem Mädchen, das du dir zur Gefährtin erwählt hast. Der Mond vermag die Sonne nicht auszulöschen, wenn sie sich in ihn verliebt. Sie ist es im Gegenteil, die ihn mit der Wärme ihrer Strahlen umhüllt und ihn den Krallen der Finsternis entreißen kann. Was ich aber da hinter dir sehe, jenes Paar, dessen Namen ich nicht aussprechen möchte, so ist es wahrhaftig nicht würdig, der Trauung beizuwohnen.«

Der Teufel trat vor und sagte:

»Der Anblick der Tugend hat für mich immer etwas sehr Verlockendes gehabt. Mein Herz schwillt über vor Rührung, wenn ich dich nur ansehe. Möchtest du nicht vielleicht die Sonne sein, die mich meinen eigenen Krallen entreißt? Sieh, ich habe sie dir zu Ehren kurz geschnitten. Und ich habe die alte Marpha um ihre schönsten Halstücher erleichtert, um meine Frau damit herauszuputzen und dir einen hübschen Anblick zu bieten.«

Der Priester wandte sich ab und unterdrückte ein Lächeln.

»Ich beginne erst mit der Trauung«, sagte er, »wenn das Ding da, dessen Stimme ich eben zu hören meinte, sich von hier entfernt, samt seiner Frau, die sich mit fremden Federn geschmückt hat.«

Der Teufel klagte:

»Im Wald liegt ganz in der Nähe meiner Hütte ein kleines Haus. Laß die beiden dort wohnen. Du und die anderen Christen, ihr habt mir alles genommen. Und ich brauche so nötig Gesellschaft. Von meiner Frau habe ich die Nase voll. Jedes Mal, wenn ich sie ansehe, ist mir, als sei ich auf dem Meer, mit Wellen, so mächtig und wogend wie ihr Busen.«

Der Priester sagte zu Lucas:

»Für dich bedeutet es keine Gefahr, in jene Hütte zu ziehen. Statt dessen wirst du eine Versuchung für den Vater deiner Frau sein, weil der Anblick der Tugend sein Herz vor Rührung schwellen läßt.«

Zu Beginn ihres gemeinsamen Lebens mußte das junge Paar durch mancherlei Stürme gehen, weil jeder versuchte, den anderen mit Gewalt auf seine Seite zu ziehen: Lucas zur Tugend und Sonia zum Gegenteil, denn sie zeigte plötzlich, unter dem Vorwand, daß man seinen Eltern gehorchen müsse, eine gewisse Vorliebe für ihren Vater und alle seine Schurkereien, die er ihr ins Ohr flüsterte.

Endlich aber fiel doch die Sonne in ihre Hütte. Lucas' Liebe hatte die Schatten und Stürme davongejagt. Und wenn jetzt der Teufel kam, sich in eine Ecke setzte und seiner Tochter hinter dem Rücken des jungen Mannes Schurkereien ins Ohr flüsterte, so wandte Sonia sich um und gab ihm eine Ohrfeige. Dann kehrte der Teufel rot vor Wut und Beschämung heim und behandelte seine Frau genauso, wie er behandelt worden war, damit auch sie ihren Anteil an den Zärtlichkeiten ihres Kindes hatte.

Anfangs hatte der Anblick der Tugend dem Teufel Spaß gemacht, weil er ihm jene Abwechslung bot, nach der er sich gesehnt hatte. Mit der Zeit aber fand er es nur langweilig.

»Der Anblick eurer Liebe macht mir übel, er füllt mir Kehle und Magen mit einem verzuckerten, klebrigen Saft«, sagte er.

Voller Langmut erwiderten die beiden:

»Dafür wird dir deine Frau zu Hause Tee machen mit Salz anstatt mit Zucker.«

So mußte der Teufel zwischen zwei Übeln wählen. Er wählte dasjenige, das ihm als das kleinere erschien, rührte sich nicht mehr aus seiner Ecke und ließ nur hin und wieder ein kränkliches Ächzen hören, das klang, als werde die Hütte auf einer unsichtbaren See hin und her geworfen.

Man sagt, daß die Güte wie ein starkes Licht strahlt, vor allem, wenn sie sich mühsam einen Weg durch den Schmutz der Bosheit gebahnt hat. Sonia hatte ihre Herkunft in einem Maße vergessen, das alle in Erstaunen versetzte.

Eines Tages kam ein Fürst durch die Gegend.

»Meine Frau ist so gut«, sagte er voller Stolz, »daß ihre Güte selbst die Sonne überstrahlt.«

»Meine Frau ist so gut«, sagte Lucas bescheiden, »daß der Glanz ihrer Güte die Sonne in den Mond verwandeln könnte.«

Der Fürst ließ das ganze Dorf in der größten Hütte zusammenkommen. Dann trat seine Frau herein. Und alle riefen: Ah!

Als aber Lucas' Frau eintrat, sagte niemand ein Wort. Die Bewunderung hatte alle Zungen gelähmt.

Der Teufel und seine Frau waren auch gekommen. Man ließ sie aber nicht in die Hütte. Wieder mußte der Teufel wählen: diesmal zwischen der Freude, eine so außerordentliche Tochter zu haben, und der Schande, vor die Tür gesetzt zu werden. Er entschloß sich, seine Frau zu schlagen. Er schlug sie so lange, daß er selber durch die Anstrengung krank wurde.

Aschenbrödel

Ehe die Sonne unterging, umfingen ihre Strahlen mit einer letzten Liebkosung das Schloß hoch oben auf dem Berg von Agatavara.

Dort wohnten der König und seine Tochter, und keinem war es je gelungen, bis zu ihnen vorzudringen.

Ganz unten, am Fuße des Berges, kauerte sich bescheiden das kleine Dorf Agatavara an den Felsen.

Zuweilen verließ der König sein Schloß und schritt durch das Dorf, aber die Leute hatten nie den Mut, ihm ins Gesicht zu blicken. Das Leuchten, das von ihm ausging, blendete so stark, daß die Augen sich von selber senkten. Wenn die Sonne ein Gesicht hätte, so sagte man allgemein, würde es aussehen wie das des Königs – und kein Mensch werde je den Mut haben, die Sonne aus solcher Nähe zu betrachten.

Dennoch gab es einen, der den Kopf nicht senkte, wenn der König vorüberschritt, doch hatte er so wenig Bedeutung, daß die Bewohner von Agatavara ihn nicht der geringsten Aufmerksamkeit würdigten. Man nannte ihn Aschenbrödel.

Sein Leben lang tat er für seine beiden älteren Brüder all das, was sie nie für ihn getan haben würden. Er beklagte sich jedoch nicht; es war ja nur der sichtbare Teil seines Körpers, der sich mit den gröbsten Arbeiten abgeben mußte. Sein Blick und seine Gedanken waren anderswo, und manchmal lächelten seine Augen, wenn sie einen Stern sahen oder den Schnee, der sich sanft auf die Zweige legte.

Seine Brüder machten sich über ihn lustig und fragten ihn, von welcher Gegend des Mondes er auf die Erde gefallen sei.

Er hatte meistens einen etwas erstaunten Ausdruck, als erkenne er das Land, wo er geboren war, nicht wieder, und es war, als fühle er sich viel mehr zu Hause in seinen Träumen.

Oft stand er am Fenster und schaute zu dem Berg des Königs auf, der so nahe war und doch so unerreichbar. Wenn die Nacht kam und er sich auf seinem dürftigen Lager ausstreckte, hielt er sein Gesicht immer dem Schloß und dem nächtlichen Frieden zugewandt, und seine Gedanken wanderten zu dem geheimnisvollen Reich, in dem der König und seine Tochter wohnten.

Aschenbrödels Vater war alt und krank. Kurz vor seinem Tode rief er seine drei Söhne zu sich und sprach:

»Das Leben verläßt mich, und ich verlasse das Leben. Wir beide verstehen einander nicht mehr, das Leben und ich, und wenn wir erst ganz getrennt sein werden, sollt ihr mich drei Tage und drei Nächte auf meinem Bett liegen lassen, bevor ihr mich unter die Erde legt. In der ersten Mitternachtsstunde soll mein ältester Sohn am Kopfende meines Bettes sitzen und dafür sorgen, daß die bösen Geister seinen Vater nicht anrühren. In der zweiten Mitternachtsstunde soll mein zweiter Sohn die Morgenröte ersetzen, solange die Nacht dauert. Und wenn die bösen Geister zum dritten Mal ihre düstere Wohnung verlassen, soll Aschenbrödel neben mir wachen.«

Der Vater starb, und die beiden älteren Söhne redeten miteinander. Der eine sagte:

»Ich habe nicht soviel Angst vor den bösen Geistern wie vor meinem eigenen Vater. Je mehr er sich vom Leben löste, desto mehr wirkte er wie ein Hexenmeister.«

Der andere sagte:

»Wenn es dem Leichnam des Alten einfällt, sich mitten in der Nacht zu bewegen, werde ich bestimmt selber zur Leiche.«

Darauf wandten sich die beiden zu dem Jüngsten, der die Hände und Füße seines Vaters wusch, und sagten:

»Du bist so dumm, Aschenbrödel, daß du keine Angst vor der Nacht und vor den Toten hast. Wenn die Mitternachtsstunde kommt, sollst du bei dem Leichnam unseres Vaters sitzen und ihn nicht eher verlassen, bis die Morgendämmerung am Horizont erscheint. Und genauso wirst du es in der folgenden Nacht machen, und ebenso in der dritten, die dem Tag vorangeht, an dem wir unseren Vater an einem sicheren Ort unter die Erde legen.«

Das Nordlicht hüllte das Schloß auf dem Berge in einen riesigen blauen, grünen und orangefarbenen Strahlenschein, und Aschenbrödel, der neben dem Bett seines Vaters saß, blickte durch das Fenster. Er lächelte, als er an das Mädchen dachte, das dort oben wohnte.

Er konnte sie nicht sehen, aber er wußte, daß sie auf sein Lächeln Antwort gab. Es kam ihm nicht einmal in den Sinn, sich zu fragen, ob es nicht unbescheiden von ihm sei, die strahlende Tochter des Königs zu lieben.

Der Tote störte ihn nicht im geringsten. Er wußte, daß die Toten in einem schönen und stillen Land wohnen, das ihm nicht fremd war. Und selbst als sein Vater sich aufrichtete und mit leiser Stimme zu sprechen begann, war er weder überrascht noch erschrocken – der Unterschied zwischen dieser und der anderen Welt ist nicht so groß, wie wir immer meinen ...

»Meine Stimme ist dir nicht unvertrauter als die andere, die ich hatte, ehe ich in das Reich der Toten ging«, sagte der Vater. »Ich bin deinem Blick gefolgt, und ich weiß, wohin deine Gedanken und deine Träume wandern. Du kennst deinen wahren Ursprung, und das Licht, das die Menschen blendet und ihre Köpfe herabdrückt, erhebt dein Herz und gibt deinen Lippen das Lächeln. Die Toten erschrecken dich nicht. Du wachst über sie, wenn die Nacht kommt, und das Reich, in dem sie wohnen, ist dem Land deiner Träume nicht fern. Es war eine armselige Liebe, die meine anderen Söhne mir entgegenbrachten. Sie glaubten, mein Tod sei eine günstige Gelegenheit, mir ungehorsam zu sein, und hielten es für überflüssig, mich noch über meinen letzten Atemzug hinaus zu begleiten. Das Land, das ich betreten habe, empfinden sie als feindlich, und wenn der Tag kommt, da sich auch für sie die Pforte des Lebens schließt, werden sie Mühe haben, die Welt zu finden, die jenseits der Welt der Lebenden liegt.

Komm, mein Sohn, gib mir die Hand, ich werde dich zum Fuß des Berges führen. Ein schwarzes Pferd wird uns entgegensprengen, und ich werde ihm sagen, daß du sein Herr bist. Seine gewaltige Mähne wird sich aufrichten im Nordlicht zu zwei weit ausgebreiteten Flügeln, und aus seinen geblähten Nüstern wird eine reine und klare Flamme schlagen.

Morgen, wenn du zum zweiten Male am Kopfende meines Bettes wachst, werde ich dich wieder bei der Hand nehmen und dich in den Wald führen, und ein graues Pferd wird uns begleiten. Aus seinen geblähten Nüstern wird eine reine und klare Flamme schlagen, und diesmal wird das Pferd von einem blendenden Licht umgeben sein wie jenes, das der König ausstrahlt, wenn er durch das Dorf schreitet.

Und wenn du zum dritten Male wachst, um die Geister der Finsternis von mir fernzuhalten, werden wir wieder zum Fuß des Berges gehen. Ein weißes Pferd wird sich vor uns verneigen, und ich werde ihm sagen, daß du sein Herr bist. Und das Licht, das aus seinen Nüstern bricht, wird es nicht nur mit seinen Strahlen umhüllen, sondern das Pferd selber wird wie eine Sonne leuchten.

Du sollst dieses Geheimnis für dich behalten. Ich werde aus dem Totenreich über dich wachen und wieder zu dir kommen, wenn deine Zeit abgelaufen ist.«

Als der Vater unter die Erde gebracht war, machten die älteren Brüder Aschenbrödel ganz zu ihrem Sklaven, und oft, wenn sie einen Spaß haben wollten, prügelten sie ihn. Es brach ihnen durchaus nicht das Herz, mit anzusehen, wie der jüngste Bruder die Augen hilfeflehend zu dem Berg aufhob.

Das Licht, das auf dem Berg wohnte, fiel auf Aschenbrödel und mahnte ihn, er solle Geduld haben. Er lächelte, als sähe er auf den Strahlen Engel niedersteigen, deren Bewegungen so anmutig waren, daß Tränen des Entzückens in seine Augen traten.

Dann mochten sich seine Brüder noch böser als sonst gebärden, er schien sie weder zu bemerken noch ihre Schläge zu fühlen.

Wenn die Nacht kam, ging er in den Wald am Fuße des Berges und suchte nach den Pferden, die sein Vater ihm geschenkt hatte. Aber sie waren verschwunden, als hätte es sie nie gegeben. Aschenbrödel verlor nicht die

Geduld, und selbst als er durch die schlechte Behandlung seiner Brüder krank wurde, lebte die Hoffnung, die Pferde wiederzufinden, in seinem Herzen weiter.

Oft sprach er zu seinem Vater, denn er war sicher, daß die Toten von ihrem fernen Wohnsitz her die Lebenden hören könnten.

In gleichem Maße, wie Aschenbrödels Kräfte abnahmen, wurde das Licht auf dem Berg leuchtender, und wenn er schlief oder mit offenen Augen träumte, strahlte sein Gesicht, und seine Hände schienen trotz der Aschenflecke weiß und rein.

Seine Brüder hatten gesagt, sie würden ihn zum Haus hinauswerfen, wenn er weiter immer kraftloser werde und zu nichts mehr tauge. Er tat sein Bestes, um es ihnen recht zu machen, aber sie wurden von Tag zu Tag härter und unduldsamer.

Eines Abends verließ Aschenbrödel das Haus und ging wie immer in den Wald. Er lehnte sich gegen einen Baum, denn er war sehr müde, und seine Beine wollten ihn nicht mehr tragen.

»Vater«, sagte er leise, »ich habe nicht mehr viel Leben in meinem Körper, ich fange an, ihn zu verlassen, und er fängt an, mich zu verlassen.«

Plötzlich hörte er den fernen Laut von Pferdehufen. Das Geräusch kam näher, und er sah ein schwarzes Pferd auf sich zukommen. Aus seinen geblähten Nüstern schoß eine klare und reine Flamme. Es schien zu warten. Da kletterte der kranke Knabe mit letzter Kraft auf seinen Rücken. Er legte die Hände auf den Nacken des Pferdes und preßte sein brennendes Gesicht gegen die schwarze glänzende Haut. Das Pferd fing an, auf den Berg zuzulaufen. Es lief immer schneller und so leicht, als ob es kaum den Boden berührte. Plötzlich wuchsen anstelle der Mähne zwei Flügel aus seinem Nacken. Sie hoben und senkten sich und streichelten Aschenbrödels Gesicht. Zuerst hatte er Angst, dann aber wurde ihm so leicht und luftig, daß er sich ganz der Freude hingab, durch den Raum zu fliegen. Ihm war, als sei die Luft voll von Düften, und der Wind, der an seinem Ohr vorbeistrich, erfüllt von Klängen.

Eine zarte und vertraute Musik drang ihm ins Herz. Malvenfarbene Wolken eilten herbei, um ihn zu begrüßen, und es war Aschenbrödel, als sei er selber eine von ihnen.

Auf der Erde hatte er oft in Gedanken mit den Wolken gespielt; er war ihnen nachgelaufen, wenn sie zum Königsschloß segelten. Aber es waren dann nur seine Träume gewesen, die mit den Wolken zogen. Jetzt war er selber Traum geworden, und er flog zum Schloß des Königs.

Wie glücklich und frei er sich fühlte, und in wie weiter Ferne ihm das Haus seiner Brüder schien! Wie süß und voller Frieden war die Musik, die an seinem Ohr erklang!

Der Knabe sah, daß er dem Königreich, nach dem er sich so sehr gesehnt hatte, immer näher kam, und er war gar nicht erstaunt über den Glanz, der ihm von dem Schloß entgegenstrahlte.

Zum ersten Mal war er frei von Sehnsucht und Traurigkeit und empfand ein reines Glück. Und er wußte wohl, daß ihn der Friede, der seine Brust erfüllte, nie wieder verlassen würde und die Qualen und Anfechtungen, die unten auf der armen Erde wohnen, ihn nicht mehr kränken konnten.

Hunderte von Stimmen, die er wiedererkannte, weil er sie schon in seinen Träumen gehört hatte, mischten sich mit der Musik der Luft, und er selber wagte es, einzustimmen.

Immer näher kamen sie dem Wohnsitz des Königs. Über dem Palast erblickte Aschenbrödel einen riesigen Adler, der sich in den Lüften drehte und wendete. Selbst aus der Entfernung wirkte er größer als alle anderen, die Aschenbrödel je in der Dämmerung gesehen hatte.

Der Knabe hatte sich auf dem Pferderücken hochgerichtet. Tausende von Strahlen in den wunderbarsten Farben funkelten vor seinen Augen. Sie blendeten ihn nicht, sondern drangen in sein Inneres und erfüllten es mit derselben freudigen Erregung wie jene Stimmen, die ihn mit immer sanfteren Klängen umgaben.

Kaum hatte das Pferd die Schwelle des Palastes mit seinen luftigen Hufen berührt, als der Adler sich auf Aschenbrödel stürzte und die Klauen in seine Stirn schlug.

Aschenbrödel zeigte kein Erschrecken; er lächelte dem Adler zu und wischte sich mit den Händen das Blut ab, das über sein Gesicht rann. Er empfand keinen Schmerz. Mit seinen Blicken folgte er dem Vogel, der langsam mit einem Tropfen Blut in seinen Klauen davonflog. Wie einen roten, funkelnden Stern sah Aschenbrödel den Blutstropfen durch den Raum fallen.

Als er wieder zu Hause war, legte er sich eine Binde um den Kopf, damit man das Zeichen des Adlers nicht sah und damit kein Blut aus der Wunde rann. Und sobald es dämmerte, ging er wieder in den Wald. Aus dem Schatten trat ein Pferd hervor, näherte sich Aschenbrödel und kniete vor ihm nieder. Es war von einem hellen Schein umgeben. Der Knabe hielt sich mit den Händen an der Mähne fest und legte seine Wange gegen die graue, glänzende Haut. Und das Pferd trug ihn weit über Bäume und Felsen hinweg, als wollten sie die kleinen fliehenden Wolken verfolgen. Wieder sang der Wind an seinem Ohr, und wieder überfluteten herrliche Klänge sein Herz. Wieder erwiesen sich die Träume, die er dort unten gehabt hatte, selbst seine schönsten Träume vom Lächeln der Engel, als blasses Nordlicht im Vergleich zu den wunderbaren Bildern, die immer näher auf ihn zukamen, je höher er sich in die Lüfte hob.

Diesmal war der Adler, der das Schloß des Königs bewachte, grau, und anstatt seine Klauen in die Stirn des Knaben zu schlagen, bemächtigte er sich der Binde, die Aschenbrödel um seinen Kopf trug.

Kurze Zeit danach ging das Gerücht um, daß der König aus seinem Reich auf dem Berge jenseits der Wolken herabgestiegen sei. Niemand wagte, ihm ins Gesicht zu sehen, aber alle fühlten seine Gegenwart. Man erzählte sich sogar, daß er in die Häuser trat, sich zu den Bewohnern setzte und einige Augenblicke mitten unter ihnen blieb. Manchmal sprach er auch, und seine Stimme war so voller Wohllaut in ihrer erhabenen Einfachheit, daß die Leute Mühe hatten, sie zu verstehen. Einige meinten, die Augen des Königs hätten auf ihrer Stirn geruht, da sie aber die Köpfe gesenkt hielten, waren sie nicht ganz sicher.

In der Hütte, wo Aschenbrödel wie ein müder Hund auf dem Boden lag, versuchten seine Brüder vergeblich, ihn zum Aufstehen zu zwingen. Auf seinen Lippen lag ein Lächeln, das kein Ungemach auslöschen konnte.

Als es an die Tür klopfte, gingen die Brüder, um zu öffnen, da sie aber niemanden sahen, traten sie hinaus.

»Ich verlange nicht, daß ihr mir eure Stirn zeigt«, sagte eine Stimme. »Eure Augen sind so hart geworden, daß sie mich nicht sehen können, aber ich muß wissen, ob ihr allein dieses Haus bewohnt.«

»Eure Majestät wolle sich nicht durch unseren Bruder stören lassen«, sagten sie. »Sein Gehirn ist schwächer als das eines Tieres, und er ist nicht wert, länger auf dieser Erde zu leben.«

Aschenbrödel war glückselig, als er den König kommen sah. Er breitete die Arme nach ihm aus und blickte ihm ins Gesicht.

Der König beugte sich über den Kranken.

»Ich bin herabgestiegen«, sagte er, »um jenen zu holen, dessen Stirn von den Klauen des Adlers berührt wurde.

Du hast neben dem Leichnam deines Vaters gewacht. Du fürchtetest dich nicht, am Kopfende des Todes zu wachen. Und der Tod wachte über dich. Deine Brüder, die nur den Dingen dieser Erde zugewandt sind, erschraken bei dem Gedanken, daß ihr toter Vater sie in ihrer Ruhe stören könne.

Du aber weißt, daß alle, die an das Leben jenseits des Grabes glauben, eine ewige Krone tragen. In deinen Träumen schon breitetest du die Arme nach den Engeln aus. Das Königreich über dem Berge war dir nicht unbekannt, und du senktest den Blick nicht, wenn ich nahe an dir vorbeischritt.

Komm, gib mir die Hand. Ich habe ein Fest zu deinem Empfang vorbereitet, und auf der Schwelle ihrer königlichen Gemächer wartet meine Tochter auf dich.«

Aschenbrödel stand auf und trat mit vorgestreckten Armen auf Zehenspitzen durch die Tür, die offen geblieben war.

Ein schneeweißes Pferd hob sich mit ihm empor in die Lüfte.

Weit über Häuser und Wälder hinaus trug es den Knaben, auf dessen Stirn ein strahlendes Licht lag.

Ehrerbietig gaben die Wolken den Weg frei, und ein Adler mit weißen Flügeln flog vor ihnen her zum Wohnsitz des Königs hoch oben auf dem Berge.

Der Tod der Schwiegermutter

In der Nacht, die dem Tod der alten Marishka vorausging, hielt ihr Schwiegersohn Mikita ihr die schlimmste aller Reden. Er erklärte, daß diejenigen, die ein Leben lang damit verbracht hätten, ihren armen Mitmenschen und insbesondere ihrem Schwiegersohn das Blut auszusaugen, nach dem Tod keine Ruhe finden würden.

Seit unzähligen Jahren hatten die beiden in einer schrecklichen Feindschaft gelebt.

Als die Alte gestorben war, machte dem Schwiegersohn nur eines Kummer: daß er sie nun nicht mehr zwingen konnte, sein Geschimpfe anzuhören. Während des Totenmahles zu Ehren der Gestorbenen benahm er sich so schlecht, trank so viel und machte sich in so bedauerlicher Weise über die Tote lustig, daß selbst die gröbsten Herzen sich entrüsteten.

Nachdem der letzte Gast die Stube verlassen hatte, schickte Mikita seine Frau zu Bett und blieb allein mit seiner Schwiegermutter.

Zum letzten Mal hielt er ihr eine Rede:

»Von dem Tag an, als ich die Frucht deines jämmerlichen Leibes zur Frau nahm, hast du nie versäumt, mich mit deiner elenden Gegenwart zu stören. Indem ich deine Tochter heiratete, mußte ich auch die Teufelin von Mutter heiraten.

Jetzt bin ich endlich von dir befreit. Ich werde die Nacht im Wald verbringen und dir einen Sarg zimmern, und morgen spanne ich zwei Rentiere vor einen Schlitten, und auf den Schlitten stelle ich den Sarg, und in den Sarg lege ich dein dürres Gerippe. Dann trage ich dich so weit weg wie möglich und vergrabe dich so tief, daß kein anderer als der Teufel den Weg zu deiner Wohnung finden kann.«

Der Schnee, den der Frühling schwerfällig und feucht machte, blieb an den Hufen der Rentiere hängen. Mikita saß auf dem Sarg. Die ganze Nacht hindurch hatte er gearbeitet und im Innern des Sarges unzählige Nägel angebracht, denn er wollte ihn so ungemütlich wie möglich machen.

Während der langen Fahrt pfiff er ein fröhliches Lied, um seine Tiere aufzumuntern.

Am Abend kamen sie zu dem Berg der Wölfe, wo Mikita die Nacht verbringen wollte. Er spannte die Rentiere aus, die sogleich im Wald verschwanden. Er rief nach ihnen und wunderte sich, daß sie nicht zurückkamen. Er blickte nach allen Seiten und fragte sich, was sie wohl erschreckt haben könne. Als er nichts Beunruhigendes sah oder hörte, machte er ein Feuer, um sich zu wärmen, und streckte sich auf einem Rentierfell aus. Während er einschlief, mußte er lachen bei dem Gedanken an seine Schwiegermutter, die zwei Schritte von ihm entfernt, festgenagelt auf den Brettern, in ihrem eisigen Sarge schlief.

Mitten in der Nacht erwachte er mit einem merkwürdigen Unbehagen; das Feuer war erloschen, und der Mond stand gerade über seinem Kopf.

»Der Teufel soll dich holen«, murmelte er, wobei er an seine Schwiegermutter dachte.

Kaum hatte er diese Worte ausgesprochen, als er ein

langes, ersticktes Ächzen hörte. Erst glaubte er, es seien Wölfe, aber dann sah er, daß sich der Deckel des Sarges langsam hob. Das Mondlicht glitt in den Spalt hinein und erhellte ein trauriges und erbarmungswürdiges Gesicht, das sich Mikita zuwandte.

Langsam stieg der Kopf und dann die ganze Leiche aus dem Sarg. Der Deckel fiel in den Schnee. Ihre Hände und Arme waren an den Oberkörper gefesselt, nur die Beine waren frei.

Die Wölfe, die den Geruch des Leichnams witterten, stimmten in der Tiefe des Waldes ein trauriges Geheul an. Auch die Schwiegermutter tat den Mund auf und sagte: »Ich habe Hunger.«

Im Licht des Mondes schienen ihre Augen erfüllt von einer seltsamen Sehnsucht. Mikita kletterte auf einen Baum. Seine Knie schlugen zitternd gegen den Stamm, und seine Hände waren mit Blut bedeckt. Oben setzte er sich auf einen Ast und betrachtete die Tote. Sie versuchte, auch hinaufzuklettern, aber da sie nur auf ihre Beine angewiesen war, mußte sie darauf verzichten. Sie drückte den Kopf auf ihre Brust und versuchte, den Strick, der ihre Arme fesselte, durchzubeißen, aber ihre Zähne griffen ins Leere und konnten den Strick nicht packen. Da preßte sie ihren Mund gegen den Baumstamm und begann, an ihm zu nagen. Durch die Luft flogen Fetzen der Rinde, und der Baum knackte, als ob Hunderte von Ratten seinen Stamm zernagten.

Wenn es ihr gelingt, meinen Baum durchzusägen, wird er fallen und ich mit ihm, dachte Mikita.

»Ich sehe am Horizont die Morgenröte«, rief er. »Ist es nicht Zeit für böse Geister, wieder in ihre Särge zurückzukehren?«

Die Schwiegermutter hielt es nicht für nötig, ihre Beschäftigung zu unterbrechen. In der Ferne hörte man wieder die Wölfe heulen und einander von einem Ende des Waldes zum anderen zurufen. Einer war gekommen und näherte sich der Toten, floh aber plötzlich mit entsetztem Geheul.

Der Mond schien unruhig, als ob auch er am liebsten geflohen wäre.

Als endlich ein roter Schein am Horizont erschien, warf die Schwiegermutter einen letzten, merkwürdig sanften und flehenden Blick auf ihren Schwiegersohn, als wollte sie zu verstehen geben, daß sie nichts Übles gegen ihn im Sinne habe. Sie stieß einen schmerzlichen Seufzer aus und ging, den nächtlichen Schatten folgend, wieder in ihren Sarg zurück. Da kamen auch die Rentiere wieder und warteten ruhig darauf, daß sie vor den Schlitten gespannt würden. Dann brachen sie auf.

Um die Mitte des Tages kamen sie zu der Stelle, wo die Schwiegermutter begraben werden sollte. Mikita grub ein Loch und schob, nachdem er sich vergewissert hatte, daß der Deckel gut verschlossen sei, den Sarg in die Tiefe.

Noch am selben Abend war er wieder zu Hause.

Seine Frau war für einige Tage fortgefahren, so daß er allein im Hause war. Er ging zu Bett, aber wieder weckte ihn das gleiche merkwürdige Unbehagen, das er am Abend vorher empfunden hatte.

»Wenn du es wieder bist, die mich heimsucht«, schrie er, »so werde ich dich dorthin bringen, wo meine Frau das Brot röstet.«

Aber mit Entsetzen wurde ihm klar, daß er keine Macht über die Tote hatte, und zitternd verkroch er sich unter seine Decken.

Er antwortete nicht auf das leise Klopfen an den Fensterscheiben. Das Fenster öffnete sich von selbst, und er hörte Schritte über den Boden gleiten.

»Ich habe Hunger«, sagte eine klagende Stimme.

»Ich weiß«, antwortete er. »Ich weiß, daß du mich fressen willst. Zu deinen Lebzeiten hast du mir das Blut ausgesaugt, aber du hattest nicht die Kraft, mich ganz und gar zu töten. Jetzt, da du tot bist und ich keine Macht habe, dir etwas anzutun, hoffst du auf einen besseren Erfolg.«

Mikita, tief unter seine Decken vergraben, hörte nur einen Seufzer, so schwer von Vorwurf und von Traurigkeit, daß er die Seele jedes anderen hätte schmelzen können.

Den ganzen folgenden Tag verbrachte Mikita damit, bei den Nachbarn herumzusitzen. Mit verstörten Augen hockte er schweigsam neben dem Feuer. Wenn man ihn fragte, antwortete er, daß er sich ohne seine Frau langweile. Gegen Abend zeigte er eine solche Angst, daß die Nachbarn ihm anboten, bis zu seiner Hütte mitzukommen. Einer erklärte sich sogar bereit, während der Nacht bei ihm zu bleiben, aber Mikita lehnte ab. Er wollte lieber allein durch Schnee und Kälte gehen, denn er sagte sich, daß seine Schwiegermutter kaum darauf verfallen würde, ihn im Wald zu suchen.

Aber als die Schatten der Bäume im Schnee unter dem Mondlicht länger wurden, begriff er, daß die List nichts genützt hatte. Er ging schneller und schneller und wagte nicht, sich umzublicken. Doch dann fühlte er einen Zwang, den Kopf zu wenden und sah, wie sich ein Schatten aus einem größeren Schatten löste und über den Schnee hinter ihm her glitt. Er lief auf einen Baum zu, hatte aber nicht mehr die Kraft, hinaufzuklettern. Da schloß er die Augen und ging aufs Geratewohl weiter. Jetzt war sie neben ihm, er wußte es wohl. Ehe die Morgenhelle die schlimmen Dünste der Nacht nicht vertrieb, würde ihn nichts von ihr befreien. Ganz nahe an seinem Ohr hörte er herzzerreißende Seufzer.

Mikita fühlte sich am Ende seiner Kraft. Mit geschlossenen Augen wandte er sich endlich gegen den trostlosen Wächter, den die Nacht ihm gegeben hatte, und schrie:

»Geh zurück in deinen Sarg, er langweilt sich ohne dich im Schoß der Erde.«

»Ich habe so großen Hunger«, antwortete eine klägliche Stimme.

Mikita verlor den Kopf, riß seinen Pelz auf, bot ihr seine nackte Brust und brüllte, immer noch mit geschlossenen Augen:

»Da! Friß! Ich weiß, daß du mir keine Ruhe lassen wirst, bevor du mich nicht mitgerissen hast in die Hölle, wo deine teuflische Seele für immer wohnt. Iß dich satt, aber zwinge mich nicht, die Augen aufzumachen.«

Über seinem Kopf hörte er den Nachtvogel, den Boten des Todes, aber seine Schwiegermutter berührte ihn nicht, sondern fuhr fort, tief und jammervoll zu seufzen.

»Wenn mein Fleisch nicht nach deinem Geschmack ist, so sag mir, wie ich dich zufriedenstellen kann«, sagte Mikita mit ersterbender Stimme. Als er keine Antwort erhielt, hob er den Kopf zum Himmel. Zögernd brachte er seine Hände zusammen und versuchte, sich an ein Gebet zu erinnern. Da öffnete sich sein Mund von selbst zu den Worten: »Liebet eure Feinde.«

Er mußte lächeln bei dem Gedanken, daß er seine Schwiegermutter lieben könne, nachdem er sie jahrelang so glühend gehaßt hatte.

Die Alte sah das Lächeln. Der seltsame Ausdruck schmerzlicher Sehnsucht verschwand aus ihren Augen, und aus der Tiefe ihrer Brust stieg ein letzter erleichterter Seufzer.

»Ich habe keinen Hunger mehr«, sagte sie.

Schicksal

Vasko war ein guter Mensch. Das wußte alle Welt, und er wußte es noch besser als alle Welt. Er sprach selber von seiner Güte und seinen innigen Beziehungen zu Gott. Man glaubte ihm aufs Wort; und so kam es, daß ihm trotz seines jugendlichen Alters eine wichtige Stellung in Angelegenheiten der Kirche zuerkannt wurde. Von allen Seiten holte man sich Ratschläge bei ihm, die er großzügig verteilte. Stand er denn nicht in ständigem vertrauten Verkehr mit Gott? Konnten da seine Ratschläge schlecht sein?

Er hatte eine Frau und eine Tochter. Die Tochter war ein Jahr alt und hieß Olga. Der Name der Frau ist unwichtig, denn sie spielt nur eine bescheidene Rolle in dieser Geschichte.

Eines Tages begab sich Vasko in ein entlegenes Dorf. Er machte sich oft auf, um seine guten Worte in große Entfernungen zu tragen.

In dem Augenblick, als er die Hütte betreten wollte, in der das ärmste Paar dieser Gegend wohnte, hörte er eine Stimme, die ihn bei seinem Namen rief. Er wandte sich um und war erstaunt, niemanden zu sehen.

»Vasko«, sagte die Stimme, »ich habe eine Botschaft für dich – von Gott. In dieser Hütte, die du betreten willst, ist gerade ein Knabe geboren. Im Alter von siebzehn Jahren wird er die Ursache deines Todes sein.«

Vasko wandte sich unmittelbar an Gott, denn er brauchte keinen Vermittler, um mit seinem Schöpfer zu sprechen.

»Was habe ich dir getan?« sagte er. »Womit verdiene ich einen so baldigen Tod, und noch dazu vollzogen durch einen Menschensohn? Habe ich nicht immer über dich und deine Güte gesprochen, von der die meine nur ein Widerschein ist? Habe ich nicht . . .«

Aber er unterbrach sich.

Was nützt es, mit Gott zu streiten, dachte er. Man kann ihn doch nicht überzeugen. Aber es gibt vielleicht eine andere Möglichkeit, um meinem Schicksal zu entgehen.

Vasko trat lächelnd in die Hütte. Das neugeborene Kind schrie neben seiner schlafenden Mutter. Der Vater hörte ehrfürchtig den Worten zu, mit denen Vasko ihn beglückwünschte, und sagte:

»Ich weiß nicht, ob ich weinen oder mich freuen soll. Wir sind so arm, daß ein Mund mehr . . .«

Vasko ließ ihn nicht zu Ende reden.

»Nichts würde mir leichter fallen, als euch zu helfen«, sagte er. »Gebt mir das Kind. Ich werde es aufziehen, als wäre es mein eigener Sohn. Und wenn er erwachsen ist, werde ich ihn zum Hüter meiner Rentiere und der Kirche machen. Ich bin reich und will euch das Opfer gut lohnen.«

Dem Vater wurde es nicht leicht, sich zu entschließen, als er aber die Geldstücke sah, die ihm so plötzlich in die Hand rieselten, sagte er:

»Keinem anderen als Euch würde ich ihn geben. Bei Euch wird er glücklicher sein als in dieser Hütte, wo wir ihm nur Not und Elend bieten können.«

Als das Kind kräftig genug war, um die Reise zu machen, kam Vasko, um es abzuholen. Er brachte es in den Wald, dort, wo er am tiefsten ist.

Ich könnte es leicht mit meinen eigenen Händen erwürgen, dachte er, aber ein so guter Mensch wie ich kann das nicht tun. Es gäbe noch Pjotr, der alles, was es auch sein mag, für Geld tut – aber er wohnt zu weit weg, und man braucht mich nicht gerade mit dem Kind zu sehen. Ich werde es einfach hier liegenlassen. Kein Mensch wird es hier finden, und sobald ich weggegangen bin, wird ein Wolf kommen und es verschlingen.

Und er kehrte zu den Eltern zurück und erzählte weinend: »Nur einen einzigen Augenblick habe ich das Kind allein gelassen, da brach ein Wolf aus einem Gebüsch und trug es davon.«

Alle drei jammerten eine ganze Weile. Der Vater bot Vasko an, ihm das Geld zurückzugeben, das er für das Kind erhalten hatte. Aber Vasko, der so heftig weinte, daß er kein einziges Wort sagen konnte, wies es mit einer Handbewegung zurück. Der Vater dankte ihm für seine Großzügigkeit.

Währenddessen kam ein Kaufmann, der von einem Ort zum andern reiste, um seine Waren zu verkaufen, vom rechten Wege ab. Er geriet auf einen der Rentierpfade, die nirgendwohin führen, und wollte gerade wieder umkehren, als er das leise Weinen eines Kindes hörte.

Der Kaufmann gab sich keine Mühe, nach den Eltern zu forschen. Gewiß war der kleine Knabe in böser Absicht im tiefsten Wald ausgesetzt worden.

Die Frau des Kaufmanns aber freute sich sehr. Sie konnte selber kein Kind bekommen und sah in diesem Knaben ein Geschenk des Himmels.

Und sie gaben ihm den Namen Vasko.

Siebzehn Jahre vergingen. Um das Verbrechen zu sühnen, das er glaubte begangen zu haben, verdoppelte Vasko seinen Eifer vor Gott, machte selber die Kirche sauber und verteilte Geld unter die Armen. Man nannte ihn nur noch den guten alten Vasko. Im Grunde wirkte er noch ziemlich jung, und wenn man sagte »der alte Vasko«, so drückte sich darin nur die Ehrfurcht vor seiner Güte und seiner immer größer werdenden Weisheit aus.

Sein Ruf verbreitete sich mehr und mehr, und er machte immer weitere Reisen, um die entferntesten Ortschaften mit seinen guten Worten und Ratschlägen zu versorgen.

So kam es, daß er eines Tages an die Tür des Kaufmanns klopfte. Ein junger Mann öffnete ihm.

»Wer bist du?« fragte Vasko. »Ich dachte, der Kaufmann hat keine Kinder.«

»Ich bin auch nicht sein Sohn«, antwortete der junge Mann. »Er hat mich im Wald gefunden, ausgesetzt von meinen Eltern, und er hat mich bei sich behalten. Aber macht uns die Freude, Euch niederzusetzen. Ich habe so oft von Euch und Eurer großen Güte gehört. Darf ich Euch einen Kaffee anbieten, während Ihr auf die Rückkehr meines Pflegevaters wartet?«

Während er sprach, neigte der junge Mann den Kopf leicht zur Seite, in einer bescheidenen Art, die seine Anmut und Schönheit noch mehr hervorhob.

»Wie alt bist du?« fragte Vasko.

»Ich bin siebzehn und heiße Vasko wie Ihr.« Lächelnd fügte er hinzu: »Das ist eine Ehre, die für mich größer ist als für Euch.«

Siebzehn Jahre, dachte der alte Vasko, während er den Kaffee trank, den der junge Mann ihm eingegossen hatte. Und im Wald gefunden? Er ist es, da gibt es keinen Zweifel. Gott hat sein Versprechen nicht vergessen. Aber noch ist es nicht zu spät. Es gilt nur schnell zu handeln, schneller als Gott.

Ganz außer Atem kam der Kaufmann angerannt, denn er hatte von dem Besuch des guten alten Vasko erfahren.

»Ihr seht aus, als hättet Ihr Sorgen«, sagte der Kaufmann.

»Ach ja, Ihr habt es recht erkannt«, sagte der alte Vasko seufzend. »Ich habe große Sorgen. Ich bin nicht mehr so jung und werde leicht müde. Die guten Werke und die Arbeit für die Kirche kosten mich viel Kraft. Ich brauche dringend einen Helfer.«

Während er das sagte, blickte er die ganze Zeit den jungen Vasko an.

»Wenn ich doch Euren Pflegesohn haben könnte! Auf seinem Gesicht stehen Kraft und Güte geschrieben. In keinem anderen würde ich einen solchen Gehilfen finden. Es ist, als sei er geradezu geboren für diese Aufgabe. Um ihn zu bekommen, gäbe ich die Hälfte meines Vermögens. Und ich bin ebenso reich wie gut.«

»Zwar handle ich mit Waren«, sagte der Kaufmann, »aber ich habe noch niemals einen Menschen als Ware verkauft.«

»Vater«, unterbrach ihn der Jüngling, »bedenkt, daß Ihr alt werdet und daß die ständigen Reisen Euch allmählich ermüden. Ich kann Euch von keinem großen Nutzen sein. Mit dem Geld aber, das dieser ebenso gute wie großzügige Mann Euch anbietet, könntet Ihr und die Mutter bis zum Ende Eurer Tage in Frieden leben. Außerdem würdet Ihr Euch in meiner Nähe niederlassen. Könnten wir uns in bessere Hände geben, Vater?«

Aber der Kaufmann ließ sich nicht so leicht überzeugen. Es bedurfte noch langer Gespräche und mancher Überredungskunst, um seine Einwilligung zu erlangen.

»Du wirst mir vorausreisen«, sagte der alte Vasko, als endlich alles geregelt war. »Ich habe noch viele Besuche zu machen, bevor ich heimkehren kann. Die Kirche braucht jemanden, während ich weg bin. Man darf Gott nicht vernachlässigen. Nimm diesen Brief und bringe ihn meiner Frau. Ich habe ihr geschrieben, daß sie dich empfangen soll, als wärest du ihr eigener Sohn. Aber versprich mir, den Brief nicht zu lesen! Du hast ein ehrliches Gesicht. Ich verlasse mich auf dich.«

Der junge Vasko gab sein Wort, nahm Abschied von seinen Pflegeeltern und seinem Wohltäter und machte sich auf den Weg.

Unterwegs traf er seinen Freund Aligas, einen mächtigen Zauberer. Man erzählte sich von ihm, daß er nur den kleinen Finger zu heben brauche, wenn ihn die Lust ankommen würde, die Sonne oder den Mond vom Himmel zu holen.

»Zeig mir den Brief, den du in der Hand hast«, sagte Aligas.

»Ich habe versprochen, ihn nicht zu lesen«, sagte Vasko.

»Hast du auch versprochen, ihn keinem Menschen zu zeigen? Nein? Gut, dann gib ihn mir! Ich werde mich hinter diesem Baum verstecken, damit du nicht in Versuchung kommst, in den Brief hineinzusehen, wenn ich ihn lese.«

Aligas verschwand hinter dem Baum und las:

»Trotz seiner angenehmen Erscheinung ist der junge Mann gefährlich, denn er will mich töten. Gleich nach seiner Ankunft schließe ihn fest ein und gib ihm nichts zu essen, bis ich zurückkomme.«

»Genau das hab ich mir gedacht«, brummte der Zauberer. Er hob den Briefbogen an seinen Mund und blies darüber hin. Sogleich fingen die Buchstaben an zu tanzen wie Herbstblätter im Wind. Dann ordneten sie sich wieder, einer an die Seite des anderen, jedoch in einer ganz neuen Zusammenstellung.

Der Zauberer kam zu Vasko zurück und sagte:

»Da hast du deinen Brief. Du kannst deine Reise weitermachen. Und vergiß nicht, den guten alten Vasko sehr herzlich von mir zu grüßen, wenn er nach Hause kommt.«

Der junge Vasko tat alles, wie ihm geheißen, und überreichte den Brief der Frau seines Wohltäters.

Dies war es, was sie las:

»Empfange diesen jungen Mann, als ob er dein eigener Sohn wäre. Gib ihm sofort unsere Tochter zur Frau. Die Hochzeit soll noch vor meiner Rückkehr gefeiert werden. Von nun an wird es zwei Herren im Haus geben, ihn und mich.«

Weshalb diese Eile? fragte sich die Frau des alten Vasko. Aber sie war eine gehorsame Ehefrau, und so wurde die Hochzeit noch am selben Tag gefeiert. Die beiden jungen Leute machten keine Schwierigkeiten, denn sie hatten sich sofort ineinander verliebt.

Der gute alte Vasko geriet bei seiner Rückkehr in großen Zorn.

»Warum hast du mir nicht gehorcht?« fragte er seine Frau.

»Wieso? Ich habe doch genau das getan, was in dem Brief stand«, sagte sie.

»Zeig mir den Brief.«

Er las ihn. Es war dasselbe Papier und seine eigene Schrift. Also war Gott dazwischengetreten. Er handelte schnell, aber es galt, noch schneller zu handeln als Gott.

Der gute alte Vasko ging zu Pjotr.

»Pjotr«, sagte er, »du tust doch alles, was es auch sei, für Geld. Willst du dir eine Menge verdienen? Dann hör gut zu und tu genau das, was ich dir sage! Noch in dieser Nacht sollst du vor der Tür der Kirche ein Loch graben, so groß und tief wie möglich. Dann deckst du es mit Tannenzweigen zu, damit man nichts merkt. Morgen ganz früh kommt ein junger Mann und fällt in das Loch. Er braucht dich vorher nicht zu sehen. Sobald du Schreie aus dem Loch hörst, wirfst du es mit Erde zu. Laß dich auf keinen Fall erweichen, selbst wenn der junge Mann versichert, daß er Vasko heiße und der Herr des Hauses sei.

Später im Laufe des Morgens werden die Besucher des Sonntagsgottesdienstes kommen. Das Loch muß dann so fest zugeschüttet sein, daß keiner beim Eintritt in die Kirche auch nur im geringsten in die Erde einsinkt. Ich werde dich reichlich belohnen. Du weißt, ich bin ebenso großzügig wie gut.«

Kurz darauf klopfte der gute alte Vasko an die Tür seines Gehilfen.

»Mein lieber Schwiegersohn«, sagte er, »ich muß dich um einen großen Gefallen bitten. Und zwar möchte ich, daß du morgen vormittag zu ganz früher Stunde in die Kirche gehst und alles rechtzeitig vor der Ankunft des Priesters in Ordnung bringst. Ich hätte es selber getan, aber ich muß dir diese Aufgabe überlassen, weil eine alte kranke Frau meinen Rat braucht. Sie wohnt sehr weit von hier, und ich kann erst morgen abend zurück sein.«

Der junge Vasko stand am nächsten Morgen ganz früh auf, wie er es versprochen hatte. Bevor er in die Kirche ging, küßte er seine Frau, die gerade aufwachte.

»Du wirst nicht ohne mich gehen«, sagte sie, indem sie ihren Arm um den Hals ihres Mannes schlang. »Die Frau soll ihrem Mann überallhin folgen.«

»Du kannst mir später in die Kirche nachkommen«, sagte er.

»Nein, nein. Warte auf mich. Ich mag mich nicht allein anziehen.«

»Aber was wird dein Vater sagen?«

»Sofern die Kirche rechtzeitig in Ordnung ist, wird er gar nichts sagen.«

»Aber es ist noch sehr viel zu tun.«

»Ich werde dir helfen. Zu zweit brauchen wir nur die Hälfte der Zeit.«

Er gab nach, denn er hatte noch nicht gelernt, seiner Frau Widerstand entgegenzusetzen.

»Komm, hilf mir«, sagte sie. »Ich mag nicht allein aus dem Bett aufstehen.«

Er gehorchte.

»Nicht so grob!« sagte sie. »Hältst du mich für einen Sack Kartoffeln?«

Das Anziehen ging so langsam vor sich, daß der junge Vasko die Geduld verlor.

»Beeil dich doch«, sagte er, »es ist schon so spät.«

Sie wandte sich einen Augenblick vom Spiegel ab.

»Es ist das erste Mal seit unserer Hochzeit, daß wir zusammen ausgehen, und es werden viele Leute in die Kirche kommen. Ich will schön sein, damit du stolz auf mich sein kannst.«

»Du bist schön genug, so wie du bist.«

»Solange es auch nur die geringste Möglichkeit gibt,

noch schöner zu sein, hat man nicht das Recht, sie ungenützt zu lassen«, sagte sie.

Da er nicht mehr warten wollte, hängte sie sich an seinen Arm.

»Du kannst nicht einfach weggehen, während ich nur um deinetwillen etwas für meine Schönheit tue.«

»In der Kirche wartet eine nützlichere Arbeit auf uns«, sagte er.

»Hör zu!« sagte sie. »Ich weiß ein Mittel, um das Anziehen zu beschleunigen. Jedesmal, wenn ich den Kamm durch meine Haare ziehe, gibst du mir einen langen Kuß. Jeder deiner Küsse wird meine Augen ein wenig glänzender und mein Gesicht etwas strahlender machen. Beim zwanzigsten Strich mit dem Kamm werde ich fertig sein.«

Die ganze Nacht wanderte der gute alte Vasko in höchster Erregung im Wald umher.

›Wenn nur Pjotr das Loch tief genug gräbt‹, dachte er. ›Ob ich ihm vielleicht bei der Arbeit helfen sollte?‹

Aber er hielt sich zurück.

›Was würde mein Gewissen dazu sagen? Ich bin doch ein so guter Mensch!

Und wenn Pjotr sich erweichen läßt? Nein, er liebt das Geld zu sehr! Ein Glück, daß es solche Menschen wie Pjotr gibt! Er ist allerdings der einzige seiner Art in der ganzen Gegend. Übrigens stammt er gar nicht von hier. Man erzählt sich, daß er in seiner Jugend irgendwo aus einem Gefängnis ausgebrochen sei. Ein gutes Zeichen. Er läßt sich bestimmt nicht erweichen.‹

Der gute alte Vasko wartete lange. Die Sonne stand schon hoch am Himmel; in einer halben Stunde würden die Glocken läuten. Da faßte er endlich den Entschluß, zur Kirche zu gehen. Langsam näherte er sich. Vor der Tür langen Tannenzweige.

Die Erde wird noch weich an dieser Stelle sein, dachte Vasko. Pjotr mußte wohl neue Zweige hierherlegen, damit niemand argwöhnisch wird. Jetzt werde ich mir erlauben, über dich hinwegzugehen, mein lieber Schwiegersohn, ohne Angst, daß du aufwachen könntest.

Und er machte einen Schritt vorwärts. Die Tannenzweige brachen.

»Hilfe, Pjotr! Hilfe!«

»Ah, da bist du endlich!« schrie Pjotr, der aus seinem Versteck hervorkam und zwei riesige Kisten mit Erde hinter sich herzog. Und er machte sich an die Arbeit.

Die Erde überschwemmte den guten alten Vasko von allen Seiten wie ein steigender Fluß. Schon erreichte sie seinen Bauch, seine Brust.

»Pjotr, es ist ein Irrtum. Ich bin Vasko, Vasko, dein Herr, der Herr des Hauses.«

Die Stimme klang rauh und verändert, als ob der gute alte Vasko den Mund schon voller Erde hatte.

»Ja, ja, ich weiß!« rief Pjotr, ohne seine Arbeit zu unterbrechen. »Mein Herr hat mir gesagt, daß du seinen Namen benutzen würdest, um mich herumzukriegen.«

»Pjotr, Pjotr, hör auf, hör auf! Ich gebe dir mein ganzes Vermögen. Ich bin der gute alte Vasko. Pjotr ...«

Die Stimme erlosch.

Pjotr hatte kaum seine Arbeit beendet, da sah er einen Mann und eine Frau kommen. Schnell nahm er die beiden leeren Kisten und entfloh in den Wald.

Als der Priester kam, fand er alles in Ordnung. Die Kirche war sauber gefegt, die Kerzen brannten. Während der junge Vasko die Glocken läutete, grüßte seine Frau lächelnd nach links und rechts. Sie war so schön, daß die Männer es lange vermieden, sie richtig anzusehen, aus Furcht, in ihren frommen Gedanken gestört zu werden.

Das junge Paar verbrachte einen angenehmen Sonntag. Den ganzen Tag küßte Vasko seine Frau, nicht, um sie noch schöner zu machen – denn das war nicht mehr möglich –, sondern um ihre Schönheit zu erhalten.

Als es Abend wurde, begannen sie unruhig zu werden, weil der gute alte Vasko nicht wiederkam, und am folgenden Tag wurde überall nach ihm gesucht. Aber er blieb unauffindbar.

Der junge Vasko war der Traurigste von allen.

»Was kann ihm nur geschehen sein?« fragte er immer wieder. »Er hat mir soviel gegeben, und ich habe keine Zeit gehabt, ihm meine Dankbarkeit zu zeigen. Er war ein so guter Mensch.«

Und alle Welt war derselben Meinung.

Die Antwort des großen Rentiers

»Bitte sag mir alles, was du weißt, über die Liebe«, sagte Tania zu dem großen Rentier, das die Natur selbst aus einem Granitfelsen geformt hatte. »Du bist schon seit Tausenden von Jahren hier und brauchst nichts weiter zu tun als nachzudenken.«

Tania wußte wohl, daß hohes Alter Erfahrung und Weisheit mit sich bringt, vor allem aber auch die Verpflichtung, auf die Fragen junger Mädchen zu antworten.

Das Antlitz der Sonne und dem Meer zugewandt, stand das granitene Rentier da, wie es schon dagestanden hatte, lange bevor Tanias Ahnen nach Lappland gekommen waren.

Als Kind war sie auf die Felsen geklettert und hatte sich bei ihm Rat geholt. Unter dem Schutze seines Schattens war sie aufgewachsen. Aber die granitenen Rentiere, und mögen sie so alt sein wie die Welt, beantworten die Fragen kleiner Mädchen nicht. Es sind die kleinen Mädchen selbst, die für sie sprechen und sie alles das sagen lassen, was sie gern hören wollen. Die steinernen Rentiere brauchen nur durch ihr Schweigen zuzustimmen. Und da sie immer schweigen, stimmen sie immer zu. Sie allein sind würdig, in unwandelbarer Gunst die Vertrauten der zahllosen wichtigen Ereignisse im Leben eines jungen Mädchens zu sein. Tania konnte sich wohl hundert Fragen stellen und dank diesem Freund auf ebensoviele Antwort geben, heute aber blieb auch sie stumm. Denn heute hatte sie eine Frage gestellt, auf die sie keine Antwort wußte. Deshalb hätte sie, zum ersten Mal vielleicht, gewünscht, daß das Ren wirklich sprechen würde. Sie stellte sich vor, daß es den Kopf nach ihr wende und sie ansähe.

»Sag mir bitte alles, was du über die Liebe weißt«, wiederholte Tania zaghaft.

Nein, es sah sie doch nicht an. Es blickte auf das Meer hinaus. In der Ferne lag ein Schiff.

Die Schiffe sehen immer traurig aus, dachte Tania. Sie sind so schön, man möchte sie liebhaben. Aber man hat keine Zeit dazu. Sie fahren immer wieder fort. Sie gleichen den Wolken, die auf dem Meer des Himmels dahinreisen. Es sind niemals dieselben, die zurückkehren.

Sie schmiegte sich an das Rentier und legte ihre Arme um seinen steinernen Hals.

»Wenn der Priester durch das Dorf kommt, wird er uns als Mann und Frau zusammentun«, sagte sie leise. »Es werden viele Leute zu dem Fest kommen, und man wird den ganzen Tag essen und trinken. Und am Abend wird er mich zu sich in sein Bett nehmen. Ich liebe ihn wie einen Bruder, nicht mehr«, sagte sie, und ihre Stimme wurde noch leiser. »Es sind noch dreiundzwanzig Tage bis zur Ankunft des Priesters.«

Sie lächelte traurig.

»Ist das alles, was du mir sagen kannst? Wenn das die Liebe ist, dann verstehe ich nicht, weshalb alle so leise und geheimnisvoll von ihr sprechen. Genügt es denn, daß er ein Mann ist und ich eine Frau bin, um unter einem Dache glücklich zu sein?

Sieh, die Sonne ist müde. Sie ruht sich auf einem Boot

aus und überläßt das Meer den Farben der Nacht. Siehst du jene großen Vögel, die zum Ufer fliegen, um schlafen zu gehen? Auch für mich ist es Zeit, heimzugehen.«

Aber es wird einem jungen Mädchen, dessen Herz voller Träume ist, nicht leicht heimzugehen, wenn die sommerliche Nacht aufsteigt. Lange blieb Tania in den Anblick der Sonne versunken, deren Kraft weder zum Untergehen noch zum Wiederaufstieg ausreichte und die jetzt wie ein leuchtendes Schiff neben dem Boot auf dem Wasser lag.

Ein Vogel kam so nah an ihr vorüber, daß er sie mit dem Flügel streifte. Sie antwortete mit einem kleinen Lockruf. Und wie der Schmetterling zu seiner Lieblingsblume zurückkehrt, so kehrte der Vogel zurück und grüßte Tania noch einmal mit einem kleinen nächtlichen Gruß.

»Weshalb gehst du nicht schlafen?« rief sie ihm zu, als habe sie allein das Recht wach zu bleiben, während die ganze arktische Welt sich den Träumen überließ.

Aber es gab in dieser Nacht noch andere Geschöpfe, die nicht schlafen wollten. Ihre Stimme erhob sich im Wald jenseits der Felsen.

»Du brauchst dich nicht zu fürchten«, sagte Tania zu dem Rentier. »Du bist aus Stein – und ich, ich bin wie ein Baum im Wald. Sie kennen mich. Sie werden uns nichts Böses tun.«

Für sie waren es nicht die Wölfe, sondern es war der Wald selber, der sang. In seiner Stimme waren gleichzeitig Freude und Schmerz, Reue und Vorwurf, Liebe und Tod. Die Wölfe sind nur der Mund des Waldes, und in ihrem Gesang ist soviel Sehnsucht, weil auch die Bäume nach Zärtlichkeit verlangen. Auch sie werden geboren, leben, leiden und sterben.

Zuweilen aber singen die Wölfe nicht für die Bäume, ja, nicht einmal für die Erde. Sie heben die Köpfe und verkünden, daß irgendwo in der Unendlichkeit des Himmels ein Stern geboren wird oder eine Welt erlischt.

Ihr Lied gilt vielleicht einer neuen Sonne, die zum ersten Mal auf eine neue Erde herabscheint. Jeder Wolf sagt beinahe dasselbe:

»Ich singe für alle jene, die keine Stimme haben. Ich bin der Traurigste und Hungrigste von allen, deshalb leihe ich meine Stimme jenen, die weniger traurig und weniger hungrig sind als ich. Oder ich bin der Glücklichste und singe für alle jene, die weniger glücklich sind als ich.«

Tania verstand wohl, was der Wolf sagte. Deshalb war sie überrascht, plötzlich eine Stimme zu hören, die nicht Klage oder Freude anderer zum Ausdruck brachte.

Diese Stimme sprach nicht von der schmerzlichen Geburt einer Welt, nicht vom Leid eines Kindes, dem das Herz unter der Berührung des Lebens zerbrach, und nicht von dem vergeblichen Jammer des Baumes, der in den unsteten Wind verliebt ist.

Diese Stimme sprach von sich selbst, und Tania begriff, daß sie ihre Hilfe forderte.

»Leb wohl«, sagte das junge Mädchen zu dem steinernen Rentier. »Wer so ruft, muß Antwort auf die Frage wissen, die ich heute abend an dich gerichtet habe.«

Und indem sie von Fels zu Fels sprang, legte Tania rasch die Strecke zurück, die sie vom Wald trennte.

Wohl hatte der Priester ihr erklärt, daß die körperliche Hülle nichts mit dem gemein habe, was sie umschließe, und daß man den Wert eines kostbaren Steines nicht nach dem Kästchen messen dürfe, das ihn berge. Den Körper um seiner Schönheit willen lieben, so hatte er oft wiederholt, das heiße bei dem Kästchen stehenbleiben, anstatt nach dem kostbaren Stein zu suchen.

Aber sämtliche Priester der Welt hätten dem jungen Mädchen kein Mittel zu geben vermocht, um den seltsamen, süßen Schmerz zu stillen, der in ihrer Brust geboren war. Nichts hatte ihr je ein so wunderbares Weh bereitet wie diese Augen, die in ihre gedrungen waren.

Gibt es nicht im Leben eines jeden von uns ein Wesen, das nur für uns allein bestimmt ist? Zuweilen haben wir nur nicht den Mut, es zu erkennen, aber früher oder später müssen wir ihm begegnen.

Zwar haben wir oft, müde vom Warten, nicht mehr die Kraft, an unser Glück zu glauben, wenn es sich aber trotzdem vollzieht, so ist alles für uns ausgelöscht: Gegenwart, Vergangenheit, Zukunft. Jenseits der Zeiten und Jahre schreiten zwei Wesen dahin. Sie wissen, wohin sie gehen.

Der Mantel, auf dem er sich ausgestreckt hatte, schützte ihn kaum vor der Härte des Felsens, aber sein Kopf ruhte auf der Wurzel einer jungen Birke. Am Rand des Waldes, wo die kleinen Birken als Wächter standen, war er gestürzt.

Aus der Tiefe ihres Verstecks hatten die Wölfe gesehen, wie die Felsspalte das Bein des jungen Mannes festhielt. Und um ihm zu helfen, hatten sie ihre Stimmen mit seinem Ruf vereinigt.

Tania wagte kaum den Mund aufzutun oder eine Bewegung zu machen.

»Hast du Angst vor mir?« fragte er.

Wenn uns nach langer, einsamer Reise endlich ein Gefährte geschenkt wird, so überkommt uns zuweilen Furcht statt Freude. Sind wir wirklich würdig, die Mühen des Weges mit ihm zu teilen? Wir vergessen, daß auch wir das Recht auf eine Stütze haben, und fragen uns ängstlich, ob wir Kraft genug haben werden, ihn aufzuheben, wenn er stürzt. Ähnlich den Augen eines Blinden, der plötzlich sehend wird, fühlen sich unsere Augen betäubt von soviel Licht, und wir möchten zurückkehren in die Finsternis, in der wir nur für uns selber verantwortlich waren.

Tania löste sich endlich aus ihrer Starrheit, wenn auch nur, um dem Fremden den Rücken zu kehren und sich zur Flucht in den Wald zu wenden. Aber sie sagte sich bald, daß der verwundete Jüngling sterben und von den Wölfen zerrissen würde, wenn sie ihm nicht half. Doch wie konnte sie wieder umkehren, ohne das Gesicht zu verlieren?

Ein Bach, der zwischen den Felsen sang, kam ihr zu Hilfe. Sie beugte sich nieder, legte die hohlen Hände fest gegeneinander und formte so eine Schale. Dann ging sie zu dem Fremden zurück, sorgfältig darauf achtend, daß sie unterwegs kein Wasser vergoß. Sie kniete auf dem Felsen nieder und hob ihre Hände zum Mund des Jünglings. Er trank bis zum letzten Tropfen. Und Tania fühlte, wie seine brennenden Lippen die Höhlung ihrer Hände streiften.

Im Wald waren die Wölfe verstummt. Über dem Meer stieg langsam die Sonne wieder auf. Das Boot zog einem unbestimmten Ziel entgegen.

»Es wird spät, und ich habe Schmerzen«, sagte der Fremde.

»Es gibt nur das Haus, in dem ich mit meinem Vater und meiner Mutter wohne«, sagte Tania. Sie errötete und merkte, daß ihre Zunge hölzern war.

»Macht dir das Sprechen Mühe?« fragte der junge

Mann. »Ist deine Zunge wie mein Bein, das sich nicht bewegen will? Dann werde ich für dich sprechen, und du wirst für mich gehen.«

Er versuchte aufzustehen und schlang einen Arm um ihre Hüfte. Tania stand gerade aufgerichtet wie eine Birke, die eine andere kranke Birke sich als Stütze gewählt hat. Ihre Arme wurden stark und gastlich, ihr ganzer Körper war gleichzeitig fest und biegsam wie der Stamm ihres Lieblingsbaumes.

Vorsichtig setzte sie einen Fuß vor den andern und achtete sorgsam darauf, daß das kranke Bein, das neben ihr schleifte, nicht gegen Steine stieß oder gegen die vielen vorspringenden Baumwurzeln, die wie geschwollene Adern der Erde aussahen.

Der Jüngling sprach, während er sich führen ließ, langsam wie ein Kind, das sich an einen Traum erinnert:

»Als ich ein kleiner Knabe war . . .«

Seine Stimme klang so schön, daß selbst die Bäume ihr Geraune unterbrachen. Die Blätter zitterten nicht mehr unter dem Anhauch des Windes, der die Äste umspielt und der gewiß nichts anderes ist als das geheimnisvolle Atmen des Waldes. Selbst die empfindliche Rinde, die vom Steigen des Saftes kündet, hatte aufgehört, die Stille mit ihrem Knarren zu beunruhigen.

Es war gar nichts Außergewöhnliches, was er sagte, dennoch hatte Tania eine solche Angst davor, er könne aufhören zu sprechen, daß sie voller Unwillen gegen ihren eigenen Körper war, dessen Bewegungen und Atmen ihn gewiß stören mußten. Sie vergaß, daß er ohne sie niederfallen würde ins Moos.

Was bedeutete es schon, was er sagte! Es war seine Stimme, der sie lauschte. Diese Stimme war wie ein tiefer und warmer Fluß, der auf sie zuströmte, der leise in ihre Adern drang und sich mit ihrem Blut vermischte.

Hatte nicht früher die Mutter davon erzählt vor dem Einschlafen? Oder ein anderer? Von welcher geheimnisvollen Welt her hatte man ihr gesagt, daß eines Tages ein unsichtbarer Wind über den Weg fahren, das Herz mit Zärtlichkeit füllen und das Blut in den Adern zum Singen bringen werde? Nein, es war nicht die Mutter gewesen, sondern ein Engel, der sich neben sie gesetzt hatte, um ihr zu sagen, daß sie keine Furcht haben solle, wenn sich eines Tages ein anderes Leben zu ihrem Leben und ein anderer Körper zu ihrem Körper fügen würde.

Aber warum streckten ihr die Bäume die Zweige entgegen, als wollten sie sie umarmen? Weshalb waren der Himmel und die Erde glücklich und so weit und klar? Tania hielt die Augen weit geöffnet, und überall sah sie Gesichter, die ihr zulächelten, die sie nie zuvor gesehen hatte, aber wiederzuerkennen meinte. Welches neue Land hatte sie betreten? Oder war es ein altes, vertrautes Land, das immer dagewesen war, das man aber nur mit Mühe findet, wenn man allein durch die Welt geht?

Plötzlich bemerkte sie, daß die Stimme neben ihr müde wurde und nur noch stockend sprach. Und sie konnte eine Bewegung des Erschreckens nicht verbergen, als ein schweres, bedeutungsvolles Wort sie im Innersten erzittern ließ.

Es war jenes Wort, das die Alten erbeben läßt und die Augen der Kinder mit Tränen füllt. Die Alten fühlen einen Schmerz in der Gegend des Herzens, und ihr Blick erkennt Dinge und Wesen um sie her in einem Aufleuchten so klar, daß es ist, als sähen sie sie zum ersten oder zum letzten Mal. In die Stirn der jungen Leute graben sich Falten des Kummers oder der Verzweiflung, und sie beginnen, mit namenlosem Heimweh in die Vergangenheit oder in die Zukunft hinein zu suchen.

»Der Tod ist durch das Dorf gegangen, in dem ich wohnte«, sagte der Fremde. »Eines Tages hat er an die Tür unseres Hauses geklopft. ›Wer um Gastfreundschaft bittet, dem wird sie gewährt‹, sagte mein Vater. Er legte sich auf sein Bett, und sein Schatten breitete sich, anstatt wie ein treuer Wächter neben ihm zu liegen, ganz über ihn aus und umschlang ihn vom Kopf bis zu den Füßen in so fester Umarmung, daß mein Vater die Farbe seines Schattens annahm. So geschah es auch mit meiner Mutter, mit meinen Onkeln und Vettern; man sagte, es sei eine tödliche Krankheit über unser Dorf gekommen. Ich lag neben dem sterbenden Feuer und bewachte meinen Schatten, aber er schlief friedlich neben mir, und mein Körper behielt hartnäckig seine natürliche Farbe. Da verstand ich, daß der Tod mich vergessen hatte.

Als auch das Feuer aufgehört hatte zu leben, stand ich auf und verließ für immer das Dorf meiner Kindheit.«

Er wandte sich Tania zu und blickte ihr in die Augen.

»Sicher hast du Angst vor mir. Ich bin aus dem Land des Todes zu dir gekommen.«

Tania lächelte, und ihre feuchten Lippen glänzten im Licht der morgendlichen Sonne.

»Ich habe keine Angst vor dem Tod, wenn er es ist, der dich zu mir schickt.«

»Aber der Tod ist schrecklich.«

»Die Wölfe fallen nur den an, der Angst vor ihnen hat«, sagte sie.

»Ich fühle nicht mehr die Kraft, meine Augen von deinen abzuwenden«, sagte der Jüngling.

»Und ich werde nie mehr die Kraft haben, etwas anderes anzusehen als dein Gesicht.« Leiser fügte sie hinzu: »Und dennoch kennen wir uns kaum.«

Er lächelte. »So wenig wie zwei Sterne am Himmel, die einander seit jeher angesehen haben.«

»Nicht der Tod, sondern das Leben ist schrecklich«, sagte sie leise.

»Für uns gibt es kein Leben und keinen Tod mehr, seit wir uns begegnet sind«, sagte er.

Was bedeuteten für sie Leben, Geburt und Tod? Das waren nur Rastplätze auf einem langen Weg, der breit war wie ein Fluß und über dessen Ende, groß und ewig, die Sonne der Liebe stand.

Sie waren beide in eine neue Welt getreten. Sie hatten sie, ohne es zu wissen, in sich getragen wie eine köstliche Frucht, die unversehens im Augenblick ihrer Begegnung reif geworden war. In ihrer Brust waren ihre Herzen angezündet worden wie zwei Kerzen, die eine unsichtbare Flamme berührt hatte.

Er fühlte nicht mehr, daß sein Bein krank war, er empfand nichts anderes als eine tiefe schmerzhafte Freude.

»Ich kann nicht mehr leben und sterben ohne dich«, sagte Tania.

Wenn ein Kind zur Welt kam oder ein Greis starb, holte man die weise Frau; meistens aber trat sie selber aus der Tiefe des Waldes und ging geradenwegs zu denen, die ihren Rat und ihre Hilfe brauchten.

Ganz nahe ihrer Hütte floß ein Bach, und man behauptete, daß er ihr die Namen derer zuflüsterte, die es schwer hatten, sich allein zu helfen.

»Was hast du heute abend so Trauriges zu singen?« sagte die weise Frau.

Sie schob mit den Händen die Fische beiseite, die sich aus dem Wasser reckten, um ihr die Wange zu küssen, und neigte das Ohr näher zum Bache hinunter.

»Tania?« sagte sie. »Aber sie ist doch weit und breit das gesündeste und verständigste Mädchen. Was kann ihr Schlimmes geschehen, wenn es nicht die Liebe ist? Sie braucht meinen Rat nicht. Ihr Herz hat einen stärkeren Duft als das Harz der Kiefern im Frühling. Es wird ihr, besser als ich es könnte, Worte eingeben, die den Liebesdurst ihres Freundes stillen.«

Ein Fisch, der kühner war als die anderen, bahnte sich einen Weg zwischen den Fingern hindurch und drückte seine feuchten Lippen einen Augenblick auf den Mund der weisen Frau.

»Wenn die Küsse ihres Freundes so kalt sind wie deine«, sagte sie und rieb sich die Lippen trocken, »dann beneide ich sie nicht. Trotzdem danke ich dir für die gute Absicht, kleiner Fisch.«

Durch die Zweige der Bäume fuhr ein Windhauch, und als die weise Frau die Augen hob, sah sie, daß die Blätter der Birken schaukelnd gegeneinander stießen. Die Ohren der weisen Frau, die das Herz des Vogels auf dem Wipfel eines Baumes klopfen hörten, trugen ihr wohl einen unguten Ton zu, denn sie runzelte die Brauen und rief:

»Selbst die Blätter der Birken machen sich Sorgen um Tania, und ihre Stimme klingt noch trauriger als die des Baches! Die Liebe ist ein armer gefangener Vogel, der sich vergeblich müht, dem Käfig zu entfliehen, wenn er nur in einer Brust wohnt; fühlt er sich aber in beiden Wohnungen wohl, so öffnet er die Flügel und schwingt sich zum Himmel auf, um die Engel zu besuchen.«

Die weise Frau stützte den Kopf in die Hände und

murmelte: »Es ist unmöglich, daß Tania nicht wiedergeliebt wird. Wenn es aber ein Vogel der guten Art ist, weshalb ist dann soviel Unruhe in den Stimmen um mich?«

Sie zuckte zusammen. »Es sei denn, daß der Vogel ein zu gutes Gedächtnis hat. Nach seinen Gesprächen mit dem Himmel gefällt es ihm nicht mehr auf der Erde, und er träumt davon, auf immer fortzuziehen und bei den Engeln zu wohnen.«

Jetzt zögerte sie nicht länger. Mit schnellen Schritten wandte sie sich dem Walde zu und war bald zwischen den Bäumen verschwunden.

»Wir fühlen uns überhaupt nicht mehr zu Hause bei uns«, sagte Tanias Vater, als die weise Frau in die Hütte trat. »Nachdem er uns von unserem Ehebett verdrängt hat, ist er auch noch imstande, uns unsere Tochter zu stehlen, die in knapp drei Wochen Pjotr heiraten soll. Weißt du nicht irgendein kräftiges Mittel, das sein verfluchtes Bein gesund macht und uns von seiner Gegenwart befreit?«

»Man braucht ihn nur anzusehen«, sagte die Mutter schluchzend, »und man fühlt, daß er nicht in unsere Welt gehört. Es heißt, daß er geradenwegs aus dem Land des Todes zu uns gekommen sei.«

»Ich würde dieses Ungeheuer gern sehen«, sagte die weise Frau.

»Unsere Tochter wendet kein Auge von ihm«, sagte der Vater, »ihre Blicke liegen wie eine brütende Henne auf einem kostbaren Ei, das nicht eine Minute allein gelassen werden darf, während doch selbst das Schneehuhn sich nicht scheut, von Zeit zu Zeit sein Nest zu verlassen.«

»Wenn du ihn von hier wegbringst«, sagte die Mutter, »so verspreche ich dir, nie mehr im Dorf zu behaupten, daß eigentlich zwischen einer weisen Frau und einer Hexe kein Unterschied besteht.«

»Und ich«, beeilte sich der Vater hinzuzufügen, »werde bis ans Ende meiner Tage für deine Seele beten, obwohl ich im voraus weiß, daß sie verdammt ist.«

»Dort sind sie«, sagte die Mutter.

Die weise Frau blieb unbeweglich in der Mitte des Raumes stehen. Zum ersten Mal in ihrem Leben war sie verwirrt.

»Ich habe gesehen, wie die Sonne im Frühling die Knospen der Tannen weckte«, sagte sie leise, »aber deine Augen strahlen so, daß sie Steine zum Knospen bringen würden, wenn sie auf ihnen ruhten.«

»Still«, sagte Tania und legte einen Finger auf den Mund. »Er ist eingeschlafen.«

»Er ist schön«, sagte die weise Frau.

»Ja, aber wenn er die Augen aufschlägt, so ist es, als würde eine Lampe im Saal eines herrlichen Palastes angezündet«, sagte das junge Mädchen.

Der Anblick großen Glückes machte die weise Frau immer ein wenig traurig. Wahre Liebe kann nur ewig sein, und die Ewigkeit verträgt sich nicht gut mit diesem Leben.

Wie oft sprechen die Lippen der Liebenden vom Tod, dachte die weise Frau. Aber er ist für sie nur ein wunderbar süßer Trank, der von einer Welt jenseits unserer Welt zu ihnen fließt.

»Für alle, die keine Furcht vor der Liebe haben, ist es nicht schwer zu sterben«, sagte Tania. »Für die Armen aber, die die Liebe zurückgestoßen haben, gibt es kein größeres Unglück.«

»Sie werden verloren und heimatlos sein«, sagte der Jüngling, die Augen aufschlagend. »Denn das einzige, was sie drüben finden werden, ist das, was sie am wenigsten gesucht haben.«

›Sie sind füreinander geschaffen wie der Fisch für den Bach, in dem er lebt‹, dachte die weise Frau. Und sie betrachtete die beiden aufmerksam. Dann zog sie einen Stein unter ihrem Umhang hervor. Tania, die fast alle geheimen Schätze der weisen Frau kannte, wunderte sich, weil sie diesen noch nie gesehen hatte.

»Das ist nur ein Bergkristall, aber für Liebende ist es ein Spiegel, der ihnen zeigt, wohin ihre Wege führen.«

Der Jüngling blickte als erster hinein. Anfangs sah er nichts, dann entdeckte er zwei Fische im Innern des Steins.

»Sie schwimmen beide in derselben Richtung«, sagte er. »Sie folgen der Strömung des Flusses. Um nicht gegen ein Schilfrohr zu stoßen, nähert sich der eine dem andern. Sie blicken sich an.«

»Und gleich werden die Wölfe aus ihren Schlupfwinkeln kommen und zum Fluß rennen«, rief die weise Frau lachend.

»Ich mag deinen Stein nicht«, sagte Tania. »Vielleicht bist du selber einer der Wölfe?«

»Die Strömung wird gefährlich«, fuhr der junge Mann fort. »Der Fluß wirft Wellen auf, und die Wölfe tauchen ihre Pfoten tiefer ins Wasser, aber die Fische halten sich gut. Algen und Schilfrohre nehmen sie in ihren Wasserwald auf, und der Sand auf dem Grunde des Flusses ist ein guter Teppich. Der Sturm braust über die Oberfläche hin und bedeckt das Wasser mit weißem Schaum.

Die Fische haben einander verloren, nein, sie finden sich wieder. Der Wind blies so heftig, daß er den Sand aufrührte, und sie konnten sich im Trüben nicht sehen.

Das Flußbett wird enger. Der Fluß ist nur noch ein kleiner Bach. Sie drängen sich aneinander, aber es ist nicht mehr genug Wasser da, sie zu bedecken. Sie haben das Ende des Flusses erreicht.«

»Sind sie nicht vielmehr wieder bei der Quelle angekommen?« fragte Tania, und ihre Stimme klang ein wenig traurig.

Er ergriff ihre Hand, und sogleich wurde der Stein trübe.

»Gott beschützt die kleinen Fische«, murmelte die weise Frau, trat zu den beiden und nahm ihnen den Stein aus den Händen.

»Zeig mir dein krankes Bein«, sagte sie zu dem fremden Jüngling. »Aber es ist ja schon fast wieder gesund«, rief sie und blickte von einem zum andern. Der Jüngling sah gleichgültig und unschuldig drein.

»Ist es wahr, was man mir gesagt hat?« fragte die weise Frau.

»Was hat man dir gesagt?«

»Daß der Priester durch das Dorf kommen wird und . . .«

»Und wenn er weitergezogen ist, so werde ich verheiratet sein mit einem jungen Mann, der sich – leider – in diesem Augenblick nicht hier im Zimmer befindet.«

»Und wie viele Tage trennen uns noch von dieser glücklichen Begebenheit?«

»Neunzehn«, sagte Tania.

»In diesem Fall muß ich ein Heilmittel holen für jenen jungen Mann, der sich in diesem Augenblick hier im Zimmer befindet.«

»Ist es wirklich richtig, die Dinge so zu beschleunigen?« sagte Tania.

»Gewisse Heilmittel beschleunigen die Heilung nicht, sondern verzögern sie«, sagte die weise Frau und sah gleichgültig und unschuldig drein.

»Nun?« sagte der Vater.

»Nun«, sagte die weise Frau seufzend, »es gibt eben Beine, die trotz aller Anstrengungen nicht gesund werden wollen, und ich fürchte, der arme junge Mann hat so eines.«

»Wenn er unser Haus nicht innerhalb von zwei Wochen verläßt, werde ich ihn vor die Tür setzen, und wenn ich meine Frau zu Hilfe rufen müßte«, schrie der Alte.

»Man muß bedenken, mit welchem Fluch der Himmel jene straft, die die Gesetze der Gastfreundschaft verletzen . . .«, sagte die weise Frau mit Grabesstimme.

»Du bist die einzige, die uns helfen kann«, sagte der Vater beschwörend.

»Ich werde tun, was ich kann.«

Und nachdem sie Tanias Eltern mit einem ebenso unergründlichen wie feierlichen Gruß beschenkt hatte, wandte sie sich voller Würde zur Tür.

Als sie allein im Wald war, wurde sie wieder traurig.

›Weshalb sind immer so viele Wölfe um die Liebenden?‹ dachte sie. Und sie sagte sich, daß vor allem einer in ein Schaf verwandelt werden müsse, ehe es zu spät sei.

Tanias Bräutigam war erstaunt darüber, daß die weise Frau zu ihm kam. Er bot ihr eine Tasse Kaffee an, die sie angesichts des Kampfes, der gewiß nicht auf sich warten lassen würde, mit Vergnügen annahm.

»Gut ist dein Kaffee! Das müde alte Blut, das in meinen Adern rinnt, fühlt sich ganz verjüngt. Vor allem aber ist es der Gedanke an deinen Mut und die Stärke deines Charakters, der mein Herz schneller schlagen läßt. Und wenn ich dann noch an all die Ängste denke, die du hast durchmachen müssen, bevor du zu dem Entschluß kamst, zu ...«

»Was?«

»Zu heiraten, und zwar ein solches Mädchen wie Tania«, sagte die Alte mit einer Stimme, die vor Erregung zitterte.

»Es fehlt ihr aber doch nichts«, sagte der Bräutigam.

»Nicht das, was ihr fehlt, beunruhigt mich, sondern das, was zuviel an ihr ist ... Hast du bedacht, daß du nicht nur sie heiratest?«

»Ich habe nicht die Absicht, ihre Eltern mit zu heiraten.«

»Gut, gut, dann werden sie eben dich heiraten. Armer Petia, weißt du nicht, was man sich im Dorf erzählt?«

»Daß ihre Eltern nicht gerade freundlich sind. Was tut das! Sie besitzen weit und breit die schönste Rentierherde.«

»Oh ja, und es wird Zeit, daß du dich ihrer annimmst. Das ist einer der Gründe, weshalb sie dich heiraten. Sie haben niemanden mehr, der die Tiere zusammenhält, und der Vater ist zu alt und viel zu sehr mit Trinken und Prügeln beschäftigt, um selbst in den Wald zu gehen und Holz heranzuschaffen. Und was die Mutter betrifft: weißt du, mit wem sie spazierengeht, wenn der Mond oder die Sonne auf der anderen Seite stehen? Mit dem Teufel, Petia. Und rate einmal, was deine zukünftige Schwiegermutter eines Tages zum Teufel sagte: ›Du magst noch so frisch und heiß aus der Hölle kommen, du kannst mir nichts beibringen. Du weißt nicht mal die Hälfte von dem, was ich weiß.‹ Aber das ist noch nicht alles. Weißt du, für wen du noch arbeiten mußt?«

»Man sagt doch, daß er weggehen wird, bevor der Priester kommt«, rief der Bräutigam.

Die weise Frau lächelte.

»Es ist leichter, einen Fuchs in der Schlinge zu fangen, als ein Bein wieder gesund zu machen, das nicht heilen will.«

Petia verlor allmählich die Geduld.

»Hast du ihn gesehen? Ist es wahr, daß Tania den ganzen Tag nicht von seiner Seite weicht?«

»Ich habe nicht gesehen, daß sie sich küßten«, sagte die weise Frau, »aber wenn die Augen sich Küsse geben könnten . . .«

Sie beobachtete Petia aufmerksam.

»Zwei, die sich lieben, können einander manchmal noch inniger küssen, wenn sie sich nicht berühren. Und wie ist es mit dir, Petia, weißt du, was Liebe ist?«

»Ich merke, daß du mir eine lange Rede halten willst, Zauberin. Nimm noch eine Tasse Kaffee, um dich zu stärken.«

»Petia«, sagte die weise Frau, indem sie seine Hände ergriff, »kannst du essen, kannst du atmen, kannst du leben, wenn sie nicht bei dir ist? Kannst du die Sterne betrachten, ohne vor Freude in Tränen auszubrechen, kannst du den Wind hören, ohne in seiner Stimme die Stimme deiner Braut zu hören, kannst du dich über den Teich neigen, ohne ihr Spiegelbild in ihm zu erblicken? Küßt du das Moos, die Sonne, die Bäume des Waldes? Und küßt du, wenn es nichts anderes zu küssen gibt, deine eigene Hand und stellst dir vor, es sei ihre Hand?«

Sie hielt atemlos inne. Petia war ganz rot geworden vor Anstrengung, das Lachen zurückzuhalten. Jetzt platzte er heraus und sagte, nachdem er sich wieder beruhigt hatte:

»Der Himmel soll mich bewahren vor einer so schrecklichen Krankheit.«

Dann wurde er ernst.

»Glaubst du, daß Tania auf diese Weise krank ist?«

»Ob ich es glaube?« rief die weise Frau. »Ich weiß es!«

»Ich danke dir, Zauberin, du hast mich vor einem großen Unglück bewahrt. Sofort werde ich zu Marpha gehen, die mir versprochen hat, mich zu heiraten, falls Tania nicht die Richtige für mich sein sollte.«

Die weise Frau hielt es nicht für nötig, eine dritte Tasse Kaffee bei Petia zu trinken.

Für Liebende ist es überall schön.

Wenn man allein ist, sehnt man sich nach Dingen, die nicht vergehen oder immer wiederkehren. Man sucht Gefährten, die an den Gestaden der Unendlichkeit wohnen und die von fernher kommen, ganz umhüllt von Ewigkeit. Das Zimmer, in dem man wohnt, erscheint einem viel zu eng. Man tritt hinaus, um am Strand des Meeres zu träumen und am Horizont ein Schiff dahinschwinden zu sehen. Oder man geht in den Wald und legt sich unter die Bäume, die es am besten verstehen, uns die Botschaft des Windes zuzutragen.

Wenn man liebt, ist die elendeste Kammer weit genug, um alle Träume zu beherbergen. Was ist die Unendlichkeit der Meere im Vergleich mit jenem Blick, der in dem des anderen ruht und ihn davonträgt zu dem Fenster, das sich auf das Land der Engel öffnet? Wozu sollte man seine Lippen dem Kuß des Windes oder der Sonne bieten, wenn jener Mund, der sich dem anderen überläßt, uns an der Quelle der Ewigkeit selber trinken läßt?

So lebten die beiden. Sie wußten nichts von den Stunden, die ihnen ebenso rasch vergingen wie die Tage, und nahmen die Feindseligkeit der Eltern nicht wahr, die niemals mehr das Zimmer betraten.

Wie der Bär im Wald nie genug bekommen kann vom wilden Honig, so wurden sie nicht müde, einander anzublicken und die Sonne zu trinken, die im Grunde ihrer Augen ruhte.

Zuweilen streckte Tania sich neben dem Freund aus. Sie nahm seine Hand, und sie blieben stundenlang beieinander, ohne sich zu bewegen, und lauschten auf das, was sie das Lied des Schweigens nannten.

»Weißt du, weshalb wir immer etwas zu hören glauben, auch wenn unsere Ohren nichts wahrnehmen?« hatte sie eines Tages gesagt. »Ein Engel singt in dem Schweigen für uns. Wir können sein Gesicht nicht sehen und den Klang seiner Stimme nicht hören. Wenn er aufhören würde zu singen, könnten wir uns nicht mehr lieben. Würden wir uns aber eines Tages verlieren, so brauchten wir nur ihn singen zu hören, um uns gleich wiederzufinden.« Und sie hatte hinzugefügt: »Wie gut, daß Engel nicht sterben können!«

Wie zwei Kinder, geblendet von zuviel Licht, durchwanderten sie ein Land, das nur die Liebenden kennen. Und wenn sie manchmal einer des andern Hand noch fester drückten, so geschah das, weil ein gemeinsamer Freund an ihnen vorbeizog auf einem der Wege dieser unsichtbaren und vertrauten Welt, in der sie sich heimisch fühlten. Sie brauchten nicht nach einem Stern zu suchen und ihn zu bitten, über ihrer Liebe zu leuchten wie ein nächtliches Licht an den Grenzen des Himmels.

Die Sterne ziehen vorüber und sind vergänglich wie das Leben der Menschen. Wenn aber unsere Sonne ein sterbliches Gestirn ist, das eine vergängliche Welt erhellt, so gehört jene Sonne, die aus der Tiefe eines unsichtbaren Himmels strahlt, zu einer Welt, die nicht vergeht. Ihr hatten sie ihre Liebe anvertraut.

Eines Tages war Tania in den Wald gegangen. Als sie zurückkehrte, sah der Jüngling sie voller Staunen an.

»Es ist, als ob deine Augen Flammen sprühten«, rief er. »Hat vielleicht die Zauberin sie angezündet wie Holzscheite im Kamin?«

»Der meine Augen angezündet hat, ist mächtiger als alle Zauberinnen der Welt«, sagte sie. »Kennst du den Duft des Mooses? Er schwebt unter den Birken, umschmeichelt die Wurzeln, steigt die Stämme empor und füllt einem Mund und Nase. Er ist so warm, so vollgesogen vom Atem des Waldes, daß man selber schwer wird, als hätte man gleichzeitig von Erde und Sonne gekostet.

Noch ein paar Schritte, und man läßt sich ins Moos gleiten und wendet sich der Sonne zu, damit sie gezwungen wird, einem die Augen zu schließen. Bevor ich einschlief, sagte ich den Bäumen, daß ich dich liebe. Und der Wind, der traurige und freudige Botschaften durch die Luft trägt, ist nahe an meinen Lippen vorübergegangen und weitergezogen zu dir.

Mir träumte, daß wir beide vor einer verschlossenen Tür standen. ›Stoß sie auf‹, sagtest du. Deine Stimme war so voller Zärtlichkeit, daß ich glaubte, meine Brust sei zu eng, um soviel Liebe zu beherbergen. Die Tür schien mir so schwer, daß ich nicht einmal wagte, sie zu berühren. Da begann sie sich zu bewegen, und langsam öffnete sie sich.«

Tania schwieg einen Augenblick, ihr Blick ruhte ernst auf dem Freund. Dann fuhr sie mit leiserer Stimme fort:

»Wenn du mich in deine Arme nimmst, sind unsere schönsten Gesichte doch nur ein armes Nordlicht im Vergleich zu der Sonne, die auf der anderen Seite der Tür leuchtet.

Um sie zu beschreiben, brauchte ich andere Lippen, andere Worte. Nur ein Bewohner von dort kennt die Sprache, die kein Ohr je vernommen hat. Und doch hatte auch ich für einen Augenblick die Schwelle überschritten . . .«

Sie zögerte. Dann legte sie ihre Hand auf seinen Arm:

»Hör zu«, sagte sie. »Hast du je das Blut in meinen Adern gesehen? Dennoch weißt du, daß ich tot sein würde, wenn es aufhörte zu fließen. Wenn ich dich auf den Mund küsse, so weiß ich, daß meine Lippen auf deinem Herzen geruht haben, und dennoch haben wir nie einer des anderen Herz gesehen.

Sein Blick hatte keine Augen, und Sein Lächeln war ohne Lippen. Ich weiß nicht, ob Er ein Gesicht hatte, aber ich glaube, es war das eines Kindes. Jetzt verstehe ich, warum die Menschen sich in ihren Träumen Bilder machen. Sie erinnern sich Seines Blickes und der Musik Seiner Stimme. Er sah mich mit Liebe an. Es war die Liebe selbst, die mich anblickte. Ich begehrte nichts mehr. Ich hatte gefunden, was ich suchte. Und ich wußte, daß ich niemals mehr etwas brauchen würde.«

Sie lächelte.

»Was bedeutet die Zahl der Jahre, die wir zusammen

verbringen, da es Sein Lächeln und Sein Blick sind, die uns von dieser Erde wegnehmen! Wenn unser Herz sich mit Freude füllt und unsere Augen auf dem tiefsten Grund unserer Blicke zu suchen beginnen, so ist Er uns nahe.«

Er blickte sie zärtlich an.

»Und es ist unsere Liebe, die Ihn zu uns führt, so wie der gute Wind den Segler, der sich auf dem Meer verspätet hat, ans Land treibt.«

An einem andern Tag fand Tania, als sie aus dem Wald zurückkam, ihre Eltern in freudiger Erregung.

»Er ist weg«, sagte der Vater.

»Er lief, als ob er sein ganzes Leben nichts anderes getan hätte«, sagte die Mutter.

»Geh nun zu Pjotr«, sagte der Vater. »Der Mond ist noch blaß, und seine Liebe zu Marpha hat keine Zeit gehabt, reif zu werden. Kommst du aber ohne ihn zurück, so wird die Tür dieses Hauses sich schwer öffnen, um dich wieder einzulassen.«

»Er ist fortgegangen, Zauberin«, sagte Tania.

Der Bach floß friedlich dahin. Die Vögel sangen, und die Fische sprangen aus dem Wasser und küßten die Wangen der Alten.

»Er ist fortgegangen, weil er dich liebte«, sagte sie lächelnd.

»Wenn das Wasser den Bach verlassen würde, könnte der Bach nicht mehr singen«, sagte Tania traurig.

»Aber wenn der Bach fortginge, wüßte das Wasser den Weg, um ihn wiederzufinden«, sagte die weise Frau. »Ich brauche nicht in der Erde unter den Wurzeln der großen Birke zu scharren oder nachzusehen, was auf dem Bauch meines alten Hechtes geschrieben steht. Ich brauche dem Hund nicht zu sagen, welches der Weg ist, der zu seinem Herrn führt.«

»Ich danke dir, Zauberin«, sagte Tania und lächelte in all ihrem Kummer. »Wenn meine Liebe groß genug ist, wird mein Herz mir als Hund dienen.«

Die Haare waren dem Jüngling in die Stirn gefallen. Tania schob sie zurück, damit der nächtliche Wind nicht mehr mit ihnen spielen konnte. Der Wald schlief, und das Moos, auf dem sie lagen, schlief.

»Geh fort«, sagte sie zu dem Windhauch. »Du hast nicht das Recht, über meinen schlafenden Freund zu wachen.«

Aber der Wind gehorcht den Befehlen eines jungen Mädchens nicht, um so weniger, wenn er sie getreulich auf ihren Wegen durch den Wald begleitet hat. Und so war er es, der bald allein die Wache übernahm. Um sich die Zeit zu vertreiben, bemächtigte er sich der Haare der beiden und begann, sie ineinander zu verschlingen.

Gewiß hatten sie lächelnde Träume, denn als sie am Morgen erwachten, ließ die Sonne ihre Zähne zwischen den geöffneten Lippen aufleuchten.

»Warum bist du von mir fortgegangen?« sagte sie.

Er legte ihr sanft die Hand auf die Stirn, als wolle er traurige oder schwere Gedanken daran hindern, sich in ihrem Kopfe anzusammeln.

»Ein lebender Zweig könnte leichter unter einem Windstoß abbrechen und sich von seinem Baum losreißen, als ich von dir gehen könnte«, sagte er. »Ich wollte nur deine Eltern verlassen. Ich bin fortgegangen, um Arbeit zu suchen. Sobald ich welche gefunden hätte, wäre ich wiedergekommen, um dich zu holen. Ich kannte niemanden, aber mich kannten alle.

›Du bringst die Hunde zum Heulen und die kleinen Kinder zum Weinen‹, sagten sie. ›Du erfüllst das Haus mit Leichengeruch. In deinem Dorf sind alle gestorben und liegengeblieben, du aber kommst und willst die Wohnung der Lebenden heimsuchen.‹«

Im tiefsten Wald hatten sie einen kleinen See gefunden. Seinen Ufern näherten sich die Füße der Menschen nicht. Nur die Rentiere, die eine unersättliche Neugier zu den entlegensten und geheimsten Orten treibt, hatten ihre Spuren im Sand hinterlassen.

Die Adler bauen ihr Nest im Herzen der Felsen über dem Eismeer. Und da niemand je das Herz der riesigen Felsen gesehen hat, ist die Wohnung der Adler den Blikken der Menschen entzogen.

Tania und ihr Freund wußten nicht, daß der See das Herz des Waldes war. Sie hatten ihre Hütte gebaut an der Stelle, wo das Ohr eines Rentiers ein immerwährendes gedämpftes Pochen vernahm.

Die Liebe macht leicht und verleiht Flügel. Und Engel werden überall geduldet, weil sie keine Spuren hinterlassen. Das war es vielleicht, weshalb ein so geheiligter Ort den beiden Liebenden Zuflucht gewährt hatte. Dennoch kann man nicht sagen, daß sie wie Engel lebten. Eines Nachts war Tania zu ihren Eltern zurückgegangen und hatte alles mitgenommen, was man für den Fischfang braucht. Auf dieselbe Weise hatten sie sich das Nötige zum Bau ihrer Hütte beschafft.

Einige Bretter genügten, um einen Kahn zu zimmern, und in aller Unschuld holten sie Fische aus dem Herzen des Waldes. Der junge Mann öffnete den größten Hechten das Maul, trieb einen abgeschnittenen Zweig durch ihre ganze Länge und briet sie am Feuer. Hin und her wendete er den Fisch über der Flamme, bis der Hecht aufbrach wie eine überreife Frucht in den Ländern des Südens, und Stücke saftigen Fleisches sich von ihm lösten.

Rings um ihre Hütte wuchsen viele Beeren. Sie brauchten sich nur auf den Boden zu legen und den Mund aufzumachen, um diesen Schatz entgegenzunehmen, den die Erde ihnen darbot. Oft ließen sie sich von derselben Beere verführen, aber eigentlich nur, um ihren Lippen Gelegenheit zu geben, sich zu treffen. Es war dann, als vergäßen sie ihren Hunger, denn ein anderer Hunger war in ihnen erwacht, und sie stillten ihn unter den ruhevollen Blicken der Bäume und des Himmels.

An jenen Tagen, da die Sonne brannte, stiegen sie auf einen Felsen über dem See. Insgeheim bewunderte jeder des anderen Spiegelbild im Wasser, deshalb fanden sie sich immer in einer Umarmung, wenn sie zusammen in den See sprangen. Aber bald wurden sie gezwungen, sich voneinander zu lösen und Seite an Seite zu schwimmen. Endlich rieben sie sich gegenseitig trocken mit dem Sand, der wie Goldpulver leuchtete.

Tania tat so, als friere sie. Da bedeckte er sie lächelnd mit dem weichen Fell eines jungen Rentiers. Meistens aber streckte er sich selber neben ihr aus, um sie mit seinem Körper zu wärmen.

Nichts fehlte zu ihrem Glück, nur tat es weh, so glücklich zu sein. – Sie gingen zu dem steinernen Rentier und vertrauten ihm ihren süßen Schmerz an.

»Es fehlt uns nichts mehr«, sagten sie. »Unsere Liebe ist so groß, daß wir keine Worte mehr finden, die sagen könnten, wie sehr wir uns lieben.«

Das Rentier schwieg, wie es seine Gewohnheit war. Was hätte es auch sagen sollen? Brauchten sie Trost, weil sie einander zu sehr liebten?

Tania fühlte sich nicht mehr traurig wie damals, wenn sie die Schiffe am Horizont sterben sah.

»Nur weil wir sie nicht mehr sehen können, scheint es uns so, als ob sie sterben«, sagte sie. »Auch uns wird man eines Tages nicht mehr sehen. Dann wird man sagen, wir seien tot, in Wahrheit aber werden wir nur von einem Land in ein anderes reisen, wie die Schiffe, die von Meer zu Meer fahren. Eines Tages wird ein Schiff kommen, schöner als die schönsten Schiffe der Welt, und wird uns beide mitnehmen.«

Aber der Jüngling hatte es nicht gern, wenn sie vom Tod sprach.

»Wie soll ich dich umarmen, wenn du keinen Körper mehr hast?« sagte er.

»Dann brauchst du mich nicht mehr zu umarmen«, sagte sie, »denn dann wird es nichts mehr geben, was uns trennen könnte, nicht einmal mehr unsere Körper.«

Wenn die Schiffe von einem Meer zum anderen ziehen, so reist die Zeit von Jahreszeit zu Jahreszeit. Schon starb der Sommer und machte dem Herbst Platz. Einer nach dem anderen verließen die Vögel den kleinen See. Die beiden Liebenden wurden des Morgens nicht mehr vom Schrei des Gagar geweckt, dessen unbeholfene Bewegungen Tania nachahmte, um ihren Freund zum Lachen zu bringen.

»Unsere Schwiegermutter hat uns verlassen«, sagte der junge Mann. Sie hatten den ein wenig lächerlichen Vogel so genannt wegen der durchdringenden Stimme, mit der er die Fische beschimpfte, wenn sie sich nicht von ihm schnappen lassen wollten.

Die Nächte wurden kühler und länger. Immer kältere Windstöße drangen in die Hütte, und es war kein ausreichender Schutz mehr, eng aneinandergeschmiegt zu schlafen. Zu dem Fell des kleinen Rentiers mußten sie noch eine Decke aus Moos und trockenen Birkenblättern hinzunehmen.

Eines Tages war der Boden zu Eis gefroren, und der junge Mann trug Tania auf seinen Armen bis zu der Quelle, an der sie sich zu waschen pflegten.

Die Sonne zeigte sich nur wenige Augenblicke, und sie verschwand hinter dicken Wolken, als müßte sie selber erst gewaschen werden, um wieder strahlen zu können.

Um Trost zu suchen, gingen die beiden immer öfter zu der weisen Frau. Ihr heißer Kaffee stärkte sie besser als ihre guten Worte, mit denen sie ihnen sagte, daß die Liebe den Winter in einen ewigen Frühling verwandle, daß der Schnee so weich wie der Flaum der jungen Enten und der See nur gefroren sei, damit sie einen Spiegel hätten.

Sie hörten der Zauberin gern zu, aber sie glaubten nicht die Hälfte von dem, was sie sagte. Die weise Frau selber glaubte noch weniger. Sie machte sich im Gegenteil viele sorgenvolle Gedanken über ihre beiden Freunde. Sie war von Haus zu Haus gegangen, um eine Beschäftigung oder eine Unterkunft für die beiden zu suchen.

Als letzte Zuflucht war sie zu Tanias Eltern gegangen. »Ich verspreche euch den ersten Platz im Paradies oder den letzten in der Hölle . . .« Aber sie hatte sich draußen vor der Tür wiedergefunden, noch bevor die Eltern Zeit gehabt hatten, zu erfahren, wodurch sie sich den einen oder den anderen künftigen Sitz verdienen könnten.

Die alte Frau war selber zu arm, um den beiden anders als durch ihre Ratschläge zu helfen. Zwar verfügte sie noch über die Zauberei, aber sie bediente sich ihrer bei anderen Gelegenheiten.

Es war leicht, den Männern, die ihre Frauen am Sonntag prügelten, drohende Reden zu halten und ihnen für das Jenseits ebenso viele Schrecknisse zu versprechen, wie es Fische im größten See gab. Da alle, die sich auf Erden nicht besonders gut benehmen, ängstlich darauf bedacht sind, zu erfahren, was nach dem Tode mit ihnen geschieht, wurde sie bis auf wenige Ausnahmen bewundernswert mit ihnen fertig.

Was die Frauen angeht, die zuviel geprügelt wurden, so war es der Zauberin eine besonders angenehme Pflicht, sie zu trösten. Es genügte, ihnen zu sagen, daß diese Art von Leibesübung so schädlich für das Herz des Ehemannes sei, daß es bestimmt vor der Zeit aufhören würde zu schlagen.

»Das Herz, nicht der Mann . . .«, fügte sie hinzu, um jedes Mißverständnis auszuschließen.

Dies alles machte ihr Vergnügen und gab ihr ein angenehmes Gefühl der Macht über die Menschen.

Aber während es ihr leicht wurde, das Leben der Bösen ein wenig zu vergiften, kostete es sie viel mehr Mühe, das Leben der Guten zu erleichtern.

Je mehr ihre beiden Freunde durch Kälte und Hunger bedroht waren, desto nachdenklicher wurde die weise Frau. Oft kratzte sie sich den Kopf und kratzte auch an der Rinde der Bäume, um zu sehen, ob darunter etwas geschrieben stand, ein paar Ratschläge vielleicht, die besser als ihre eigenen wären.

»Kein Lichtstrahl erhellt mein armes Gehirn«, seufzte sie. Lange kämpfte sie mit ihrer Eigenliebe, ehe sie den alten Hecht aufsuchte.

Sie grollte ihm, weil er älter und weiser war als sie. Sie war eifersüchtig auf sein großes Wissen und konnte ihm vor allem nicht verzeihen, daß er so bescheiden war.

Er hielt sich am liebsten im Schatten eines Steines auf. Man sah nur das Ende seines Schwanzes, das unmerklich dem Rhythmus der Wellen folgte, um die Ordnung des Weltalls nicht zu verletzen.

Wenn er wollte, könnte er der König der Zauberer sein, dachte sie entrüstet, aber er begnügt sich damit, mich mit seinen ironischen Augen anzublicken, wenn ich mich abquäle und mir soviel Mühe gebe, um andern zu helfen. Er wird noch an seiner Faulheit ersticken, es sei denn, das besorgt sein entsetzlicher Egoismus.

Die Frauen erfinden zuweilen wirklich rührende Erklärungen, um ihr Wissen ins helle Licht zu rücken, vor allem, wenn es sich um ein Wissen handelt, das sie mühelos erworben haben, und die weise Frau konnte nicht anders als sehr streng urteilen über einen alten Hecht, der, anstatt seinen Schwanz selber zu bewegen, diese Sorge den Wellen überließ und sich nicht um die armen Menschen kümmerte, die ihrer Unwissenheit ausgeliefert waren.

Beinahe weinend vor Scham näherte sich die Zauberin dem Bach und hielt dem alten Hecht eine Rede, in der sie mit Hilfe doppelsinniger Komplimente einen Rest von Würde zu retten versuchte.

»Ich verzichte darauf, dir Vorwürfe zu machen, obwohl du sie reichlich verdienst«, sagte sie. »Ich wende mich statt dessen heute an jenen Teil in dir, der vielleicht noch nicht ganz aufgezehrt ist von deiner unheilbaren

Trägheit. Täusche dich jedoch nicht, ich brauche weder dich noch deine Ratschläge. Ich möchte dir ganz einfach eine Frage stellen, auf die ich die Antwort selber nur zu gut weiß. Bitte verliere nun nicht den Kopf darüber, daß ich dir die Ehre erweise, mich mit dir zu besprechen, und höre mich so ruhig an, wie es deiner Faulheit entspricht.

Der Winter kommt, und ich habe zwei Freunde, die nichts besitzen, womit sie sich vor der Kälte schützen könnten. Sie selber kümmern sich ebensowenig um ihr Schicksal, wie du dich um die Sorgen anderer kümmerst. Ihre Blicke sind so voller Liebe, daß sie sich ständig mit den Augen verschlingen und meinen, sie brauchten keine andere Nahrung, um ihren Hunger zu stillen. Wenn du etwas weniger in dich selber verliebt wärest, würdest du dich ihnen als Mahlzeit anbieten. Mit meinen eigenen Händen würde ich dich einsalzen, damit dein Fleisch haltbar bliebe. Obwohl ich die heilsame Wirkung meiner Ratschläge kenne – wenngleich ich nicht von jener schändlichen Eitelkeit besessen bin, die dich von Kopf bis Schwanz beseelt –, lasse ich mich diesmal nicht verdrießen, noch auf ein anderes Hilfsmittel zu sinnen.«

Sie machte eine Pause. Als sie von neuem zu sprechen begann, hatte ihre Stimme ein wenig an Sicherheit verloren.

»In meinem Hirn wohnt soviel Weisheit wie Wasser in deinem Fluß, und ich frage mich zuweilen, wie ein einziger Kopf einen solchen Überfluß fassen kann. Aber ich muß zu meinem Erstaunen zugeben, daß eine seltsame Macht so geschmacklos war, sich deinen Bauch auszusuchen, um Worte darauf niederzuschreiben, die selbst mein Hirn bisweilen gutheißen muß. Ich weiß nicht, welche Neugier mich heute treibt, deinen Bauch anzusehen. Möglicherweise steht die Antwort auf meine Frage schon auf diesem ehrwürdigen Teil deines Körpers verzeichnet. Also zeig ihn mir, aber laß dir gleichzeitig sagen, daß es mir leid tut, deiner Eitelkeit schmeicheln und den Eindruck erwecken zu müssen, ich mäße dir irgendwelche Bedeutung zu.«

Die weise Frau betrachtete den Schwanz, den die Wellen leicht bewegten, aber das war auch alles, was man von dem Hecht sah. Einen Augenblick lang glaubte sie, der alte Zauberer schlafe, und ein heftiger Zorn wollte in ihr aufsteigen. Mit einem gewissen Bedauern unterdrückte sie ihn. In dem Augenblick aber, als sie gerade die neue Rede bewundern wollte, die sich in ihrem Kopf formte, entdeckte sie, daß vom Grunde des Wassers ein Auge zu ihr heraufstarrte. Das Auge war rund und undurchdringlich wie ein Fenster mit zugezogenem Vorhang. Die weise Frau haßte die Häuser, bei denen man von außen nicht sehen konnte, was im Innern vor sich ging. Sie biß sich auf die Zunge, um sie daran zu hindern, das auszusprechen, was sie dachte.

Zahlreiche Luftblasen stiegen jetzt im Bach hoch und kündigten an, daß der König der Zauberer seinen Platz wechseln wollte.

Der Schwanz hörte auf sich zu bewegen, wurde steif und ließ sich nicht mehr vom Rhythmus der Wellen bewegen. Die Flossen spreizten sich, als ob vier riesige Ohren an den Flanken des Fisches wüchsen. Dann schlossen sie sich wieder eng an seinen Körper.

Mit majestätischer Langsamkeit stieg der König empor, während die weise Frau, um ihre Erregung zu verbergen, ein kleines Lied vor sich hin pfiff, das sie von ihrer Großmutter gelernt hatte.

Wieder wuchsen die vier Ohren. Wie ein Schiff sich vor der Gewalt des Sturmes neigt, so legte der alte Hecht sich auf die Seite. Sein Bauch erschien dort, wo wenige Augenblicke zuvor sein Rücken gewesen war. Diesmal sagte sich die weise Frau, daß es manchmal besser sei, nicht zu wissen, was hinter den Fenstern der Häuser vor sich geht. Das Auge des Hechtes, nicht daran gewöhnt, von einer so verkehrten Lage her zu blicken, spiegelte unverhüllt die Gefühle seines Herrn. Deshalb löste die weise Frau ihren Blick von diesem unangenehmen Teil des alten Ungeheuers, beugte sich tief über den Bach und beschäftigte sich nur noch mit dem Bauch des Königs, der sich langsam ihrer Nase näherte.

»Ich mag keinen Fischgeruch«, wollte sie sagen, aber sie wies die Worte zurück, und während sie beschloß, nur noch durch den Mund zu atmen, verschlangen ihre Augen die Schrift, die für sie auf jenen Schuppen verzeichnet war, denen das Alter nichts anhaben konnte.

»Wenn man eine so unerfahrene Hexe ist, sollte man sich nicht mit dem Schicksal anderer abgeben. Da ich aber deine abscheuliche Hartnäckigkeit kenne, weiß ich, daß eine Antwort von mir das einzige Mittel ist, diesen armen Bach von der Unruhe deines Besuches zu befreien und ihm einige Augenblicke jenes Friedens und jener Stille zu verschaffen, deren du so völlig beraubt bist.

Wisse, daß geheimnisvolle Hände zwei Steine unter das granitene Rentier gelegt haben. Aber nur ich weiß, daß das Rentier manchmal hoch über dem Meer zum Leben erwacht. Dann wird auch sein Herz, geschwellt von Freude und Schmerz, die sich im Laufe der Jahrhunderte angesammelt haben, zum Leben erweckt. Seine Augen beginnen zu weinen, aber ihre Tränen sterben nicht. Unter der Erde leben sie weiter, und die beiden Steine, die von geheimnisvollen Händen dorthin gelegt wurden, einer unter das rechte Auge und einer unter das linke Auge des Rentiers, halten sie gefangen und hindern sie daran, in die Erde einzusinken. Nichts ist wunderbarer als die Wirkung dieser Tränen auf jene, die es wagen würden, von ihnen zu trinken. Entweder verlängern sie die Dauer dieses Daseins bis zum höchsten Alter, oder sie verleihen ewiges Leben – allerdings nicht auf dieser Erde.

Ich rate dir, Hexe, den Stein unter dem rechten Auge des Rentiers aufzuheben. Die Tränen, die du dort finden wirst, beschwichtigen alle Stürme bis ins höchste Alter. Indessen frage ich mich trotz meiner begrenzten Achtung vor dem, was du dein Wissen nennst, mit einer gewissen Unruhe, ob du den Unterschied zwischen rechts und links kennst.«

Nachdem die weise Frau dies gelesen hatte, warf sie dem alten Hecht einen wütenden Blick zu.

»Es gibt tatsächlich Dinge auf dieser Erde, die selbst ich nicht weiß«, murmelte sie zwischen den Zähnen, »aber ich verfüge über ein sicheres Gefühl, das sich niemals täuscht. Was aber dich angeht, Fisch, so brauche ich deine Dienste nicht mehr. Deine Unverschämtheit hat den Vorteil, mich von jeglicher Dankbarkeit zu entbinden.«

Am selben Tag noch wanderte die weise Frau mit einem Krug in der Hand zu dem granitenen Rentier.

Der große Herbststurm war gekommen, und unter dem Ungestüm seiner Liebkosungen sangen und schwankten die Bäume.

Auch die Liebe der beiden jungen Menschen war ungestümer geworden; ihre Lippen hatten mehr und mehr

Mühe, sich voneinander zu lösen, und ihre Leiber hatten unter dem Sturm ihrer Liebkosungen die tiefe Stimme des herbstlichen Waldes angenommen.

»Unsere Liebe ist reif geworden wie die Frucht, die in der Tundra wächst.«

»Fürchtest du nicht, daß ein Engel sie pflückt und davonträgt?«

Lächelnd sagte Tania:

»Dann könnte uns endlich nichts mehr trennen, denn die Hände des Engels würden das sterbliche Fleisch von uns abwaschen, das auf der Erde zwischen dir und mir gewachsen ist. Unsere Herzen würden nicht mehr zwei getrennte Vögel sein, die in dem schmerzlichen Verlangen, sich zusammen aufzuschwingen, mit den Flügeln gegen die Gitter ihrer Käfige schlagen.«

Es kam der Tag, da die weise Frau sie vor ihrem Haus erwartete und ihnen beide Arme entgegenstreckte:

»Kommt herein. Statt des Kaffees habe ich euch einen Trank bereitet, den meine Hände aus den Adern der Erde geschöpft haben. Es ist das Blut der Erde, jenes, das Leben verleiht. Ich durfte auch das andere Blut sehen, das diesem wie ein Bruder gleicht und das ewiges Leben schenkt – allerdings nicht auf dieser Erde.

Leben und Tod fließen nebeneinander, und wenn ich nicht die Zauberin wäre, hätte ich nicht gewußt, welches Wasser ich euch bringen sollte.«

Sie tranken beide aus derselben Schale und dankten der weisen Frau für ihre Güte.

»Wirst du mich auch noch lieben, wenn ich so alt wie die Erde sein werde?« fragte Tania lachend.

»Der Mond ist wohl noch immer verliebt in die Erde, obwohl sie beide uralt sind«, antwortete er.

Die weise Frau sah, wie sie zwischen den Bäumen des Waldes verschwanden. Sie schienen ihr leichter und fröhlicher als sonst, und sie hielten sich bei den Händen.

Als sie in ihrer Hütte angekommen waren, bereiteten sie sich eine Fischmahlzeit. Danach traten sie hinaus ins Freie, wie sie es immer vor dem Schlafengehen taten.

Es war ein schöner, ruhiger Herbstabend. Sie sprachen leise, dann schwiegen sie, denn es kam ihnen vor, als lägen in der großen Stille um sie her Worte von schwererer Bedeutung als jene, die ihr Mund aussprach.

Ihre Ohren konnten sie nicht verstehen, aber ihre Brust gab einen so reinen und klaren Ton, daß ihnen war, als schwinge sie von einer Musik, ebenso grenzenlos wie der Sternenhimmel über ihren Köpfen. Jeder hörte im Atmen des andern melodische Klänge, weicher und geheimnisvoller als jene Worte, die sie so oft wiederholt hatten: »Ich liebe dich.«

Von ihrer Liebe und dem herbstlichen Abend geleitet, waren sie auf jenen unsichtbaren Berg gestiegen, wo Körper, Zeit und Raum vergehen und man sich mit tränenerfüllten Augen ansieht, denn weder der Sonne noch Gott kann man ins Angesicht blicken, ohne zu weinen.

Eine sanfte Müdigkeit überkam sie, und sie legten sich auf dem Ufersand nieder. Sie hatten großes Verlangen nach Schlaf, doch bevor sie in einen Schlummer versanken, unergründlicher als der See zu ihren Füßen, wandten sie sich einander zu. Jeder sah auf dem Gesicht des andern die köstlichsten Augenblicke ihrer Liebe vorüberziehen, ähnlich den kleinen lichterfüllten Wolken, die an der untergehenden Sonne vorbeiwehen.

Dann kamen andere Bilder, Gesichte ohne Namen, die sie in sich getragen hatten wie Früchte, die noch nicht gereift waren. In ihnen war eine solche Seligkeit, daß ihre bisherige Liebe, verglichen mit der, die sie jetzt erfüllte, die Blässe eines Traumes hatte.

Ihr Herz war so leicht geworden, daß es die Brust verlassen und sich aufschwingen wollte, ihre Lippen aber waren schon zu schwer, um sich noch zu regen. Demütig und behutsam trat ihr Körper in eine dunkle Nacht, die bereit war, ihn aufzunehmen. In ihrer Umarmung vergingen das Land, die Bäume, der See; und die Sterne, die sie zusammen geliebt hatten, traten zurück vor einem anderen Himmel, der so schön war, daß keiner ihn erblicken konnte, ohne zu sterben.

Als sie Ihn kommen sahen, die Arme gebreitet, um sie aufzunehmen, brach ihr Herz.

Die weise Frau erinnerte sich am nächsten Morgen mit Unruhe an einen Traum, den sie in der Nacht gehabt hatte. Mit beiden Händen hatte sie dem alten Hecht den Hals zusammengedrückt.

»Erwürg mich doch, Hexe«, hatte er höhnisch gesagt, »aber wisse, daß zwischen deinem sicheren Gefühl und dem Ende meines Schwanzes ein ebenso großer Unterschied besteht wie zwischen deiner linken und deiner rechten Hand.«

Um sich zu beruhigen, ging sie ins Dorf und ließ sich Kaffee anbieten.

»Wie heißt die Hand, mit der ich die Tasse halte?« fragte sie mehrere Bewohner.

Die Auskünfte, die sie erhielt, verstärkten ihre Angst. Und sie suchte überall im Wald, bis sie ihre beiden Freunde fand.

Lange ruhten ihre Augen auf dem Lächeln und auf den Köpfen der beiden, die sich einander zugeneigt hatten, bevor sie zusammen starben. Nie zuvor hatte die weise Frau soviel Glück auf einem menschlichen Antlitz gesehen.

Sie begriff, daß sie sich nicht getäuscht hatte.

Nein. Der alte Hecht mochte noch so viele geheime Tränke kennen, es bedurfte des sicheren Gefühls und des Herzens einer bescheidenen Zauberin, um den richtigen Gebrauch von ihnen zu machen.

Sie bedeckte die beiden mit Sand, um sie vor den Tieren zu schützen. Als sie fertig war, begann Schnee zu fallen.

Und im Frühling, als der Schnee zu schmelzen anfing, drangen zwei kleine Birken aus dem Ufersand ins Licht. Sie fühlten sich so sehr voneinander angezogen, daß ihre Stämme sich innig umschlangen.

Liebende, die von ihren Blättern aßen, erfuhren nie die Bitterkeit der Trennung und blieben auch jenseits des Grabes innig umschlungen.

Der Herr über Geburt und Tod

Es war vor langer, langer Zeit. Alles sah anders aus als heute. Doch die Erde war rund, und die Sonne schien, und der Mond und die Sterne schienen. Auch die Menschen waren da, sie wurden geboren und starben. Aber alles war anders als heute, und zwar deshalb, weil ein Jüngling über die Erde ging, dem alle gehorchen mußten. Sogar die Könige. Denn der junge Herr duldete keinen Widerspruch. Sein Stolz war so groß wie seine Schönheit, und seine Augen leuchteten wie Diamanten und waren so hart wie sie. Er sprach nur wenig, und auch seine Worte waren wie Diamanten. Jeden Menschen besuchte er, jeder mußte ihm wenigstens zweimal begegnen. Die Erde war eine ebenso große Kugel wie heute, aber für ihn schien es keine Entfernungen zu geben. Niemand wußte, wie er es machte. Und niemand fragte, wie es geschehen konnte, daß er gleichzeitig Tausende von Menschen in tausend verschiedenen Gegenden aufsuchen konnte.

Er trat in die Häuser der jungen Eheleute und sagte zu ihnen: »Bald werdet ihr ein Kind bekommen. Haltet euch bereit und macht eine Wiege fertig. Wenn es an der Zeit ist, werde ich eine Seele bringen.«

Keiner wunderte sich darüber, daß man nie sah, wann er die Seele brachte, denn die Seele kann man nicht sehen.

Und er trat in die Häuser der alten Menschen und

sagte zu ihnen: »Bald werdet ihr sterben. Haltet euch bereit und macht den Sarg fertig. Wenn es an der Zeit ist, werde ich eure Seelen holen.«

Keiner sah, wie er die Seele holte, denn die Seele kann man nicht sehen.

Man nannte ihn den Herrn über Geburt und Tod. Er war jung und schön und tat so, als ob die Erde nur ihm gehöre. Immer kam er allein. Einige Menschen aber erzählten, daß ihm zuweilen eine andere Gestalt, einem Schatten ähnlich, von weitem folge. Niemand wagte, ihn anzusprechen, denn er war so stolz, daß er nur auf seine eigenen Worte zu hören schien; und was hätten die Menschen auch dem Herrn über Geburt und Tod sagen können?

Und doch geschah eines Tages etwas, das die ganze Welt veränderte und zu dem machte, was sie heute ist. Hoch oben im Norden lebte ein Lappe. Er war so weise, daß sogar Könige von weit her kamen, um sich Rat von ihm zu holen. Er selber war arm und wohnte allein in einer Hütte am Rande der großen Tundra. Nun wurde erzählt, daß er krank geworden sei und den Besuch des Jünglings erwarte, da er glaube, bald sterben zu müssen.

Eines Tages wurde an seine Tür geklopft. Er öffnete, und vor ihm stand jene Gestalt, die einem Schatten glich und die zuweilen dem Herrn über Geburt und Tod in großem Abstand folgte.

»Morgen wird der junge Herr zu dir kommen«, sagte die Schattengestalt und verneigte sich. »Kurz danach wird die Welt die weiseste Seele verloren haben. Die Könige werden ihren eigenen Entscheidungen folgen müssen, und das wird ihren Untertanen wenig Freude bringen.«

»Ich bin sehr alt«, sagte der Lappe, »und kann dem Tod nicht entgehen.«

»Du kannst«, sagte die schattengleiche Gestalt und lächelte. Es war ein schreckliches Lächeln, die Zähne sahen grimmiger aus als die eines hungrigen Wolfes.

»Ich glaube, ich weiß, wer du bist«, sagte der alte Lappe, »obwohl ich dich noch nie gesehen habe. Ich glaube, ich weiß, wie du heißt. Du hast einen Namen, vor dem sich nur die bösen Menschen beugen.«

»Wie ich heiße«, sagte der Schatten, »hat wenig Bedeutung für dich. Viel wichtiger ist, was ich für dich tun kann.«

»Und was kannst du für mich tun?«

»Ich habe es dir schon gesagt: ich kann dich für immer vom Tode befreien.«

Der Lappe, der das Leben liebte, schwieg eine Weile. Das war ermutigend für den Schatten. Er näherte sich dem Alten und flüsterte ihm beschwörend ins Ohr. »Und nun«, sagte er dann lauter, »werde ich dir helfen, deinen Sarg zu bauen. Wir müssen uns beeilen, damit er fertig ist, wenn der junge Herr morgen zu dir kommt. Bist du einverstanden?«

»Ja«, sagte der Lappe zögernd, »aber ich fürchte, mein Gewissen wird nicht einverstanden sein.«

»Man braucht kein Gewissen«, sagte der Schatten, »wenn man unsterblich ist. Auch ich habe keines nötig«, fügte er hinzu, und seine Zähne blitzten hart und scharf, »denn seit Tausenden von Jahren besitze ich das ewige Leben.«

Am nächsten Morgen klopfte es nicht an die Tür, bevor der schöne junge Herr eintrat. Er verbeugte sich nicht vor dem alten Lappen. Er sah ihm gerade in die Augen und sagte: »In zwei Wochen werde ich kommen und deine Seele vom Körper lösen. Halte dich bereit und mache deinen Sarg fertig.«

Lächelnd sagte der alte Mann: »Der Sarg ist schon fertig.«

Der Herr über Geburt und Tod war sehr erstaunt. Nie hatte je ein Mensch gewagt, zu ihm zu sprechen, und nie hatte je ein Mensch gelächelt, wenn er kam, ihm den Tod anzukündigen. Aber der Ruhm des alten Lappen war dem Jüngling bekannt. Da er also wußte, daß der Greis in dem Rufe großer Weisheit stand, ließ sich der junge Herr – der nur scheinbar jung war, denn niemand hätte je seine Jahre zählen können – zu einem Gespräch herab.

»Du scheinst keine Angst vor dem Tode zu haben«, sagte er.

»Warum sollte ich Angst vor dem Tod haben?« erwiderte der Alte. »Ich habe lange genug gelebt. Meine Seele sehnt sich danach, neue Länder kennenzulernen. Erlaube mir, dir meinen Sarg zu zeigen. Ich finde ihn sehr schön, aber ich möchte wissen, ob er dir auch gefällt.«

›Der Alte ist recht eingebildet‹, dachte der Herr über Geburt und Tod, ›aber warum soll ich ihm nicht den Gefallen tun.‹

»Gut, zeig ihn mir!« sagte er deshalb.

Der alte Mann brachte den Sarg herbei und stellte ihn zu Füßen des edlen Besuchers nieder. Der junge Herr hatte viel schönere Särge gesehen, aber er sagte: »Der scheint mir ganz recht zu sein.«

»Das freut mich«, sagte der Alte, »aber ich wäre sehr dankbar, wenn du mir noch einen Gefallen tun würdest. Ich möchte wissen, ob er bequem genug ist. Du bist genauso groß wie ich. Wenn du dich in den Sarg legen würdest, könntest du mir sagen, ob ich ihn schön und wohl bereitet habe.«

Der junge Herr war eitel, und so war ihm die Eitelkeit der anderen weder fremd noch abstoßend.

»Warum nicht?« sagte er und streckte sich in dem Sarg aus.

Schneller als man es denken konnte, war der Deckel zugeworfen und waren Nägel hineingeschlagen, die ihn so fest verschlossen, daß keine Macht ihn öffnen konnte.

»Das hast du gut gemacht«, sagte eine Stimme. Die schattenähnliche Gestalt stand plötzlich neben dem Alten. »Nun wollen wir beide den Sarg weit hinaus in die Tundra tragen.«

Der Herr über Geburt und Tod war zu stolz, um zu schreien und um Hilfe zu rufen. Er schwieg und ließ es geschehen, daß er weit draußen in der Tundra, dort, wo es nur wilde Tiere und Raubvögel gibt, begraben wurde.

»Hier wird kein Mensch ihn finden«, sagte der düstere Geselle und rieb sich vor Vergnügen die Hände. »Ich hatte Streit mit Gott, und er gab mir die Hölle zur Wohnung. Manchmal komme ich auf die Erde und versuche, Seelen für mich zu erobern, damit ich Gesellschaft habe. Immer war es bisher vergeblich. Jetzt aber wird auch Gott keine Seelen mehr von der Erde bekommen und ebenso keine zur Erde schicken können.«

Der alte Mann kehrte zu seiner Hütte zurück und lächelte zum Mond hinauf, aber der Mond antwortete nicht. Der Alte blickte in den Spiegel und dachte: Wie werde ich wohl in dreihundert Jahren aussehen? Da ward ihm angst, und sein Gewissen begann sich zu regen.

Es verging eine lange Zeit. Auf der Erde wurde kein Mensch geboren, und kein Mensch starb. Im Himmel wurde eine große Versammlung berufen. Die hohen Herren kamen herbei, und der höchste von allen sprach:

»Gott hat mich gebeten, euch alle zusammenzurufen, denn er ist unzufrieden mit dem, was auf der Erde geschieht. Über die anderen Planeten haben wir uns nicht zu beklagen. Es geht dort alles seinen rechten Gang. Es wird geboren und gestorben in guter Ordnung. Ganz anders aber ist es auf dem Planeten Erde. Es wird keine Seele mehr dorthin gebracht und keine mehr von dort zu uns geschickt. Und das alles, weil der Herr über Geburt und Tod nirgends zu sehen ist. Er, der sich wegen seiner großen Schönheit so gern überall zeigte, geht nicht mehr über die Erde. Er vernachlässigt seine Pflicht. Es ist, als ob es ihn überhaupt nicht mehr gäbe. Deshalb müssen wir einen von uns auf diese merkwürdige Kugel niedersenden mit dem Auftrag, den unfolgsamen jungen Herrn zu suchen und ihn hierherzubringen.«

So wurde einer von ihnen auf die Erde geschickt, einer, dessen Namen niemand weiß, weil die Herren des Himmels gewohnt sind, sich in Geheimnis zu hüllen. Was der hohe Herr auf der Erde fand, war sehr traurig: Die Ehepaare waren verzweifelt, denn sie bekamen keine Kinder und warteten vergeblich darauf, daß der Herr der Geburt sie besuche. Die Alten waren fast noch verzweifelter, denn sie lagen matt und krank im Bett. Ihre Stimme hatte den Klang verloren, weil sie viel zu lange gesprochen hatte. Ihre Augen sahen nichts mehr, weil sie viel zu lange gesehen hatten. Sie hungerten nach der Befreiung ihrer Seele und warteten vergeblich darauf, daß der Herr des Todes sie besuche. Es herrschte eine große Unordnung, und dazu viel Furcht, weil die Angst vor der Unsterblichkeit viel größer war als die Angst vor dem Tode.

Endlich fand der hohe Herr den alten Lappen, von dem man ihm erzählt hatte, daß er der letzte gewesen sei, den der schöne junge Herr besucht hatte. Der Greis war vom Alter zerfressen, und sein Gewissen hatte viel schärfere Nägel als jene, mit denen er den Sarg verschlossen hatte. Aber er konnte seinem Gewissen nicht nachgeben, denn die dunkle Schattengestalt war immer um ihn, damit er niemandem verriet, wo der Sarg mit dem schönen jungen Herrn begraben lag. Als aber der düstere Geselle den hohen Herrn des Himmels sich nähern sah, floh er mit einem Geheul des Entsetzens aus der Hütte.

Der alte Lappe, dessen Stimme keinen Klang mehr hatte, der nur noch flüstern konnte, erzählte nun alles, was geschehen war, und der hohe Herr ging hinaus in die Tundra, fand den Sarg und öffnete ihn. Der junge Herr hatte nichts von seiner Schönheit verloren und blickte seinen Befreier mit strahlenden Augen an. Aber er wurde keines Wortes gewürdigt. Nur eine Hand legte der andere auf seine Schulter, und dann erhoben sich beide und stiegen von der Erde in den Himmel hinauf, wo die große Versammlung auf sie wartete.

Und der Höchste von allen sprach: »Du, Herr über Geburt und Tod, Gott hat mir auferlegt, dir zu sagen, daß du sogleich zur Erde zurückkehren und dort deine Aufgabe weiterführen sollst, so wie du sie getan hast vor deinem unschicklichen Begräbnis. Doch wirst du von nun an nur einmal zu den Menschen kommen, nur, wenn du die Seele bringst oder von ihnen nimmst. Ankündigen darfst du Geburt oder Tod nicht mehr. Dies wird zur Folge haben, daß du von niemandem mehr gesehen oder gehört wirst: es sei eine Strafe für deinen Stolz. Geh nun und befreie die Alten, die auf dich warten, den greisen Lappen aber als letzten, denn er hat sehr unrecht getan.«

Seitdem ist die Erde wie sie heute ist. Kein Mensch weiß im voraus, wann er ein Kind bekommen oder wann seine Seele von ihm genommen wird. Aber immer noch, und wahrscheinlich in alle Ewigkeit, geht der schöne Jüngling, der Herr über Geburt und Tod, von niemandem gesehen, über die Erde.

Die drei Libellen

Der See war nicht groß. Das Haus war nicht groß, und die drei Kinder waren auch nicht groß. Der Kleinste der drei hieß der Kleine.

Rund um den See aber war Wald, und der war so groß, daß Wölfe, Bären, Rentiere und Vielfraße in ihm wohnen und Versteck spielen konnten, ohne einander je zu begegnen.

»Der Wald ist gefährlich«, sagten die Eltern zu ihren drei Kindern. »Ihr dürft niemals ohne uns hineingehen. Vor den Tieren braucht ihr keine Angst zu haben. Die Wölfe lieben ihre Kinder und die Kinder der Menschen. Die Bären fürchten sich vor allem, was auf zwei Beinen geht, und die Vielfraße fallen nur über Rentiere her. Sie hängen sich an ihren Hals und trinken ihr Blut.

Aber es gibt Geister. Sie leben im Wald und sind böse. Der böseste heißt der Grüne. Er hat die Farbe der Birkenblätter, der Tannennadeln, das Grün von Gras und Moos. Es macht ihm Spaß, Kinder vom richtigen Weg abzubringen. Und wenn man sich im Wald verläuft, so kann man Tage und Tage gehen, ohne auf etwas anderes zu treffen als auf Bäume. Und die Bäume geben einem weder zu essen noch zu trinken.«

Es waren drei gehorsame Kinder. Niemals gingen sie allein, ohne ihre Eltern, in den Wald.

Indessen: der See war ihnen nicht verboten. In seinen Wassern wohnten nur Fische. Und die bösesten unter ihnen, die Hechte, waren nur für die kleinen Fische gefährlich.

So wurde der See zum Spielplatz der drei Knaben. Ihre Eltern bauten ihnen ein kleines Boot, und sie durften zum Fischfang fahren, denn sie hatten bei ruhigem Wasser schwimmen gelernt. Die einzige Gefahr, dachten die Eltern, würde ein Sturm sein. Aber Unwetter und Sturm sieht man kommen, und der See ist nicht groß. Sie würden immer genug Zeit haben, zum Ufer zurückzufahren.

Der See war ihr Freund geworden. Er streichelte ihr Boot, und eines Tages zeigte er ihnen die Seerosen, die sich leicht auf den winzigen Wellen schaukelten. Sie hatten Blätter so groß wie Hände. Und auf einer Hand saßen drei seltsame Geschöpfe. Es war der Kleine, der sie zuerst entdeckte. Er wies mit dem Finger nach ihnen und zeigte sie seinen beiden Brüdern, die ruderten und das Boot so lenkten, daß es neben dem Seerosenblatt hielt.

Die drei winzigen Geschöpfe erschienen den Knaben so seltsam, daß sie sich weit über den Bootsrand neigten, um sie besser betrachten zu können. Und dies war es, was sie sahen: Die drei waren nichts anderes als sie selber, nur ganz, ganz klein, und natürlich sehr leicht, da sie sich ja auf einem Seerosenblatt halten konnten, ohne daß es einsank.

»Wer seid ihr? Wer seid ihr? Wer seid ihr?« fragten die Kinder eines nach dem andern.

»Wir sind ihr. Wir sind ihr. Wir sind ihr«, antworteten drei zarte Stimmen.

Ja, das waren sie: ihre Wangen, ihre Augen, ihre Nasen, und der Kleine auf dem Seerosenblatt hatte unbewußt die Zunge herausgestreckt, genauso wie es der Kleine im Boot immer tat.

Trotzdem gab es einen Unterschied, einen großen Unterschied. Wenn die Seerose »jene« auf ihrem Blatt halten konnte, so hätte der Kleine im Boot »jene« ebensogut auf seiner Hand halten können. Im Vergleich zu ihnen war der Kleine ein Riese. Er dachte dies wohl, aber er war zu bescheiden und zu taktvoll, um es laut zu sagen. Außerdem gab es noch einen Unterschied. Die drei im Boot waren gekleidet, wie alle kleinen Knaben in Lappland gekleidet sind, während die drei auf dem Seerosenblatt winzige Gewänder trugen, von der Farbe, die das Gewand des Himmels hat, wenn die Sonne vergißt, sich schlafen zu legen. Dazu glänzte jedem der drei ein goldener Knopf auf der Brust.

»Wo wohnt ihr?« fragte einer von den dreien im Boot.

»Es gibt Fragen, die man uns niemals stellen darf«, antwortete einer der drei auf dem Seerosenblatt. »Und vor allem dürft ihr niemals euren Eltern von uns erzählen. Versprecht es!«

»Wir versprechen es. Wir versprechen es. Versprechen es.«

Von dem Seerosenblatt kam eine kleine Stimme: »Wir haben euch schon ein bißchen lieb.«

»Wir auch. Wir auch. Wir auch. Aber jetzt müssen wir zurückfahren. Unsere Eltern warten auf uns. Morgen kommen wir wieder.«

»Ihr findet uns auf demselben Seerosenblatt. Wir werden von nun an zusammen spielen.«

Die drei Knaben im Boot jauchzten vor Freude und ruderten nach Hause.

Sie erzählten ihren Eltern nichts von der Begegnung. Aber untereinander konnten sie nicht satt werden, davon zu reden.

Wo mochten sie wohnen? Wer waren ihre Eltern? Weshalb waren sie so klein, und vor allem: warum glichen ihre Gesichter ihren eigenen? Und die goldenen Knöpfe, die wie winzige Sonnen leuchteten, was bedeuteten sie?

Der Kleine, der immer unbewußt die Zunge herausstreckte, holte sie in den Mund zurück, weil er etwas sagen wollte.

»Sie sind nichts anderes als unsere Seelen«, sagte er. »Die Eltern haben uns doch erzählt, daß wir jeder eine Seele haben, die in uns leuchtet wie ein goldener Knopf.«

Aber seine Brüder waren nicht überzeugt. Die Seele konnte man doch nicht sehen. Die Augen konnten nicht sehen, wie sie leuchtete. Der Kleine wußte zwar sonst, wenn er seine Zunge in den Mund hereinholte, recht gut zu reden, und es lohnte sich, ihm zuzuhören. Aber diesmal, davon waren seine beiden Brüder überzeugt, täuschte er sich gewiß. Die Seelen hielten sich bestimmt nicht auf einem Seerosenblatt auf und trugen sicher keinen goldenen Knopf über dem Herzen.

Nein, nein. Es war besser, diese merkwürdige Ähnlichkeit zu vergessen. Die drei kleinen Knaben auf dem Seerosenblatt waren reizende Nachbarn, mit denen sie herrlich spielen konnten. Mit sich selber, mit seinem eigenen Abbild zu spielen, würde keine rechte Freude machen.

So waren es also am nächsten Tag, als sie wieder zusammentrafen, sechs kleine Knaben, die miteinander spielten, und nicht drei, die mit ihrem eigenen Abbild spielten.

Wozu von ihren Spielen erzählen? Die Erwachsenen wissen nichts anderes zu spielen als das Spiel des Lebens.

Sie sehen nicht, was sie sehen. Die Kinder sehen weiter, nicht weiter als das Leben, aber weiter innerhalb des Lebens. Sie entdecken eine Welt, in der es keinen Platz gibt für die Erwachsenen. Die würden nur mit den Achseln zucken, wenn man ihnen erzählte, daß auf dem Grunde des Sees Fische leben, die in hübschen kleinen Häusern wohnen, mit Gärten voller Pflanzen und Bäumen, schöner als jene, die auf der Erde wachsen. Und wenn die Seerosenblätter größer werden, riesengroß, laufen kleine Rentiere, von denen man nicht weiß, woher sie gekommen sind, über die Blätter, mit Glocken um den Hals. Dann verlassen die Fische ihre Häuser am Grunde des Sees und steigen auf zu den Seerosenblättern, um die Rentierglocken läuten zu hören. Und manchmal springen zwei oder drei Fische aus dem Wasser und fliegen über den See, um Luft zu schöpfen. Sie machen ihren Mund ganz weit auf und lachen.

Wenn man das den Erwachsenen erzählen wollte, würden die auch lachen. Und selbst wenn sie sich Mühe geben würden: sie könnten die Häuser der Fische auf dem Grunde des Sees nicht sehen und würden statt dessen nur ein paar Insekten auf den Seerosenblättern entdecken.

Aber man muß gerecht sein. Man muß zugeben, daß selbst die drei Knaben in ihrem Boot nicht alle diese wunderbaren Sachen gesehen haben würden, wenn ihre winzigen Freunde auf dem Seerosenblatt sie ihnen nicht gezeigt hätten. Es ist also nicht so erstaunlich, daß sich die drei seit einer Woche dem Spiel hingaben, weiter zu sehen als die Erwachsenen und vielleicht sogar weiter als die anderen Kinder Lapplands.

Was am siebenten Tag geschah, ist schwer zu beschreiben, denn es handelt sich um ein großes Geheimnis. Das Beste wäre, zu schweigen, aber dies ist eine Geschichte, und man darf nicht einfach plötzlich aufhören zu erzählen. Man muß es also versuchen . . .

Alles, was sich sagen läßt, ist, daß »jene« (man kann sie nicht anders nennen) ihre Wohnung auf dem Seerosenblatt verließen, um ihren Freunden den Ort zu zeigen, wo sie arbeiteten.

Wo dieser Ort war, soll lieber verschwiegen werden.

Ihre Arbeit bestand darin, Flügel zu machen, so zart und durchsichtig, daß man gemeint haben würde, sie seien aus Morgentau gemacht, wenn der Tau etwas anderes als nur Wassertropfen enthielte. Sechs Flügel waren schon beinahe fertig – beinahe, noch nicht ganz. Die drei Knaben waren so aufgeregt, daß sie keine Frage stellten. Sie fragten nicht einmal: Wozu dienen diese Flügel?

Aber als sie abends zu Hause waren, vergaß der Kleine plötzlich das Versprechen, das sie »jenen« gegeben hatten. Er holte seine Zunge in den Mund und erzählte, erzählte.

Die Eltern hörten voller Angst und Sorge zu, denn sie dachten an die Geister und vor allem an böse Geister. Jene auf dem Seerosenblatt schienen ihnen noch gefährlicher zu sein als der Grüne im Wald.

Gleich am nächsten Tag zogen sie um in ihre kleine Fischerhütte, die am anderen Ende des Sees lag, weit entfernt von dem Seerosenblatt. Den Kindern verboten sie, sich in ihrem Boot weiter als ein paar Meter vom Ufer zu entfernen und vor allem ihre sogenannten Freunde je wieder zu besuchen.

Die drei Knaben gehorchten, aber es traten ihnen oft Tränen in die Augen, die sie indessen gleich wegwischten, damit ihre Eltern nicht sahen, daß sie traurig waren.

Doch man kann nie für alles Vorsorge treffen, vor allem nicht für das, was ganz unvermutet geschieht.

Eines Tages hatten sich die Kinder kaum ein paar Meter vom Ufer entfernt, als plötzlich ein Sturm losbrach und mit ungewöhnlicher Heftigkeit auf den See herabfiel. Er trieb das Boot vor sich her, immer weiter fort, bis zu dem Seerosenblatt. Das Boot konnte nichts anderes tun als umkippen, den Kiel nach oben. Der See war zwar nicht groß, aber sehr tief. Die Ertrunkenen wurden nie gefunden.

Das Seerosenblatt hatte nicht standhalten können. Es war von seinem Stengel abgerissen und ans Ufer getrieben worden, wo es rasch verwelkte und starb.

Was »jenen« geschah, wird man niemals erfahren. Das ist mehr als ein Geheimnis, es ist ein Mysterium. Und das Mysterium gehört zu Ihm, der die Welt erschaffen hat und das Seerosenblatt. Er ist verschwiegen. Er erzählt nie etwas.

Viel Zeit verging. Sie vergeht immer. Sie tut ihre Pflicht. Die Eltern hatten ihre drei Knaben und ihren Kummer nicht vergessen. Aber es wurden ihnen andere Kinder geboren.

Diese Kinder durften weder in den Wald gehen noch auf dem See fahren. Sie lebten ein wenig wie im Gefängnis, aber da sie nichts anderes kannten, waren sie nicht unglücklich.

Eines Tages kamen die Eltern in ihrem Boot ganz nahe an der Stelle vorbei, wo die Seerosen einmal eines ihrer Blätter verloren hatten. Plötzlich stiegen drei Libellen auf und setzten sich ohne die geringste Furcht einen Augenblick auf die Hände der Eltern und danach auf ihre Gesichter, so, als wollten sie ihnen einen kleinen Kuß geben.

Nichts als einen Augenblick. Aber es würde fast eine Ewigkeit dauern, das zu erzählen, was während dieses Augenblicks in den Herzen der Eltern geschah.

Man muß Nachsicht haben mit dieser Geschichte, wenn sie hier aufhört, mitten in der vollen Sonne Lapplands, diesem großen goldenen Knopf an der blauen Brust des Himmels.

Der Cyld

Man erzählt viele Geschichten im Lande Akujarvi. Eine der seltsamsten ist die vom Cyld. Aber wer will behaupten, daß sie wahr ist? Einzig Sonja und ihre Mutter hätten sie erzählen können. Aber Sonja kann es nicht mehr, und ihre Mutter ist stumm geworden; wenn man sie fragt, ob sie den Cyld kennt, so bleibt ihre Zunge im Mund unbeweglich, und ihre Augen füllen sich mit Tränen. Aber Tränen reden nicht.

Tatsächlich hatte seit langem kein Mensch mehr von dem Cyld gehört. Vielleicht war er gar nicht mehr im Lande. Seit Sonja verschwunden war, ohne daß man je ihren Leichnam gefunden hatte, gab es im Lande Akujarvi nie mehr Klagen über die Missetaten oder Freude über die Wohltaten des Cyld.

Eines Tages aber, nachdem Sonjas Mutter endlich gestorben war, reich an Besitz und an Jahren, begannen die Jüngeren die Geschichte des Cyld zu erzählen, weil die alte Frau nun nicht mehr hören konnte, was sie sagten.

Dies ist es, was die Leute von Akujarvi erzählten:

Sie waren vier: Aglaia, die Mutter; Ontri, der Vater; Sonja, ihre Tochter, und ein Sohn, der noch klein war. Ihre Armut hätte nicht größer sein können. Sie besaßen nur zwei Rentiere, ein männliches und ein weibliches Tier, die ihnen aber keinerlei Dienst erweisen wollten, nicht einmal den, Junge zu kriegen. Die Hütte, in der die Familie wohnte, war so klein, daß es einem Hund zu eng gewesen wäre. Kein Mensch hätte sagen können, wovon sie sich ernährten. Sie besaßen weder ein Boot noch ein Gewehr, noch Fischnetze, und wilde Beeren wuchsen zu allem Unglück nur weit entfernt von ihrer Behausung.

Die Mutter litt am meisten darunter, wenn sie ihre blassen und kränklichen Kinder sah, die kaum etwas anzuziehen hatten und im Winter vor Kälte zitterten. Der Vater, um dessen Gesundheit es immer schlecht bestellt war, brauchte selber mehr Hilfe und Unterstützung, als er seiner Familie geben konnte.

In ihrer Not und Ratlosigkeit dachte die Mutter an den Cyld. Sie wußte nicht, ob er ein böser Geist oder ein Engel war: die einen erzählten Gutes über ihn, die anderen Schlechtes. Er wohnte bei der Quelle des großen Flusses, aber niemand wagte, zu ihm zu gehen. Man erzählte sich, er sehe so schrecklich aus, daß man bei seinem Anblick vor Entsetzen tot umfallen würde.

Aber jedes Jahr am einundzwanzigsten Juni pflegte der Cyld an einer Hütte des Ortes vorbeizugehen. Die Bewohner jener Hütte, zu der er sich aufmachte, konnten ihn schon von fern hören: es war ein Geräusch wie das Brummen eines Bären oder das Sausen des Windes in der Tundra.

Die meisten versteckten sich; nur einige, die etwas mutiger waren, streckten ihre Hand aus dem Fenster, wenn der Cyld an ihrer Hütte vorbeiging. Ihn anzusehen wagten sie nicht.

Es kam ein einundzwanzigster Juni, an dem der Cyld an der Hütte vorbeiging, in der Aglaia und Ontri mit ihren beiden Kindern wohnten. Da überkam Aglaia ein großer Mut, und sie streckte eine Hand aus dem Fenster. Die Hand wurde schwer, so als hätte der Cyld einen großen Stein hineingelegt.

Danach wurden die vier Bewohner der armseligen Hütte plötzlich mit Glück und Wohlstand überhäuft: ein Boot, Netze, Fische im Überfluß und die größte und schönste Rentierherde, die man sich denken konnte. Man sah Vater, Mutter und Kinder vor Gesundheit strahlen.

So lebten sie viele Jahre im Wohlstand und Glück. Nichts fehlte ihnen. Dennoch wurde die Mutter Aglaia allmählich mißmutig. Sie ging unter den Rentieren ihrer Herde hin und her und schüttelte unzufrieden den Kopf.

»Es gibt Orte, wo die Rentierherden und die Häuser noch größer und schöner sind als unsere. Wie kann man auf die Dauer glücklich sein, wenn es Menschen auf der Welt gibt, die reicher sind als wir?«

Ontri, ihr Mann, sagte nichts. Ihr Sohn, ein hübscher Jüngling, der den Wölfen nachstellte, um sie zu töten, und den jungen Mädchen, um sich eine Frau zu suchen, sagte auch nichts. Nur Sonja machte ihrer Mutter Vorwürfe darüber, daß sie sich noch mehr Reichtümer wünschte, obwohl sie doch schon so viele besaßen.

Weitere Jahre vergingen, und die Mutter hörte nicht auf zu trauern bei dem Gedanken, daß es irgendwo in der Welt reichere Menschen gab als sie. An einem einundzwanzigsten Juni endlich faßte sie Mut und ging auf dem schmalen Pfad am Fluß entlang, dort, wo der Cyld vorbeikommen mußte. Sie versteckte sich hinter einem Baum und wartete. Lange mußte sie warten; dann hörte sie ein dumpfes Geräusch, ähnlich dem Brummen eines Bären oder dem Sausen des Windes in der Tundra.

Der Cyld näherte sich. Den Kopf hinter dem Baumstamm verborgen, streckte Aglaia eine Hand aus, wie sie es damals durch das Fenster getan hatte. Die Hand wurde leicht, so leicht wie eine Feder. Der Baum erzitterte; der Cyld ging vorüber. Der Baum fuhr fort zu zittern, während Aglaia sich mit kleinen Schritten, ebenfalls zitternd, auf den Heimweg machte.

Am selben Abend wurde der Sohn, der einem jungen Mädchen nachstellen wollte, von einem Bären getötet. Der Vater, der nur für seinen Sohn gelebt hatte, starb bald danach vor Kummer.

Aglaia vergoß viele Tränen, aber sie weinte noch mehr, als der ganze Reichtum dahinschwand, so schnell, wie er gekommen war.

Sonja versuchte ihre Mutter zu trösten.

»Jenseits der Reichtümer dieser Erde gibt es einen anderen Reichtum«, sagte sie, »den man niemals verlieren kann.«

»Von was für einem Reichtum sprichst du?« fragte Aglaia.

Sonja gab keine Antwort, ihr Blick wandte sich dem Nordlicht zu, das an dem großen lappländischen Himmel stand, von wo die Toten den Lebenden in der Polarnacht Licht schenken.

Aglaia siechte dahin. Der Kummer grub tiefe Furchen in ihr Gesicht, ihre Hände hingen untätig herab und vermochten nicht mehr das geringste zu schaffen. Ihre Tochter mußte nicht nur das Brot allein backen, sie mußte es ihr auch in den Mund stecken.

Endlich konnte Sonja diese von Tag zu Tag größer werdende Verzweiflung nicht mehr ertragen und fragte ihre Mutter, was sie wohl retten könne.

»Der Reichtum«, sagte Aglaia. »Und der einzige, der ihn uns verschaffen kann, ist der Cyld.«

»Er kann uns unsere Toten nicht wiedergeben«, sagte Sonja.

»Er kann uns unseren verlorenen Reichtum wiedergeben«, flüsterte die Mutter. Sonja erklärte, daß sie zu dem Cyld gehen und mit ihm sprechen werde. »O nein«, sagte die Mutter. »Jeder Mensch, der ihn ansieht, muß sterben. Ich kann dich nicht auch noch verlieren. Wer würde mich ernähren?«

Wieder kam der einundzwanzigste Juni. Sonja ging, ohne ihrer Mutter etwas zu sagen, zur Quelle des Flusses, wo der Cyld wohnte. Lange stand sie dort, den Blick auf das Wasser gerichtet. Es brodelte zwischen den Felsen, warf Schaumfetzen in die Höhe und ächzte und gurgelte wie ein wundes oder gereiztes Tier.

Plötzlich aber wurde es still. Umhüllt von einem schwarzen Mantel, stand der Cyld vor Sonja. Er blickte sie an, und sie blickte ihn an. Mit einer Stimme, die makellos klang wie die schönste Musik, sagte der Cyld:

»Mein Ruf ist so schrecklich, daß noch keiner je gewagt hat, mich anzusehen. Du bist die erste. Hast du keine Angst vor mir?«

»Nein.«

»Ich weiß deinen Wunsch: Ich soll euch euren Reichtum wiedergeben.«

»Meiner Mutter, nicht mir. Mir ist der Reichtum gleichgültig.«

»Das weiß ich wohl. Geh nach Hause zurück!«

Sonja regte sich nicht.

»Hast du noch einen anderen Wunsch?«

»Ja.«

»Sag ihn mir.«

»Ich möchte dich wiedersehen.«

»Nimm dich in acht. Ich bin gefährlich.«

»Ich weiß. Wann also?«

»Am einundzwanzigsten Dezember.«

Sonja machte sich auf den Heimweg. Noch am selben Abend war plötzlich die große Rentierherde, die verschwunden gewesen war, vielleicht verjagt von den Wölfen, wieder da. Und am nächsten Tag stand das schöne Haus, das vom Blitz vernichtet worden war, wie von unsichtbaren Händen erbaut, wieder an seinem Platz. Innen fanden sie alles, was sie verloren hatten. Die Mutter lachte und weinte vor Freude. Der ganze Reichtum hatte zu ihnen zurückgefunden. Es fehlte nichts. Außer, natürlich, Ontri und der Sohn, die tot waren.

»Du hast den Cyld gesehen«, sagte Aglaia zu ihrer Tochter. »Du konntest mit ihm sprechen. Du hast ihm ins Gesicht gesehen und bist nicht tot umgefallen. Weißt du gewiß, daß du nicht tot bist?«

»Wenn ich tot wäre«, sagte Sonja mit seltsamem Lächeln, »würde ich nicht wieder nach Hause gekommen sein, selbst wenn ich es gewollt hätte. Was ich dort am Wasser gefunden habe . . .«

Sie sprach den Satz nicht zu Ende; ihre Blicke gingen den Weg zurück zum Fluß, immer weiter, bis zur Quelle.

»Sieht er wirklich so schrecklich aus, wie man sich erzählt?« fragte Aglaia.

»Schrecklich? O ja, er ist schrecklich«, flüsterte Sonja. »Er ist so schrecklich, daß . . .«

Sie legte die Hand auf ihr Herz, als ob sie es daran hindern wollte, zu stark zu klopfen.

Aglaia blickte ihre Tochter eine Weile schweigend an. Dann sagte sie: »So schön war er also?«

Sonja antwortete nicht, und Aglaia wagte keine weiteren Fragen zu stellen. Sie ging vor das Haus und in den Wald, um die Rentiere zu zählen und sich zu vergewissern, daß keines fehlte.

Auch Sonja verließ das Haus. Sie wanderte zum großen Fluß. Als sie bei der Quelle angekommen war, blieb sie stehen und wartete. Sie rief, aber das Rauschen der Wasser verschlang ihren Ruf.

Jeden Tag kam sie wieder zu dieser Stelle. Aber der Cyld zeigte sich nicht; Sonja mußte sich endlich darein fügen.

»Am einundzwanzigsten Dezember werde ich ihn wiedersehen. Er hat es mir versprochen.«

Sie ging nicht mehr zum großen Fluß, sie half ihrer Mutter beim Netzeflicken und versorgte die Rentiere, aber jeder konnte erkennen, daß sich in ihrem Herzen ein seltsamer Schmerz eingenistet hatte.

»Du bist das wohlhabendste Mädchen der ganzen Gegend«, sagte ihre Mutter. »Es gibt genug Männer, die dich gern heiraten würden. Du kannst dir den reichsten, den schönsten und klügsten aussuchen.«

»Ich weiß nicht einmal, wo der wohnt, dessen Frau ich werden möchte.«

Die Mutter zuckte die Achseln. Seit Sonja dem Cyld begegnet war, verstand sie ihre Tochter nicht mehr. Sie schien in den Wolken zu schweben, nein, noch jenseits der Wolken; Aglaia aber liebte die Erde viel zu sehr, um ihre Blicke auf eine Welt jenseits der Wolken zu richten.

Der Sommer ging zu Ende, und die Mitternachtssonne hatte dem Nordlicht Platz gemacht, das den nächtlichen Himmel in einen riesigen Ozean verwandelte und seine jagenden, vielfarbigen Wogen von einem Ende des Horizonts zum andern rollen ließ. Die Toten begannen zu tanzen, und ihre Gestalten funkelten heller als Diamanten oder Sternschnuppen.

»Wen suchst du im Nordlicht?« fragte Aglaia eines

Tages. »Deinen Vater oder deinen Bruder kannst du doch nicht erkennen. Die Entfernung ist zu groß. Und wer sagt dir, daß es wirklich die Toten sind, die im Himmel tanzen, um denen Licht zu schenken, die sie auf der Erde geliebt haben? Wenn man alles glauben wollte, was man sich hier bei uns erzählt, dann könnte man auch meinen, die Regentropfen oder die Schneeflocken seien die Tränen unglücklicher Toter, die in den Wolken eingesperrt sind.«

»Die Toten haben keine Tränen mehr«, sagte Sonja. »Sie haben sie auf der Erde verbraucht. Und warum sollten sie nicht im Nordlicht tanzen? Sie sind glücklich; so glücklich, daß kein einziger je hierher zurückgekommen ist.«

Sonja erblaßte plötzlich.

»Kein einziger ist je zurückgekommen«, wiederholte sie, so, als wollte sie sich noch einmal bestätigen, daß daran kein Zweifel sei.

Aglaia hob die Hand zu einer Bewegung der Abwehr, ohne daß ihr bewußt war, wen sie abwehren wollte. Sie zog sich zurück in eine Ecke des Raumes, wo es dunkel war, und ließ ihre Tochter allein, versunken in den Anblick des Nordlichts.

Der Herbst kam. Im Kamin verzehrte das Feuer fröhlich große Holzkloben und ließ sie noch einmal in letzter Glut aufleuchten, ehe es sie zu Asche verwandelte. Und draußen schien auch der Birkenwald noch einmal in letzter Glut aufzulodern, ehe der eisige Wind die Blätter herunterfegte und mit ihnen die Erde bedeckte, die sie verzehren und zu Staub verwandeln würde.

Sonja wurde mit jedem Tag schöner. Aber ihre Schönheit war voller Geheimnis und schüchterte die jungen Männer ein.

Einer unter ihnen jedoch, der geschickt zu reden wußte, machte ihr eines Tages einen Besuch und führte sie in den Birkenwald.

»Sieh diese Bäume an!« sagte er zu ihr. »Während des ganzen Jahres trugen sie kein so schönes Kleid wie jetzt. Aber schon morgen oder übermorgen oder in drei Tagen wird man von ihnen sagen: ›Gestern waren sie noch so schön! Jetzt haben sie alle ihre Blätter verloren.‹ Und die Birken werden warten und warten auf den Tag, an dem sie wieder so schön sein werden und man von neuem zu ihnen kommt, um sie zu bewundern.

Wenn eine Frau ihre Schönheit verloren hat, so kann sie noch so lange warten – die Schönheit wird niemals wiederkehren, denn es war nur die ihrer Jugend. Aber du bist eine Birke, geschmückt mit den schönsten Blättern, die kein Nordwind davontragen kann, und du wirst deine Schönheit nie verlieren, denn deine Jugend ist ewig.«

Der Jüngling, der mutiger war als die anderen jungen Männer und besser zu reden wußte als sie, wollte Sonja an sich ziehen und küssen. Aber sie wandte sich ab.

»Ach!« rief er. »Ich habe meine Worte nicht richtig gewählt. Ich wollte deine Schönheit beschreiben und habe mich unbeholfen ausgedrückt. Denn sonst würdest du mir erlaubt haben, dich zu küssen.«

»Nein«, sagte Sonja, »du hast deine Worte nicht schlecht gewählt. Aber jene Schönheit, von der du sprachst, ist nicht die meine. Sie gehört jemand anders.«

Der junge Mann versuchte seine Enttäuschung zunächst hinter Erstaunen und Mißverstehen zu verbergen.

»Jemand anders? Von wem sprichst du? Es gibt keine, die so schön ist wie du. Und ich kenne alle Mädchen hier im Umkreis. Ach, jetzt begreife ich! Wie dumm von mir! Du meinst einen Mann. Aber auch dann kann ich mir wirklich nicht vorstellen, wer es sein könnte. Ich möchte nicht unbescheiden wirken, aber ich glaube doch, daß ich der reichste, der schönste und klügste dieser Gegend bin.« Er lachte. »Natürlich, ich kann mich täuschen. Bei einem Mädchen, wie du eines bist, kann man nie wissen ... Dir ist vielleicht ein Gast von einem anderen Planeten begegnet. In diesem Fall ist das Beste, was ich tun kann, mich zurückzuziehen.«

Er lachte von neuem und ging fort.

»Wann werdet ihr heiraten?« fragte Aglaia.

»Zu einem solchen Entschluß gehören zwei.«

»Du hast ihn ausgeschlagen!« rief die Mutter. »Du hast dem reichsten, dem schönsten und klügsten Jüngling unseres Landes einen Korb gegeben?«

Sonja antwortete nicht. Sie antwortete auf keine Frage mehr. Ihre Mutter wurde zornig, schrie und tobte und beruhigte sich wieder.

Und dann kam der Nordwind, wirbelte die Birkenblätter umher und deckte sie mit dem ersten Schnee zu. Die Nächte wurden länger und länger, und von dem Felsen, dort wo die Quelle des großen Flusses war, hingen spitze Eiszapfen.

»Ich merke gar nichts mehr von dir«, sagte Aglaia klagend. »Du bist da, hier neben mir, und trotzdem ist es, als wärest du fortgegangen.«

Sonja lächelte, aber auch dieses Lächeln hatte etwas Fernes, wie das Lächeln auf einem Bild.

Als noch mehr Schnee fiel, ging Sonja in den Wald und blieb lange bei den Rentieren und den Bäumen. Wie diese ließ sie sich einhüllen in einen Mantel von Schnee.

Ohne etwas von ihrer Schönheit zu verlieren, wurde

sie mit jedem Tag bleicher. Ihr Gesicht nahm die Farbe des Schnees an. Wenn sie schlief, sah sie oft ihren Vater und ihren Bruder im Nordlicht tanzen, aber der, den sie suchte, kam nicht einmal in ihre Träume.

Wenn die Augen geschlossen sind, sieht das Herz jene, die es liebt. Aber der, den Sonja liebte, war ihrem Herzen offenbar so nahe, daß sie ihn nicht sehen konnte, so wie man sich selber ohne Spiegel nicht sehen kann.

»Meine Tochter stirbt«, sagte Aglaia zu dem weisen Mann des Ortes. »Ihr Körper ist da, aber alles übrige will fortgehen. Hilf mir, sie zurückzuhalten.«

Der Weise hob den Kopf.

»Was du ›alles übrige‹ nennst, gehört uns nicht. Und es ist viel zu mächtig, um sich zurückhalten zu lassen. Ich kann dir nicht helfen.«

Es kam der einundzwanzigste Dezember, der dunkelste Tag des Jahres. Sonja stand neben der Quelle des großen Flusses. Nie zuvor hatte sie so grimmige Eiszapfen gesehen, die den scharfen Zähnen eines gewaltigen, furchtbaren Rachens glichen.

Aber Sonja hatte keine Angst. Sie wartete. Und das Schweigen, tiefer und abgründiger als die Polarnacht, schien ebenfalls zu warten.

Und er kam. Er trat aufrecht aus dem weiten Rachen. Er ging zwischen den Zähnen hindurch.

Dann stand er vor Sonja und blickte sie an. Unter dem weißen Mantel, der ihn umhüllte, war genug Platz für zwei. Er hob die Hände, und ohne das Schweigen zu stören, näherten sich zwei Rentiere, die einen Schlitten zogen, so weiß wie sie.

Plötzlich zerriß der Himmel zu einem leuchtenden Spalt, der breiter und breiter wurde, wie ein Tor, das sich langsam öffnete. Die Rentiere, die nur kurze Zeit über den Schnee gelaufen waren, hoben sich in die Lüfte, und der Schlitten hinter ihnen war nicht leer.

Die Bewohner von Akujarvi erzählen, das Nordlicht sei in dieser Nacht so hell gewesen, daß man das Herz des Himmels sehen konnte. Aber kann man es wissen? Es wird so viel erzählt. Man erzählt sogar, die alte Aglaia habe die Stimme des Cyld gehört; er habe zu ihr gesagt:

»Weshalb jammerst du? Du hast deine Reichtümer. Deine Tochter suchte andere Reichtümer. Ich habe ihr geholfen, sie zu finden. Du hast keinen Grund, dich zu beklagen.«

Danach hörte man nichts mehr von dem Cyld. Sicher hatte er für immer seinen Wohnort an der Quelle des großen Flusses verlassen, um zu einer anderen Quelle, einem Wohnort voller Wunder, zu ziehen. Man kann es nicht wissen.

Die Erschaffung des Menschen

Gott liebt alles, was blau und rund ist. Deshalb machte er den Himmel blau und die Erde rund. Er zündete eine Lampe im Himmel an, um die Erde hell zu machen. Aber der Teufel, dem das Licht verhaßt ist und der in der Finsternis haust, versteckte die Lampe hinter dem Himmelsrand und machte die Nacht.

Da Gott das Licht ist, sieht er die Finsternis nicht, und der Teufel benutzte die Nacht, die er der Erde gegeben hatte, um alles mögliche zu tun, was Gott nicht sehen konnte. Es gab viel zu tun auf der Erde für den Teufel. Schon damals liebte er Gott nicht, ebensowenig wie das Licht.

Gott hatte die Erde als runde, glatte Kugel geschaffen, aber während der Nacht flog der Teufel umher und warf überall ein paar Höcker auf, die schnell in die Höhe wuchsen und Berge wurden.

Gott machte Ozeane und Meere mit süßem Wasser, aber der Teufel weinte über ihnen, und das Wasser wurde salzig. Da bediente Gott sich der Berge, um auf ihnen Quellen entspringen zu lassen, die zu Flüssen und Strömen wurden und Seen bildeten. Und das Wasser war süß. Der Teufel vergoß unendlich viele Tränen, aber sie drangen nicht bis dorthin, wo die Quellen entsprangen, und das Wasser blieb süß und rein.

Rot vor Zorn spie der Teufel auf einige Berge, und sie begannen Feuer zu speien.

Wütend stampfte er mit dem Fuß auf, und die Erde bebte.

Heftig atmete er, und es entstanden die Winde und Stürme.

Gott wollte aus der Erde ein Paradies machen, aber der Teufel verteilte überall kleine Stücke der Hölle, und so wurde die Erde eine Mischung aus Paradies und Hölle, aus Schatten und Licht.

Gott schuf die Tiere, aber nur ein einziges von jeder Art, die ewig auf der Erde leben sollten.

Aber während der Nacht zerschnitt der Teufel jedes Tier in zwei Teile, in eine männliche und eine weibliche Hälfte. Doch auch das genügte ihm noch nicht. Er veränderte ihre Form, damit sie häßlich würden. Er machte sie länger, platter, geduckter, und legte in das Innere eines jeden einen Bauch, damit sie Hunger und Durst bekämen.

Am folgenden Tag war Gott erstaunt über die Verwandlung, die mit seinem Werk vorgegangen war. Sogleich gab er den Tieren ein Herz und füllte es mit Liebe.

Als die Nacht kam, blies der Teufel mit seinem Atem über das Herz, um die Liebe daraus zu verjagen. Es gelang ihm nicht, aber ein wenig von seinem Atem blieb in jedem Herzen. Das ist, was wir heute Haß oder Bosheit nennen.

Gott hatte etwas Teig zurückbehalten, um noch weitere Tiere zu formen. In der Nacht bemächtigte sich der Teufel des Teiges, und da er wußte, daß Gott das Runde liebte, machte er daraus sehr lange und böse Tiere.

Endlich beschloß Gott, den Menschen zu erschaffen, den König der Schöpfung. Anfangs machte er ihn ganz rund wie eine Sonne, aber sehr leicht, damit er über der Erde schweben könne, anstatt auf dem Boden zu rollen.

In der Nacht bemächtigte sich der Teufel des Menschen und schnitt ihn in zwei Teile, genauso wie er es mit den Tieren getan hatte. Dann machte er die beiden Hälften schwerfällig, indem er einen Bauch in sie hineinlegte, doch gelang es ihm trotz aller Anstrengung nicht, ihnen eine Form zu geben.

Am nächsten Morgen nahm Gott die beiden Hälften des Menschen und gab ihnen die Gestalt, die wir heute haben. Das einzige, was dem Teufel noch gelang, war, jeder der beiden Menschenhälften ein anderes Geschlecht zu geben und auch in ihre Herzen seinen Atem zu blasen, um die Liebe soweit wie möglich daraus zu vertreiben.

»Ah«, sagte er befriedigt, »nichts ist langweiliger und öder als ein Paradies. Ich habe es zerstört, so gut ich konnte. Die Menschen vor allem werden sich gut unterhalten. Sie werden vom Licht in die Finsternis gehen, von der Liebe in den Haß. Sie werden zwischen Gott und mir hin und her tanzen und nie recht wissen, zu wem von uns beiden sie gehören. So werden sie ihr Leben lang Zerstreuung haben.«

Er dachte nach.

»Ihr Leben lang? Gott liebt die Ewigkeit. Aber wenn es mir gelingen würde, dem Leben der Menschen und Tiere ein Ende zu setzen und so die Ewigkeit für sie aufzuheben? Ihr Herz müßte aufhören zu schlagen!«

Zu diesem Zweck erfand der Teufel die Krankheiten, den Krieg, das Altern und den Tod.

Gott hätte wohl das Werk des Teufels vernichten können, aber das tat er nicht.

»Irgend jemand«, sagte sich Gott, »hat meine Schöpfung verändert. Also muß ich für Abhilfe sorgen.«

Die Erde blieb so, wie sie heute ist. Er ließ den Hunger, den Durst, den Haß und den Tod. Aber in jedes Geschöpf legte er ein kleines Stück von sich selber. Das ist, was wir heute Seele nennen. Sie schwebt über dem Herzen und hat nur einen einzigen Durst, einen einzigen Hunger: Gott zu erkennen und sich mit ihm zu vereinen.

In der Nacht blies der Teufel seinen Atem über die Seele, um sie mit sich zu reißen, aber es gelang ihm nicht. Da schuf er eine Hölle, damit die Geschöpfe sich dort nach dem Tod mit ihm zusammenfänden.

Niemand wird je wissen, ob Gott es zuließ, daß der Teufel einige Seelen holte und sie in sein Fegefeuer brachte.

Aber diese Erfindung des Teufels zwang Gott, die größte seiner Gaben für seine Geschöpfe zu schaffen: ein Paradies für das Leben nach dem Tode, noch schöner als jenes, das er der Erde hatte schenken wollen.

Der Teufel geriet außer sich vor Zorn. Denn dieses Paradies konnte er nicht zerstören. Dort gab es keinen Platz für seine Finsternis.

Darauf verdoppelte er seine Anstrengungen auf der Erde und legte in das Innere eines jeden Wesens ein kleines Stück von sich selber, das nicht müde wird, der Seele zu wiederholen:

»Du bist kein Stück von Gott. Es gibt gar keinen Gott. Nach dem Tode gibt es nichts, vielmehr: es gibt nur mich und meine Hölle.«

Aber die Menschen hörten nicht auf, Gott in sich zu fühlen. Da wütete der Teufel weiter. Er erfand Kriege und Krankheiten, die immer grausamer wurden.

»Seht her«, sagte er, »wenn Gott die Liebe wäre, würde er solches nicht zulassen.«

Es gelang ihm, einige Menschen von Gott abzuwenden. Aber da waren noch die Religionen, die ärgerten den Teufel. Da fand er das Mittel, sie gegeneinanderzuhetzen. Er gab jeder von ihnen die Überzeugung, daß sie die einzig richtige sei. Er ließ sie Gott mit verschiedenen Namen benennen und machte die Religionskriege, in denen sie sich im Namen ihres Gottes gegenseitig zerfleischten.

Mit seinem ganzen Gewicht lastete der Teufel auf der Erde. Doch die Last der Kriege, der Krankheiten und Hungersnöte reicht nicht aus. Das Leid entfernt nicht von Gott. Die Last des Wohlstands ist gefährlich. In der Bequemlichkeit, im Reichtum schläft die Seele ein.

Aber Gott ist in unserer Seele, auch wenn sie zu schlafen scheint. Und eines Tages wird sie erwachen in dem Paradies der Liebe, das Gott für sie geschaffen hat.

Das kleine Schiff

»Verrückt, aufs Meer rauszufahren, wenn man nicht sicher ist, daß man auch zurückkommt«, sagte Vania, der Größte der Besatzung.

Petruschka, der Jüngste von ihnen, vergoß eine Träne und klagte: »Mein Bauch ist ein einziges Loch.«

Grisha vergoß keine Tränen, sondern bemerkte nur: »Macht im ganzen sieben Löcher, die danach schreien, gefüllt zu werden.«

Da wurde der Kapitän wütend, und das kleine Schiff wurde auch wütend.

»Hunger haben sie!« schrie der Kapitän. »Fünfzehn, zwanzig, dreißig Jahre lang haben sie nicht aufgehört zu essen; wenn sie aber für ein paar lumpige Tage auf diese dumme Angewohnheit verzichten sollen, fangen sie gleich an zu flennen.«

Petja, der Mutigste, stellte sich vor dem Kapitän auf.

»Wenn man so dick ist wie ein Walroß, dann ist Fasten keine Kunst. Wir werden bald nur noch Haut und Knochen sein, während du Fett genug auf Lager hast für ein ganzes Dorf. Sogar die Katzen könnten noch mit ernährt werden und würden die Mäuse acht Tage lang in Ruhe lassen.«

Der Kapitän wurde noch wütender, aber er zeigte es nicht, denn er mußte innerlich zugeben, daß Petja recht hatte, und so ließ er seine schlechte Laune an dem Meer aus.

»Verflucht noch mal! Jetzt ist es so glatt wie ein Seehundsfell! Volle zehn Tage hat es geheult wie ein verwundetes Tier. Am elften hat es unseren Mast umgelegt, die Netze zerrissen und uns nicht mal die wenigen Fische gelassen, die wir gefangen hatten. Meilenweit hat es uns rausgetragen, aber jetzt denkt es nicht daran, uns zurückzubringen.«

Über ihnen flogen kreischend einige Möwen.

»Ich habe etwas gegen Fleisch, das in der Luft herumfliegt«, sagte Vania.

»Das sind keine Vögel, sondern Engel«, sagte der Kapitän.

»Engel kreischen nicht«, rief Nummer Sieben; er wurde so genannt, weil er die Sieben für seine Glückszahl hielt.

Petruschka warf einen sehnsüchtigen Blick zum Himmel. »Mir würde es nichts ausmachen, Engel zu essen«, sagte er.

»Ich muß sagen, ich schäume vor Entrüstung«, zischte der Kapitän.

Er hielt es für ratsam, Petruschka zur Ordnung zu rufen, damit die Gunst der Engel sich ihm zuwende. Aber es kann kaum ein Engel gewesen sein, der ihm einen Gedanken eingab, so schamlos, daß man ihn gar nicht aussprechen mag.

Der Kapitän begann nämlich unvermutet die freundlichsten Blicke an Petruschka zu verschwenden und den Mund zu einem schmeichlerischen Lächeln zu verziehen. Genüßlich glitt seine Zungenspitze über die Lippen und leckte den Schaum der Empörung bis zur letzten Spur weg. Eine ganze Weile lang kratzte er sich den Kopf; dann öffnete sich sein Mund. Der Mund blieb offen, aber es kam noch kein Laut heraus, bis endlich, nachdem wieder eine Weile vergangen war, ein paar entsagungsvolle Worte hervordrangen:

»Wißt ihr, meine Freunde, was der Kapitän tut, wenn sein Schiff sinkt?«

»Er bleibt an Bord, bis alle anderen gerettet sind«, sagte Nummer Sieben.

»Richtig«, murmelte der Kapitän und seufzte. »Er ist immer der letzte.« Er blickte zum Himmel empor. »Immer der letzte«, wiederholte er, und seine Stimme bebte vor Kummer über das Los der armen Kapitäne.

»Unser Kapitän ist immer der erste beim Essen und Schlafen«, rief Petruschka.

Anstatt zornig zu werden, blickte der Kapitän den Jüngsten seiner Besatzung noch liebevoller an.

»Gewiß, mein Junge. Aber welche Mutter wird nicht vor allem für ausreichendes Essen und Schlafen sorgen, damit sie ihr Kind ernähren kann? Bin ich denn nicht die Mutter dieses Schiffes? Seid ihr nicht alle meine Kinder? Und esse und schlafe ich nicht um euretwillen?«

»O ja, damit du genügend Kräfte behältst, uns zu verprügeln«, schrie Vania, »und uns Arbeiten aufzuhalsen, zu denen du selber keine Lust hast. Das ist der Grund, weshalb du so viel ißt und schläfst.«

Der Kapitän tat so, als habe er nichts gehört.

»Jede Mutter muß zuerst an sich selbst denken«, fuhr er fort, »genau wie die Kuh auf der Weide.«

»Genug!« rief Grisha. »Genug von Kindern, Müttern und Kühen! Wenn du einen nützlichen Gedanken hast, der dein Gehirn kitzelt, so spuck ihn aus, wenn nicht, laß uns in Ruhe!«

Der Kapitän legte Petruschka seinen Arm um die Schultern.

»Wenn es nur um mich ginge«, sagte er, »so würde ich

mich gern opfern. Aber solange das Schiff noch am Leben ist, habe ich die Pflicht, ebenfalls so lebendig wie möglich zu bleiben. Ich habe meinen Arm um deine Schultern gelegt, weil ich viel Hochachtung für deine große Jugend empfinde. Dein Herz ist so rein wie das eines Kindes und dein Fleisch so zart wie das eines Lämmchens. Mein Fleisch mag wohl reichlicher sein, aber es ist alt und zäh.«

Auf diese Rede folgte ein entsetzes Schweigen.

»Eure Empörung wird nur eine einzige Folge haben«, fuhr der Kapitän fort, »nämlich euren Appetit anzuregen. Ferne sei mir der Gedanke, den ganzen Petruschka aufzuessen; aber ich werde ihm in unser aller Namen einen Vorschlag machen, auf den er, wie ich hoffen möchte, aus Kameradschaft und Anstand eingehen wird. Wir wollen weder seinen Kopf noch seine Beine und Arme von ihm erbitten, sondern er soll uns lediglich den unedelsten Teil seines Körpers zur Verfügung stellen. Er braucht sich keine Sorgen darüber zu machen, daß ihm hinterher das Sitzen schwerfallen wird; wir werden ihm gestatten, die Tage wie ein Prinz liegend zu verbringen. Diese Ehre sind wir ihm schuldig. Außerdem werden wir ihn vorläufig nur um die Hälfte jenes Körperteils bitten, der sich nirgends großer Achtung erfreut.

Ich hoffe, andere werden dann seinem Beispiel folgen und mit freudigem Herzen zu der gleichen großzügigen Geste bereit sein. Es bedarf keines weiteren Wortes, daß wir die Portionen völlig gerecht unter uns verteilen. Der Eigentümer und Spender jedoch soll zum Zeichen unserer tief empfundenen Dankbarkeit die doppelte Ration bekommen.«

Während dieser Worte hatten sich so viele Augen auf Petruschka gerichtet, daß er begriff, jeder Widerstand würde umsonst sein. Trotzdem versuchte er noch einen schwachen Einwand:

»Wenn die Mutter oder die Kuh nicht genug Milch für ihre Kleinen hat, sollte sie ihren eigenen Leib zur Rettung der Kinder darbringen.«

Der Kapitän erklärte ihm nachsichtig, daß er nicht nur die Mutter, sondern auch die Seele des Schiffes sei. Und wer würde je daran denken, die Seele zu essen? Dann fügte er noch seinen Lieblingsspruch hinzu: »Im Falle der Gefahr ist der Kapitän immer der letzte.«

Petruschka bat um zwei Minuten Bedenkzeit. Er lehnte die Stirn gegen den übriggebliebenen Stumpf des Mastes und verfiel in Nachdenken.

Solange er sich erinnern konnte, hatte ihm jener Teil seines Körpers nur Ungemach bereitet. Sein Vater war versessen darauf gewesen, all seinen Zorn an ihm auszulassen. Seine Brüder hatten sich seiner bedient, um Petruschka zu ermuntern, sie allein zu lassen. Trotzdem ist es nicht leicht, auf etwas zu verzichten, was einem gehört, und sei es auch das am wenigsten geliebte Gut. Und so empfand Petruschka so viel Mitleid mit sich selber, daß Bäche von Tränen an dem Rest des Mastes hinabrannen.

Gerade als die Bäche sich zu einem Fluß vereinen wollten, wurde das Schiff von Petruschkas Aufschrei erschüttert, denn Nummer Sieben hatte ein scharfes Messer ergriffen.

Aber die schärfsten Schmerzen vergehen oft ebenso rasch, wie sie kommen, und bald befand sich Petruschka mit den andern neben dem Topf, in welchem ein beachtliches Stück von ihm selber kochte.

Während seine Gefährten im weiten Kreis um den

Kochtopf saßen, lag er auf dem Bauch in unmittelbarer Nähe des Topfes, so daß seine Nase als erste den nahrhaften Duft auffangen konnte, der daraus emporstieg. Er fühlte sich stolz und glücklich darüber, daß er den Mittelpunkt der allgemeinen Aufmerksamkeit bildete. Er hob den Oberkörper ein wenig in die Höhe, blickte in den Topf und rührte mit dem Finger an das, was noch vor kurzem so eng mit ihm verbunden gewesen war.

»Ich glaube, ich bin gar«, sagte er.

Der Kapitän goß das Wasser ab und legte den Inhalt des Topfes auf einen großen hölzernen Teller.

»Jede Mutter kostet als erste von dem Essen, das sie ihren Kindern geben will.«

Petruschka erwartete voller Stolz die schmeichelhaften Lobreden, die nun gewiß auf ihn herabregnen würden. Aber der Kapitän verzog das Gesicht mit einem Ausdruck des Ekels. Er spuckte das Stückchen Petruschka, das er zu sich genommen hatte, aus und rief:

»Achtung! Keiner von euch darf dieses Fleisch anrühren. Es schmeckt nicht nur nach Aas, sondern noch schlimmer, es ist vergiftet! Mein ganzer Magen hat sich umgedreht, um diese gräßliche Fäulnis wieder auszuspeien.«

Und alles, was Petruschka kurz zuvor noch so stolz und glücklich gemacht hatte, flog über Bord.

Sogleich entstand im Meer ein großer Aufruhr. Fische aller Arten drängten sich um das Schiff und waren für eine Weile so beschäftigt damit, einander die größten Happen abzujagen, daß es kinderleicht war, sie zu fangen.

So ereignisreich dieser Teil der Fahrt gewesen war, das Ende verlief friedlich. Jedoch Petruschka reagierte kaum auf die dankbaren Worte und die Aufmerksamkeiten, die ihm die andern erwiesen. Sie brachten ihm die schönsten Fische.

»Dein Opfer hat uns alle gerettet«, wiederholten sie unaufhörlich. Aber die Wunde in seiner Selbstachtung heilte langsamer als die andere. Immer wieder hob er die Hand an die Nase und schnüffelte daran, um festzustellen, ob sein Fleisch tatsächlich nach Aas roch. Er leckte an seinen Fingern, um zu schmecken, ob sie vergiftet seien. Aber er spürte auf seinen Lippen nur den Geschmack nach Salz.

Immerhin waren doch die Fische scharf auf mich, dachte er. Sie haben sogar um mich gekämpft.

Sein Kummer und seine Scham waren kaum mit anzusehen. Der arme Junge wagte keinem mehr ins Gesicht zu blicken. Wußten die andern nicht alle, daß er vergiftet und verfault war? Seine Mutter hatte einen lebenden Leichnam zur Welt gebracht.

Eines Tages hob Nummer Sieben den Arm und rief: »Land!«

Während alle vor Freude außer sich waren, nahm der Kapitän Petruschka beiseite.

»Ich muß dir etwas gestehen«, sagte er feierlich. »Du kannst dir wohl vorstellen, daß ich in meinem langen Leben so ziemlich von allem gegessen habe, was die Erde zu bieten hat. Aber noch nie hat mir etwas so gut geschmeckt wie du. Mir fehlen einfach die Worte, um die Zartheit und Würze deines Fleisches zu beschreiben. Aber in dem Augenblick, als ich dich hinunterschluckte, sah ich alle Augen gierig auf mich gerichtet, und zwar nicht auf meinen Mund, sondern auf die unteren Regionen meiner Person. Da wußte ich, daß ihr Appetit immer größer werden würde, wenn ich sie Menschenfleisch kosten ließ. Du schmecktest zwar besonders gut und nach frischer Jugend, aber ich hätte den Vorteil größerer Fülle geboten. Durfte ich, ihr Kapitän, sie der Versuchung aussetzen, sich einer so üppigen Mahlzeit zu bemächtigen?

Ich habe deine Selbstachtung verletzt, aber du hast die Ehre des Schiffes gerettet. Ein Kapitän, der sich nicht mehr hinsetzen kann, ist nur noch ein halber Kapitän.«

Der Seidenstoff

Die alte Darja hatte nur einen einzigen Sohn, Stepa. Mutter und Sohn besaßen nichts weiter als eine kleine Hütte und ein Boot. Eines Tages fuhr Stepa zum Fischfang. Aber nicht ein einziger Fisch schnappte nach seinem Köder.

›Es hat keinen Zweck, heute zu fischen‹, dachte Stepa. ›Das Meer hat schlechte Laune. Es wird mir nichts schenken.‹

Und er ruderte zum Ufer zurück.

Da hörte er eine Stimme hinter sich rufen. Aus dem Wasser hob sich der Kopf einer Meerjungfrau. Stepa ruderte schneller.

»Hab keine Angst!«

Stepa hatte Angst und ruderte noch schneller.

»He!«

Stepa hielt inne.

»Was willst du?«

»Mit dir sprechen.«

»Wozu?«

Die Meerjungfrau beugte den Kopf zurück und lehnte ihn gegen eine Woge. Ihre Zähne hatten den Schimmer weißer Muscheln, und in ihrem blauen Blick lag die ganze Tiefe des Meeres.

»Wie viele Fische hast du gefangen?«

»Gar keine. Ich fahre zurück. Ich weiß nicht, wer du bist, aber obwohl du so schöne Augen hast, und Lippen, die zärtlicher sind als die Blumen des Meeres oder der Schaum auf den Wellen, habe ich Angst vor dir.«

Lächelnd sagte die Meerjungfrau:

»Du weißt hübsche Komplimente zu machen, aber du bist nicht sehr mutig. Ich habe keine Angst vor dir, und ich bin doch ein junges Mädchen, das die Männer fürchten sollte.«

Stepa hatte es nicht gern, daß man an seinem Mut zweifelte. Sorgfältig zog er die beiden Ruder ins Boot, neigte sich dem jungen Mädchen zu und sagte:

»Du hast auch keinen Grund, mich zu fürchten. Ich bin ein ganz gewöhnlicher Mann. Aber du? Ich weiß nicht einmal, ob du eine Menschenfrau oder ein Fisch oder eine Mischung von beidem bist.«

Und er sprach von den Sirenen, die durch ihre lockenden Stimmen die Seefahrer verführen. »Die Liebe wohnt nicht in der Tiefe des Wassers«, schloß er mit gerunzelten Augenbrauen. Seine Blicke waren auf die Brüste des jungen Mädchens gerichtet, die inmitten des bewegten Wassers wie zwei rosige, unbewegliche Wellen wirkten.

»Die Liebe wohnt überall«, sagte sie. »Sie ist ebenso tief wie das Meer. Nein, fahr noch nicht zurück! Bleib hier und wirf die Angel aus!«

»Wozu?« sagte Stepa. »Heute beißen die Fische nicht an.«

Er ergriff sein Ruder und wollte weiterfahren.

»Ich bin keine Sirene. Ich werde dich nur verführen, wenn du es selber möchtest. Wirf die Angel aus!«

Sie lachte, den Kopf auf eine der Wogen gelegt wie auf ein Kissen.

Stepa warf die Angel aus. Er brauchte nicht lange zu warten. Ein Fisch schnappte nach dem Köder und lag bald danach im Boot. Es war ein ganz gewöhnlicher Fisch, aber was er tat, war sehr ungewöhnlich.

Er spuckte Silbertaler aus, spuckte, spuckte, schloß seinen Mund und starb.

Stepa fing einen zweiten Fisch und untersuchte sogleich dessen Schlund, um zu sehen, ob er auch Silbertaler darin habe. Dann hielt er den Fisch am Schwanz in die Höhe, mit dem Kopf nach unten, und schüttelte ihn – aber vergeblich.

»Wirf die Angel aus, aber der Haken muß den Meeresgrund berühren.«

Stepa gehorchte. Zum drittenmal hing ein Fisch an der Angel. Er war ganz rund. Als er vor lauter Spucken flach geworden war, hatte sich ein Viertel des Bootes mit Silbertalern gefüllt.

»Nie wollen die Menschen an Wunder glauben«, sagte die Meerjungfrau.

»Du bist das Wunder!« rief Stepa und wollte nach ihr greifen, um sie in sein Boot zu heben.

Sie entschlüpfte ihm.

»Du hast doch gesagt, daß du mich verführen würdest, wenn ich es selber möchte. Jetzt möchte ich es.«

»Wegen der Silbertaler, die ich dir verschaffte?«

»Nein, deinetwegen.«

Sie grub ihren Kopf in das Wasser, und die Woge, in der sie verschwand, glitt sanft unter Stepas Boot hindurch.

Er rief nach ihr, suchte sie; vergeblich.

Die alte Darja hob die Hände zum Himmel und dankte ihm, als sie die vielen Silbertaler sah.

»Nicht dem Himmel mußt du danken«, sagte Stepa leise. Seine Stimme klang ein wenig melancholisch.

Der Händler, bei dem Stepas Mutter Fleisch kaufte, fragte, woher sie so viel Geld habe.

»Mein Sohn hat es mir gebracht.«

»Wo hat er es gefunden?«

»Das hat er mir nicht gesagt.«

Am nächsten Tag fuhr Stepa wieder hinaus zum Fischfang. Schon bald näherte sich die Meerjungfrau seinem Boot. Was zwischen den beiden geschah, hätte niemand sagen können, denn ein dichter Nebel legte sich über das Meer. Aber als Stepa sich auf die Heimfahrt machte, war in seinen Augen kein Nebel, sondern Liebe.

»Bisher war dein Herz ein Eiszapfen«, sagte seine Mutter. »Kein Mädchen hat es schmelzen können. Jetzt ist es plötzlich eine glühende Kohle. Das sind gewiß nicht die Fische gewesen, die das Feuer angezündet haben.«

»Doch, es ist eine Art von Fisch, aber einer, wie du ihn noch nie gesehen hast.«

Am Tage darauf nahm Stepa seine Mutter mit aufs Meer. Sie warfen die Angel aus, aber sie fingen keinen einzigen Fisch.

Plötzlich zog Stepa an der langen Schnur, zog und zog mit aller Kraft. Ein Kopf erschien, aber es war nicht der Kopf eines Fisches.

»Guten Tag. Er hat viel Kraft, dein Sohn. Er hat mich vom Grunde des Meeres heraufgezogen.«

»Du bist es also, die das Feuer im Herzen meines Sohnes angezündet hat.«

»Er hat es auch in meinem angezündet. Und ich bin gekommen, um seine Mutter zu bitten, ihn mir zu geben.«

»Dir meinen Sohn geben?« rief die alte Darja. »Damit du ihn mitnimmst auf den Grund des Meeres?«

Die Meerjungfrau schien erstaunt zu sein.

»Glaubst du, ich wolle ihn töten?«

»Aber du lebst doch auf dem Grunde des Meeres, nicht wie wir auf der Erde. Wir aber können im Wasser nicht atmen.«

»Das Meer ist mein Reich. Von seinen Tiefen bis zu seiner Oberfläche.«

Die Mutter begann zu weinen. Lange blieb es still. Möwen flogen über ihren Köpfen, und ein Seehund machte es genau wie die Meerjungfrau und ließ nur seinen Kopf sehen.

»Ich werde dir meinen Sohn nicht geben«, sagte die alte Darja endlich.

»Fürchte nichts. Ich werde ihm nichts Böses tun. Und zweimal im Jahr wirst du ihn sehen.«

»Ich gebe dir meinen Sohn nicht.«

»Ich werde mit ihr gehen«, flüsterte Stepa seiner Mutter ins Ohr.

Die Meerjungfrau hörte es und lächelte.

»Kehrt nun zum Ufer zurück!«

Kurz darauf sagte Stepa zu seiner Mutter: »Du wirst keinen Mangel leiden, wenn ich fortgehe. Es wird immer alles dasein, was du brauchst. Und zweimal im Jahr wirst du mich sehen.«

Die Mutter bereitete in der Hütte eine Abschiedsmahlzeit für ihren Sohn. Sie begleitete ihn nicht, als er sich aufmachte und zum Meer ging.

Stepa suchte vergeblich nach seinem Boot. Es war verschwunden, ohne eine Spur zu hinterlassen. Er wußte nicht, was er tun sollte. Endlich faßte er einen Entschluß. Er zog seine Kleider aus und stieg mitten hinein in die

Wellen, die ebenso groß waren wie er, ehe sie sich über den Strand ergossen.

Er brauchte nicht weit zu gehen oder zu schwimmen. Eine der Wogen, die dem Ufer zurollten, trug ihm die Gesuchte entgegen.

»Ich habe dir dein Boot weggenommen, ich werde dir ein neues schenken.«

»Mit dir zusammen werde ich bis ans Ende aller Zeiten auf dem Boot segeln, das du mir schenkst.«

»Es ist das Boot der Liebe«, sagte sie. »Kein Sturm wird es umwerfen können.«

»Du bist die Königin des Meeres, ich bin ein armer Fischer.«

»Wenn man liebt, wird man zum König.«

Über ihnen flogen die Möwen und stießen Triumphschreie aus.

Als es Abend wurde, meinte Stepas Mutter Stimmen vor ihrer Hütte zu hören. Sie trat hinaus, sah aber niemanden. Nur an einer Stelle des Ufers war ein starkes Licht, so als ob der ganze Mond sich dort auf dem Sand niedergelegt hätte.

Die alte Darja ging, um zu sehen, was es sei, und fand ein Stück Seide, das wie Gold leuchtete.

Neben dem Seidenstoff lagen Fische und Brot und andere Dinge, genug, daß sie sich monatelang davon nähren konnte, und dazu ein Stück Papier, auf dem geschrieben stand: »Dies ist ein Geschenk für dich, dein Sohn wird in zwei Wochen kommen und dich besuchen.«

Die alte Frau weinte vor Freude.

Als zwei Wochen vergangen waren, ging sie ans Ufer des Meeres und wartete. Da erschien – so als sei es aufgestiegen aus den Tiefen der Wasser oder herabgefallen von den Höhen des Himmels – ein Schiff auf den Wogen und fuhr auf sie zu. Es ging ein so starkes Leuchten von ihm aus, daß die alte Darja den Kopf senkte und ihre Hände vor die Augen hielt, um nicht geblendet zu werden. Als sie wieder aufblickte, war das Schiff verschwunden, aber neben ihr stand ihr Sohn. Sie hätte ihn beinahe nicht erkannt. Seine Kleider und sein Blick leuchteten wie Gold. Aber gleichzeitig wirkte er wie durchsichtig, als wäre sein Körper nur eine dünne seidene Hülle, die seine Seele umgab und sie kaum verbarg.

Die alte Frau verneigte sich wie vor einem König.

»Erlaube mir, dich zu fragen, wo du wohnst. Vielleicht auf jenem Schiff, das ich nur einen Augenblick lang gesehen habe und das aussieht wie ein leuchtendes Schloß?«

»Die Liebe ist das Schloß, das Schiff der Seele.«

Die alte Darja blickte ihren Sohn lange an und wagte endlich jene Frage zu stellen, die sie beunruhigte:

»Bist du noch am Leben oder bist du tot?«

Stepa lächelte geheimnisvoll.

»Das hat keinerlei Bedeutung. Es gibt keinen Tod, es gibt nur Leben. Was hast du mit dem Seidenstoff gemacht?«

»Nichts. Ich betrachte ihn mir.«

»Du solltest dir ein Kleid daraus machen.«

»O nein, er ist viel zu schön für eine alte Frau, wie ich es bin. Außerdem ist er beinahe durchsichtig. Man würde meinen alten Körper sehen.«

»Man wird deine Seele sehen; sie kennt kein Alter. Sie ist weder jung noch alt. Bald wird dein Körper ihr ähnlich sein.«

»Verzeih mir«, sagte Stepas Mutter, »ich verstehe dich nicht. Ich bin nur eine einfältige alte Frau.«

Sie begann zu weinen. Sie glaubte jetzt sicher zu sein, daß ihr Sohn tot sei, daß die Tochter des Meeres ihn mitgenommen habe zu den Gründen der Wasser. Stepa nahm sie in die Arme, aber sie fühlte seine Umarmung kaum.

»Du bist von einer anderen Welt gekommen, um mich zu trösten.«

»Es gibt nur eine einzige Welt. Die Toten, wie du sie nennst, helfen den Lebenden, sich ein Gewand aus leuchtender Seide zu machen. Wenn diese ihre Arbeit beendet haben, fällt alles, was schwer, dunkel und häßlich war, wie alte Lumpen zu ihren Füßen nieder.«

»Du wirst mir also helfen, diese Arbeit zu tun?« fragte die Alte.

Stepa lächelte wieder.

»Wenn ich ja sagen würde, so würdest du glauben, ich sei tot und käme aus einer anderen Welt, um dir zu helfen – und das würde dich traurig machen.«

»Nein. Wenn es der Tod ist, der dich so schön gemacht hat und so voller Leben, werde ich nicht traurig sein.«

»Zweimal im Jahr wirst du mich sehen«, sagte Stepa. »Bis zu dem Tag, da dein Seidenkleid fertig ist. Dann sollst du mit mir auf das Schiff der Liebe gehen, und du wirst schön und strahlend sein.«

»Aber eine Greisin«, murmelte Stepas Mutter.

»Die Gebrechlichkeit des Alters wird von dir abfallen wie ein abgenutztes Kleid. Leb wohl.«

Sie blickte umher. Sie rief nach ihrem Sohn. Er antwortete nicht. Da sah sie das Schiff. Sanft glitt es davon, hinaus auf ein Meer, das so groß war, daß es alle Meere der Erde hätte in sich aufnehmen können. Dieses Meer hatte keine Ufer, dessen war die alte Darja sicher. Wieder bedeckte sie ihre Augen mit den Händen. Was sie sah, war zu schön, und das Glück, das sie empfand, zu groß für sie. Das Schiff und das uferlose Meer verschwanden. Was sie jetzt sah, war das bekannte Meer mit seinen Wellen, seinem Schaum und seinem Strand.

Die alte Frau suchte vergeblich nach Fußspuren neben sich, dort, wo ihr Sohn gestanden hatte. Sie fand im Sand nur eine Muschel, die sie aufhob und an ihr Ohr hielt. Sie hörte ein undeutliches Raunen: jene Geschichte, so alt wie die Welt, die alle Muscheln erzählen, wenn sie hohl und leer sind.

Stepas Mutter kehrte zurück in ihre Hütte, die sie von diesem Tage an nie wieder verließ. Allen, die kamen, um ihr die Einsamkeit zu erleichtern, sagte sie:

»Ich bin nicht allein, und ich habe eine Arbeit, die fertig werden muß.«

Einige sagten von ihr: »Seit sie ihren Sohn verloren hat, liegt in ihren Augen eine Art Heimweh, so als ob sie auf ein großes Glück wartet und es schon auf sich zukommen sieht.«

Das sonderbare Kind

»Oh«, sagte Olavi, der Fischer, »mein Boot ist zur Hälfte voll von Fischen.«

Er ruderte mit geschwellter Brust zum Ufer zurück und seufzte gewaltig im Gefühl seines Triumphes: Das war seine Art, der Freude Ausdruck zu geben. Singen konnte er nämlich nicht.

»Meine Netze vollbringen wahre Wunder.«

Plötzlich blähte sich der See zu hohen Wellen auf, so als ob auch er aus geschwellter Brust heraus seufzen wollte. Es wehte kein Wind, und Olavi sah voller Verwunderung, wie der See rings um sein Boot einen Riesenmund öffnete, dessen Lippen immer dicker wurden. Der Fischer wandte alle Kraft und Geschicklichkeit auf, damit die vielen großen und kleinen Münder sein Boot nicht verschlingen oder ihm den ganzen Ertrag seines Fischfangs rauben konnten.

Als Olavi die Ruder einzog, um sich einen Augenblick auszuruhen, lagen nur noch sieben Fische in seinem Boot.

Bald waren es nur noch sechs, fünf, vier.

Olavi schrie erstaunt auf, als er die letzten Fische im Munde eines Kindes verschwinden sah.

»Wer bist du? Woher bist du gekommen? Warum hast du alle meine Fische gegessen?«

Das Kind hatte offenbar keine Zeit zu antworten; es war damit beschäftigt, größer und größer zu werden.

Als es endlich aufhörte zu wachsen, machte es eine Bewegung mit der Hand. Da hoben viele Fische ihre Köpfe aus dem Wasser, sprangen in das Boot und füllten es zur Hälfte.

»Ich war sehr zornig auf dich«, sagte Olavi, »aber ich bin es jetzt nicht mehr. Wie bist du in mein Boot gekommen? Wahrscheinlich haben deine Eltern dich in den See geworfen, und ich habe dich mit einem meiner Netze aus dem Wasser gezogen. Ich habe dich aber nicht gesehen. Du mußt bestimmt ganz klein gewesen sein.«

»Bestimmt«, sagte das Kind.

»Jedenfalls habe ich noch nie ein Kind wie dich gesehen«, sagte der Fischer. »Alles, was du getan hast, ist sehr ungewöhnlich und dazu angetan, daß man sich verwundert.«

Das Kind schien genauso verwundert zu sein wie der Fischer.

»Wir sind angekommen«, sagte Olavi. »Hilf mir, die Fische in die Hütte zu tragen! Meine Frau und ich haben kein Kind, du kannst bei uns bleiben.« Olavi kratzte sich am Kopf, was bei ihm ein Zeichen der Unsicherheit war. »Oder werden deine Eltern dich zurückfordern?«

Das Kind kratzte sich ebenfalls am Kopf.

Als sie in der Hütte ankamen, sagte Olavi zu seiner Frau: »Dieses Kind habe ich in einem meiner Netze gefangen. Es hat alle meine Fische aufgegessen und sie mir dann wieder zurückgegeben. Nicht dieselben, natürlich, aber es hat sich offenbar geschämt, weil es so gefräßig war, und da hat es seinen Fehler wiedergutgemacht.«

Die Frau des Fischers sagte nichts, sondern blickte das Kind nur ein paarmal mißtrauisch von der Seite an. Sie bereitete eine Mahlzeit aus Fischen und Rentiermilch, aber das Kind rührte nichts an.

»Das ist vielleicht auch besser so«, sagte Olavi, »damit du nicht im Handumdrehen bis zur Decke wächst.«

»Bis zur Decke«, wiederholte das Kind und blickte nach oben.

»Es weiß selbst nicht, was mit ihm ist«, sagte der Fischer. »Es wiederholt, was man sagt, nur um irgend etwas zu reden. Aber schließlich«, fuhr er, zu dem Kinde gewandt, fort, »können dich deine Eltern doch nicht so ohne weiteres ins Wasser geworfen haben.«

Olavi schlug mit der Hand auf den Tisch.

»Oder willst du etwa behaupten, daß du bei den Fischen aus den Eingeweiden des Sees geboren wurdest?«

»Aus den Eingeweiden des Sees«, wiederholte das Kind und klopfte mit der Hand auf den Tisch.

Der Fischer zuckte die Achseln und spuckte auf den Fußboden.

Olavis Frau machte ein drittes Lager aus Rentierfellen, aber das Kind dachte nicht daran, sich schlafen zu legen. Ohne etwas anzuziehen, ging es in den Wald, setzte sich auf einen umgestürzten Baum und blickte mit hochmütiger Miene um sich, so als sei es der Herr der Schöpfung.

Dann ging es zum See und blieb lange am Ufer stehen, halb eingewickelt in die Netze, die der Fischer zum Trocknen ausgehängt hatte.

Der Mond neigte seinen runden Kopf über den Wald und betrachtete das Kind mit einem Lächeln, das gleichzeitig geheimnisvoll und erstaunt war.

Zum erstenmal in seinem langen Leben begann der Mond zu sprechen:

»Weißt du, daß ich dein Vater bin? Die Sonne ist deine Mutter. Wie war es möglich, daß du . . .«

Eine große Wolke kam vom Horizont herangesegelt,

bedeckte den Mond und hinderte ihn daran, seinen Satz zu Ende zu sprechen.

Regentropfen fielen herab, aber man hätte nicht sagen können, ob es die Wolke war, die weinte, oder der hinter ihr verborgene Mond.

Das Kind zog die Lippen breit und lachte laut.

Sogleich begann der See zu seinen Füßen unruhig zu werden.

Beim Morgengrauen, als die Sonne aufging, sagte das Kind zu ihr: »Ich weiß, du bist meine Mutter.«

Die Sonne sah das Kind an, entgegnete aber nichts.

Das Kind zuckte die Achseln und wandte der Sonne den Rücken.

Nicht weit vom Ufer fischte Olavi. Ein großer Hecht entschlüpfte dem Netz, und eine Welle warf ihn zu Füßen des Kindes nieder.

Das Kind neigte sich über den Hecht, der sein Maul öffnete und, ehe er starb, einen so traurigen Gesang hören ließ, daß das Kind wie zum Trost seine Hand auf den Kopf des Fisches legte.

Sogleich fielen Haut und Fleisch von dem Hecht ab.

Das Kind berührte das Skelett, und es verwandelte sich in ein sonderbares Musikinstrument, eine Art Harfe.

Das Kind begann darauf zu spielen.

Die Bäume waren plötzlich voll von Vögeln. Die Fische reckten ihre Köpfe aus dem Wasser. Wölfe, Bären, Vielfraße, Rentiere, Füchse, alle Tiere Lapplands versammelten sich um das Kind und sangen zu dem Harfenspiel.

Es war eine große und furchtbare Klage über alles, was das Leben schwer macht, über den Hunger, der sie zwang, einander gegenseitig aufzufressen; über den

Menschen, das wildeste aller Tiere, der sich mit seinem Gewehr, seinen Fischnetzen, seinem Messer für den König der Schöpfung hielt und vom Morgen bis zum Abend tötete.

Damit endete aber die Klage noch nicht.

»Bist du nicht der wahre Schuldige?« sangen die Tiere. »Du gibst den Geschöpfen zu essen und zu trinken. Du rufst die Unwetter hervor, entwurzelst Bäume, spottest über Leben und Tod, tust nur, was dir gefällt. Du scheinst die einen zu beschützen, nur um die andern härter zu schlagen. Ungerecht und gleichgültig bist du, grausamer noch als die Menschen. Früher oder später wirst du jegliches Leben vernichten. Du hast kein anderes Verlangen als das nach Kadavern, vergangenen, jetzigen, künftigen.«

Erstaunt und neugierig blickte das Kind in alle Augen, die es auf sich gerichtet sah.

Und dann hatte es plötzlich genug davon. Diese Klage schien ihm ermüdend. Es neigte den Kopf gegen die Schulter, löste die Hände von den Saiten und ließ die Harfe hinabfallen zu seinen Füßen.

Alle Augen wandten sich von ihm ab. Die Flügelschläge entfernten sich, die Fische steckten ihre Köpfe wieder unter den Wasserspiegel, und der Wald verfiel von neuem in Schweigen.

Diesmal begann die Sonne zu sprechen, die gerade über dem Kinde stand. Sie fragte:

»Bist du zufrieden?«

Das Kind legte seinen Kopf zurück und antwortete mit derselben Frage:

»Bist du zufrieden?«

Dann hob es seine Harfe auf und ging mit gelassenen und hoheitsvollen Schritten in den Wald.

Auf einem kleinen Hügel setzte er sich nieder und legte die Harfe über seine Knie.

In seinen Augen stand ein Glanz, der stärker und stärker wurde. Aber es war ein kalter Glanz, ohne den geringsten Anhauch von Wärme, sprühend wie das Funkeln eines Diamanten oder eines Sterns.

Mit seiner linken Hand machte das Kind eine heftige Bewegung, und eine dunkle Wolke zog am Himmel auf und breitete sich von Horizont zu Horizont über ihn aus.

Mit seiner rechten Hand machte das Kind eine noch heftigere Bewegung, und ein Blitz schoß hervor, dem ein harter Donnerschlag folgte.

Das Kind stand auf und spielte wild auf der Harfe.

Ein Unwetter fiel über den Wald her, zerschnitt die Luft wie mit Dolchstößen, entwurzelte Bäume, ließ sie übereinander niederstürzen.

Als endlich der Glanz in den Augen des Kindes erlosch, setzte es sich wieder auf den Felsen nieder, und die Ruhe kehrte zurück.

»Ah«, rief Olavi, »endlich finde ich dich! Unsere Hütte ist umgeweht und meine Frau beinahe erschlagen worden, weil ihr ein Balken auf den Kopf fiel.«

Er hielt lange Klagereden, ähnlich wie es die Tiere getan hatten, hörte aber plötzlich mitten darin auf.

»Weshalb erzähle ich dir das alles? Du bist doch nur ein Kind. Aber woher hast du die Harfe?«

Gleichgültig blickte das Kind in die Ferne, über den Kopf des Fischers hinweg.

»Wer bist du? Ein Gott, ein Engel, ein böser Geist? Du bist kein Menschenkind. Was bist du?«

»Ich weiß es nicht.«

»Als du alle meine Fische verschlungen hast, warst du

selber kaum größer als ein Fisch. Wie hast du das fertiggebracht?«

»Ich weiß es nicht.«

»Du weißt es nicht, aber du kannst alles. Du kannst verschlingen, was du willst: Fische, kleine und große Tiere, Menschen. Und mich wirst du vielleicht auch verschlingen, wenn ich an der Reihe bin.«

»Vielleicht.«

Der Fischer geriet außer sich und wußte nicht mehr recht, was er sagte.

»Und die Jahreszeiten. Frühling, Sommer, Herbst, Winter. Du verschlingst sie einen nach dem andern. Und es ist dir ganz gleichgültig.«

»Gleichgültig.«

»Und dich wollte ich bei mir aufnehmen! Ich will es nicht mehr. Verstehst du? Nein, werde nicht böse! Vergiß, was ich gesagt habe. Vergiß mich. Geh weg! Nein, nein, ich jag dich nicht fort. Nur, du machst mir angst. Schreckliche Angst. Leb wohl!«

Der Fischer verneigte sich tief wie vor einem Herrscher und lief eilends davon.

Das Kind begann leise auf der Harfe zu spielen, den Blick in die Ferne gerichtet.

Der Wind wehte sanft heran.

»Ich weiß, wer du bist, denn auch ich bin ein Teil von dir. Aber seit ich lebe (und das ist nicht erst seit gestern), habe ich dich noch nie gesehen. Warum bist du gekommen?«

Der Wind sprach mit sehr leiser und melancholischer Stimme.

»Du hast die Klage der Menschen und Tiere gehört. Sie hat dich völlig gleichgültig gelassen.«

»Völlig gleichgültig.«

»Und wenn sie, statt zu klagen, dein Lob gesungen hätten, was nicht ungerechter gewesen wäre, würdest du dann genauso gleichgültig gewesen sein?«

»Genauso gleichgültig«, antwortete das Kind wie ein von fernher kommendes Echo.

»Weshalb also bist du jetzt zum erstenmal erschienen? Warum?«

»Warum?« sagte das Kind und fuhr fort, ganz leise auf der Harfe zu spielen.

Ganz leise strich auch der Wind über jene Blätter, die er kurz vorher von den Bäumen abgeschlagen hatte, und spielte mit ihnen. Dann näherte er sich von neuem dem Kinde und flüsterte ihm ins Ohr:

»Du weißt selber nicht, wer du bist, und du kennst nicht deine Macht. Deshalb bist du mächtiger als ein König. Du hast das Gesicht eines Kindes, aber du bist alt wie die Welt.«

Der Mond zeigte sein Gesicht. »Nicht älter als ich, denn ich bin sein Vater.«

Die Sonne, hinter dem Wald verborgen, sagte: »Nicht älter als ich, denn ich bin seine Mutter.«

Das Kind blickte gleichmütig geradeaus.

Der Wind umfaßte es mit seinen Armen: »Ich möchte dich nicht kränken, aber ich glaube, es ist besser, du gehst wieder fort.«

»Wenn ich mächtiger bin als ein König«, sagte das Kind, »so bin ich es, der befiehlt. Ich bediene mich deiner, um mich forttragen zu lassen.«

Der Wind umschloß das Kind fester mit seinen Armen und trug es davon, so weit fort, daß niemand es je wiedergesehen hat.

Der Flötenspieler

Als der Abend sich auf den Wald und die Seen senkte und das Lachen der Kinder von den Schatten zugedeckt wurde, ging Mikolai zu jenem See, der ihm der liebste war. Er setzte sich auf einen Stein am Ufer, und seine nackten Füße streiften die Oberfläche des Wassers. So wartete er auf die Musik, die bald beginnen mußte.

Ein leichter Windhauch genügte schon, um die Musiker zu wecken. Dann begann der große Wald von einem Ende zum andern zu singen. Die Bäume, durch die der Wind fuhr, neigten sich und umarmten einander mit den Zweigen, während ihre Stämme, voll von Tönen, erzitterten. Auch der See spielte mit im Orchester, indem er den Kies aufwühlte oder mit leichten Wellen in gedämpften und wohlabgemessenen Schlägen die Felsen überspülte. Oft waren auch die Wölfe dabei, diese ärmsten Kinder der Erde, die ihren Hunger und ihre fremdartige Sehnsucht nie ganz stillen können, und fügten dem Orchester ihre Klagetöne hinzu.

Manchmal aber schwieg der Wind, des Wehens müde, und ließ eine Leere hinter sich. Dann standen die Bäume gerade und unbeweglich, und der See nahm ihre Bilder in seinen Spiegel auf.

Ein anderes Orchester erwachte dann, geheimnisvoller noch: das Orchester des Schweigens.

Die unsichtbaren Musiker, die zwischen den schlafenden Bäumen und dem See umherstreiften, sammelten

Träume, um sie in Musik zu verwandeln. Aber um dieses Orchester des Schweigens und der Träume zu hören, reichten die gewöhnlichen Ohren nicht aus. Es bedurfte solcher, wie Mikolai sie besaß, Ohren, die so empfindlich waren, daß sie die Musik der Sterne hörten oder die Musik der Küsse, die der verliebte Mond der Erde sandte.

Dennoch war der junge Mikolai nicht glücklich.

›Himmel und Erde sind aus Musik gemacht‹, dachte er, ›aber ich kann nicht singen oder ein Instrument spielen. Die eintönigen Schläge meines Herzens machen mir keine Freude. Jenseits meines Herzens, ganz tief in mir, fühle ich wohl eine Stimme, die bis zu meinen Ohren heraufsteigen möchte, aber sicher ist sie mir zu nahe – deshalb kann ich sie nicht hören.‹

Eines Abends sah Mikolai im Wasser ein Stück Holz, das auf ihn zuschwamm. Als er nach ihm griff, war er sehr erstaunt, in seiner Hand eine Flöte zu halten.

›Da hat mir der See ein hübsches Geschenk gemacht, aber niemand hat mich gelehrt, damit umzugehen‹, dachte er betrübt. ›Außerdem ist das keine gewöhnliche Flöte. Sie sieht ganz anders aus als jene, die ich manchmal im Dorf gesehen habe.‹

Dennoch hob er die Flöte an den Mund und blies hinein. Ein Schauder durchrann ihn vom Kopf bis zu den Füßen. Die Flöte spielte ein Lied. Er hatte nichts weiter getan als hineingeblasen, aber die Flöte verwandelte seinen Atem in eine Melodie, die so lieblich klang, daß sein Herz vor Entzücken fast aufhörte zu schlagen.

Mikolai begriff, daß die Flöte verzaubert war. Er wollte sie von seinem Mund nehmen, aber er hatte nicht die Kraft, sich von ihrer Melodie zu trennen. Und die Flöte spielte, spielte. Mikolai sah nicht, daß die Sterne begonnen hatten, mit stärkerem Glanz zu strahlen, als ob das Staunen ihre Augen größer gemacht hätte.

Er sah nichts. Er hörte nur. Und er wußte nicht, daß alle unsichtbaren Musikanten, die ihn so oft erfreut hatten, wenn die Nacht begann, in seine Flöte eingegangen waren. Alle Töne versammelten sich in ihr: von dem Ruf des Vogels, der einen anderen in den Bäumen sucht, bis zu der Stimme des nächtlichen Waldes, die dem Gesang der Tänzer im Nordlicht antwortet.

Noch ein zweites Wunder war geschehen, ohne daß Mikolai es bemerkt hatte: Der See zu seinen Füßen bewegte sich, obwohl nicht der leiseste Windhauch wehte. Die Wogen stiegen, stiegen immer höher, als hätte die Musik sie emporgezogen.

Eine Welle ging unter Mikolais Füßen hin und stieg dann so plötzlich, daß sie ihn von seinem Stein hob. Auf ihr stehend spielte er weiter, und die Woge trug ihn vom Ufer fort; die Musik machte ihn so leicht, daß die Sohlen seiner Füße kaum vom Wasser benetzt wurden.

»Höre nicht auf zu spielen!« Ein überirdisches Wesen, wie man es zuweilen im Traum sieht, stand vor Mikolai und lächelte ihn an. »Hab keine Furcht, die Musik nimmt dem Körper des Menschen seine Schwere. Wenn du aufhören würdest zu spielen, müßtest du versinken.«

Mikolai dachte nicht daran, die Flöte von seinem Mund zu nehmen. Es erstaunte ihn auch nichts mehr, und er empfand keine Angst.

Die Stimme fuhr fort: »Schon seit langem beobachte ich dich. An den Ufern meines Sees sitzend, lauschtest du auf Töne und Melodien, die von den meisten Menschen nicht einmal wahrgenommen werden. Du kanntest nur einen Schmerz: nicht selber Lieder spielen zu können. Da habe ich beschlossen, dir diese Flöte zu schenken. Hüte sie bis zum Ende deines Lebens! Aber ich möchte, daß dein Leben noch reicher an Glück wird, als es dir die Flöte schenkt. Unter dem Stein, auf dem du gesessen hast, liegt ein Schatz verborgen. Ich schenke ihn dir. Geh jetzt! Die Woge, die dich hierher getragen hat, wird dich zum Ufer zurückbringen.«

Mikolai fand unter dem Stein ein Kästchen, gefüllt mit Goldstücken. Er nahm einige in die Hand, setzte sich ins Moos und spielte mit ihnen. Es war, als ob kleine Sonnenkrumen durch seine Finger glitten. Dabei kam ihm ein Gedanke, der sein ganzes Gesicht erhellte.

Er war reich. Er konnte so viele Rentiere kaufen, wie er wollte, und er konnte ein Haus bauen.

Nicht für sich. Für Maria, die er seit langem ohne Hoffnung liebte, die für ihn wie eine Quelle unerschöpflicher Melodien war. Alles an ihr sang, außer ihrem Herzen. Noch nie war es ihm gelungen, Marias Herz zum Singen zu bringen.

Mikolai steckte die Flöte in die Tasche, nahm das Kästchen unter den Arm und ging, um an die Tür der Hütte zu klopfen, in der Maria wohnte. Ohne ein Wort zu sagen, schüttete er den Inhalt des Kästchens auf den Tisch. Einige Goldstücke rollten auf den Boden.

Maria betrachtete den Schatz, ohne ein Wort zu sagen. Mikolai schwieg auch; er blickte nur auf den Widerschein des Goldes in ihren Augen. Was bedeuteten ihm diese Zeichen des Reichtums! Er war immer arm gewesen und fühlte kein Verlangen, sein Leben zu ändern. Aber sie? Er hatte gehört, daß Frauen sich oft von Besitz und Reichtum betören lassen.

Endlich sprach Maria, und ihre Stimme drang in Mikolais Brust und tat ihm weh: »Als du arm warst, liebte ich dich nicht. Jetzt, da du reich bist, liebe ich dich noch weniger. Du hast geglaubt, daß dieses Gold mein Gefühl für dich ändern könnte, aber es braucht andere Dinge als dieses harte Metall, um das Herz eines Menschen zu ändern.«

Schweigend nahm Mikolai alle Goldstücke, vergaß auch jene nicht, die auf den Boden gefallen waren, legte sie wieder in das Kästchen und ging davon.

Unter dem Stein am Ufer des Sees grub er ein Loch, stellte das Schatzkästchen zurück an die Stelle, wo er es gefunden hatte, und bedeckte alles mit Erde. Dann setzte er sich auf den Stein und ließ die Füße nach seiner Gewohnheit über die Wasser des Sees hinstreichen.

Plötzlich erinnerte er sich. Seine Hand griff in die Tasche und zog die Flöte hervor. Er hielt sie an den Mund und schloß die Augen, um besser hören zu können. Marias Worte hatten ein Schluchzen in ihm geweckt. Nun nahm die Flöte dieses Schluchzen und verwandelte es in eine Klage, die in ihrer Traurigkeit so ergreifend war, daß selbst die Bäume vor Mitgefühl erschauerten. In diese Klage eines Musikers aus Schmerz stimmten alle Klagen ein, alle Seufzer jener, die lieben, ohne wiedergeliebt zu werden, und in deren Brust sich Tränen verbergen, die wie Feuer brennen. Die schmerzliche Stimme aus der verzauberten Flöte stieg auf bis zum nächtlichen Himmel und weckte vielleicht die Engel oder einen schlafenden Gott.

Mikolai hörte seinen Schmerz singen, und er fühlte sich erleichtert, beinahe glücklich. Das war gar nicht mehr er, der weinte, sondern es war die Flöte, die für ihn weinte. Er hielt die Augen geschlossen und merkte nicht, daß Maria gekommen war.

Ein wenig beschämt wegen ihrer harten Worte, aber auch getrieben von Neugierde, war sie ihm gefolgt. Sie hatte gesehen, wie er das Kästchen vergrub und sich auf den Stein setzte. Als die Flöte zu singen begann, war sie von Rührung überwältigt worden und hatte sich auf den Ufersand sinken lassen. Bald mußte sie die Hand auf ihr Herz legen, das immer schneller und schneller schlug, denn de Klage der Flöte war in ihre Brust getreten, und die Liebe Mikolais zuckte darin wie ein verwundeter Vogel.

Bisher war der Ruf seiner Liebe nie zu ihr gedrungen. Die Ohren sind manchmal zu weit vom Herzen entfernt. Die Flöte hatte diese Entfernung überwunden.

Leise rief Maria Mikolai. Er hörte es nicht. Sie rief noch einmal. Er wandte sich um. Sie lächelte ihm zu. Da stieg er von seinem Stein herab, löste seine Lippen von der Flöte und drückte sie auf Marias Mund. Es war ihm endlich gelungen, ihr Herz zum Singen zu bringen.

Keiner von beiden dachte an den Schatz, der unter dem Stein verborgen war. Aber am Tag vor der Hochzeit flüsterte Maria Mikolai einige Worte ins Ohr. Er lachte mit glänzenden Zähnen und machte sich liebevoll über sie lustig.

»Drei Goldstücke«, sagte sie, ebenfalls lachend, »das ist nicht viel. Du kannst nicht glauben, daß ich dich ihretwegen zum Mann nehme, und doch ist es genug, um unser Leben ein wenig angenehmer zu machen.«

Bevor er sie am Abend des Hochzeitstages in sein Bett nahm, sagte Mikolai: »Da sind die drei Goldstücke. Ich gebe sie dir. Wenn du mich aber je bitten solltest, mehr aus dem Schatzkästchen zu holen, so würde ich wissen, daß deine Liebe zu mir kleiner geworden ist.«

Bis zum Ende ihres Lebens sang die Flöte von ihren Freuden und ihren Schmerzen, vor allem aber von ihrer Liebe, die niemals geringer wurde. Und also kam es, daß der Schatz unter dem Stein unberührt blieb.

Sie lebten lange; aber man altert nicht, wenn man die Musik liebt. Das Herz bewahrt seine Jugend. Getragen von den Fluten der Klänge, macht es sich auf den Weg, um seine Kräfte zu erneuern bei den Göttern, die ewig jung sind. Und die Liebe bleibt ebenso jung, weil sie sich aus derselben Quelle nährt wie die Musik.

Neben dem See, der ihnen einst die Flöte und ihre Liebe schenkte, hatten sie sich eine Hütte gebaut, gerade groß genug für sie beide.

Ihre Kinder waren seit langem fortgezogen und hatten auch Familien gegründet.

Sie waren sehr alt, wenn man die Jahre zählte; sie waren allein mit dem See, den Bäumen, der Flöte und einigen anderen Dingen, die ihnen lieb waren.

Ihr einziger Wunsch war, daß sie zur gleichen Zeit sterben dürften.

Eines Tages sahen sie Kinder, die im Wald Pilze suchten. Ein Knabe klopfte an ihre Tür und bat Mikolai, auf der Flöte zu spielen.

Kurz danach kam der Knabe wieder. Er hielt einen großen Pilz in der Hand.

»Du hast wie ein Engel gespielt«, sagte er, »deshalb möchte ich dir ein Geschenk bringen. Aber du darfst ihn nicht essen. Er ist kein gewöhnlicher Pilz.«

Nachdem er gegangen war, sagte Mikolai zu Maria: »Wer ist der Knabe? Ich habe ihn noch nie gesehen. Er hat gesagt, ich hätte wie ein Engel gespielt, aber eigentlich war er es, der wie ein Engel aussah.«

»Ja«, sagte Maria und nahm Mikolais Hand, »er ist nicht von hier. Er muß woanders herkommen.«

Ihre Blicke wandten sich gleichzeitig dem Pilz zu, den der Knabe vor das Fenster gelegt hatte.

Lange schwiegen sie. Dann sagte Maria: »Er hat recht. Du hast wie ein Engel gespielt. Seit einiger Zeit hat die Flöte eine andere Stimme. Man hört die Stimme der Erde nicht mehr gut, und auch das Lied unserer Liebe ist nicht mehr dasselbe. Es ist noch schöner, aber auch leichter und ferner, als ob es woanders herkäme.«

Er blickte sie lächelnd an und sagte: »Ich glaube, wir werden bald sterben. Hoffentlich dürfen wir zusammen gehen. Ich möchte eine so große Reise nicht ohne dich machen.«

Er setzte die Flöte an die Lippen. Da richtete sich der Pilz auf und begann mit großer Geschwindigkeit zu wachsen.

Die Flöte spielte weiter. Schon hatte der Pilz seinen Kopf durch das Fenster gesteckt und wuchs in den Himmel hinein.

»Du hast von einer großen Reise gesprochen«, sagte Maria. »Sieh den Pilz! Er zeigt uns den Weg.«

Der Aufstieg war nicht leicht. Sie klammerten sich mit Händen und Füßen an dem Stamm fest, aber sie zitterten und hatten keine Kraft.

»Wir müssen zurück«, sagte Mikolai. »Man kann nicht vorankommen mit einem so schweren Körper.»

Plötzlich glitt Maria ab. Mikolai versuchte sie zu halten; aber er verlor das Gleichgewicht, und sie fielen beide schwer zu Boden.

Da aber begann erst ihre wahre Reise.

Nun waren sie so leicht geworden, daß sie ihren Körper nicht mehr fühlten. Kaum noch den Stamm des Pilzes berührend, glitten sie in den Raum, so schnell, daß sie sich bei der Hand faßten, damit keiner dem anderen voraus sei und sie sich nicht verlieren konnten.

Schon war die Erde verschwunden, und immer noch ging es schnell und schneller, als fielen sie mit dem Kopf voran in den Himmel.

»Die Flöte! Wir haben die Flöte vergessen!«

Sie hatten es beide gleichzeitig gesagt.

Was sollten sie tun? Zur Erde zurückkehren? Das war nicht möglich. Vorher waren sie zu schwer gewesen, um aufzusteigen, jetzt waren sie zu leicht, um hinabzugehen.

In diesem Augenblick hörten sie die Flöte über ihrem Kopf. Sie erkannten die Stimme ihrer Liebe. Sie war schon angekommen und rief sie zu sich.

Milko, der Engel

Es gab zwei Dinge, die Mika sehr gern hatte. Beide gingen in die Zeit zurück, als er noch ganz klein war. Und jetzt, da er das vorgeschrittene Alter von zwölf Jahren erreicht hatte, war es immer noch das gleiche. Das eine waren die Geschichten, die seine Großmutter ihm zu erzählen pflegte; das andere war sein weißes Rentier Milko, das am selben Tag wie er geboren war; ja, sogar zur selben Stunde.

Eines Tages hatte Mika den ganzen Nachmittag seinem Vater geholfen, Holz aus dem Wald zu holen. Er war entsetzlich müde, beinahe so müde wie seine Großmutter, die so alt war, daß sie ihren Platz in dem großen Bett nie mehr verließ. Mika war auf das Bett geklettert und hatte seinen Kopf in ihren Schoß gelegt. Während er darauf wartete, daß sie mit dem Erzählen anfing, betrachtete er die Bilder, die der Frost auf die Fensterscheiben malte und die jetzt rot und violett aufleuchteten unter den Strahlen des Nordlichts.

»Erzähl mir eine Geschichte über das Nordlicht, Großmutter!« sagte Mika.

Die Großmutter machte ihre Augen halb auf und stieß einen Seufzer aus, als sie den entschlossenen Ausdruck im Gesicht ihres Enkels sah. Im Grunde erzählte sie für ihr Leben gern Geschichten, aber kein Mensch außer Mika bat sie darum, denn er war der einzige, der verstehen konnte, was sie sagte. Vor vielen Jahren schon hatte sie sämtliche Zähne außer einem einzigen verloren, und dieser einzige war eigentlich mehr ein Hemmnis als eine Hilfe. Die schwächliche Stimme der Großmutter stieß gegen ihn wie der Wind gegen einen einsamen Felsen, und dabei entstand ein pfeifendes Geräusch, in dem das Ende eines jeden Wortes ertrank.

Manchmal geschah es auch, daß die arme Alte mitten im Satz für ein paar Minuten einschlummerte. Mika pflegte geduldig zu warten, bis sie wieder zu sich kam, und im selben Augenblick, da sie wieder munter wurde, quälte er sie, genau dort mit der Geschichte fortzufahren, wo sie aufgehört hatte. Oft aber blähte er auch seine Backen auf und blies ihr ins Gesicht, um sie auf diese Weise etwas schneller zu sich zu bringen.

»Du möchtest, daß ich dir eine Geschichte über das Nordlicht erzähle?« wiederholte sie seine Bitte.

Mika rieb seinen Kopf gegen die Knie der Großmutter, um ihr so zu zeigen, dies sei genau das, was er sich wünsche. Dann sperrte er den Mund zu einem gewaltigen Gähnen auf. Er war bereit, ein wenig zu warten, damit sie sich die Geschichte überlegen könne – vorausgesetzt, daß es nicht zu lange dauern würde.

»Also über das Nordlicht. Wenn die Blätter im Herbst anfangen, gelb zu werden, so ist das ein Zeichen dafür, daß es für sie ans Sterben geht. Und mit den Seelen der Menschen ist es ähnlich. Sie werden heller, je näher der Tod kommt. Aber anstatt herabzufallen, wie es die Blätter tun, fliegen sie nach oben, mitten in den Himmel hinein. Solange sie auf der Erde und versteckt im Körper waren, konnte man sie nicht deutlich sehen, aber oben im Himmel ist nichts, hinter dem sie sich verstecken können.

Wenn die Schatten des Winters auf der Erde liegen,

kommen die Seelen der Toten hervor und zeigen sich den Lebenden, damit diese Geduld und Mut genug haben, auf die Rückkehr des Frühlings und der Sonne zu warten. Von einem Ende des Himmels bis zum andern tanzen die Seelen im Nordlicht und schenken uns mehr Licht als der Mond oder die Sterne.«

»Aber Großmutter«, rief Mika, dessen Gesicht in den Strahlen, die durch das Fenster kamen, aufleuchtete, »wirst du auch mit den andern dort oben tanzen, wenn du tot bist?«

Und er mußte ein wenig lächeln bei der Vorstellung, daß seine Großmutter tanzen würde.

»Ich weiß nicht, ob sie mich dort oben haben wollen.«

»Und wirst du mir dann ein bißchen zuwinken aus dem Himmel?«

»Nein, Mika, denn du könntest mich gar nicht erkennen. Aber ich werde dich erkennen, und wenn du oft und lieb an mich denkst, werde ich dir vielleicht auf deinem Weg hier unten ein wenig helfen können. Weißt du, es gibt Länder, wo der Winter nicht so lang ist wie bei uns. Die Menschen dort brauchen kein Nordlicht, aber ihre Toten sind trotzdem um sie und werden sie beschützen, wenn sie oft an sie denken. Man muß viel beten für die Toten, und niemals darf man meinen, sie lägen in ihren Särgen unter der Erde. Wenn du jemanden baden siehst, so gehst du ja auch nicht zu den Kleidern, die er am Ufer gelassen hat, und redest mit denen.«

Und die Großmutter, die von ihrer Geschichte abgekommen war, schlummerte ein.

Diesmal versuchte Mika nicht, sie aufzuwecken, bevor sie von selber wieder wach wurde. Er mußte nämlich über ihre Worte nachdenken.

Das Licht draußen schien ihm kräftiger als sonst. Er erschauerte bei dem Gedanken an die vielen Seelen, die auf ihn herabblickten. Und er nahm sich vor, wenn seine Großmutter erst tot wäre, sehr, sehr gut zu sein – jedenfalls immer zur Zeit des Nordlichts. Im Augenblick war es wohl noch nicht so wichtig, wenn die Toten ihn sahen, denn er kannte ja keinen von ihnen.

Mika hatte eine sehr schlechte Angewohnheit. Er konnte einfach nicht widerstehen, Zucker zu naschen. Er wußte genau, daß seine Eltern ihm nie welchen verweigerten, wenn er darum bat. Aber ziemlich häufig vergaß er zu bitten und versorgte sich statt dessen selber aus dem großen Sack, der unter dem Bett lag, in dem seine älteren Brüder schliefen. Nun fragte er sich etwas beunruhigt, ob die Toten wohl sehen könnten, was man unterm Bett verborgen hielt, faßte aber Mut bei dem Gedanken, daß sie gewiß auf wichtigere Dinge zu achten hätten.

So sprang er von dem Bett herunter und verschwand im Nebenzimmer, kam mit vollen Backen und Taschen zurück und kroch leise wie eine Katze zurück auf seinen Platz neben den Knien seiner Großmutter.

»Gib mir auch ein Stück!« sagte die Großmutter und öffnete gleichzeitig Augen und Mund. Mika ließ vorsichtig ein Stück Zucker in ihren Mund gleiten, sorgsam darauf bedacht, nicht gegen den einzigen Zahn zu stoßen.

»Versprich mir, Großmutter, daß du dich nicht ändern wirst, wenn du tot bist!«

»Ich verspreche«, sagte die alte Frau und pfiff noch geräuschvoller als sonst. »Und nun hör zu«, fuhr sie fort, als ob die Geschichte nie unterbrochen gewesen wäre. »Es gibt einen Tag in jenem Monat, den wir jetzt haben, einen sehr dunklen Tag, den dunkelsten Tag des ganzen Jahres – an dem darf man niemals abends hinausgehen, vor allem nicht mit weißen Rentieren.«

»Warum nicht?«

»Weil die Toten, die an diesem Tag tanzen, nicht freundlich sind.«

»Sind es denn nicht dieselben wie sonst?«

»Das weiß ich nicht«, sagte die Großmutter. »Ich kann nur sagen, daß sie nicht freundlich sind. Sie stoßen auf die Erde herab und berühren das Geweih des weißen Rentiers. Und das weiße Rentier wird böse und wild und wendet sich gegen seinen Herrn. Du weißt doch auch, daß dein Vater und deine großen Brüder an einem bestimmten Tag des Jahres niemals nach dem Abendessen in den Wald gehen, schon gar nicht mit einem weißen Rentier.«

Der kleine Mika küßte seine Großmutter auf beide Backen, ließ noch ein Stück Zucker in ihren Mund gleiten und ging, um seinen Vater zu suchen.

»Vater, welches ist der dunkelste Tag des Jahres?«

»Der einundzwanzigste Dezember.«

»Und was für ein Tag ist heute?«

»Das mußt du deine Mutter fragen, mein Sohn.«

»Das mußt du deinen Onkel fragen, mein Sohn«, sagte seine Mutter.

Der Onkel erklärte, Mika sei noch zu klein, um das Geheimnis der Tage zu verstehen.

»Aber Mutter hat mich doch selber zu dir geschickt!«

»Sag deiner Mutter, es gebe Dinge, die sie in ihrem Alter wissen sollte. Und wenn man sie nicht weiß, wird man sie auch nicht mehr lernen.«

Mikas Tante, die gerade dabei war, die Brote aus dem Ofen zu holen, kicherte und sagte: »Weshalb fragst du nicht den Hexenmeister? Vielleicht kann er es dir sagen.«

»Was?« rief der Hexenmeister. »Ein so großer Junge wie du weiß nicht mal das Einfachste von der Welt! Nächstens wirst du mich noch bitten, dir die Nase zu putzen!«

Mika fand, der Hexenmeister hätte sich eine Menge Worte sparen können, wenn er ihm einfach gesagt hätte, welcher Tag heute sei. Und er kam zu dem Schluß, daß der Hexenmeister es genausowenig wußte wie die anderen. Aber dann fiel ihm plötzlich etwas ein. Er kletterte von neuem auf das Bett der Großmutter, weckte sie auf und fragte:

»Wie viele Tage sind es noch bis zu dem dunkelsten Tag des Jahres, Großmutter?«

»So viele Nächte wie ich Finger an jeder Hand habe«, antwortete sie.

Und da die Großmutter trotz ihres hohen Alters noch alle ihre Finger besaß – im Gegensatz zu ihren Zähnen, die der Wind der Jahre weggeweht hatte –, konnte Mika sich ohne Schwierigkeiten ausrechnen, welches der dunkelste Tag sein mußte. Sogleich machte er sich auf in den Wald, rief sein weißes Rentier Milko herbei und bot ihm ein Stück Zucker an.

Milko machte wie gewöhnlich ein mißliebiges Gesicht, um deutlich zu zeigen, wie sehr er die guten Dinge dieser Welt verachtete. Endlich nahm er die Zähne wie gegen seinen Willen auseinander und zog die Lippen ein wenig zurück. Er geruhte sogar anzuhören, was sein Freund ihm zu sagen hatte – dieser Freund, der am selben Tag, ja sogar zur selben Stunde geboren war wie er.

»Du weißt es selbst, Milko: du bist so weiß und gut, daß dir Flügel wachsen würden, wenn du ein Mensch wärest. Aber du bist ein Rentier geworden, und bei den Rentieren gibt es keine Engel.«

Mika stand da im Schnee, griff mit beiden Händen an seinen Kopf und versank anscheinend in tiefes Nachdenken. Milko machte einen Schritt auf ihn zu, als wolle er zeigen, daß er mit freundlichem Interesse auf das Weitere warte.

»Weshalb sollte es eigentlich keine Rentier-Engel geben?« fuhr Mika feierlich und geheimnisvoll fort. »Wenn du ganz schnell läufst, berührst du den Schnee kaum mit deinen Füßen. Also hast du Flügel, nur sieht man sie nicht. Von heute an werde ich dich ›Engel‹ nennen. Ist dir das recht, Milko?«

Das Rentier ließ sich zu keiner Antwort herab. Es war doch ganz offensichtlich, daß der Name »Engel« ihm ohnehin zukam.

Milko bekam viel zu hören, während Mika sein Lob sang. Er erfuhr, daß er, wenn böse Geister vom Himmel auf sein Geweih herabstießen, den Kopf nur heftig zu schütteln brauche, um sie loszuwerden. Er erfuhr auch, daß Rentier-Engel niemals die Geduld verlieren oder sich gegen ihre Freunde auflehnen, sondern sanft und gelassen alle Unbill hinnehmen, die über sie kommen mag.

Auf solche Weise bereitete Mika seinen Engel auf die große Prüfung vor. Und während der einundzwanzigste Dezember näher und näher kam, besuchte der Knabe seinen Freund immer häufiger im Wald. Er brachte ihm Zucker und Pfannkuchen, die seine Mutter gebacken hatte, und jedesmal hielt er ihm Reden über die Sanftmut und grenzenlose Geduld der Rentier-Engel.

Milko schien recht erstaunt zu sein über dies alles, denn er war nicht gewöhnt an derartige Liebes- und Lobesbezeugungen. Seine Augen, die an zwei dunkle, schneeumrandete Teiche erinnerten, blickten manchmal etwas argwöhnisch und zuweilen mit einem gewissen Stolz. Aber wie es auch sein mochte, Mika ließ nie nach in seinem Lob. Er wußte, daß sein Freund sein Leben für ihn hingegeben hätte und daß seine Zuneigung viel zu tief und stark war, um sich in äußeren Zeichen kundzutun. Der Engel aber fand, daß jedes Geräusch, jedes gesprochene Wort nur den Frieden seiner ruhigen Welt störe. Und vielleicht fragte er sich verwundert, womit er all diese ungewohnten Scherereien und Belästigungen verdient habe.

Am Morgen des großen Tages prüfte und überholte Mika sorgfältig seinen Kerress, den boot-ähnlichen Schlitten, den sein Vater für ihn gebaut hatte. Seine Mutter, die ihn beobachtete, fragte, was diese Vorbereitungen bedeuten sollten, und erfuhr zu ihrer Überraschung, daß er eine kurze Fahrt mit Milko machen wolle. Der Vater sagte ihm, daß er vorsichtig sein und bald zurückkommen solle.

Seine Eltern wußten, daß Mika sich ohne sie niemals weit von der Hütte wegwagte, deshalb warnten sie ihn nicht davor, am dunkelsten Tag des Jahres mit einem weißen Rentier hinauszugehen. Denn die Toten griffen nur nach jenen, die sich in die Tiefen der arktischen Wälder vorwagten, und ließen alle, die in der Nähe der Wohnplätze blieben, ungeschoren.

Bäume und Schnee begannen sich schon in Geheimnis und Träume zu hüllen, als Mika den Engel vor seinen kleinen Schlitten spannte. Milko warf seinem Freund vorwurfsvolle Blicke zu und gehorchte nur unwillig, als Mika in zwang, loszulaufen. Sie folgten keinem gebahnten Weg, sondern ließen sich von dem Instinkt führen, der allen Tieren und allen Menschen, die in Wäldern wohnen, eigen ist. Und das einzige, worauf es Mika ankam, war, so weit wie möglich wegzukommen.

Es fing an dunkel zu werden, und sie konnten kaum noch die Bäume erkennen, an denen sie vorbeikamen. Aber das Rentier brauchte sie nicht zu erkennen, denn die Bäume waren seine Freunde und würden eher beiseite getreten sein, als daß sie dem kleinen Schlitten den Weg versperrt hätten.

Natürlich hätte Milko sich weigern können, auf die Launen seines Freundes einzugehen, aber er wußte, daß der Knabe ebenso störrisch war wie er selber, und so gehorchte er lieber, als sich auf den langwierigen Kampf einzulassen, der sicher die Folge gewesen wäre, wenn er darauf bestanden hätte, sich nicht in Bewegung zu setzen. Vielleicht fand er sogar ein gewisses Vergnügen daran, den kleinen Jungen fortzutragen in das Herz des geliebten Waldes, so daß er auch trunken wurde von der prickelnden Luft, die um ihre Gesichter tanzte. Außerdem: waren sie nicht am selben Tag und sogar zur selben Stunde geboren worden und beide sehr jung und ein bißchen närrisch?

Von Zeit zu Zeit wandte der Engel seinen Kopf zurück und sah in der Dunkelheit die glänzenden Augen und den wehenden Atem seines Freundes.

Mika war enttäuscht, denn er war sicher, das Nordlicht würde die dicke Wolkendecke nicht durchbrechen können. Und er hätte doch so gern seiner Großmutter erzählt, daß Milko nicht wie die anderen weißen Rentiere sei, und daß die Toten vergeblich versucht hätten, den geliebten Tierfreund dazu zu bewegen, sich gegen ihn aufzulehnen.

Aber der Mut selbst des tapfersten Knaben ist schwach und gibt eher nach als der eines Erwachsenen. Als Mika merkte, daß es sehr, sehr weit von zu Hause weg war und daß die Finsternis immer dichter wurde, so daß er nicht einmal mehr die Umrisse seines Engels vor sich erkennen konnte, da dachte er, ob es nicht doch vielleicht besser wäre, umzukehren.

Im selben Augenblick klaffte die Wolkendecke breit auseinander, und ein runder Mond erschien. Mika vergaß seine Furcht, als er den Schnee und vor allem das Fell seines Engels im Mondlicht aufleuchten sah. Bald war der ganze Himmel klar, und Tausende von Sternen flimmerten herab. Mika fühlte sich unter seinem dicken Bärenfell sicher vor der schneidenden Kälte, die an den Stämmen der Bäume nagte, so daß sie ächzten und knarrten.

Plötzlich stockte dem Knaben der Atem. Am Himmel, nahe dem Horizont, hatte sich etwas bewegt.

Mika war schon oft dabeigewesen, wenn das Nordlicht erschien. Er hatte gesehen, wie seine Strahlen zu einem endlosen Band gedehnt wurden, sich gleich einer riesigen Blüte entfalteten oder hin und her wehten wie ein Vorhang, in dem sich der Wind verfängt. Noch nie aber hatte er etwas Ähnliches gesehen wie jenes wilde Tier, das schnell auf den Mond zu galoppierte, dunkelrot, als sei es voller Blut, bewehrt mit Klauen und Krallen, die sich rasch unter seinem Bauche regten.

Der Mond und die Sterne wurden blaß, und Milko blieb unbeweglich stehen, den Kopf zurückgeworfen.

Das Ungeheuer am Himmel wurde immer größer und größer, es wuchs nach allen Richtungen. Und plötzlich streckte es zwei Riesenarme nach dem Mond aus. Die Sterne erloschen einer nach dem anderen, weil sich der gewaltige Körper des furchtbaren Tieres über sie schob.

Mikas Herz hörte beinahe auf zu schlagen, als er sah, wie zwei lange klauenbewehrte Arme nach dem Mond griffen und das Ungeheuer sich hinterherzog. Er machte die Augen fest zu, um nicht mit ansehen zu müssen, wie sein geliebter Mond von dem schrecklichen Tier verschlungen wurde.

Als er die Augen wieder aufschlug, war es fast so hell wie am Tage. Die beiden Arme, die sich des Mondes bemächtigt hatten, waren immer noch ausgestreckt, aber jetzt griffen sie hinunter auf die Erde. Und ihre blutige Farbe rötete Milkos weißes Fell.

»Milko, mein Engel«, flüsterte Mika, »wir sollten nach Hause zurückkehren.«

Der Engel hörte nicht auf ihn. Er stand regungslos, als ob seine Füße im Boden Wurzeln geschlagen hätten, und blickte wie berauscht zu dem Ungeheuer empor. Inzwischen hatten die langen Arme mit ihren Krallen die Spitzen der Bäume erreicht.

»Milko, mein Engel . . .«

In diesem Augenblick geschah etwas Schreckliches. Mika glaubte zu sehen, wie die Klauen des Ungeheuers das Geweih des Rentiers packten, genauso, wie er selber es häufig bei ihren spielerischen Ringkämpfen tat. Nach einem kurzen Sträuben mußte Milko den Kopf umwenden. Mika schrie erschrocken auf, als er die Augen seines Freundes sah, denn es war ein wilder, blutdürstiger Glanz in ihnen. Er sprang aus seinem Kerress, warf sich flach auf die Erde mit dem Gesicht in den Schnee und zog den Schlitten umgestülpt über sich.

Atemlos, den Mund halb voll Schnee, hörte Mika zitternd die donnernden Schläge gegen den Boden des umgekippten Schlittens, unter dem er lag. In ihm waren nur Entsetzen und eine große Traurigkeit. Der Engel, sein Engel, hatte sich feindlich gegen ihn gestellt!

Allmählich wurden es weniger Hufschläge, und endlich folgte eine tiefe Stille. Aber Mika konnte nicht schlafen. Es war so eng unter dem Schlitten, daß er seine Arme und Beine kaum bewegen konnte, und er wußte doch, daß er das tun mußte, wenn er nicht erfrieren wollte.

Es muß ganz früh am Morgen gewesen sein, als der Knabe eine Art Scharren über sich hörte, und noch einige vertraute und gewohnte Laute, die ihm sagten, daß die Gefahr vorüber sei. Vorsichtig hob er die eine Seite des Schlittens ein wenig hoch, und da, ganz nahe, fühlte er eine feuchte Nase, die voller Reue und Scham herumschnüffelte. Dann hörte er ein Schnuppern, das wie ein unterdrücktes Schluchzen klang. Und endlich sah er zwei Augen, rund und betrübt, von denen, wie winzige Eiszapfen, zwei gefrorene Tränen herabhingen.

Gerührt von diesen Anzeichen der Beschämung und Bußfertigkeit, schlang Mika seine Arme um den Kopf seines Freundes.

»Armer Milko. Ich weiß, es ist nicht deine Schuld, aber ich kann dich nun nie mehr Engel nennen. Ich werde einen anderen Namen für dich finden müssen.«

Als er nach Hause kam, waren seine Eltern so glücklich, ihn gesund wieder bei sich zu haben, daß sie vergaßen, mit ihm zu schelten. Aber eine ganze Woche lang war er vergeblich auf der Jagd, sowohl unter dem Bett seiner großen Brüder als auch unter den anderen Betten. Der Zuckersack war nirgends zu finden, und das war gleichzeitig eine Strafe für seine arme Großmutter, denn

Mika fand nichts, was er ihr in den Mund stecken konnte, und brauchte nicht zu befürchten, er könne aus Versehen gegen den einzigen Zahn stoßen, den der Wind der Jahre vergessen hatte wegzuwehen.

Unsere Ahnen

Man soll sich nicht lustig machen über seine Ahnen. Das wäre sehr taktlos. Aber schließlich ist es nicht unser Fehler, wenn unsere Ahnen ein bißchen merkwürdig waren. Zwar ist es nichts Schlechtes, merkwürdig zu sein, aber man soll auch nicht übertreiben. Indessen muß man Verständnis für sie haben.

Sie lebten vor so unendlich langer Zeit. Und die Welt, sagt man, macht mehr und mehr Fortschritte, je älter sie wird. Also gibt es, je weiter man zurückgeht in die Jugend der Welt, desto weniger Fortschritt. Man kann unseren Ahnen infolgedessen wirklich nicht verargen, daß die Fortschritte, die sie machten, noch recht klein waren.

Da sie irgendwo wohnen mußten, bauten sie ein Haus. Aber sie wußten noch nicht, daß man eine Tür braucht, um hineinzukommen. Deshalb rissen sie eine Wand ein und traten in ihr Haus. Es war sehr kalt. Da sammelten sie Zweige und zündeten ein Feuer an. Aber sie wußten nicht, daß man einen Rauchfang braucht, um die Flammen daran zu hindern, überall ein wenig herumzulecken. Das Haus brannte ab.

»Das ist nicht gut«, sagten sie. »Wir hätten ein etwas wohnlicheres Haus bauen müssen.«

Um sich zu trösten, gingen sie in den Wald. Dort sahen sie auf einem Baum einen Auerhahn.

»Ah«, sagten sie. »Dieser Vogel hat sicher sehr wohlschmeckendes Fleisch. Kochen wir doch eine Suppe mit ihm!«

Doch der Auerhahn ließ sich nicht fangen.

Also fällten sie den Baum und machten daraus eine Suppe.

Aber sie schmeckte nicht im geringsten nach Auerhahn, wie sie gehofft hatten.

»Wir müssen den Vogel selber haben«, sagten sie. »Er fliegt von einem Baum zu andern. Wenn wir ihn fangen wollen, müssen wir es genauso machen wie er und ihm nachlaufen.«

Aber man kann in der Luft nicht laufen. Einer unserer Ahnen kletterte auf einen Baum, so hoch er konnte, breitete seine Arme aus, bewegte sie, als ob sie Flügel wären, und stieß sich ab zu dem benachbarten Baum. Er fand jedoch nur die Leere und den Tod.

»Das ist nicht gut«, sagten die andern. »Man sollte lieber den Fischen nachlaufen. Sie wohnen im Wasser, nicht in den Bäumen und den Wolken wie die Vögel. Wir können nicht schwimmen, aber das Wasser ist nicht gefährlich. Wir könnten auf dem Grunde des Sees laufen und dort Fische fangen. Aber nein. Das wäre vielleicht unklug und nicht sehr angenehm. Das Wasser ist feucht und kalt und würde unsere Kleider naß machen. Anstatt unter dem Wasser zu gehen, müßten wir oben auf ihm gehen. Anstatt die Fische von unten zu fangen, von ihren Bäuchen her, könnte man sie doch auch von oben, von ihrem Rücken her, greifen.«

Sie bauten ein Boot für zwei Personen und viele Fische. Einer der Ahnen ruderte in die eine Richtung, der andere in die entgegengesetzte. Das Boot rührte sich nicht vom Fleck.

»Es will nicht gehorchen. Nimm du die Axt und gib

ihm zur Strafe ein paar kräftige Schläge! Währenddessen werde ich allein rudern.«

So taten sie, und das Boot bequemte sich alsbald, zu gehorchen. Es kam sogar ziemlich schnell voran, aber als der andere Ahn aufhörte mit den Schlägen, um mitzurudern, weigerte sich das Boot von neuem, sich zu bewegen.

»Schlag es noch einmal!«

Wieder gehorchte das Boot. Aber die Axt hatte ihm mit ihren vielen Schlägen ein großes Loch beigebracht.

Die anderen Ahnen, die den Fischfang vom Ufer her beobachteten, sahen das Boot allmählich sinken.

»Oh«, riefen sie voller Freude. »Es wird schwerer und schwerer. Es füllt sich mit Fischen.«

Ach nein, es füllte sich mit etwas anderem, und bald verließ es mitsamt seinen beiden Ruderern die Oberfläche des Sees, um tieferen Regionen zuzustreben.

»Das ist nicht gut«, sagten unsere Ahnen am Uferrand, als sie nichts mehr auf dem See erblickten. »Sie haben es vorgezogen, den Fischen nachzulaufen und sie unten zu fangen. Sie werden sich erkälten, die Armen.«

Lange riefen sie nach den beiden und rieten ihnen, ans Ufer zurückzukehren. Aber nur das Schweigen antwortete ihnen.

Da bauten sie ein neues Boot. Wieder fuhren zwei zum Fischfang aus, aber diesmal ruderte nur einer, und das Boot, nicht so launenhaft wie das erste, kam hübsch voran.

Sie waren schon in der Mitte des Sees, als sie ein wildes Rentier erblickten, das neben dem Boot schwamm. Einer der beiden schwang sich auf das Ren und packte es an seinem Geweih. Dann rief er seinem Kameraden zu:

»Ich halte es fest, aber ich habe nichts, womit ich es

töten kann. Hol ein Messer und bring es mir. Das Fleisch der Rentiere ist besser als das der Fische. Mach schnell!«

Das Ren machte auch schnell. Es schwamm zum Ufer, verfiel dort in einen wilden Galopp und schleuderte seinen Reiter gegen einen großen Stein.

Als der andere Ahn endlich mit dem Messer kam, sah er von fern seinen Kameraden neben einem großen Stein ausgestreckt, den Mund weit offen.

»Du schämst dich wohl nicht! Läßt mich den ganzen Weg umsonst machen. Du hast nicht nur das Rentier losgelassen, sondern wagst es auch noch zu lachen. Offenbar findest du es sehr komisch.«

Zornig trat er näher und sah, daß der Kopf seines Gefährten zerschmettert war. Da beruhigte er sich und sagte:

»Weshalb hast du mir nicht gleich gesagt, daß du tot bist? Dann wäre ich nicht erst zornig geworden.«

»Das ist nicht gut«, sagten die andern Ahnen. »Wenn man ein großes Tier töten will, muß man lieber warten, bis es eingeschlafen ist. Da ist gerade ein Bär, der in seiner Höhle schläft. Den wollen wir töten.«

»Das ist ein Kinderspiel«, sagte der Dickste von ihnen. »Aber das Loch, das in die Wohnung des Bären führt, ist sehr breit. Ich allein bin dick genug, um es auszufüllen. Wir wollen es so machen: Ich schiebe mich in das Loch, lege ein Seil um den Hals des Bären und erdrossele ihn. Meine beiden Füße lasse ich außerhalb des Loches. Wenn ich fertig bin mit meiner Arbeit, werde ich sie bewegen. Dann müßt ihr anfangen, an den Füßen zu ziehen, aber sehr kräftig, denn alles, was dann kommt, wird ziemlich schwer sein.

Als erstes kommen meine Füße, dann alles übrige von

mir, dann der Kopf des erdrosselten Bären, dann der Rest des Tieres. Und nicht zu vergessen das Seil, das auch ein gewisses Gewicht hat.«

Alles vollzog sich genauso, wie der Dicke es angegeben hatte, bis auf eine Kleinigkeit.

Die Füße bewegten sich. Mehrere Hände ergriffen sie und zogen sehr kräftig.

»Der Dicke hat übertrieben«, sagten sie. »Er ist gar nicht so schwer, wie er gesagt hat, und man braucht gar nicht so kräftig zu ziehen. Und da ist überhaupt kein erdrosselter Bär, und vor allem fehlt ein Kopf.«

Aus der Höhle drang ein beunruhigendes Brummen, so daß sie sich ein wenig entfernten, um zu beraten. Sie überlegten lange hin und her, ob der Dicke einen Kopf gehabt hatte oder nicht.

Endlich kamen sie zu dem Schluß, daß er einen gehabt haben mußte, denn wenn er Grütze aß, bekam sein Bart eine andere Farbe.

»Das ist nicht gut! Man muß die großen Tiere in Ruhe lassen. Anstatt sich töten zu lassen, bringen sie uns zu Tode. Und weil der tote Bart des Dicken uns an Grütze erinnert, wird es wohl besser sein, wir geben uns damit zufrieden, nichts anderes zu essen.«

Aber es fehlte ihnen der Topf, um Grütze zu kochen. Er diente nämlich als Bett für das letzte Baby, das geboren war.

»Wir sind keine Mörder. Es würde nicht gut sein, das Baby gleichzeitig mit der Grütze zu kochen.«

So beschlossen sie, einen anderen Kochtopf zu suchen. Sie fanden ihn. Es hatte in den letzten Tagen viel geregnet, und der Fluß hatte sich an einigen Stellen in einen reißenden Strom verwandelt. Das Wasser kochte, kochte.

»Es gibt nichts Besseres als einen natürlichen Kochtopf«, sagten sie. »Das Wasser kocht ganz von selber. Man braucht es gar nicht zu erhitzen.«

Sie schütteten die Grütze dort hinein, wo der Strom am tiefsten und wildesten war.

»Die Grütze muß bis auf den Boden des Topfes gefallen sein«, sagte der magerste und hungrigste unserer Ahnen. »Ich werde zu ihr hinuntergehen, und wenn ich mit dem Essen fertig bin, werde ich wieder heraufkommen, damit der nächste hinuntersteigen kann.«

»Schweig!« sagten die Ahnen, die alle zur selben Zeit dasselbe redeten. »Wir sind alle gleich. Wir werden deshalb alle hinuntersteigen zu der Grütze, die schon gar sein muß, und werden sie zusammen essen.«

»Und der Dicke?« wandte der Magere ein. »Ist er nicht auch allein zu dem Bären gegangen? Da hat keiner protestiert. Weshalb nicht?«

»Weil der Dicke uns einen Dienst erweisen wollte. Er hatte nicht die Absicht, den Bären ganz allein zu essen. Bei dir aber ist es nicht Nächstenliebe, sondern Gefräßigkeit, die dich treibt, als erster auf den Grund des Kochtopfes hinunterzusteigen.«

Unsere Ahnen waren trotz der weit zurückliegenden Zeit, in der sie lebten, gute Psychologen und auch Realisten.

Jedoch, nachdem sie nachgedacht hatten, fanden sie, daß der Magere im Grunde recht hatte. Das Wasser in dem natürlichen Kochtopf war so aufgeregt, daß die Gefahr bestand, es würde sie alle gegeneinanderschleudern, wenn sie zusammen hinuntergingen.

Aus reiner Großmut ließen sie also den Mageren allein zu der Grütze hinuntersteigen. Sie warteten und warteten . . .

»Nein, wirklich! Seine Gefräßigkeit ist zu groß. Er übertreibt.«

Und ein zweiter sprang in den Strom. Er übertrieb ebenfalls. Der dritte genauso. Der vierte, der fünfte, der sechste . . . Alle übertrieben. Der siebente wollte springen, aber er wurde zurückgehalten:

»Mach dir keine unnütze Mühe! Laß dich nicht umsonst durchnässen! Denn entweder haben die andern die Grütze schon verschlungen und werden gleich wiederkommen – oder sie kommen überhaupt nicht wieder.«

Die zweite Möglichkeit war die richtige.

»Das ist nicht gut«, sagten unsere Ahnen. »Zu essen, um zu sterben! Man muß doch essen, um zu leben.«

»Ihr schämt euch nicht, bei jeder Gelegenheit zu sterben«, sagten ihre Frauen. »Wenn ihr diese üble Gewohnheit nicht ablegt, werden wir uns von euch trennen. Haltet also den Mund und laßt uns für die Ernährung sorgen.«

Die Männer gehorchten, zum Teil, weil sie an ihren Frauen hingen, hauptsächlich aber, weil sie Hunger hatten.

Die Frauen entdeckten, daß sie ein weiches Herz für die Mägen ihrer Ehemänner hatten. Diese brauchten ihre Frauen nur ein wenig verliebt anzusehen, und schon füllte sich ihr Magen.

Nur waren die Frauen unserer Ahnen nicht etwa weniger merkwürdig als ihre Männer. Jedesmal, wenn diese fragten, wo sie die Nahrung fänden, schrien sie:

»Ihr würdet es doch niemals können. Seit ihr aufgehört habt zu sterben, tut ihr überhaupt nichts mehr.«

Eines Tages füllten sie ihre Männer mit Käse an, einer ganz neuartigen Speise, die sie aus Rentiermilch bereitet hatten. Da machten sie ein einziges Mal eine Ausnahme und antworteten auf die Fragen ihrer Männer, nicht durch lautes Geschrei, sondern indem sie mit dem Finger auf den Mond wiesen.

»Da! Könnt ihr sehen, daß ihm die Hälfte fehlt? Wir haben sie gepflückt, und ihr habt sie gegessen.«

Der Käse war so gut, daß unsere Ahnen die ganze Nacht in die Luft sprangen, um die andere Hälfte des Mondes zu pflücken. Sie stiegen auf die Bäume und bildeten selber eine Art Baum, indem sie einer auf den anderen kletterten. Und als dieser Menschenbaum umstürzte, standen manche nicht wieder auf.

»Das ist nicht gut«, sagten die Überlebenden. Aber sie fügten nichts mehr hinzu, denn sie erblickten gerade das Spiegelbild des Mondkäses im See. Sogleich stürzten sie sich ins Wasser und hatten alles Unglück vergessen, das es schon unter ihnen angerichtet hatte.

»Das ist wirklich nicht gut«, sagten die letzten Überlebenden. »Wir haben schon wieder die Gewohnheit angenommen, bei der geringsten Gelegenheit zu sterben. Unsere Frauen werden unzufrieden mit uns sein. Nur wir wenigen bleiben ihnen noch: eine ziemlich beschränkte Anzahl Ehemänner. Es wäre besser, wir würden in den restlichen Tagen, die uns noch bleiben, dafür sorgen, daß sie Kinder bekommen.«

Unsere Ahnen waren, um mit den Worten unserer Zeit zu reden, Psychologen, Realisten, und auch, wie man zugeben muß, großzügige Männer. Sie gaben sich tatsächlich viel Mühe, vor ihrem Tod noch so viele Kinder wie möglich zustande zu bringen.

Und wenn wir heute so zahlreich sind, so danken wir das diesen Kindern, die eine bessere Erziehung erhielten als ihre Väter. Sie nahmen nicht die üble Gewohnheit an, um nichts zu sterben. Und wenn wir heute bequem in unseren Betten oder auf einem weichen Rentierfell sterben, so verdanken wir es ihnen.

Und unsere Frauen halten das Geheimnis ihrer Küche nicht mehr vor uns verborgen und erklären nicht, daß sie den Käse vom Mond gepflückt haben.

Ja, ja. Arme Ahnen. Ihr wart ein bißchen merkwürdig, aber die Zeiten, in denen ihr lebtet und starbet, waren eben noch sehr jung.

Unaufhaltsam machen wir Fortschritte. Unsere Nachkommen werden weitere machen. Und eines Tages werden sie vielleicht, wenn sie zurückblicken und durch die vergangenen Zeiten mit den Fingern auf uns zeigen, sagen:

»Man soll sich nicht lustig machen über seine Ahnen. Ihr wart ein bißchen merkwürdig, ihr! Aber man kann euch nicht böse sein. Die Zeit, in der ihr lebtet, war noch nicht so erwachsen wie unsere.«

Drei Brüder

Drei Brüder wohnten zusammen in einer Hütte. Zwei waren sehr dick, und einer war sehr dünn. Der Dünne ernährte die beiden Dicken und tat alles, um es ihnen so leicht wie möglich zu machen. Die zwei Dicken arbeiteten nicht. Sie fanden, das Bett sei der gemütlichste Platz, und verließen es deshalb nie. Meistens schliefen sie, wachten nur zum Essen auf und schliefen danach gleich wieder ein. Manchmal geschah es, daß sie Träume hatten während ihres Schlafes, aber es waren keine beunruhigenden Träume. Sie taten niemandem Unrecht, die zwei Dicken, nicht einmal den Mücken, die zuweilen während der Abwesenheit des mageren Bruders kamen und sie stachen. Es schien ihnen viel besser, einige Blutstropfen zu verlieren, als die Hand heben zu müssen, um die Mücken zu töten.

Eines Tages kam das Feuer in die Hütte und war sehr zufrieden, daß es nicht hinausgewiesen wurde. So begann es alles zu fressen, was ihm in die Zähne fiel.

Die beiden Brüder, die sonst kaum jemals redeten, machten diesmal eine Ausnahme.

»Wärme ist zwar gemütlich«, sagte der eine, »aber zuviel ist zuviel.«

»Wenn unser Bruder«, sagte der andere, »nicht fortgegangen wäre, um Holz zu holen, damit wir es warm haben, so hätte er diesem Feuer nicht erlaubt, zu tun, was es tut, sondern hätte es schnell in den Kamin zurückgelegt.«

»Schnell!« sagte der eine. »Was für ein unangenehmes Wort! Es tut meinen Ohren weh.«

»Und doch«, sagte der andere fest, »ist es in diesem Fall das einzig richtige Wort.«

»Hättest du etwa den Mut«, sagte der erste, »dich schnell im Bett aufzurichten, deine Füße schnell auf den Boden zu setzen und schnell zur Tür zu schleichen?«

Der andere antwortete nicht gleich. Er dachte nach. Endlich sagte er:

»Ich hätte solchen Mut nicht.«

»Ich auch nicht«, sagte der eine. »Obwohl noch Sommer ist, könnte es draußen doch kühl sein und . . .«

». . . und wir sind schließlich keine Rentiere, denen Moos genügt, sich darauf hinzustrecken«, ergänzte der andere.

»Und selbst wenn wir uns wie die Rentiere im Moos benehmen würden, müßten wir sicher mehrere Tage lang in der Kälte liegen, bis unser Bruder eine neue Hütte für uns gebaut hätte.«

»Ach«, sagte der andere, »noch nie haben wir so viel geredet! Es ist ermüdend für die Zunge, die Kehle und die Lungen, und es ist Rauch in unserem Atem.«

»Der Rauch«, sagte der eine, »ist nicht so schlimm. Es gibt auch Rauch in unserem Atem, wenn unser Bruder die Pfeife anzündet und sie in unseren Mund hält, damit wir rauchen können. Schlimm ist nur dieses Feuer, das uns an allen Ecken seine roten Zungen zeigt.«

»Wir befinden uns«, sagte der andere, »in einer Lage, in der es besser wäre nachzudenken. Ich denke nach.«

»Ich auch«, sagte der eine, »aber ich habe es nicht gern, mein Gehirn hin und her zu rütteln.«

Sie schwiegen eine Weile. Das Feuer war ihren Betten jetzt ganz nahe gekommen.

»Ich fürchte«, sagte der andere, »wir werden zu leiden haben.«

»Das schlimmste Leiden wäre, sich bewegen zu müssen«, sagte der eine, »aber das Feuer würde uns erlauben, zu leiden, ohne uns zu bewegen.«

»Ich habe gehört, daß hinter dieser Welt eine andere ist, aber da haben wir keinen dünnen Bruder«, sagte der andere.

»Es gibt dort eine ganze Menge dünner Brüder«, sagte der eine. »Man nennt sie Engel. Aber sorge dich nicht um unsere Zukunft in einer anderen Welt, selbst wenn sie nah ist. Sorge ermüdet das Herz.«

»Mein Herz«, sagte der andere, »schlägt immer rascher.«

»Laß es nur«, sagte der eine, »bald wird es so ruhig sein, daß es nicht mehr schlagen wird.«

»Das Feuer kitzelt mir die Beine«, sagte der andere.

»Meine auch«, sagte der eine. »Es leckt an ihnen, ehe es sie frißt. Au, das tut weh. Es wäre vielleicht doch besser, eine Entscheidung zu treffen.«

»Sich zu bewegen oder nicht«, sagte der andere, »das ist die ganze Entscheidung. Entscheide du.«

»Nein, du!«

»Ich habe nicht die Kraft.«

»Ich auch nicht.«

»Au! Au!«

»Au!«

Sie trafen keine Entscheidung. Das Feuer entschied für sie. Es umgab sie mit all seinen Zungen und wurde eins mit den beiden Brüdern.

So bleibt nur zu hoffen, daß es ihnen auch fernerhin

erspart blieb, sich bewegen zu müssen, und daß die dünnen Brüder kamen, um sie in die andere Welt zu tragen, eine Welt, die sich nicht zu sehr unterschied von jener, die sie leider verlassen mußten.

Der Grobschmied

Eines Tages, als die Königin durch das Dorf ging, begegnete ihr Feklista.

»Vorn ist dein Kleid aus Sackleinen und hinten aus Seide«, sagte die Königin zu Feklista. »Weshalb ist es vorn so häßlich und hinten so schön?«

»Vania, mein Mann, hat es mir geschenkt«, antwortete Feklista.

»Es ist eine Schande, seine Frau so zu behandeln«, sagte die Königin entrüstet.

Wenn sie gewußt hätte, was geschehen war . . .

Vania war früher als sonst vom Fischfang zurückgekommen. Er hatte durchs Fenster hineingesehen, um festzustellen, ob seine Frau sehnsüchtig auf das Meer hinausblickte. Und dies war es, was er sah:

Im Zimmer hing sein Bild. Feklista stand mit dem Rücken zu dem Bild, und vor ihr stand ein Mann. Und sie sagte zu dem Bild: »Was dich angeht, so kannst du dir meinen Rücken angucken, bis dein Gesicht blau ist.«

Da kehrte Vania zurück zum Meer, und das Meer schenkte ihm viele Fische. Er verkaufte die Fische und kaufte ein Kleid für seine Frau. Vorn war es aus Sackleinen und hinten aus Seide.

Wenn die Königin das gewußt hätte, würde sie niemals gesagt haben: »Ein Mann, der so grausam ist, muß bestraft werden. Ich werde es nicht vergessen.«

Da begann das ungeborene Kind, das die Königin in sich trug, zu sprechen:

»Wie dumm du bist, meine arme Mutter!«

Die Königin wurde so zornig auf das Ungeborene, daß sie, als der Knabe geboren wurde, ihren Dienern befahl, ihn zu töten und ihr sein Herz zu bringen.

Aber die Diener töteten einen Hund und brachten der Königin dessen Herz.

»Ich wußte, daß mein Sohn das Herz eines Hundes hatte«, sagte sie. »Bringt mir einen anderen Knaben, damit der König nicht merkt, daß sein Sohn tot ist.«

Ein Grobschmied verzichtete auf sein eigenes Kind und nahm den königlichen Knaben in seiner Hütte auf.

»Ich begreife es einfach nicht«, sagte der König. Er kratzte sich den Kopf und wiederholte: »Ich kann es einfach nicht begreifen. Seht mich an!« sagte er zu den Ministern. »Ich bin weder sehr gut, noch sehr gerecht, noch sehr großmütig. Aber Könige brauchen diese landläufigen Tugenden nicht, solange sie ihren Kopf aufrecht tragen und auf andere gebeugte Köpfe hinabsehen können, und solange sie Lügen mit derselben Sicherheit aussprechen können wie die Wahrheit. Gibt es auch nur einen unter euch Ministern, der sich mit ähnlicher Majestät bewegen oder die Nase schneuzen kann und der damit ein Signal gibt, das dem ganzen Reich ein Jahr des Wohlstands verkündet? Seht mich an, und dann blickt auf jenen Wurm da, den ich Sohn nennen soll.

Und hätte ich auch so viel Blut, wie der Ozean Wasser hat, wo würdet ihr nur einen einzigen Tropfen finden, der schuld sein könnte an der Entstehung einer so elenden Kreatur? Sagt ganz aufrichtig, Minister! Aber ich weiß wohl, ihr schmeichelt mir nie, denn Königen kann man nicht schmeicheln. Man kann nur ihr Augenmerk auf einige ihrer Vollkommenheiten lenken, die ihnen vor lauter Bescheidenheit gar nicht mehr bewußt sind.«

Da die Minister sich klar darüber waren, daß der König nur seine eigene Stimme zu hören wünschte, starrten sie schweigend auf ihre Stiefelspitzen.

»Den ganzen Tag waschen sie an ihm herum«, fuhr der König fort, »und den ganzen Tag sieht er aus, als käme er gerade aus einem Schlammbad. Wenn er seine Nase schneuzt oder sich am Kopf kratzt, so sieht jeder darin nur den Ausdruck schlechter Manieren. Neulich fand man ihn, wie er seine Finger in einen Milchkrug tauchte, um den Rahm abzuschöpfen. Sofort versteckte er seine Hände hinter dem Rücken wie ein gewöhnlicher Dieb. Ich habe nichts dagegen, daß man den Rahm von der Milch abschöpft, aber was ich nicht leiden kann, ist dieser Mangel an Würde, als er dabei überrascht wurde. Der Sohn eines Königs stiehlt nicht, er nimmt sich, was er haben will. Das hätte er instinktiv wissen müssen.«

Als der König sah, daß er bei seinen Ministern keine Hilfe finden würde, ging er zu seiner Frau.

Die Königin hatte Angst, er könnte die Wahrheit entdecken, und versuchte ihm einzureden, es sei ihr Fehler, daß das ganze Königreich sich über ihren Sohn lustig mache.

»Hast du mir nicht selber erzählt, daß mein Gesicht und nicht meine Herkunft dich veranlaßt haben, mich zu heiraten?« sagte sie.

»Das ist nur allzu wahr«, antwortete der König. »Jugend läßt über schlechte Manieren hinwegsehen, die im Alter sehr unangenehm wirken.«

»Nun also!« sagte die Königin triumphierend. »Weshalb bist du dann so überrascht? Zeigt mein Sohn nicht alle jene Fehler, die du so unerfreulich an seiner Mutter findest?«

Der König pflichtete ihr bei, war aber sehr verwundert über die außergewöhnliche Unterwürfigkeit.

Eines Tages ließ sich der König nach einer ermüdenden Verhandlung mit den Ministern herab, seine Schritte in den ärmsten Teil seines Reiches zu lenken. Jeder Kopf neigte sich tief, wo er mit hocherhobenem Kinn vorbeiging. Als er zu dem Haus des Grobschmieds kam, sollte der König von einer bisher unbekannten Empörung heimgesucht werden. Auf einem Stein saß ein kleiner Junge, der ohne jede Verwirrung zu ihm hinblickte, geradeso, als ob er ein großer harmloser Hund wäre. Mit einem drohenden Aufblitzen in den Augen trat der König zu dem Knaben und sagte:

»Kein einziger Muskel deines Körpers hat sich bei meinem Näherkommen bewegt, und dein Nacken ist so steif geblieben wie der Stock, mit dem ich manchmal über die Rücken meiner Minister zu streichen geruhe.«

»Ich kann mich nicht vor Euch verbeugen«, sagte der Knabe.

»Warum nicht?«

»Weil ich einen anderen König hinter Euch sehe. Er ist so mächtig, daß Er mich nicht zu zwingen braucht, mich vor Ihm zu verneigen. Er braucht kein solches sichtbares Zeichen der Verehrung.«

Der König wandte sich um, und die Sonne schien ihm mitten ins Gesicht.

»Ist das dein mächtiger König?« fragte er.

»O nein«, antwortete der Knabe. »Die Sonne ist nur einer der Diamanten, die Seine Kleider schmücken. Die anderen Juwelen, die Ihm gehören, sind nachts besser zu sehen.«

»Deine Klugheit überrascht mich«, sagte der König. »Bist du nicht der Sohn des Grobschmieds, der in dieser Hütte wohnt?«

Aber der Knabe achtete nicht weiter auf den König. Wunderliche sanfte Laute kamen von seinen Lippen, und seine Hände strichen mit regelmäßigen behutsamen Bewegungen über seine Beine.

»Was tust du da?«

»Ich versuche die Läuse zu beruhigen«, sagte der Knabe. »Früher gab ich mir Mühe, sie alle zu töten, aber in unserer Hütte waren so viele, daß es nur Zeitverschwendung war. Ehe sie starben, setzten sie eine Menge Kinder in die Welt und sagten ihnen, daß sie mein Blut saugen sollten, und zwar weit über ihren Hunger hinaus.«

»Und nun hast du entdeckt«, sagte der König lachend, »daß süße Worte und freundliche Behandlung bessere Ergebnisse zeitigen als Gewaltanwendung? Das ist wahrhaftig eine gute Lehre für mich! Unter meinen Untertanen gibt es auch Schmarotzer, die mein Blut saugen, weit über ihren Hunger hinaus.«

Von diesem Tage an wuchs eine Freundschaft zwischen den beiden, die jeden in Erstaunen versetzte, den König selber nicht ausgeschlossen.

Oft führte der Knabe seinen neuen Freund an der Hand in den Wald oder streifte mit ihm durch die Tundra, wo der König noch andere Geschöpfe kennenlernte, die sich nicht vor ihm beugten.

Die Bäume und die Felsen hoben ihre Häupter stolz in den Himmel. Und die Adler schenkten dem König nicht mehr Beachtung als den kleinen Tieren, die zu unbedeutend waren, um ihrer Aufmerksamkeit wert zu sein.

Sturzbäche gab es, die an den Bergwänden hinabrauschten: Der König blieb stehen, um sie anzusehen, aber sie blieben ihrerseits nicht stehen, um ihn anzusehen. Sie sangen ein wildes Lied in fremdartiger Sprache, und der König fühlte sich in seiner Würde gekränkt, denn keiner hatte je gewagt, in einer Sprache zu singen, die er nicht verstand.

Eines Tages fanden sie ein sterbendes Rentier. In seinen großen Augen sah der König einen geheimnisvollen Schimmer von Zärtlichkeit.

»Meine Untertanen fürchten mich, aber sie lieben einen anderen Herrscher«, sagte der König.

»Wenn deine Hände danach trachten würden, Ihn zu umfassen anstatt dieser leeren Trommel, die du deine Frau nennst, so würden alle deine Untertanen dir ihre Herzen zuwenden.«

Der König war recht belustigt über seines Freundes Mangel an Respekt gegenüber der Königin, konnte aber nicht begreifen, woher ein so kleiner Knabe so viel Weisheit haben mochte.

Die Königin hatte entdeckt, daß ihr Sohn noch am Leben war und daß seine Zunge genauso kühn und unerfreulich war wie vor seiner Geburt. Deshalb gab sie dem Knaben, den sie ihren Sohn nannte, einen scharfen Dolch und sagte:

»Der Sohn des Grobschmieds wird heute nachmittag kommen und mit dir spielen. Sag ihm, daß ihr spielen wollt, er sei ein Pferd und du der Reiter. Wenn du dann auf seinem Rücken sitzt, sollst du ihm dieses Messer zwischen die Schultern stoßen.«

Des Königs kleiner Freund kam zum Schloß, und die beiden Kinder spielten Pferd und Reiter und viele andere Spiele. Ehe sie sich trennten, reichte der Knabe, der im Schlosse wohnte, seinem neuen Kameraden den Dolch und sagte:

»Die Königin hat mir erzählt, du würdest eines Tages statt meiner regieren, wenn ich dich nicht töten würde. Aber du hast mir erzählt von den Elchgeweihen, die verborgen unter der Erde liegen und die mächtiger sind als die Flügel der größten Vögel. Du hast mir erzählt von den kleinen Bären, die sich an den Birken hochstemmen und versuchen, mit den Krallen ihre Namen in die Rinde zu schreiben. Du hast mir erzählt von den jungen Rentieren, die sich im Mondschein küssen, indem sie ihre Schnauzen gegeneinander reiben. Ich möchte, wenn du an meiner Statt König bist, immer nur zu deinen Füßen sitzen und deinen Geschichten zuhören.«

Die beiden Knaben gaben sich einen Kuß, indem sie ihre Nasen gegeneinander rieben, wie es die kleinen Rentiere tun.

Am nächsten Morgen fand der König seinen Freund wieder vor des Grobschmieds Hütte auf seinem Lieblingsstein sitzen. Auf seinen Knien hielt er eine Waage. In der einen Schale lag der Schwanz eines Hundes, in der anderen nichts.

»Ich wiege das Gehirn deiner Frau aus«, sagte er. »Wie du selber sehen kannst, ist die Schale mit dem Hundeschwanz viel schwerer.«

Der König lachte, bis ihm Tränen in die Augen kamen. Aber seine Lustigkeit verschwand, als der Knabe ihm von seinem Besuch auf dem Schloß erzählte. Er packte den kleinen Dolch, den das Kind an seinem Gürtel trug, und seine Wut war wie der Herbstwind über der Tundra.

Als die Königin ihn herbeieilen sah, glaubte sie ihre

letzte Stunde gekommen. Aber der König blieb plötzlich stehen und lächelte.

»Von allen Bestien, die an meinem Blut saugen, bist du die gefährlichste«, rief er und warf den Dolch zum Fenster hinaus. »Es würde mir großes Vergnügen bereiten, dich töten zu lassen. Aber es ist vielleicht noch vergnüglicher, dir zu vergeben und zu beobachten, ob du in deinem Alter noch dein Wesen zu ändern vermagst.«

Der König rief nach seinen Ministern, und die Minister marschierten in feierlichem Zug davon, um den Knaben zu holen, der noch immer auf seinem Lieblingsstein saß.

Sie gaben ihm ein juwelengeschmücktes Gewand und erlaubten dem Sohn des Grobschmieds, ihn zu bewundern, soviel er wollte. Die Königin aber war so gerührt von des Königs Großmut, daß sie allen riet, ihr Wesen zu ändern. Um die Wahrheit zu sagen: sie hörten nicht auf, des Königs Blut zu saugen, aber sie taten es etwas maßvoller als bisher.

Keiner wollte hinter dem König zurückstehen; deshalb verziehen die Ehemänner ihren Frauen, wenn auch mit gewissen Vorbehalten.

So kam es, daß man sehen konnte, wie Feklista, die Frau des Fischers Vania, freundlicher angezogen durch das Dorf ging: vorn war ihr Kleid aus Seide und hinten aus Sackleinen.

Die wandernde Pfanne

»Wir haben nichts mehr zu essen«, sagte Mutter Fedocia zu ihrem Sohn Reig. »Es ist traurig, daß man so arm ist. Ich werde nachsehen, ob Fische in den Netzen sind. Achte du inzwischen auf das Feuer!«

Reig achtete auf das Feuer und pfiff eine traurige kleine Melodie, weil er Hunger hatte.

Plötzlich wurde die Tür aufgestoßen, und in die Hütte schob sich eine riesengroße Pfanne. Hinter ihr sah Reig einen schwitzenden Mann.

»Sie ist so schwer«, sagte er und wischte sich über die Stirn, »daß ich große Mühe hatte, sie bis hierher zu ziehen und zu schieben. Wir kommen nämlich von weit her, die Pfanne und ich, und ich habe keine Lust, sie noch länger voranzubringen. Kauf sie mir ab!«

»Aber wir haben kein Geld, meine Mutter und ich«, sagte Reig. »Und wozu kann eine solche Pfanne nützlich sein?«

»Wozu sie nützlich sein kann?« rief der Mann. »Zu allem möglichen! Kauf sie mir ab!«

»Wir besitzen nur ein einziges Rentier«, sagte Reig.

»Gib es mir im Tausch gegen diese Wunderpfanne!«

Reig war in einem Alter, in dem man noch an Wunder glaubt. Er gab das einzige Rentier weg und erhielt dafür die Pfanne.

Der Mann ging davon und pfiff eine fröhliche kleine Melodie, weil er ein gutes Geschäft gemacht hatte.

Fedocia kehrte mit einem einzigen armseligen Fisch zurück und wurde sehr zornig auf ihren Sohn.

»Ich habe dir aufgetragen, während meiner Abwesenheit auf das Feuer zu achten, nicht aber eine Pfanne zu kaufen. Das Rentier war alles, was wir besaßen!« Und sie gab der Pfanne einen so heftigen Fußtritt, daß diese gegen die Tür prallte, sie aufstieß und erst draußen vor der Hütte zum Stillstand kam.

»Diese Pfanne ist so groß, daß man einen Menschen darin braten könnte; aber wir sind keine Menschenfresser.«

»Aber es ist doch eine Wunderpfanne«, sagte Reig.

»Ach was«, rief seine Mutter, »du bist ein törichter Junge. Du glaubst alles, was man dir erzählt.«

Reig setzte sich neben die Pfanne und streichelte sie.

»Du bist gut. Bring uns etwas zu essen, da du doch Wunder tun kannst!«

Er liebkoste sie und schmeichelte ihr, aber sie gab kein Lebenszeichen von sich.

»Bist du endlich fertig mit deinem Streicheln?« rief Fedocia. »Das ist kein Tier, oder wenn, dann meinetwegen ein Elefant. Unser Herd würde zusammenbrechen unter seinem Gewicht. Komm jetzt und iß die Hälfte von dem Fisch! Allerdings habe ich ihn nicht in einer Wunderpfanne gebraten.«

Reig aß die Hälfte des Fisches und trocknete sich die Augen, die feucht geworden waren.

Am Abend ging er vor die Hütte, um die Pfanne wieder zu streicheln, aber sie war verschwunden.

»Siehst du«, sagte er zu seiner Mutter, »es ist doch keine gewöhnliche Pfanne! Sie ist ganz allein fortgegangen.«

»Irgend jemand hat sie vor unserem Haus gesehen

und zum Glück einfach mitgenommen. Damit haben wir eine Last weniger.«

Man hörte einen Stoß gegen die Tür, und die Pfanne kam herein, gefüllt mit frischem Fleisch.

Jetzt war sogar Fedocia überrascht.

»Du hast recht gehabt«, sagte sie, »das ist eine etwas ungewöhnliche Pfanne.«

Sie hatten eine herrliche Mahlzeit. Reig mußte während des Essens hin und wieder einen Triumphschrei ausstoßen.

Die Pfanne kehrte allein auf ihren Platz vor der Hütte zurück, regte sich nicht mehr und antwortete mit keinem Zeichen auf die Komplimente, die Reig ihr den ganzen Rest des Abends machte.

Endlich holte seine Mutter ihn ins Haus.

»Wenn du in der Pfanne schläfst, wird sie dich noch irgendwohin tragen, der Himmel mag wissen wohin, da sie ja gewohnt ist, allein umherzuwandern.«

»Nein«, sagte Reig, »sie ist müde. Sie muß sich ausruhen. Wir sollten sie lieber in die Hütte holen. Es wäre unhöflich, sie draußen schlafen zu lassen.«

Reig machte die Tür auf und verneigte sich vor der Pfanne.

»Möchten Sie nicht für die Nacht unsere Gastfreundschaft annehmen?«

Die Pfanne regte sich nicht.

»Wenn Sie zu müde sind, so erlauben Sie meiner Mutter und mir, Sie hineinzutragen.«

Sie stellten die Pfanne mitten in die Hütte, und Reig schob sein Bett neben sie, um ihr nahe zu sein. Vor dem Einschlafen wünschte er seiner neuen Freundin schöne Träume.

Am folgenden Tag blieb Reig neben ihr sitzen, während Fedocia das Fleisch briet – in einer anderen Pfanne.

»Haben Sie vielleicht Hunger?« fragte Reig. »Wir könnten Ihnen zum Mittagessen ein paar Stücke von dem Fleisch anbieten, das Sie gestern so gütig waren uns zu bringen.«

»Wo hast du es nur gelernt, so schön zu reden?« fragte Fedocia.

»Man kann doch mit einer so wichtigen Persönlichkeit nicht einfach sprechen wie mit jedem andern«, antwortete Reig.

Seine Mutter lachte. »Nun komm und iß! Laß die Pfanne friedlich schlafen.«

Die Pfanne schlief friedlich während des ganzen Tages, am Abend aber wachte sie auf. Zumindest erklärte Reig feierlich, sie habe ihm ein Zeichen gegeben, daß sie nicht mehr schlafe.

»Sie muß ein wenig Luft schöpfen«, sagte er.

Die Pfanne glitt über den Boden, näherte sich der Tür, stieß sie auf und ging hinaus.

Reig lief ihr nach, konnte sie aber nicht einholen.

»Bringen Sie uns kein Fleisch mehr!« rief er ihr nach. »Wir haben genug für eine ganze Woche.«

»Wer sagt dir, daß sie zurückkommen wird?« fragte seine Mutter.

»Sie wird zurückkommen. Sie hat uns lieb. Oder vielmehr: sie hat mich lieb. Ich bin ihr Freund. Du verstehst sie nicht.«

»Nein«, sagte Fedocia, »ich verstehe sie nicht. Ich spreche nicht die Sprache der Pfannen. Du kannst dich mit ihr unterhalten. In deinem Alter erscheint einem noch alles lebendig, selbst die Dinge, die kein Leben haben.«

»Hat meine Pfanne vielleicht kein Leben? Läuft sie nicht schneller als ein Rentier?«

Man hörte wieder einen kräftigen und schweren Stoß gegen die Tür. Die Pfanne war mit Steinen beladen.

»Das ist meine Schuld«, sagte Reig. »Ich habe sie gebeten, uns kein Fleisch mehr zu bringen. Und sie hat nichts anderes als Steine gefunden, die Arme.«

Dann verfiel er wieder in seine feierliche Sprache, wandte sich an die Pfanne und sagte:

»Erlauben Sie mir, Sie von dieser Last zu befreien. Es ist sehr liebenswürdig von Ihnen, uns von neuem so schöne Geschenke zu bringen. Aber wir Bewohner dieses Landes sind zu dumm, um Steine essen zu können.«

Plötzlich schrie er auf. Unter den Steinen lag ein kleiner Sack, gefüllt mit Silbermünzen.

Diesmal schrie auch Fedocia auf.

»Deine Freundin verwöhnt uns wirklich. Das da ist ein kleines Vermögen.«

Lange liebkoste Reig seine wundertätige Freundin.

»Wenn ich Ihnen lästig falle«, sagte er, »wenn Sie lieber allein sein möchten, so sagen Sie es mir. Dann entferne ich mich.«

Aber da die Pfanne schwieg, fuhr Reig fort sie zu streicheln.

Fedocia war dies alles nicht ganz geheuer.

»Sie mag meinetwegen eine Wunderpfanne sein«, sagte sie sich, »aber Fleisch und Silbermünzen wachsen nicht auf Bäumen und fallen nicht vom Himmel. Man sollte lieber abwarten, ehe man etwas von dem Geld nimmt. Mit dem Fleisch konnte man nicht warten. Es mußte gegessen werden, ehe es verdarb.«

Am folgenden Abend ging die Pfanne wieder weg und brachte diesmal einen Mann mit. Er schrie und tobte fürchterlich, aber die Pfanne ließ ihn erst frei, als sie mitten in der Hütte angekommen war.

»Aha!« sagte der Mann und rieb sich Beine und Knie. »Aha! Hier wohnt also dieses Ungeheuer!«

Reig protestierte heftig, aber der Mann unterbrach ihn:

»Doch, doch! Das ist ein Ungeheuer – oder, wenn dir das lieber ist: eine Diebin! Vorgestern hat meine Frau sie vor unserer Hütte gefunden. Und da wir eine große Familie sind mit vielen Kindern, hat meine Frau sich gesagt, daß eine so riesige Pfanne nützlich sein könnte. Sie hat sie mit Fleisch gefüllt und wollte sie aufs Feuer setzen; aber die Pfanne entschlüpfte ihren Händen und verschwand.

Am nächsten Abend war sie wieder da, aber leer. Ich hatte noch nie eine wandernde Pfanne gesehen, aber nun füllte ich sie mit schweren Steinen, denn ich dachte, dann würde sie sich nicht bewegen können. Unter dem Steinhaufen hatte ich aber gerade einen Sack mit Geld versteckt, damit meine Kinder ihn nicht finden und die Münzen verstreuen würden. Sie sind nämlich noch klein, meine Kinder, und spielen mit allem, was ihnen in die Hände fällt.

In der Eile aber, mit der ich die Pfanne unbeweglich machen wollte, füllte ich sie mit dem ganzen Steinhaufen einschließlich des Geldsacks, den ich im Augenblick ganz vergessen hatte.

Trotz der Riesenlast machte sich die Pfanne auf den Weg, sobald ich ihr den Rücken gewandt hatte.

Heute abend kam sie zum drittenmal. Diesmal wollte ich sie mit Gewalt zurückhalten und packte sie mit beiden Händen. Aber sie bemächtigte sich meiner Beine – und da sind wir nun also bei euch, die Diebin und ich.«

»Diebin!« rief Reig. »Sie ist so ehrlich, daß sie dich hierhergebracht hat, um dir zu zeigen, wo dein Geld und dein Fleisch sind.«

Der Mann lächelte, als er sah, daß Reigs Gesicht rot vor Entrüstung geworden war.

»Reg dich nicht auf! Ich wußte nicht, daß man gleichzeitig diebisch und ehrlich sein kann. Erzähl mir, wie du zu dieser ungewöhnlichen Pfanne gekommen bist!«

Reig erzählte.

»Siehst du«, sagte der Mann, »deine Pfanne hatte sicher keinen besonders guten Ruf dort, wo ihr früherer Besitzer wohnte. Sonst würde der sie dir nicht verkauft haben. Ich will dir nicht weh tun, aber ich möchte dir raten, es ebenso zu machen wie er.«

Ohne ein Wort zu sagen, holte Reig den Geldsack und das restliche Fleisch und wollte beides dem Mann geben.

»Nein, nein. Ich kenne euch, deine Mutter und dich. Macht mir die Freude und behaltet es. Die Pfanne hat wenigstens eine gute Eigenschaft: Sie stiehlt für Menschen, die Hunger haben und zu stolz sind, andere um Hilfe zu bitten.«

Der Mann rieb seine Beine, die ihm immer noch weh taten, und verabschiedete sich.

Reig vergoß viele Tränen neben seiner Pfanne, denn er sah wohl ein, daß er sich von ihr trennen müsse. Er streichelte sie, bat sie um Verzeihung, verbrachte die ganze Nacht neben ihr und sagte am nächsten Morgen zu seiner Mutter:

»Hilf mir, sie zu tragen. Für mich allein ist sie zu schwer.«

»Aber wohin sollen wir sie bringen?« sagte Fedocia. »Hier braucht niemand ihre Hilfe.«

Da nahm die Pfanne Reig bei den Beinen, ohne ihm weh zu tun, stieß sanft die Tür auf und trug ihren Freund mit sich fort.

Reig kehrte erst in der Abenddämmerung zurück, mit einem jungen Rentier.

»Sie hat mich weit fortgetragen«, erzählte er seiner Mutter, »zu einer alten Frau, die nichts zu essen hatte. Ich habe ihr gesagt, sie würde nie mehr Hunger haben, wenn sie die Pfanne behielte. Sie hat mir geglaubt und hat mir dafür ihr einziges Rentier gegeben.«

Reig blieb lange traurig. Der Verlust seiner Freundin schmerzte ihn.

Sicher wandert auch heute noch eine wundertätige Pfanne durch die Welt, und überall, wo sie erscheint, verliert sie ein wenig von ihrem Ruf, ein wenig, nicht viel.

Als ehrliche Diebin hilft sie den Reicheren, an jene zu denken, die Hunger haben; und die Kinder lieben sie.

Samulis Traum

Samuli hatte den Weg verloren. Er irrte lange im Wald umher, zündete endlich ein Feuer an und ruhte sich auf einem Rentierfell aus.

»Woher bist du gekommen?«

Vor Samuli standen ein Mann und eine Frau, die so schön waren, daß er sie kaum für Menschen halten konnte.

»Ich heiße Samuli und bin Lappe.«

Der Mann und die Frau lächelten.

»Du mußt dich verirrt haben. Du bist nicht mehr in Lappland, sondern bei uns.«

»Und wer seid ihr?« fragte Samuli. »Ihr seid so schön, daß ich glaube, ihr könnt keine Erdbewohner sein.«

»Doch«, sagte die Frau, »wir wohnen auf demselben Planeten wie du. Aber wir sind unsichtbar. Du kannst uns nur deshalb sehen, weil du bei uns bist. Sei willkommen. Trink eine Tasse Tee in unserem Haus!«

Samuli hatte noch nie eine ähnliche Wohnung gesehen. Der Tee hatte einen Duft nach Paradies, und das Brot, das so weich durch die Kehle glitt, war gewiß von einem Engel gebacken. Samuli war außer sich vor Entzücken.

»Ein solches Glück empfinde ich nicht einmal, wenn ich meine Frau in den Armen halte.«

»Bei uns herrscht Glückseligkeit vom Morgen bis zum Abend und vom Abend bis zum Morgen«, sagte der Mann. »Wir trinken nur den Rahm des Lebens. Ihr armen Menschen gebt euch mit Milch zufrieden. Eure Seele und euer Bauch sind gefüllt mit einem Gemisch aus Zucker und Salz.«

Nachdem er dies gesagt hatte, stand der Mann auf und öffnete die Tür.

»Wir jagen dich nicht fort, aber es wäre besser, du würdest gehen, ehe deine Seele und dein Bauch sich mit Rahm und Zucker gefüllt haben.«

»Ich weiß nicht, ob es richtig ist, aber ich möchte euch zu mir einladen«, sagte Samuli.

Der Mann und die Frau berieten sich eine gute Weile mit leiser Stimme. Endlich waren sie zu einem Entschluß gekommen.

»Für ein einziges Mal wollen wir eine Ausnahme machen. Wir nehmen deine Einladung an und werden während unseres Besuches sogar den Augen deiner Frau sichtbar sein.«

Da fiel Samuli wieder ein, daß er seinen Weg verloren hatte.

»Das macht nichts«, sagte der Mann. »Unsere Schlitten kennen alle Wege. Du brauchst ihnen nur den Namen deines Wohnorts zu sagen.«

Auf einen Pfiff glitten zwei Schlitten heran. In den einen setzte sich das Paar, in den anderen Samuli.

»Ich habe noch nie Schlitten gesehen, die fahren, ohne daß sie von Rentieren gezogen werden«, sagte Samuli. »Wie macht ihr solche Schlitten?«

Der Mann und die Frau erröteten und schienen in große Verlegenheit zu geraten.

»Wir kennen dich noch nicht genug, um dir Antwort auf deine Frage geben zu können«, sagte der Mann.

Die Schlitten fuhren in großer Geschwindigkeit über

den Schnee, und bald konnte Samuli seinen Gästen Frau und Kinder vorstellen.

»Wie macht ihr eure Kinder?« fragten die beiden Besucher.

Samuli und seine Frau blickten sich an und wußten nicht, was sie antworten sollten.

»Wenn ihr wollt«, sagte der Mann, »können wir euch zeigen, wie wir die unsrigen machen.«

Samuli hob abwehrend die Hände. »Nein, nein, das ist nicht nötig. Bei uns gehört das Kindermachen zu den vertraulichsten Dingen.«

»Aber es ist ganz einfach«, rief der Mann. »Es ist sehr amüsant. Und zufällig haben wir alles bei uns, was wir dazu brauchen.«

Samuli und seine Frau wandten sich verwirrt ab.

Der Mann ging zum Schlitten und schüttete dort den Inhalt eines kleinen Sackes in einen Topf. Eine gute Weile rührte er mit einem Löffel darin, bis aus dem Topf ein Kind heraussprang, schön wie ein Engel. Samuli und seine Frau hatten kaum Zeit, es zu bewundern. Der Mann blies mit seinem Atem über das Kind, und es verschwand.

»Wir haben genug zu Hause. Wir wollten euch nur zeigen, wie wir unsere Kinder machen.«

Verlegen bot Samuli seinem Gast an, eine Sauna zu nehmen. Er brannte darauf, zu sehen, wie der eigentlich unsichtbare Mann aussah. Zu seiner großen Verwunderung entdeckte er, daß ihm nichts fehlte, und daß sein Körper, wenngleich er schöner war, seinem eigenen glich.

Samulis Frau machte dieselbe Entdeckung, als sie zusammen mit der Frau in die Sauna ging.

Nach dem Bad tranken die Besucher Kaffee, aßen

Rentierfleisch und vom Besten, was es im Hause gab.

»Ich weiß wohl, daß ihr an andere Nahrung gewöhnt seid«, sagte Samuli entschuldigend. »Aber wir sind nur einfache Menschen, und was wir euch bieten, hat keinen Duft nach Paradies.«

»Die Welt, in der wir wohnen, unterscheidet sich sehr von eurer«, sagte der Mann. »Aber nichts hindert uns, Freunde zu sein, zumindest heute, wo wir beschlossen haben, sichtbar zu bleiben.«

Bis zum Abend hatten sie sich gut kennengelernt, und Samuli wurde so mutig, daß er zu sagen wagte:

»Wir haben euch in der Sauna beobachtet. Ihr habt, genau wie wir, alles, was man braucht, um Kinder zu machen. Weshalb bedient ihr euch also des Topfes und dessen, was ihr in ihn hineinschüttet?«

Der Mann blickte Samuli erstaunt an. Endlich fragte er:

»Wie macht ihr denn eure Kinder?«

Samuli zögerte und entschloß sich dann, es zu sagen.

Die beiden Gäste lächelten, und ihre Zähne blitzten wie Sterne.

»So machen wir unsere Schlitten. Als du uns danach fragtest, mochten wir es noch nicht sagen.«

In diesem Augenblick erwachte Samuli und machte sich eilig daran, den Weg zu seiner Hütte wiederzufinden, um seiner Frau den Traum zu erzählen.

Der Walfisch

Ontri fing an seine Zähne zu verlieren. Wenn man die Zähne verliert, verliert man seine Jugend. Er rief seine beiden Söhne Miko und Evan zu sich und sagte:

»Ich habe das Alter erreicht, da der Tod uns umschleicht und uns immer längere Blicke zuwirft. Ich hänge noch am Leben, aber es hängt nicht mehr an mir. Deshalb bitte ich euch, mir das Wasser der Jugend zu bringen, ehe das Leben sich ganz von mir abwendet.«

Miko und Evan machten sich auf, das Wasser der Jugend zu suchen.

Unterwegs fand Miko Wein und junge Mädchen und ging nicht weiter. Er verbrachte den ganzen Abend mit Trinken und Tanzen und die Nacht mit Schlaf, aber nicht allein.

Evan wanderte weiter, und in der Nacht schlief er am Ufer eines Flusses, aber allein. Er hatte einen Traum. Böse Geister bauten ihm ein Boot und brachten ihn ans Ende der Welt, bis zum Eismeer, wo ein schrecklicher Walfisch auf ihn wartete.

»Ich könnte dich zu der Insel bringen, wo das Wasser der Jugend wohnt, aber ich bin gefährlich. Steig auf meinen Rücken!«

Evan kletterte auf den Rücken des Walfisches, der ihn zu der tiefsten Stelle des Eismeers brachte, wo er ertrank.

Als er am Morgen erwachte, sah Evan das Boot seines Traumes vor sich. Er setzte sich hinein, und das Boot trug ihn bis zum Eismeer am Ende der Welt. Dort wartete ein Walfisch auf ihn, der wild und böse aussah.

»Hast du keine Angst vor mir? Hat dir nicht ein Traum gezeigt, was ich mit dir machen werde?«

»Ich weiß wohl, du bist gefährlich«, antwortete Evan, »aber das ist mir gleichgültig. Ich möchte meinem Vater helfen.«

Der Walfisch lächelte, aber da sein Mund unter Wasser war, sah Evan das nicht. Er kletterte auf den Rücken des Walfisches, der vorsichtig über die Wellen des Meeres glitt, damit der junge Mann nicht durchnäßt würde. So schwammen sie dahin.

»Hast du Hunger?«

»Ich habe Hunger.«

Der Walfisch setzte Evan auf einer Insel ab. Ein Mädchen, schöner als das Nordlicht, aber weniger kalt, bot ihm Kaffee, Brot und Fische an.

Evan, der in dem Alter war, wo man sich leicht verliebt, verliebte sich. Er schwor dem Mädchen, das Marina hieß, ewige Treue, und ging dann zu dem Walfisch, der sich am Strand sonnte.

»Wir müssen aufbrechen«, sagte der Walfisch und knirschte mit seinen kleinen Zähnen. »Wir haben keine Zeit zu verlieren.«

Lächelnd sagte Evan: »Es ist Zeit, daß du mich zu der tiefsten Stelle des Meeres bringst. Sonst glaube ich nicht mehr, daß du gefährlich bist.«

Der Walfisch zuckte die Achseln, was zur Folge hatte, daß Evan in die Luft geschleudert wurde.

»Bist du schon wieder auf meinem Rücken? Ich kann dein Gewicht nicht fühlen.«

»Du bist das dickfelligste aller Geschöpfe, aber dein Herz ist zartfühlend.«

»Mein Herz geht dich gar nichts an«, sagte der Walfisch und tauchte tief ins Wasser.

»Gerade hatte ich Lust auf eine Dusche«, keuchte Evan, der nahezu erstickte.

Nach dem dritten Untertauchen fühlte sich Evan halbtot, aber er versuchte fröhlich zu pfeifen.

»Pfeifst du etwa, oder summt da eine Mücke, weil wir uns der Insel nähern?«

»Ich bin die Mücke, die pfeift.«

»Kein geeigneter Augenblick für Scherze«, sagte der Walfisch. »Du solltest dich lieber auf den Tod vorbereiten.«

Evan lachte. »Seit du mir den Tod vorausgesagt hast, habe ich nichts anderes getan als mich auf ihn vorbereitet.«

Der Walfisch hob den Kopf aus dem Wasser und wandte ihn zurück, um seinen Reiter zu betrachten.

»Ich hasse Leute, die mit ihrem Mut prahlen.«

»Aber ich bin feige, ebenso feige wie dein Schwanz lang ist.«

»Ich hasse Vertraulichkeiten«, sagte der Walfisch und tauchte seinen Kopf wieder ins Wasser.

Evan, dem es zu langweilig wurde, immer zu sitzen, ging auf dem Rücken des Wals hin und her.

»Ich bin kein Fisch, auf dem man herumspaziert.«

»Verzeih! Ich vergaß, daß du eine ebenso gefährliche wie empfindliche Dame bist. Oder bist du ein Herr?«

»Ein Herr.«

»In diesem Fall brauche ich nicht übertrieben höflich zu sein. Beeile dich! Ich brenne darauf, ans Ziel zu kommen, sonst verliert mein Vater inzwischen noch seinen letzten Zahn und sein Leben.«

Der Walfisch hatte keine Zeit mehr, seinem Zorn Ausdruck zu verleihen, denn vor ihnen erhob sich die Insel, so als sei sie eben erst aus dem Meer geboren worden.

Am Ufer entlang wanderten Drachen.

»Hast du jetzt endlich Angst?«

»Ja.«

»Wollen wir nicht lieber so schnell wie möglich umkehren?«

»Nein. Ich möchte an Land gehen.«

Evan ging an Land. Die Drachen begrüßten ihn liebenswürdig und verschwanden.

»Ich habe Hunger«, sagte Evan. »Gibt es hier niemanden, der mir eine Henkersmahlzeit bereitet?«

»Wirst du schon untreu?« fragte der Walfisch.

»Seit wann ist essen ein Zeichen von Untreue?«

»Bei den Menschen geht doch die Liebe meistens durch den Magen.«

»Anstatt dummes Zeug zu reden, solltest du mir lieber das Wasser der Jugend zeigen, da du mir schon kein junges Mädchen präsentieren kannst.«

Der Walfisch wies auf eine Art Trichter.

»Dort unten ist die Quelle. Du mußt durch mehrere Wasserschichten tauchen. Erst durch die grüne, dann durch die blaue, die gelbe und endlich durch die schwarze. Hast du Angst?«

»Meine Seele sitzt nicht mehr an ihrer richtigen Stelle, solche Angst habe ich. Bist du zufrieden?«

Der Walfisch zeigte Evan eine leere Flasche, die am Ufer lag. Er nahm sie und tauchte durch die grüne Wasserschicht, dann durch die blaue, die gelbe, und danach hatte er weder Kraft, tiefer zu tauchen noch an die Oberfläche zurückzukehren.

Evan drückte die Flasche gegen seine Brust, als hoffte er, das Wasser der Jugend für seinen Vater im Jenseits holen zu können.

Aber anstatt im Jenseits fand er sich auf dem Rücken des Walfisches wieder, der ihn der Luft und dem Leben entgegentrug.

»Wie willst du mir in Zukunft Schrecken einjagen, wenn du kommst, um mir das Leben zu retten?« fragte Evan und sprang auf einen Felsen.

»Ich habe keine Zeit, dir zu antworten«, sagte der Wal und kehrte in die Tiefen zurück.

Kurz danach sah Evan ihn am Strand liegen.

»Komm her!« rief der Wal. »Nimm die Flasche in die linke Hand, die Hand des Herzens, und bleib ganz still stehen.«

Ein Wasserstrahl stieg vom Rücken des Wals auf und fiel genau in die Flasche.

Evan stieß einen Freudenschrei aus. »Du bist in der Tiefe gewesen, um das Wasser der Jugend zu holen. Du hast es getrunken, und dein Rücken hat es . . .«

»Jetzt ist genug geredet. Du tätest besser daran, die Flasche zu verschließen.«

Evan verschloß die Flasche. Dann machten sie sich auf die Heimreise.

»Ach, die Drachen! Sie haben versäumt . . .«

»Was versäumt?« fragte Evan.

»Dich zu verschlingen.«

»Sie waren sehr freundlich bei unserer Ankunft.«

»Aber bei der Abreise pflegen sie alle zu verschlingen, die sich vom Wasser der Jugend geholt haben.«

Evan begann zu lachen und auf dem Walfisch herumzutanzen. Und die Wogen des Ozeans tanzten mit.

»Die Drachen haben versäumt, uns zu verschlingen«, sang Evan. »Sie haben Glück. Sie wären an Magenverstimmung gestorben, hätten sie ein solches Ungeheuer verschlungen.«

»Das Ungeheuer soll ich wohl sein?« fragte der Wal.

»Wer sonst? Du hast das Wasser der Jugend geholt. Nicht die Drachen haben etwas versäumt. Du bist es, der versäumt hat, mir angst zu machen.«

Der Walfisch schlug heftig mit seinem Schwanz auf die Wellen und ließ Mengen von Wasser auf Evan herabströmen.

»Die Drachen waren bei unserer Ankunft vielleicht gar nicht da?«

»Doch, doch, sie waren da. Aber du bist es gewesen, der sie herangezaubert hat, genauso wie du mich in meinem Traum am Ufer des Meeres hast sterben lassen. Du kannst eben ein bißchen zaubern, aber es ist nicht so viel, daß du stolz darauf sein könntest.«

Neue Wassermengen strömten auf Evan herab.

»Wenn du so weitermachtst, wird mir die Flasche aus der Hand fallen, und du mußt sie auf dem Meeresgrund suchen.«

Sie kamen an der Insel vorbei, auf der Marina wohnte.

»Hast du Hunger?« fragte der Walfisch.

»Ich habe vor allem Durst nach Liebe. Aber die Liebe kann warten. Marina auch. Sie hat noch alle ihre Zähne und ihre ganze Jugend.«

»Du meinst wohl, Marina ist eine Erscheinung?«

»Nein, nein. So weit reicht deine Zauberkunst nicht, daß du eine so schöne und lebendige Erscheinung schaffen könntest. Außerdem hätte ich mich nicht in ein Phantom verliebt. Schwimme schnell weiter! Mein Vater hat keine Zeit zu verlieren.«

Der Walfisch schwamm schneller, und bald mußten sie Abschied voneinander nehmen.

»Ich hatte sehen wollen, ob du eine Seele hast«, sagte der Walfisch. »Du hast eine. Leb wohl.«

Gleich danach machte er wieder sein bösestes Gesicht.

»Du bist noch nicht am Ende deiner Mühen«, sagte er. »Meine Drachen erwarten dich zu Hause.«

»Um meine Seele zu verschlingen?«

»Um festzustellen, ob sie einer ewigen Liebe fähig ist.«

Evan lächelte. »Das Gelöbnis ewiger Liebe habe ich Marina ins Ohr geflüstert, nicht dir. Du sonntest dich währenddessen fern von uns am Strand. Wie hast du meinen Schwur hören können? Ach, verzeih, ich vergaß, du kannst ja ein bißchen zaubern.«

Nach einem letzten Blick auf den Zauberer stieg Evan in das Boot, das am Ufer auf ihn wartete, und am selben Abend erreichte er den Ort, wo sein Bruder Miko zurückgeblieben war.

Miko war noch da, immer noch beschäftigt mit Trinken und Tanzen. Evan wurde plötzlich von einer solchen Müdigkeit überfallen, daß er gerade noch Zeit hatte, seinem Bruder die Flasche mit dem Wasser der Jugend zu geben, ehe er auf ein Rentierfell niedersank.

Er schlief zwei Tage und zwei Nächte. Als er endlich zu Hause ankam, fand er seinen Vater verjüngt, aber voller Zorn.

»Du hast getrunken und getanzt und dich mit Mädchen vergnügt, während dein Bruder sein Leben aufs

Spiel setzte, um mir das Wasser der Jugend zu holen. Ich habe ihn gut belohnt. Was dich angeht, so widme du dich nur weiter dem Trinken und Tanzen, den einzigen Beschäftigungen, die deiner würdig sind.«

Evan machte keinen Versuch, sich zu verteidigen. Er ging in den Wald und erzählte den Bäumen seinen Kummer.

Er rief nach dem Wal, damit er ihm helfe. Aber die Walfische, selbst die Zauberer unter ihnen, gehen nicht im Wald spazieren.

Da machte Evan sich auf den Weg zum Fluß, dorthin, wo der Walfisch ihm seinen Traum und das Boot geschickt hatte.

Er schlief ein, hatte aber keinen Traum, und beim Erwachen kam kein Boot, um ihn zum Eismeer ans Ende der Welt zu bringen.

Ach, die Bosheit seines Bruders war schlimmer als die Drachenbrut, die ihm der Wal angekündigt hatte. Er besaß jetzt kein Haus mehr, keinen Vater, und Marina war unerreichbar.

Wir hätten Marina mitnehmen müssen, dachte er. Auf dem Rücken des Wals hätte es Platz für zweihundert Marinas gegeben. Aber ich hatte solche Eile, meinem Vater das Wasser der Jugend zu bringen.

Als er den Ort des Weines und Tanzes erreichte, überkam ihn der Wunsch, seinen Kummer bei den Mädchen zu vergessen.

Nein, nein, ich habe ewige Liebe geschworen.

Wieder ging er in den Wald, und die Vögel sangen über seinem Kopf.

In diesem Augenblick betrat Marina, die der Walfisch geholt hatte, das Haus von Evans Vater. Sie war so schön, daß der Vater fühlte, wie sein Herz plötzlich ebenso jung wurde wie sein Körper. Marina erzählte ihm, daß sie seinen Sohn liebe. Da ging der Vater und holte Miko herbei, der in der Nähe des Hauses Holz hackte.

Miko erschrak. »Ach«, sagte er, »es war so dunkel, als ich ihr begegnete. Vielleicht erkennt sie mich gar nicht wieder.«

»Das ist er nicht«, sagte Marina.

»Es war vielleicht zu dunkel?« fragte der Vater.

»Meine Insel war voller Sonne«, antwortete Marina.

»Ich würde den, dem ich mein Herz geschenkt habe, in der schwärzesten Nacht erkennen. Ich begreife es nicht. Der Walfisch hat mir doch gesagt, daß er hier wohnt, und er irrt sich nie.«

»Er hat sich nicht geirrt«, rief der Vater. »Miko, hole deinen Bruder! Wenn du ihn nicht findest, wird deine Strafe noch größer sein.«

Als Miko Evan ins Haus brachte, war die Freude der beiden Liebenden so groß, daß der Vater hinausging, um sie allein zu lassen. Er jagte Miko davon und verbot ihm, zurückzukommen.

Am Tage ihrer Hochzeit fehlte den beiden nichts zu ihrem Glück – nur der Walfisch.

»So groß ist seine Zauberkunst nicht, daß er über Land gehen könnte«, sagte Evan.

Da tönte eine Stimme vom Himmel: »Aber seine Zauberkunst ist groß genug, um durch die Lüfte zu segeln.«

Evan und Marina hoben die Köpfe.

Gerade über ihnen schwebte der Walfisch in der Luft.

Da trat Ontri, der Vater, aus dem Hause.

»Was für eine seltsame Wolke!« rief er.

Ein gewaltiger Wasserstrahl übersprühte Vater Ontri.

»Du verdientest, daß die seltsame Wolke dir auf den Kopf fiele! Aber ich will das Hochzeitsfest nicht stören, das ohne meine Hilfe gar nicht zustande gekommen wäre.«

Vater Ontri ging ins Haus, um sich zu trocknen.

Lange noch blieb das junge Paar unter dem Walfisch stehen, der majestätisch über ihren Köpfen schwebte und ihnen ein grimmiges Lächeln zeigte.

Das rote Hemd

Sie waren alt und hatten keine Kinder. Endlich bekamen sie doch noch einen Sohn. Er sah aus wie ein Hund. Je größer er wurde, desto mehr glich er einem Hund.

»Ist er ein Mensch?« fragte seine Mutter.

»Ist er ein Hund?« fragte sein Vater.

Als der Sohn in das Alter kam, sich zu verheiraten, bat er seinen Vater, ihm eine Frau zu suchen.

Der Vater fand ein Mädchen, das Katri hieß.

Katri hatte anfangs Furcht vor dem jungen Mann, der einem Hund glich. Dann beruhigte sie sich und sah ihn mit liebevollen Augen an. Er sprach in ihrer eigenen Sprache zu ihr, und als die Nacht kam und er sie bat, mit ihm zu schlafen, willigte sie ein.

Kurz bevor sie sich niederlegen wollten, verschwand er hinter der Tür, und als er wieder zu dem Lager trat, war alles, was an einen Hund erinnerte, von ihm abgefallen. Vor Katri stand ein schöner Jüngling, bekleidet mit einem kostbaren roten Hemd.

So lebten sie einige Zeit miteinander. Am Tage glich er einem Hund, nachts war er ein schöner Jüngling.

Eines Morgens, als sie umschlungen dalagen, sagte er: »In meiner Nase ist ein Geruch nach Hund. Meine Mutter hat sicher mein Fell gefunden und verbrennt es. Du solltest doch keinem erzählen, daß ich ein Mensch bin.«

»Ach!« sagte Katri. »Das habe ich vergessen. Als deine Mutter mich gefragt hat, wie ich mit dir schlafen könne, habe ich ihr erklärt, daß du nur ein Hundefell hast.«

»Ich gehe nun fort«, sagte er. »Du hast nicht auf mich gehört. Wenn du willst, kannst du nach mir suchen.«

Katri weinte und bat, aber der Jüngling nahm sein rotes Hemd und verließ das Haus.

Katri machte sich auf, ihn zu suchen. Unterwegs fragte sie alle Leute: »Habt ihr einen jungen Mann im roten Hemd gesehen?«

»Ja. Er lief sehr schnell. Man konnte meinen, es sei ein roter Blitz.«

Katri folgte seiner Spur durch Tage und Wochen. Endlich traf sie auf eine alte Frau, die sagte: »Siehst du die Hütte dort hinten? Sie gehört Uljana, einem Mädchen, das ebenso schön ist wie du. In ihren Armen liegt der, den du suchst. Er wohnt bei ihr. Morgens spielen die beiden mit dem Ball. Setz dich unter den Baum, der neben der Hütte steht. Der Ball wird auf dich zurollen. Verbirg ihn unter deinem Rock. Uljana wird kommen und verlangen, daß du ihr den Ball gibst. Sag ihr: ›Ich gebe ihn dir unter der Bedingung, daß du mich diese Nacht auf der Schwelle deiner Hütte schlafen läßt.‹ Am nächsten Tag wird der Ball wieder zu dir rollen. Sag zu Uljana: ›Ich gebe ihn dir unter der Bedingung, daß du mich auf dem Boden deines Zimmers schlafen läßt.‹ Beim drittenmal forderst du, daß sie dich in dem Bett schlafen läßt, in dem sie mit dem Jüngling schläft, den du suchst.«

Alles geschah genauso, wie die Alte es vorausgesehen hatte. In der dritten Nacht bestieg Katri das Bett in dem Augenblick, da der Jüngling Uljana in seine Arme nehmen wollte. Katri legte sich neben ihren Liebsten. Plötzlich wandte er sich ihr zu, küßte sie und flüsterte:

»Du hast mich also wiedergefunden, aber ich bin nicht allein.«

Uljana, die nur noch einen Rücken vor sich sah, weinte und bat ihren Freund, sich ihr wieder zuzuwenden. Er tat es. Darauf weinte Katri und bat ihn, sich wieder ihr zuzuwenden. Da er abwechselnd den Bitten der beiden nachgab, hatten sie eine sehr unruhige Nacht.

Am nächsten Morgen stürzten sich beide Mädchen in den See, um ihren Kummer zu ertränken. Der junge Mann fischte eine nach der anderen heraus.

»Ihr sollt nicht sterben«, sagte er. »Ich liebe euch alle beide. Versucht wieder Mut zu fassen. Und jetzt laßt mich allein. Ich will nachdenken.«

›Uff!‹ dachte er, neben dem See im Moos sitzend. ›Liebe ist sehr angenehm, aber schwierig. Unter dem Vorwand, den anderen Vergnügen zu machen, sucht man nur sein eigenes Vergnügen. Man möchte alles geben, aber man gibt nichts, und alle sind unglücklich‹.

Der junge Mann war ein Weiser. Die Weisen finden für alles eine Lösung.

›Will man selber glücklich sein und die anderen glücklich machen, so muß man die Liebe unterdrücken. Auf diese Art kann man alles geben, ohne etwas als Gegengabe zu erwarten. Man muß eben gleichgültig sein. Aber die Menschen und die meisten Tiere haben warmes Blut, das das Herz erwärmt. Und das Herz erwärmt andere Herzen und entfacht so das schlimmste aller Feuer, die Liebe. Uff!‹

Im See schwammen Fische.

›Die haben wenigstens kein warmes Blut. Sie sehen wirklich gleichgültig aus.‹

Da der junge Mann nicht nur ein Weiser, sondern

auch ein Hexenmeister war, sagte er sich: ›Nichts wäre leichter für mich, als mir eine Fischhaut zuzulegen, nachdem ich mein Hundefell verloren habe. Einige Tage bei den Fischen werden mir Blut und Herz abkühlen.‹

Er hüllte sich in eine Fischhaut und tauchte in den See. Da er nicht das geringste Liebesfieber für die Fische empfand, wurde er sehr schnell gleichgültig. Und da man überall Gutes tun kann, selbst bei den Fischen, tat er ihnen Gutes, ohne etwas zurückzuverlangen. Er pflegte und heilte sie, und zwar nur jene, die ihn wirklich brauchten. Und er wurde sehr zufrieden: ›Wenn man niemanden liebt, liebt man alle, und das ist die einzige Liebe, die keine Krankheit ist.‹

In der Nacht hatte er einen schönen Fischtraum: Er war ein Mensch, und die Leute kamen zu ihm gelaufen, damit er ihr Blut und ihr Herz kühle und sie von dem Übel der Liebe heile.

Aber beim Erwachen empfand er zum erstenmal etwas anderes als Gleichgültigkeit. Er hatte Hunger.

›Man müßte auch die Wünsche des Magens unterdrücken‹, dachte er, während er einen der Fische, die er am Abend vorher gepflegt und geheilt hatte, verschlang. Weil er der größte unter den Fischen war, mußte er, um seinen Hunger zu stillen, noch mehrere verschlingen.

Als der Magen endlich befriedigt war, wurde er wieder gleichgültig und begann von neuem Gutes zu tun. Aber die Fische waren mißtrauisch geworden und schwammen weg, sobald er sich ihnen näherte.

›Wäre ich ein Mensch mit kaltem Herzen wie in meinem Traum‹, dachte er, ›würde ich die, denen ich Gutes getan habe, nicht verschlingen, um meinen Magen zu befriedigen, aber ich täte sicher dasselbe auf andere Art, das heißt, ich würde sie auf irgendeine andere Weise verschlingen, um irgendeinen anderen Hunger zu befriedigen‹.

Er befreite sich von seiner Fischhaut, um sein rotes Hemd und die beiden jungen Mädchen wiederzufinden. Damit sie sich nicht noch einmal in den See stürzten, versprach er, daß er ihnen beiden treu bleiben wolle.

Aber weil es nicht gut ist, zwei Frauen zu haben, heiratete er weder die eine noch die andere. Und weil er die spitze Zunge der Leute, die sich so leicht in einen Dolch verwandelt, fürchtete, und ebenso die Nächte, in denen er sich immer wieder kehren und wenden müßte, schickte er Katri dorthin zurück, woher sie gekommen war, und segelte zwischen den beiden Mädchen hin und her. Und die beiden Mädchen segelten hin und her zwischen Kummer und Glück.

So lebten sie viele Jahre.

›Alles in allem‹, dachte der junge Mann im roten Hemd, ›ist die Liebe doch besser als die Gleichgültigkeit. Die Liebe bringt Glück und Unglück, die beide Hand in Hand gehen. Die Gleichgültigkeit bringt weder das eine noch das andere. Ein warmes Herz ist besser als ein kaltes‹.

Liebespläne

Eino war schüchtern geboren und im Alter von zwanzig Jahren noch schüchterner als bei seiner Geburt.

»Ich möchte eine Frau haben. Ich will heiraten. Alle heiraten. Es ist durchaus keine Schande, sich zu verheiraten.«

Er lebte mit seiner Mutter zusammen in einer kleinen Hütte. Ihre nächsten Nachbarn wohnten zehn Kilometer von ihnen entfernt. Sie hatten keine Tochter, aber eines Tages hörte Eino, daß sie eine Magd genommen hatten. Sogleich schmiedete er Pläne.

›Ich muß das Mädchen sofort kennenlernen.‹

Sofort, das hieß, daß er sich nach drei Monaten zu den Nachbarn aufmachte. Aber unter welchem Vorwand sollte er an die Tür ihrer Hütte klopfen?

Er fand keinen Vorwand. Deshalb ging er um die Hütte herum, ging noch einmal herum und stieg dann auf einen Hügel, um sie von oben zu betrachten. Er sah das junge Mädchen, das herauskam und wieder hineinging, herauskam und wieder hineinging.

Den ganzen Tag verbrachte Eino auf dem Hügel, und als es dunkel wurde, ging er wieder nach Hause.

›Der Plan war nicht schlecht, aber ich muß mir einen anderen ausdenken, der ein besseres Ergebnis hat.‹

Zwei Monate lang dachte er nach, dann hatte er einen neuen Plan gefunden.

Seine Kleidung war alt und hatte hier und da Löcher.

Er nahm ein Rentier und machte einen weiten Weg, um Stoff zu kaufen.

»Nicht wahr«, sagte er zu seiner Mutter, »du hast doch keine Zeit, mir einen Anzug zu machen?«

»Ich habe Zeit«, sagte die Mutter, »aber unsere Nachbarin hat mehr Zeit als ich.«

Der Plan erwies sich als gut. Endlich hatte Eino einen Vorwand, um an die Tür der Hütte zu klopfen, in der die Magd wohnte. Er nahm den Kleiderstoff mit. Die Nachbarin war zu Hause. Die Magd auch.

Eino war so verlegen, als er dem jungen Mädchen gegenüberstand, daß er es nicht fertigbrachte, sie zu begrüßen. Er unterhielt sich nur mit der Nachbarin, einer alten Frau, die längst die Jahre der Liebe hinter sich hatte. Sie erklärte, daß die Magd ihm den Anzug bringen werde, sobald er fertig sei.

Eino verbrachte einen Monat in Gesellschaft der jungen Magd – in Gedanken. Sie gefiel ihm immer mehr. Als der Monat vergangen war, hatten Einos Gedanken ihr Vollkommenheit verliehen.

In diesen Tagen brachte die Magd den Anzug. Einos Mutter war zu Hause. Eino ging in den Wald, um Holz zu schlagen. Er hoffte, die Magd würde auch aus der Hütte kommen, so daß er ein paar Worte mit ihr sprechen könne, ohne daß seine Mutter dabei war. Das Mädchen hoffte, Eino würde wieder in die Hütte kommen. Den ganzen Tag wartete sie und plauderte mit der Mutter. Den ganzen Tag wartete Eino auf die Magd und schlug Holz. Als sie endlich aus der Hütte trat, wurde es schon dunkel. Eino wollte mit ihr sprechen, aber es fiel ihm nichts ein, was er sagen konnte. »Ich gehe jetzt«, sagte sie. Sie hoffte, er würde sie begleiten. Aber Eino wußte nichts anderes zu sagen als: »Auf Wiedersehen.«

Enttäuscht ging das Mädchen davon. Eino gefiel ihr gut, aber eine so große Zurückhaltung erschien ihr unfreundlich.

Eino ging ins Haus, das Herz und die Hände leer.

›Der Plan war gut, aber er ist wegen meiner Mutter fehlgeschlagen‹, dachte er. ›Beim nächstenmal muß ich mit dem Mädchen allein sein.‹

Vier Monate lang dachte er nach, dann hatte er einen neuen Plan gefunden.

›Wenn ich mit ihr allein sein will, brauche ich ein Haus nur für mich.‹

Er verbrachte den Frühling und den Sommer damit, eine Hütte zu bauen. Im Herbst war sie fertig.

Diesmal suchte er keinen Vorwand, um an die Tür der Hütte zu klopfen, in der die Magd wohnte. Er trat ein und fand sie allein in der Hütte.

»Ich möchte dir vorschlagen, meine Frau zu werden«, sagte er. »Ich habe ein Haus.«

»Der Vorschlag gefällt mir«, sagte das junge Mädchen, »aber es gibt ein Hindernis. Ich bin verlobt, und morgen ist die Hochzeit.«

Eino kehrte nach Hause zurück, das Herz und die Hände leer.

›Noch ist nicht alles verloren; aber es gibt hier ringsum keine anderen Mädchen.‹

Er dachte nach. Nach einem Jahr hatte er einen neuen Plan gefunden. Er spannte ein Rentier vor den Schlitten und fuhr davon.

›Ich bin zu schüchtern, an die Türen zu klopfen und in die Hütten zu treten, um nachzusehen, wo es junge Mädchen gibt. Aber mein Rentier weiß ein bißchen von Zauberei. Da, wo es stehenbleibt, werde ich anhalten und abwarten, was geschieht.‹

Lange galoppierte das Rentier dahin ohne stehenzubleiben. Sie kamen in eine Gegend, die Eino unbekannt war. Plötzlich senkte das Ren seine Nase auf den Schnee, als ob es eine Spur gefunden hätte, ging immer langsamer und blieb schließlich vor einer großen Hütte stehen.

Eino stieg aus dem Schlitten, dankte seinem Rentier und band es los, damit es unter dem Schnee nach Nahrung suchen konnte.

Am Ufer eines kleinen zugefrorenen Sees baute Eino sich einen Unterstand und beobachtete, hinter einem Baum versteckt, die große Hütte. Bald trat ein junges Mädchen heraus. Sie trug einen Eimer, mit dem sie Wasser holen wollte aus dem Loch, das in die Eisdecke des Sees geschlagen war. Am folgenden Tag kam ein zweites und dann ein drittes junges Mädchen aus der Hütte, um dasselbe zu tun.

›Drei Mädchen, das ist viel‹, dachte Eino. ›Sie haben mich nicht gesehen. Ich habe Zeit, um nachzudenken.‹

Er dachte mehrere Tage nach, mehrere Wochen, und faßte endlich einen Entschluß, den er sofort ausführte, das heißt, nach einem Monat.

Er kam aus seinem Versteck hervor und trat auf das Mädchen zu, das Wasser holen wollte. Ohne ein Wort zu sagen, nahm er ihr den Eimer ab, tauchte ihn in das Loch unter dem Eis und trug ihn bis zur Schwelle der Hütte. Mit dem zweiten und dem dritten Mädchen machte er es ebenso. Alle drei richteten Fragen an ihn, aber er gab keine Antwort. Er war gekommen, um einer von ihnen den Vorschlag zu machen, ihn zu heiraten. Jegliche andere Unterhaltung führte zu nichts, war nur Zeitverlust.

Die Mädchen luden ihn ein, in die Hütte zu kommen.

Er lehnte ab. Er konnte seinen Heiratsantrag nicht in Gegenwart aller drei Mädchen machen. Das würde für zwei von ihnen kränkend sein. Und außerdem war er sich noch nicht klar über seine Wahl.

Nicht weit von seinem Unterstand hatte er einen Lappen gefunden, der ihm Brot verkaufte. Mehr brauchte er nicht. Wenn man sein Gehirn zum Nachdenken benutzt, kann zuviel Essen nur von Schaden sein.

Einos Ren fraß das Rentiermoos, lebte im Wald und kam von Zeit zu Zeit, um zu sehen, was sein Herr machte.

Der Winter näherte sich seinem Ende. Das Nordlicht erlosch nach und nach.

Eines Tages sah Eino, als er aufwachte, drei Rentierschlitten, die davonfuhren.

›Sie sind weggefahren, aber sie werden wiederkommen. Inzwischen habe ich Zeit zum Nachdenken. Wenn sie zurückkommen, werde ich mich entschlossen haben, welche ich bitten will, meine Frau zu werden.‹

Sie kamen nicht zurück.

›Sie sind weggefahren, um zu heiraten. Sie haben keine Zeit gehabt abzuwarten. Genau wie die Magd. Aber noch ist nichts verloren. Ich werde nach Hause zurückkehren, um neue Pläne zu machen.‹

Er spannte sein Rentier vor den Schlitten und fuhr davon. Unterwegs sah er einen anderen Schlitten, der in dieselbe Richtung fuhr wie er.

Das andere Ren war ohne Zweifel ein weibliches Tier, denn sein Ren, das ein männliches war, näherte sich dem anderen Schlitten, in dem ein junges Mädchen saß.

Die beiden Rentiere liefen Seite an Seite, machten sich miteinander bekannt, beschnüffelten sich gegenseitig.

›Als Rentier verliebt man sich leicht und hat nicht so

viele Schwierigkeiten, seine Gefühle zum Ausdruck zu bringen‹, dachte Eino.

Er wagte nicht, das junge Mädchen im Schlitten anzublicken.

Das junge Mädchen blickte ihn an, und Eino gefiel ihr. Sie fragte ihn, wohin er fahre. Er gab keine Antwort.

›Ich muß nachdenken‹, dachte er. ›Man kann nicht so ohne weiteres antworten. Das bedeutet Zeitverlust. Ich sollte ihr einen Heiratsantrag machen, aber ich kenne sie noch nicht genug.‹

Die Rentiere hatten eine Freundschaft durchlaufen, die sich in Liebe wandelte. Sie leckten einander die Nasen.

Da Eino auf keine ihrer Fragen antwortete, begnügte sich das Mädchen damit, zu beobachten, was die beiden Rentiere machten.

›Er ist stolz oder schüchtern‹, dachte sie. ›Oder er ist verheiratet, und seine Frau hat ihm verboten, mit einer anderen Frau zu reden.‹

Die beiden Schlitten berührten sich.

›Wenn ich es ebenso machte wie mein Rentier und meine Zunge über das Gesicht des Mädchens gleiten ließe . . .‹, dachte Eino. ›Nein. Dabei könnte ich das Gleichgewicht verlieren und ihr in die Arme fallen. Das wäre zu früh. Das macht man besser nach der Hochzeit.‹

Was die Rentiere dann taten, trotz der Schlitten, bleibt besser in Schweigen gehüllt.

Das junge Mädchen und Eino taten so, als ob sie nichts davon merkten und vergnügten sich damit, die großen Schneeflocken zu fangen, die plötzlich vom Himmel fielen.

›Merkwürdig‹, dachte Eino. ›Noch nie habe ich gesehen, daß sich Rentiere in Gegenwart von Menschen so benehmen. Vielleicht wollen sie mir ein Beispiel geben. Aber ehe ich ihm folge, müßte ich nachdenken und Pläne machen. Es wäre noch zu früh, es ihnen nachzutun.‹

Die Rentiere trennten sich endlich, entfernten sich ein wenig voneinander, und als sie an zwei Wege kamen, lief das eine nach rechts, das andere nach links.

›Diese Frau war für mich gemacht‹, dachte Eino. ›Und nun weiß ich nicht einmal, wo sie wohnt.‹

Eino kehrte nach Hause zurück, das Herz und die Hände leer. Er begann von neuem Pläne zu machen. Kurz vor dem Sterben fand er den besten und sichersten seiner Pläne:

›Ich werde ihn in der anderen Welt verwirklichen. Dort hat man so viel Zeit zum Nachdenken.‹

Der goldene Vogel

Kusti, der keine Kinder hatte, war ebenso reich, wie sein Bruder Miko arm war. Deshalb nahm er die beiden Söhne von Miko an Kindes Statt an. Sie hießen Veiko und Osmo. Das erste, was ihr Onkel ihnen beibrachte, war das Jagen; aber die beiden Knaben hatten die Tiere viel zu gern, um sie zu töten.

Daher taten sie nur so, als ob sie gehorchten, gingen auf die Jagd, brachten niemals etwas mit nach Hause, lernten dabei aber die Tiere kennen und ihre Sprache verstehen und sprechen.

»Wir wirken so schrecklich«, erklärten sie ihrem Onkel, »daß die Tiere es fühlen, wenn wir kommen, und sich in den tiefsten Wald verkriechen.«

Eines Tages ließ sich ein goldener Vogel ganz in ihrer Nähe auf einem Zweig nieder und sagte: »Ich werde euch sehr reich machen.«

»Wie soll das geschehen?«

»Erzählt eurem Onkel, daß ihr mich gesehen habt.«

»Ah! Ihr habt den goldenen Vogel gesehen!« rief der Onkel. »Tötet ihn! Sein Herz ist ein köstlicher Leckerbissen. Ich will es essen. Behauptet nicht etwa, daß ihr ihn nicht finden könnt. Er kommt immer an dieselben Stellen zurück.«

Ihre Tante versuchte ihnen zu helfen. Sie schlachtete ein Huhn und setzte ihrem Mann das Herz zur Mahlzeit vor.

»Das Herz des goldenen Vogels hat einen anderen Geschmack«, sagte der Onkel. »Meine Neffen wollen mich betrügen.«

Er ging zu seinem Bruder und sagte: »Nimm deine beiden Söhne zurück. Bringe sie fort, damit sie mir nicht mehr unter die Augen kommen. Sie ekeln mich an wegen ihrer Schwäche gegenüber den Tieren. Anstatt sie zu töten, lieben sie sie.«

Der Vater, der Angst vor seinem Bruder hatte, brachte seine Söhne so weit fort, daß sie ihrem Onkel nicht mehr unter die Augen kommen konnten. Er ließ sie allein zurück und ging wieder nach Hause.

›Sie sind groß genug, um sich ihr Leben selbst zu verdienen‹, dachte er bei sich. ›Außerdem lieben sie die Tiere. Die werden ihnen helfen.‹

Veiko und Osmo wanderten immer weiter nach Norden. Die Bäume wurden kleiner und die Tiere größer. Schon näherten sie sich dem Eismeer. Die beiden Brüder gingen mit erhobenen Köpfen voller Vertrauen dahin. Der goldene Vogel hatte ihnen gesagt, daß er sie sehr reich machen werde. Aber wo war er? Sie riefen nach ihm. Statt des goldenen Vogels zeigte sich ein Hase.

»Wenn ihr mich nicht erschießt, werde ich euch zwei andere Hasen bringen, die noch mächtiger sind als ich.«

Ohne eine Antwort abzuwarten, brachte er ihnen zwei Hasen und verschwand.

Dann kamen zwei Füchse, zwei Luchse, zwei Wölfe, zwei braune Bären, zwei Vielfraße.

»Wir haben euch alle sehr gern«, sagten die beiden Brüder, »aber was sollen wir mit euch anfangen?«

Die Tiere antworteten alle zu gleicher Zeit: »Ihr werdet schon sehen. Wir können euch sehr nützlich sein.«

Sie hoben die Köpfe noch ein wenig höher als die Brüder, und der Wind ließ ihre Schwänze wehen, als ob es Fahnen wären.

Der ganze Zug bewegte sich majestätisch auf einem einsamen Pfad voran. Als der Weg sich gabelte, blieben alle stehen.

»Einer der beiden Wege führt zum Glück«, sagten die Brüder zueinander. »Wir wissen nicht, welcher. Deshalb ist es besser, wir trennen uns hier. Sobald einer von uns beiden das Glück gefunden hat, soll er den andern holen.«

Sie stießen ein Messer in den Stamm eines Baumes.

»Wenn das Messer rostet, braucht einer von uns beiden Hilfe.«

Veiko wählte den Weg zur Linken und nahm die Hälfte der Tiere mit. Osmo nahm die andere Hälfte der Tiere und ging den Weg, der nach rechts führte.

Osmo und seine vierbeinigen Begleiter kamen bald an das Eismeer und zu dem König, der in Tränen zerfloß. Der größte und älteste Riese war am Abend vorher dagewesen und hatte die älteste Tochter des Königs entführt. An diesem Abend wollten zwei weitere Riesen kommen und die beiden anderen Königstöchter entführen.

Osmo bot dem König seine Hilfe an.

Der König hörte einen Augenblick auf zu weinen und sagte: »Du bist viel zu schwach, irgend jemanden zu töten, um wen es sich auch handeln mag.«

»Ich will niemanden töten. Ich will die Riesen sehen und beobachten, was geschieht.«

»Ich habe meine stärksten Männer ausgesandt, damit sie sich den Riesen entgegenstellen«, sagte der König, »aber ich fürchte, sie werden keinen Erfolg haben.«

Osmo wollte beobachten, was geschehen würde, und rief alle seine Tiere zusammen, auch den Eisbären.

Die Riesen waren mit einem Schiff gekommen, und die Leute des Königs hatten den Kampf schon aufgegeben. Sie lagen auf der Erde und taten so, als seien sie tot, um zu verhindern, daß sie wirklich totgeschlagen wurden.

Kurze Zeit darauf gab der König ein großes Fest. Die Riesen waren wieder weggefahren mit ihrem Schiff, nachdem sie dem König eine Botschaft hinterlassen hatten. Sie lautete:

»Die Tiere, die du gegen uns ausgesandt hast, sind zu wild und zu mächtig. Behalte deine beiden Prinzessinnen. Wir werden noch schönere finden.«

»Nimm meine jüngste Tochter zur Frau«, sagte der König zu Osmo.

»Ich habe keine Zeit«, antwortete er.

Und er rief seine Tiere zusammen und machte sich auf, seinen Bruder zu suchen.

Das Messer in dem Baumstamm war rostig.

Osmo ging den Weg, den sein Bruder gegangen war, und kam bald zu einer Hütte, in der eine gute Hexe wohnte.

»Dein Bruder«, sagte sie, »ist in die Hände einer Hexe gefallen, die ebenso böse ist, wie ich gut bin. Sie hat ihn und seine Tiere zu Stein verwandelt. Du allein kannst sie retten.«

Sie gab Osmo einen Zauberstab, der ihm den Weg weisen sollte, und füllte ein Glas mit wunderwirkendem Öl.

»Du mußt die Steinfiguren enthaupten und ihnen das Öl in den Hals gießen.«

Der Stab führte Osmo und seine Tiere zu der bösen

Hexe. Sie empfing sie mit scheinheiligem Lächeln und bot ihnen Kaffee an.

Der Fuchs entdeckte in einer Ecke der Hütte einen ungewöhnlichen Birkenzweig. Während die Hexe draußen war, um Brot zu holen, nahm er diesen Zweig zwischen die Zähne und warf ihn ins Feuer.

Als die Hexe sah, was der Fuchs getan hatte, erhob sie ein großes Geschrei und stürzte sich auf das Feuer, konnte aber nur noch die Asche des Birkenzweiges zusammenkratzen.

»Was hast du getan?« ächzte die Alte. »Ich wollte euch zu Stein verwandeln, aber ohne den Birkenzweig kann ich nichts ausrichten.«

Sie warf sich zu Boden und weinte und weinte unaufhörlich. Und da sie statt Blut nur Wasser in den Adern hatte, war sie nach einiger Zeit leer und ausgetrocknet. Mit dem letzten Tropfen Wasser verlor sie das Leben, wurde ins Feuer geworfen und verbrannte wie der Birkenzweig.

Osmo zog mit seinen Tieren weiter und fand mit Hilfe des Zauberstabes bald seinen Bruder, der in Stein verwandelt war. Rings um ihn erhoben sich weitere Steine, deren größter der Eisbär war.

Mit einer Axt enthauptete Osmo seinen Bruder und goß ihm von dem Öl in den Hals. Da er es aber kaum erwarten konnte, seinen Bruder wieder zum Leben zu erwecken, setzte er ihm in der Eile den Kopf verkehrt herum auf.

Als Osmo sah, wie Veiko fortging und ihm dabei immer ins Gesicht blickte, war er so erschrocken über das, was er seinem Bruder angetan hatte, daß seine Hand zitterte. Dabei floß das wunderwirkende Öl aus dem Glas und versickerte im Sand.

»Es ist nicht so schlimm«, sagte Veiko. »Wenn wir zusammenbleiben, so wirst du immer nach vorn blicken und ich nach hinten. Viel schlimmer ist, daß wir nun kein wunderwirkendes Öl mehr haben, mit dem wir alle diese Steine in lebendige Tiere zurückverwandeln könnten.«

Osmo nahm seinen Bruder bei der Hand, um mit ihm zu der guten Hexe zu gehen. Veiko blickte nach rückwärts.

»Ich bin nicht einmal so unglücklich darüber, daß mein Kopf verkehrt herum sitzt«, sagte er. »Meine Füße gehen deinen nach, und meine Augen blicken in die freundlichen Gesichter deiner Tiere.«

Die gute Hexe hatte kein wunderwirkendes Öl mehr und erklärte, daß die Quelle nur am anderen Ende der Welt zu finden sei.

Da machten sich Osmos Tiere eilends auf, um das Öl an seiner Quelle zu schöpfen. Die gute Hexe hatte ihnen allen ein Glas mitgegeben, und der Vielfraß, der alles fraß, gab sich sehr große Mühe, sein Glas nicht zu verzehren.

Osmo und Veiko mußten lange warten. Als erster kam der Hase zurück. Aber sein Glas war leer.

»Es ist nichts zu machen«, sagte er. »Der Luchs, der Luchsaugen hat, konnte die Quelle wohl sehen, aber der Weg zu ihr ist so weit, daß man ein ganzes Leben dafür brauchte.«

Eines nach dem andern kamen die Tiere zurück. Der Eisbär war der Traurigste.

»Von allen Tieren bin ich das stärkste«, sagte er, »aber in diesem Fall nützt meine Stärke gar nichts.«

Sie fühlten sich ganz entmutigt, und der Kaffee der guten Hexe floß nur langsam durch die Kehlen.

Veiko hatte Schwierigkeiten beim Essen, denn seine Hände waren noch nicht daran gewöhnt, die Nahrung dorthin zu führen, wo früher sein Nacken gewesen war.

Plötzlich kam der goldene Vogel in die Hütte geflogen. Er sagte: »Meine Flügel tragen mich schnell zum anderen Ende der Welt. Ich brauche nicht Jahrzehnte, ein Tag genügt mir. Aber mein Schnabel ist nicht so gebaut, daß er ein Glas tragen könnte.«

Die gute Hexe gab ihm eine Tasse, und er flog zum anderen Ende der Welt, von wo er das wunderwirkende Öl wirklich in einem Tag mitbrachte. So wurden Veikos Tiere alle wieder zum Leben erweckt, und Osmo paßte auf, daß keinem von ihnen der Kopf verkehrt herum aufgesetzt wurde.

Dann machten sich die beiden Brüder und ihre Tiere auf zu dem König, der sogleich zu Osmo sagte:

»Nimm meine jüngste Tochter zur Frau!«

»Ich habe keine Zeit. Wir müssen deine älteste Tochter befreien, die von dem größten und ältesten Riesen entführt wurde.«

Der König gab den beiden Brüdern ein Schiff, groß genug, daß es alle Tiere aufnehmen konnte. Und er vergoß viele Tränen, während er ihnen eine gute Reise wünschte.

»Trotz seines vorgeschrittenen Alters«, sagte er zwischen zwei Schluchzern, »ist er der stärkste und grausamste aller Riesen. Ich fürchte, ihr werdet nicht wiederkommen.

Ich gebe euch aber einen tüchtigen Kapitän mit. Er darf das Schiff nicht verlassen und mit euch auf die Insel gehen, die der Riese bewohnt. Einen Tag wird er auf seinem Schiff warten; wenn ihr dann nicht zurückgekehrt seid, wird er wissen, daß ihr nicht mehr lebt, und wird mir mein Schiff zurückfahren.«

Über dem König erschien der goldene Vogel. Nur die beiden Brüder und ihre Tiere verstanden, was er sang:

»Der König ist ein Egoist,
er denkt nur an sein Schiff.«

»Was ist mit diesem Vogel?« fragte der König.

»Er hat ein Herz aus Gold«, antwortete Osmo.

»Ah!« rief der König. »Ich habe von ihm gehört, sein Herz soll köstlich schmecken.«

Der goldene Vogel sang:

»Mein Herz ist köstlich,
doch nicht für des Königs Bauch.
Mein Herz ist köstlich
für Osmo und Veiko.
Bei ihrem Herzen wird es sein
und nicht in ihrem Bauch
oder im Bauch des Königs.«

Das Schiff fuhr aufs Meer, und der goldene Vogel setzte sich auf einen Mast und erzählte den beiden Brüdern während der ganzen Reise wunderbare Geschichten.

Sicher waren die Herzen von Osmo und Veiko golden geworden so wie das Herz des Vogels, denn der grausamste aller Riesen schickte beim Anblick der beiden Brüder seine ganze Grausamkeit in die Keller seines Wesens und ersetzte sie durch Güte und Herzlichkeit. Er rief nach der ältesten Tochter des Königs, die seine Frau geworden war.

»Wir sind gekommen, um dich aus dem Haus des Riesen zu befreien«, flüsterte Osmo ihr ins Ohr.

Sie lachte laut auf, stieg auf eine Leiter und gab ihrem Mann einen Kuß.

›Wie kann sie diesen Riesengreis nur lieben?‹ dachten die beiden Brüder, die häufig die gleichen Gedanken hatten. ›Er ist viermal so alt wie sie und siebenmal größer als sie.‹

Der goldene Vogel sang über ihren Köpfen:

»Die Jungen, die die Alten lieben,
die wissen die Perle zu finden.
Der Körper ist nur eine Auster,
die Liebe ist die Perle.«

Diesmal mußten Osmo und Veiko lachen. Sie sagten gleichzeitig: »Die Körper, die sich umarmen, öffnen die Auster, um zu sehen, ob die Perle darin ist.«

Da der Riese und seine Frau nichts verstanden, erzählten die beiden Brüder ihnen, was der goldene Vogel gesungen hatte.

Der Riese erklärte, der goldene Vogel sei ein Weiser, und seine Frau bereitete ein großes Festmahl für ihre Gäste.

Lange feierten sie, so lange, daß das Schiff, nachdem es einen ganzen Tag gewartet hatte, mit einem einzigen Insassen abfuhr: dem Kapitän.

Der König weinte und sagte: »Der Riese hat sie alle getötet. Niemals werde ich meine Tochter und die beiden Brüder wiedersehen.«

Aber der Riese lieh Osmo und Veiko und ihren Tieren ein Schiff.

»Deine Tochter läßt dich grüßen«, sagten die beiden Brüder zum König. »Sie ist glücklich. Sie liebt ihren alten Ehemann.«

»Nimm meine jüngste Tochter zur Frau!« sagte der König zu Osmo.

»Ich habe keine Zeit. Wir müssen nach unserem Vater sehen, der arm und ganz allein ist.«

Als die beiden Brüder ihren Vater herbeigeholt hatten, sagte der König zu Osmo:

»Nimm meine jüngste Tochter zur Frau!«

»Nur unter einer Bedingung.«

»Welcher?«

»Daß mein Bruder Veiko auch eine Frau bekommt: deine Tochter, die weder die älteste noch die jüngste ist.«

Der König weinte.

»Ich kann sie deinem Bruder nicht geben. Ihr Kopf sitzt verkehrt herum. Sie hat die Augen dort, wo ihr Nacken sein sollte.«

»Sieh meinen Bruder an!« sagte Osmo.

Der König, der so viele Leute anzusehen hatte, sah fast nie jemanden an, und er war noch zerstreuter als egoistisch. Zum erstenmal blickte er Veiko ins Gesicht, aber er sah nur Haare und einen Nacken und darunter eine Brust.

»Dreh dich um!« sagte er.

Da sah er ein Gesicht und einen Rücken und rief:

»Sie sind füreinander geschaffen!«

Wieder erhob der goldene Vogel seine Stimme. Diesmal sang er:

»Sie sind füreinander gemacht,
und sie sind nicht die einzigen.
Veikos Tiere sind alle
für Osmos Tiere gemacht,
Veikos Tiere sind traurig,
sie glauben, es braucht sie keiner.
Veikos Tiere brauchen Trost.«

Kurze Zeit darauf starb der König, und sein Königreich fiel Osmo und Veiko zu.

Der goldene Vogel verwandelte alle Herzen mit Hilfe

der beiden Brüder in Gold. Königin in diesem Königreich wurde die Liebe. Die Menschen aßen keine Tiere mehr, weil man Geschöpfe, die man liebt, nicht ißt.

Doch auf dieser armen Erde kann ein Paradies nicht lange leben. Der Haß ist auch ein Köng, der früher oder später aufwacht und das Paradies verjagt. Es entfloh dorthin, wohin alle Paradiese fliehen, die von der Erde vertrieben werden.

Heute ist das Königreich am Ufer des Eismeers kein Paradies mehr. Aber die Menschen erinnern sich manchmal daran, daß früher einmal, vor Tausenden von Jahren, die Liebe als Königin in jenem Königreich herrschte, in dem Osmo und Veiko die Minister des goldenen Vogels waren. Wenn sie Tiere töten oder sich dem Haß überlassen, so fühlen sie einen Schmerz in jenem kleinen Teil ihres Herzens, der Gold geblieben ist. Und sie hören eine Stimme, die singt:

»Ich bin da, mitten in euch,
aber ich fliege stets wieder fort.
Ich bin der goldene Vogel.
Ich picke mit meinem Schnabel
an euer Herz und wecke es
für einen Augenblick auf.
Danach fliege ich wieder davon.«

Der große Hecht

Alpo und Sirpa lebten mit ihrer Mutter im Herzen des Waldes. Dieses Herz war so tief versteckt, daß kein Mensch wußte, wo es sich befand. Kein Mensch außer – natürlich – Alpo, Sirpa und ihrer Mutter. Ihren Vater hatten sie im Frühjahr verloren.

Das Eis auf einem der Seen war nicht so fest und stark wie der Körper ihres Vaters gewesen, und so hatte er sich zu den Fischen begeben. Jetzt näherte sich der Sommer seinem Ende, und die Mutter hatte nach dem Verlust ihres Mannes begonnen, allmählich dahinzusterben.

Ehe sie ganz starb, sagte sie zu ihrem Sohn Alpo und ihrer Tochter Sirpa: »Ihr könnt nicht ganz allein im Herzen des Waldes leben. Deshalb sollt ihr nach Osten gehen, eine weite Strecke, und es wird euch niemand begegnen. Endlich werdet ihr gefällte Bäume sehen und dann einen Pfad. Diesem Pfad sollt ihr folgen. Er führt zu einem Haus, aber ihr müßt vorsichtig sein, denn . . .«

Die Mutter konnte den Satz nicht zu Ende sprechen; sie war gestorben.

Die beiden Geschwister machten sich auf den Weg nach Osten. Lange wanderten sie, nährten sich von wilden Beeren und schliefen auf dem Moos.

Dann gab es plötzlich keine Beeren mehr, kein Moos, keinen Wald, kein Wasser. Aber als sie am anderen Ende dieser Öde ankamen, erblickten sie gefällte Bäume und den Pfad, von dem ihre Mutter gesprochen hatte. Der Pfad führte sie in einen neuen Wald. Alpo kletterte auf einen Baum und entdeckte nicht allzuweit entfernt einen kleinen See. Er sagte seiner Schwester, die müde war von der Wanderung, die solle sich ausruhen, und ging selber, um Wasser zu holen. In dem Augenblick, als er sich mit dem Krug herabbeugte, sprang ein großer Hecht aus dem See und mitten hinein in Alpos Arme.

»Wenn du mich am Leben läßt, werde ich dir einen guten Rat geben«, sagte er.

»Ich habe nicht die Absicht, dich zu essen«, entgegnete Alpo und hielt den Hecht an seine Brust gedrückt. »Sobald du mir deinen guten Rat gegeben hast, werde ich dich wieder in den See gleiten lassen.«

»Also hör gut zu!« sagte der Hecht. »In dem Haus, zu dem der Pfad euch führen wird, wohnen drei Riesen. Sie sind sehr gefährlich. Siehst du den Baum dort, der höher ist als die anderen? Zwischen seinen Wurzeln liegt ein Schwert. Es ist zwar klein, aber mächtig. Es gehorcht nur dem, der das Zauberwort kennt.«

Der Hecht flüsterte Alpo das Zauberwort ins Ohr und sagte ihm außerdem, er solle seiner Schwester Sirpa nicht trauen.

»Und jetzt erlaube mir, daß ich dich verlasse. Die Luft bekommt meiner Lunge nicht.«

Alpo ließ den Hecht vorsichtig ins Wasser gleiten und ging zu dem hohen Baum, grub in der Erde zwischen seinen Wurzeln und fand das Schwert. Es war sehr klein, aber so schwer, daß er es nicht heben konnte. Da flüsterte er das Zauberwort, und das Schwert wurde leicht wie eine Feder. Er verbarg es unter seinem Kittel, füllte den Krug mit Wasser und ging zurück zu seiner Schwester, um sie aufzuwecken.

Die drei Riesen nahmen die beiden Geschwister freundlich auf, boten ihnen eine reichliche Mahlzeit und ein Bett zum Schlafen. Als sie ihnen endlich eine gute Nacht wünschten, bemerkte Alpo ein freudiges Glitzern in ihren Augen.

›Wir haben nichts getan, um sie freudig zu stimmen‹, dachte Alpo. ›Sie freuen sich darauf, uns zu fressen.‹

Er legte sich auf das Bett, ohne sich auszuziehen und ohne das kleine Schwert abzulegen, das er unter seinen Kleidern versteckt hielt. Sirpa schlief neben ihm. Die Riesen schnarchten im Nebenraum. Alpo dachte nach.

›Die drei Riesen haben nichts gegessen; absichtlich, weil sie sich den Appetit nicht verderben wollten. Der Hecht hat ausdrücklich gesagt, sie wären gefährlich.‹

Da fielen die drei Riesen auch schon über Alpo her. Er sprang aus dem Bett, legte das Schwert auf den Fußboden und sagte:

»Wer von euch es fertigbringt, dieses Schwert vom Boden aufzuheben, kann mir den Kopf abschlagen.«

Die Riesen stürzten sich auf das Schwert, aber sie konnten es nicht vom Boden aufheben.

»Heb du es selber auf!« riefen sie. »Wenn es dir nicht gelingt, werden wir dich auf andere Weise töten.«

Alpo beugte sich tief hinab und flüsterte das Zauberwort, so leise, daß nur das Schwert es hören konnte. Da ließ es sich von Alpo aufheben, der zu den Riesen sagte:

»Versprecht mir, uns in Ruhe zu lassen, meine Schwester und mich. Sonst . . .«

Die Riesen traten lachend auf Alpo zu. Einer von ihnen wollte ihn packen und erwürgen. Sogleich fuhr das Schwert aus Alpos Händen und hieb den drei Riesen die Köpfe ab. Dann legte es sich zu Füßen Alpos nieder.

Sirpa schrie entsetzt auf, als der Fußboden sich öffnete und die drei toten Riesen in den Keller fielen.

»Warum hast du sie getötet?« rief sie. »Sie waren so freundlich zu uns.«

»So freundlich«, sagte Alpo, »daß sie mich erwürgen wollten.«

Sirpa versuchte vergeblich, das Schwert aufzuheben.

»Was hast du gemacht, damit es dir gehorcht?«

Alpo gab keine Antwort, legte sich wieder auf das Bett und behielt das Schwert neben sich.

Am nächsten Tag ging er zum Fischfang.

Währenddessen stieg Sirpa in den Keller hinunter, um zu sehen, was aus den drei Toten geworden war. Sie fand nur zwei. Das Schwert hatte in der Eile den Kopf des jüngsten Riesen nicht ganz abgeschlagen. Er stöhnte schrecklich, Sirpa beugte sich über ihn, und als er endlich sprechen konnte, fragte er: »Wo ist dein Bruder?«

»Beim Fischfang.«

»Sag ihm nicht, daß ich noch lebe. Ich habe Angst vor seinem Schwert. Willst du mich pflegen und mir zu essen bringen? Dann werde ich hier im Keller bleiben, bis ich gesund bin.«

Sirpa fand, daß der junge Riese schöne Augen hatte. Sie fragte:

»Weshalb hast du uns totschlagen wollen?«

»Du sprichst von meinen beiden Brüdern. Sie waren böse, aber ich bin gut. Ich schlage niemanden tot.«

Als Alpo mit vielen Fischen und anderen Nahrungsmitteln zurückkehrte, stieg Sirpa in den Keller hinunter und brachte dem Riesen zu essen. Für sie selber und Alpo blieb nur eine magere Mahlzeit. Alpo fragte erstaunt:

»Was hast du mit dem übrigen Essen gemacht?«

»Im Keller sind zwei Riesenhunde«, antwortete Sirpa. »Du hast doch Tiere so gern, daß sie gewiß nicht Hungers sterben sollen. Also muß ich ihnen Essen bringen.«

Alpo wollte hinuntergehen in den Keller, um sich die beiden Hunde anzusehen, aber Sirpa sagte:

»Nein, tu es nicht! Sie bewachen die Leichen ihrer Herren. Wenn sie dich sehen, werden sie dich in Stücke zerreißen.«

»Und du?« fragte Alpo. »Weshalb zerreißen sie dich nicht in Stücke?«

»Ich bin nur ein Mädchen, und ich bringe ihnen zu essen. Aber du bist ein Mann, und die Hunde warten auf dich, um ihre Herren zu rächen.«

»Ich muß ihnen doch eines Tages begegnen. Sie werden gewiß nicht immer bei den Leichen im Keller bleiben.«

Sirpa lächelte. »Ich werde es nicht zulassen, daß sie herauskommen. Ich will doch nicht meinen geliebten Bruder verlieren. Versprich mir, niemals in den Keller zu gehen.«

Alpo versprach es.

Lange lebten sie in dem Haus, das vor allem Sirpa sehr gut gefiel. Sie hielt sich oft im Keller auf, unter dem Vorwand, den Hunden ihr Fressen zu bringen.

Der junge Riese, der Kalle hieß, wurde allmählich gesund und aß immer mehr. Alpo verbrachte viel Zeit damit, genug Nahrung herbeizuschaffen.

»Die armen Hunde sterben vor Hunger«, klagte Sirpa. »Die Fische und die wilden Beeren genügen ihnen nicht. Du müßtest einen Bären töten oder einen Elch.«

Aber Alpo, der schon mit schlechtem Gewissen zum

Fischfang ging, dachte nicht daran, sich an den Tieren des Waldes zu vergreifen.

Kalle, dem Leichengeruch widerlich war, beklagte sich bei Sirpa. Sie tröstete ihn, so gut sie konnte, und schenkte ihm alles, was ein Mädchen zu verschenken hat.

Der junge Riese sagte, er werde sie heiraten, sobald sie sich von ihrem Bruder befreit hätte.

Als Alpo eines Morgens beim Erwachen merkte, daß Sirpa nicht in ihrem Bett geschlafen hatte, erklärte sie ihm, sie habe in der Nacht wilde Beeren gesucht.

»Am Tage habe ich so viel im Haus zu tun«, sagte sie. »Die Hunde kosten mich sehr viel Zeit.«

Alpo glaubte seiner Schwester.

Von Zeit zu Zeit ahmte Kalle mit seiner tiefen und wilden Stimme das Hundegebell so gut nach, daß Alpo keinen Zweifel an ihrem Vorhandensein hatte.

»Höre!« sagte Kalle zu Sirpa. »Ich habe mir etwas ausgedacht. Frage deinen Bruder nach dem Zauberwort, mit dem man das Schwert an sich nehmen kann. Wenn du es hast, bringe es mir. Ich werde es in der Hand halten und aus dem Keller hinaufsteigen. Ich will deinen Bruder nicht töten. Wenn er mich sieht, wird er sich so fürchten, daß er bestimmt flieht und nicht wagen wird, je wieder hierher zurückzukommen.«

Es gelang Sirpa nicht, das Zauberwort zu erfahren. Alpo hatte die Ratschläge des großen Hechtes nicht vergessen.

»Wir haben hier unten eine alte Flasche Wein«, sagte Kalle. »Gib deinem Bruder davon! Wenn er betrunken ist, wird er auf alle Fragen antworten. Sollte er es dennoch nicht tun, so setze dich neben ihn, wenn er schläft. Im Schlaf wird er das Zauberwort verraten.«

Alpo trank den Wein. Er wurde betrunken, aber er verriet das Zauberwort nicht. Sirpa setzte sich neben sein Bett, während er schlief. Endlich, da sie ihn mit Fragen bestürmte, bekam sie, was sie wollte.

Es gelang ihr, das Schwert aufzuheben, und sie brachte es Kalle. Sogleich nahm er es in die Hand und stieg aus dem Keller nach oben, doch das Schwert weigerte sich, ihm zu gehorchen, als er Alpo den Kopf abschlagen wollte.

Da riß Kalle Sirpas Bruder aus dem Bett, hielt die Schwertspitze gegen seinen Rücken gerichtet und zwang ihn so, das Haus zu verlassen. Dann trieb er ihn unter der Drohung, daß er ihn töten werde, zu dem höchsten Baum. Kalle hoffte, das Eichhörnchen, das im Wipfel des Baumes wohnte, werde dafür sorgen, daß Alpo hinunterstürzte.

Alpo kletterte bis zur höchsten Spitze, traf dort das Eichhörnchen und sagte ihm höflich guten Tag.

Das Eichhörnchen reichte ihm seine Pfote und sagte:

»Du bist ein liebenswürdiger und höflicher junger Mann. Einer der drei Riesen, die in dem Haus dort unten wohnen, ist einmal auf diesen Baum gestiegen. Er wollte sehen, ob irgendwo in der Umgebung menschliche Wesen zu entdecken wären, die er töten könnte. Da habe ich meine Pfoten über seine Augen gelegt, und er ist hinuntergestürzt. Aber weil er groß und stark ist, hat er dabei nicht den Tod gefunden. Was dich betrifft, so steig du nur ruhig wieder hinunter, und wenn du mich je brauchen solltest, so werde ich dir zu Hilfe kommen.«

Alpo dankte dem Eichhörnchen und stieg hinunter. Kalle, der unter dem Baum auf ihn wartete, trieb ihn vor sich her zu der Höhle eines Bären und befahl ihm, hineinzugehen.

»Guten Tag«, sagte Alpo. Der Bär gab ihm die Tatze.

»Du bist ein liebenswürdiger und höflicher junger Mann. Ich werde dir nichts Böses tun. Im Gegenteil. Wenn du mich jemals brauchen solltest, so werde ich dir zu Hilfe kommen.«

Kalle sah, daß der Bär Alpo nicht angriff. Da stürzte er sich selber auf ihn, und es gelang ihm, Alpo mit der Spitze des Schwertes die Augen auszustechen.

Lange irrte Alpo durch den Wald. Da er nichts sah, wußte er nicht mehr, in welche Richtung er ging. Plötzlich hörte er eine Vogelstimme über seinem Kopf singen:

»Es liegen zwei Tropfen Tau
auf einem Birkenblatt.
Berührt man tote Augen mit ihnen,
so können sie wieder sehen,
und besser noch als zuvor.«

Alpo verstand seit seiner Kindheit die Sprache aller Tiere. Aber wie sollte er die zwei Tautropfen finden?

Da sprang ihm das Eichhörnchen auf die Schulter und sagte: »Warte hier auf mich! Rühre dich nicht von der Stelle!«

Schon bald kam das Eichhörnchen zurück und legte seine beiden Pfoten auf Alpos Gesicht. Zwei Tropfen Tau drangen in seine Augen, und sie sahen besser als zuvor.

Der Bär kam auch hinzu und sagte: »Wir werden keine Ruhe haben, ehe wir nicht den Riesen Kalle und deine Schwester Sirpa von hier verjagt haben.«

Alle drei machten sich auf den Weg zu dem Haus. Das Eichhörnchen kletterte bis zu einem Fenster und äugte hinein, ohne selber gesehen zu werden.

»Sie essen«, sagte es.

»Gut«, brummte der Bär, »wir werden sie angreifen, wenn sie fertig sind mit dem Essen.«

»Was machen sie jetzt?« fragte Alpo nach einer Weile.

Das Eichhörnchen senkte verlegen den Kopf.

»Das mag ich nicht sagen.«

Der Bär legte sich vor der Tür des Hauses in den Schnee.

»Es eilt nicht so. Es ist taktvoller, wenn wir noch ein wenig warten.«

Sie warteten.

»Jetzt machen sie nichts mehr«, rief das Eichhörnchen vom Fenster herab.

Der Bär erhob sich. Alpo trat als erster ins Haus.

»Wenn ihr für immer von hier fortgeht«, sagte er, »werde ich euch nichts Böses antun. Wenn nicht ...«

Kalle, mit dem Schwert in der Hand, lachte.

»Du bist es, der für immer von hier fortgehen wird«, rief er und schwang das Schwert über Alpos Kopf.

Da stürzte sich der Bär auf den Riesen. Kalle wollte ihm den Kopf abschlagen, aber das Schwert gehorchte nicht. Es entschlüpfte seinen Händen, und der Bär stieß den Riesen zur Tür. Mit seiner ganzen Kraft schlug der junge Riese auf den Bären ein, aber es gelang ihm nicht, ihn zu töten. Denn der Bär setzte sich zur Wehr und teilte seinerseits Prankenhiebe an Kalle aus, verletzte ihn aber kaum.

Der Riese, der einen Fuß auf das Schwert gestellt hatte, bückte sich, um es aufzuheben. Es gelang ihm, und er wollte sogleich den Bären und Alpo erschlagen, aber das Schwert drehte sich in seiner Hand um und zwang ihn, es gegen sich selber zu richten.

Als Sirpa sah, daß ihr Freund tot umsank, verließ sie

das Haus und entfloh so schnell und so weit, wie sie konnte.

Alpo, der Bär und das Eichhörnchen kehrten in den Wald zurück. Alpo war traurig darüber, daß er seine Schwester verloren hatte.

»Sie taugte nichts«, sagte der Bär. »Sie wird einen Ehemann finden und ihn unglücklich machen.«

Die drei setzten sich ins Moos, und Alpo legte sein Schwert neben sich.

»Weshalb hat es mir die Augen ausgestochen?« fragte er.

»Damit du besser sehen kannst«, antwortete das Eichhörnchen. »Es weiß genau, was es tut. Es irrt sich nie.«

Der Bär und das Eichhörnchen gingen einen Augenblick beiseite und redeten leise miteinander. Als sie wieder zu Alpo traten, sagten sie: »Willst du uns einen Dienst erweisen?«

»Für euch werde ich alles tun, was ihr von mir verlangt.«

»Schlage uns mit dem Schwert den Kopf ab!«

»Seid ihr verrückt geworden? Oder ist das ein schlechter Scherz?«

Der Bär legte eine Pranke auf Alpos Knie.

»Tu, was wir von dir verlangen.«

»Ich werde doch nicht meine besten Freunde umbringen.«

Verzweifelt entfernte Alpo sich einige Schritte und sagte zu dem Schwert, das er in der Hand hielt: »Schade, daß du nicht reden kannst! Sonst könntest du den beiden sagen, daß du ihnen um nichts in der Welt Böses antun würdest.«

Das Schwert gab keine Antwort, aber es befreite sich

aus Alpos Händen und glitt über das Moos auf den Bär und das Eichhörnchen zu.

Alpo bedeckte seine Augen mit den Händen, um nicht mit ansehen zu müssen, was seinen Freunden geschah. Er stützte sich gegen einen Baum und weinte.

Plötzlich fühlte er Hände auf seinen Schultern. Ein Mann und eine Frau standen da und lächelten ihn an. Seine Augen suchten nach den toten Körpern seiner beiden Freunde, aber er sah nichts auf dem Moos. Auch das Schwert war verschwunden.

»Wer seid ihr?« fragte Alpo.

»Du kennst uns gut.«

»Wie kann ich euch kennen? Die einzigen menschlichen Wesen, die ich gekannt habe, waren mein Vater, meine Mutter, meine Schwester und die drei Riesen, sofern man die auch menschliche Wesen nennen kann.«

»Nein«, sagte der Mann, »so kann man sie nicht nennen. Die menschlichen Wesen und die Tiere leben zwischen Erde und Himmel, aber die Riesen waren aus der Tiefe der Erde oder irgendwelchen anderen Tiefen emporgestiegen und brachten allen Geschöpfen, die das Unglück hatten, ihnen zu begegnen, nur Leid. Eines Tages sind sie gekommen und haben meine Frau und mich aus unserem Haus vertrieben. Wir sind geflohen, aber sie suchten überall nach uns, weil sie uns töten wollten. Da ist das Schwert erschienen und hat uns den Kopf abgeschlagen.

Dadurch sind wir Tiere geworden, ein Bär und ein Eichhörnchen. Die Riesen suchten weiter, aber sie fanden nur einen Bär und ein Eichhörnchen. Für uns war das die beste Möglichkeit, um unentdeckt zu bleiben. Der große Hecht riet uns, in der Nähe des Hauses zu bleiben, weil bald ein junger Mann kommen würde, der uns von den Riesen befreien, mit dem Schwert unsere Köpfe abschlagen und uns unsere menschliche Gestalt wiederschenken würde.«

Alpo machte einen Freudensprung und umkreiste die beiden, um sie von allen Seiten zu betrachten.

Sie hatten keine Kinder und fragten ihn beide gleichzeitig: »Willst du als unser Sohn bei uns bleiben?«

»Nur unter einer Bedingung«, antwortete Alpo. »Ihr dürft nicht von mir verlangen, daß ich euch den Kopf abschlagen soll.«

Zu dritt gingen sie zu dem großen Hecht, um ihm für seine guten Ratschläge zu danken.

Er reckte den Kopf aus dem Wasser.

»Ihr habt noch keine Zeit gehabt, euch Kinder zuzulegen«, sagte er. »Nehmt Alpo als euren Sohn bei euch auf!«

»Das ist bereits geschehen«, antworteten alle drei zu gleicher Zeit.

Der große Hecht gähnte gelangweilt. Er gab nicht gern Ratschläge mit Verspätung.

Ossip

»Ossip«, sagte der Vater zu seinem jüngsten Sohn, »sieh, wie deine beiden Brüder arbeiten! Sie haben schon ein Vermögen zusammengebracht für die alten Tage ihres Vaters. Sie haben mir hundert Rentiere geschenkt. Und du, was tust du?«

Ossip machte den Mund auf, aber es kam kein Ton heraus.

»Bist du auch zu faul, mir zu antworten?«

Ossip machte den Mund wieder zu.

Der Vater packte seinen Sohn beim Arm und schüttelte ihn.

»Schämst du dich nicht? Du verbringst deine Zeit mit Nichtstun. Sieh hier dieses kleine Geldstück! Es ist kaum etwas wert. Du bist noch weniger wert.«

Diesmal machte Ossip den Mund auf, um etwas zu sagen.

»Schenk es mir!«

Der Vater stampfte mit dem Fuß auf.

»Nicht genug damit, daß du nichts für deinen Vater tust, du wagst auch noch, ihn um Geld zu bitten.«

»Schenk es mir!«

Der Vater fing an zu lachen.

»Also nimm es! Du kannst dir nicht einmal einen Apfel oder einen Rentierschwanz dafür kaufen.«

Ossip machte den Mund auf, um mehrere Worte aus ihm zu entlassen, die einen ganzen Satz bildeten: »Mit diesem Geldstück kaufe ich tausend Rentiere für deine alten Tage.«

»Du machst dich lustig über deinen Vater. Das ist alles, was du kannst. Um tausend Rentiere zu kaufen, würden drei Leben voller Arbeit nicht ausreichen. Und du hast seit dem Tag deiner Geburt bis zu deinem zwanzigsten Geburtstag, der bald sein wird, überhaupt nichts getan.«

Ossip sagte nichts mehr. Er nahm die kleine Münze und ging davon.

Nicht weit entfernt lebte eine alte Frau, die von weit her, aus einem fremden Land, gekommen war. Sie wußte, daß die Lappen keine Händler waren, deshalb machte sie einen Laden auf, in dem man Bonbons, Zukker, Mehl, Kartoffeln, Tabak und Hosenknöpfe – mit einem Wort, alles – kaufen konnte. Wer kein Geld hatte, tauschte bei ihr diese Waren gegen gesalzene Fische, Rentierfelle oder Tundrabeeren ein, die sie für gutes Geld in ferne Städte verkaufte. Auf diese Weise war sie sehr reich geworden.

In diesen Laden trat Ossip und legte das kleine Geldstück auf den Tisch, hinter dem die alte Händlerin saß.

»Was möchtest du dafür haben?« fragte sie. »Einen Bonbon? Einen Hosenknopf? Eine halbe Kartoffel?«

Ossip gab keine Antwort. Er setzte sich auf eine Bank am anderen Ende des Ladens. Dort blieb er den ganzen Tag und sah der Alten zu.

Am Abend, als der letzte Käufer den Laden verließ, stand Ossip auf, ging zu dem Tisch, nahm sein kleines Geldstück und wollte weggehen.

Die alte Frau hielt ihn zurück.

»Was willst du haben? Hast du dich jetzt entschlossen, was du kaufen willst?«

Ossip sagte kein Wort, blieb aber noch vor der Alten stehen.

»Ich kann Schwätzer nicht ausstehen«, sagte sie. »Aber findest du nicht auch, daß du etwas zu schweigsam bist?«

Ossip neigte den Kopf ein wenig zur Seite und ging davon.

Am nächsten Tag betrat Ossip den Laden, sobald die alte Frau die Tür geöffnet hatte, und legte seine Münze auf den Tisch.

»Da bist du ja wieder!« rief die Alte. »Weißt du jetzt, was du haben willst?«

Wieder setzte Ossip sich auf die Bank am anderen Ende des Ladens. Den ganzen Tag sah er der Alten zu, und am Abend nahm er sein Geldstück vom Tisch. Die Händlerin hielt ihn zurück. Sie schloß die Ladentür und forderte Ossip auf, sich neben sie auf einen Stuhl zu setzen.

Die Alte konnte Schwätzer nicht ausstehen, weil sie selber gern schwatzte. Sie redete lange und erzählte Ossip die Hälfte ihres Lebens. Endlich erlaubte sie ihm zu gehen, nicht ohne ihn noch einmal zu fragen, ob er sich nun entschlossen habe, was er kaufen wolle.

Ossip neigte den Kopf noch ein wenig mehr zur Seite als am Abend zuvor und ging davon, ohne zu antworten.

Am Tage darauf schloß die Alte die Tür ihres Ladens schon etwas früher als sonst, trat zur Bank, auf der Ossip saß, und erzählte ihm die zweite Hälfte ihres Lebens. Danach sagte sie:

»Ich kann Schwätzer nicht ausstehen. Sie lassen mich nie zum Reden kommen. Aber du verstehst gut zuzuhören, ohne mich je zu unterbrechen. Drei Tage lang hast du mir nun ununterbrochen zugesehen. Obwohl du doch sicher viel zu tun hast und mancherlei Arbeit auf dich wartet, hast du es nicht verschmäht, deine Zeit damit zu verlieren, eine arme alte Frau bei ihrer Arbeit zu beobachten. Ich frage dich nicht mehr, was du für dein Geldstück kaufen willst. Ich weiß jetzt, es war nur ein Vorwand, um bei mir sein zu können. Willst du, daß ich dich für ein paar einfache Arbeiten anstelle? Du könntest zum Beispiel den Laden ausfegen, Pakete packen und so weiter. Willst du?«

Ossip neigte den Kopf erst nach der einen, dann nach der anderen Seite.

»Nein? Nun gut, willst du mir dann beim Bedienen der Käufer helfen? Ich würde dir einen guten Lohn zahlen. Willst du? Nein, auch nicht? Dann weiß ich wirklich nicht, was ich dir noch anbieten könnte. Es sei denn . . .«

Ossip lächelte. Er neigte den Kopf erst nach vorn und dann zurück.

»Ja?« rief die Alte.

Eine gute Weile versank sie selber auch in Schweigen.

Endlich sagte sie: »Du mußt wissen, ich bin sehr reich. Wenn ich dich heirate, wird alles, was ich besitze, uns beiden gehören. Und du? Was besitzest du außer deiner Jugend? Was bringst du mit in die Ehe?«

Ossips Blicke richteten sich voller Stolz auf das Geldstück, das noch auf dem Ladentisch lag.

Die Alte war in den Jahren, da man die Angewohnheit hat zu sterben. Sie starb an ihrem Hochzeitstag. Und weil sie weder Kinder noch nahe Verwandte hatte, fiel ihr ganzes Vermögen Ossip zu.

Ossip, der großzügig war, verschenkte alle Bonbons an die Kinder. Er verkaufte den Laden samt seinem Inhalt an eine andere Frau, die von weit her aus einem fremden Land gekommen war.

Dann kaufte Ossip von dem Geld Rentiere und brachte sie seinem Vater als Geschenk. Es waren tausend.

Zwei Freunde

Die Sonne hatte sich hinter dem Horizont vergraben, als wäre sie von unsichtbaren Jägern erschossen worden. Man sah nichts mehr von ihr, weder tags noch nachts. Über ganz Lappland legte sich Dunkelheit, und Schnee und Eis leuchteten nicht mehr auf unter den Strahlen der Sonne. Menschen und Tiere sprachen gedämpfter, so als ob selbst ihre Stimmen die Strahlen verloren hätten.

Jussi und Timo saßen neben einem Feuer, das sie im Wald angezündet hatten.

»Woran denkst du?« fragte Timo seinen Freund. »Ich kenne doch diese Falte, die über deine Stirn läuft, wenn dich ein Gedanke quält.«

»Ich denke an die Sonne, die eben gestorben ist. So werden wir eines Tages auch sterben«, sagte Jussi.

»Aber was redest du denn? Die Sonne hat doch nur so getan, als wäre sie gestorben. Du weißt genau, daß sie in diesem Augenblick in anderen Ländern hoch am Himmel steht und strahlt und wärmt. Und zwar dieselbe Sonne, die sich bei uns vergraben hat.«

»Genau das dachte ich«, sagte Jussi. »Wir werden auch eines Tages so tun, als ob wir sterben. Es wird den Anschein haben, als wären wir unter der Erde, aber wir werden irgendwo anders sein, und zwar nicht in der Tiefe, und wir werden an anderen Orten strahlen.«

Timo zuckte mit den Achseln und legte Holz auf das Feuer, damit es nicht erlosch.

»Du wagst es, die Sonne, die göttlich ist, mit dem Körper zu vergleichen, der unter der Erde verwest. Da mag er schön strahlen und leuchten für die Würmer, die an ihm nagen.«

Jussi machte kein Hehl aus seiner Überraschung.

»Du glaubst also, daß wir im Leben und im Tod nichts anderes besitzen als diesen elenden Körper? Weißt du wirklich nicht, daß in unserem Körper ein großer König wohnt, der ihn verläßt, wenn er stirbt?«

Timo blickte seinen Freund mitleidig an.

»Ich merke, du sprichst von der Seele. Aber wenn sie ein König wäre oder sogar ein Gott, weshalb sollte sie sich dann unseren Körper als Wohnung aussuchen? Die Könige schließen sich gewöhnlich nicht freiwillig in ein Gefängnis ein.«

»Aber wenn du glaubst, daß du eine Seele hast«, sagte Jussi, »was meinst du denn, wohin sie geht, wenn du stirbst?«

Timo fühlte sich unbehaglich. Diese Unterhaltung mißfiel ihm.

»Sieh dir dieses Stück Holz im Feuer an!« sagte er. »Es ist tot. Es besteht nur noch aus Asche. Vor kaum zehn Minuten hat es noch gestrahlt, geleuchtet, uns gewärmt. Durch wen? Durch das Feuer, das, wenn du willst, seine Seele oder sein Gott war. Als das Holz starb, erlosch das Feuer, das in ihm war. Es wird immer Feuer und Holz geben. Aber dieses Stück Holz und dieses Feuer, das das Holz auflodern ließ und verschlang, gibt es nun nicht mehr. Ein bißchen Asche, das ist alles.«

Jussi sah wohl, daß er seinen Freund nicht überzeugen konnte. So sagte er nur: »Die Seele verschlingt unseren Körper nicht, und wir sind ein bißchen mehr als ein Stück Holz.«

»Vielleicht hast du recht. Wir sind ein bißchen mehr als ein Stück Holz. Ich habe mal geträumt, ich wäre König in einem herrlichen Land. Das war sicher meine Seele, die aus meinem Körper geschlüpft war, während ich schlief. Wir wollen jetzt auch schlafen gehen. Hörst du die Wölfe? Morgen werden wir sie jagen.«

Sie nahmen die Skier und kehrten in ihre Hütten am Ufer des Sees zurück.

Als sie auf ihren Rentierfellen lagen, sagte Timo:

»Du glaubst an die Ewigkeit. Die einzige Ewigkeit, die es für uns gibt, ist, zu heiraten und Kinder in die Welt zu setzen. In ihnen kann man nach dem Tode weiterleben. Das ist der Grund, weshalb alle Welt heiratet.«

Von dem anderen Ende des Raumes her sagte Jussi: »Warum hast du dann noch nicht geheiratet?«

»Ich hab Zeit, ich bin noch jung«, antwortete Timo gähnend. »Außerdem möchte ich dich nicht allein lassen. Wir fischen zusammen, wir gehen zusammen auf die Jagd, wir essen das gleiche Brot. Ich werde heiraten, wenn du tot bist.«

»Wer sagt dir, daß ich vor dir sterben werde?«

Timo zögerte einen Augenblick, dann sagte er lachend: »Deine Nase, dein Mund, deine Augen. Die Art, wie du gehst, ohne darauf zu achten, wohin du deine Füße setzt. Du guckst in die Sterne, in den Mond, als ob sie dir näher wären als die Bäume, die Rentiere, ich. Du verzehrst dich danach, deine Seele zu befreien, damit sie sich, ich weiß nicht, in welchen Bereichen, tummeln kann.«

»Es ist nicht recht, daß du dich lustig machst über mich«, sagte Jussi. Wenn ich vor dir sterbe, werde ich kommen und dich am Tage deiner Hochzeit strafen.«

Seine Stimme klang so ernst, daß Timo Angst bekam.

Er wickelte sich fester in seine Felle und sagte: »Du sprichst, als wärest du schon der Geist eines Verstorbenen.«

»Was? «rief Jussi. »Du glaubst an Geister?«

»Meine Mutter hat mal einen gesehen«, flüsterte Timo. »Nur einen einzigen«, fügte er wie zur Entschuldigung hinzu. »Sie pflegte ein krankes Rentier, aber es tobte so, daß sie Mühe hatte, es zu halten. Da kam mein Großvater, der schon seit langer Zeit tot war, ihr zu Hilfe. Aber frage mich nicht, woher er gekommen ist. Ich weiß es nicht. Ich will es auch nicht wissen. Meine Mutter lügt nie, aber sie kann sich getäuscht haben.«

»Sie ist wohl nicht die einzige hier bei uns in Lappland, die den Geist eines Toten gesehen hat«, sagte Jussi.

Timo bewegte sich unter seinen Rentierfellen. »Ja, ja, du hast sicher recht. Das Leben endet nicht mit dem Tod. Bist du nun zufrieden? Laß uns jetzt schlafen. Morgen gehen wir auf die Jagd.«

Aber es war Timo, der in dieser Nacht nicht einschlafen konnte. Das Gespräch hatte seine Seele aufgeweckt, und er sprach mit ihr wie mit einem Kind.

»Sei ruhig. Laß mich schlafen. Ja, ja, vielleicht bist du ein König. Jussi meint es. Aber ich bin einfältig und arm. Ich kann dir keine Krone geben. Willst du ein anderes Spielzeug haben? Du schweigst. Ich bin wohl deiner Antwort nicht würdig. Jussis Seele läßt sich herab, mit ihm zu reden. Sie war es sicher, die ihm gesagt hat, daß er bei meiner Hochzeit als Geist erscheinen soll.«

Timo hatte noch nie mit seiner Seele gesprochen, aber offenbar war es nötig gewesen. Denn von dieser Nacht an wurde er ein anderer. Er redete nicht mehr soviel. Er lernte das Schweigen seiner Seele begreifen.

So schwiegen die beiden Freunde jetzt, wenn sie in der nordischen Nacht am Feuer saßen.

Die Nachbarn spotteten manchmal gutmütig über sie, weil sie stets zu allen Diensten bereit waren. Sie holten die Rentiere zusammen und vertrieben die Wölfe und Vielfraße. Man nannte sie die Träumer.

Aber Lappland hat Verständnis für die Träumer. Fern der übrigen Welt, an den Grenzen der Erde, hat es eine eigene Lebensform, nicht eine, die aus dem Kopf und den Händen kommt, sondern jene der Seele und der Götter, die den Menschen zugetan sind.

Die beiden Freunde gaben die Liebe zurück an die Götter, ohne sie zu kennen oder zu sehen. Aber sie waren kaum zwanzig Jahre alt, und in diesem Alter denkt man nicht an den Tod. Wenn sie es dennoch taten, so geschah es, weil der Tod für sie ein großes Abenteuer war. In der Jugend möchte man viel reisen, fremde Länder sehen. Sie träumten von der größten aller Reisen in das fremdeste Land.

Die ewige Nacht näherte sich allmählich ihrem Ende, die Bären kamen aus ihren Winterhöhlen, die Augen noch voller Schlaf, aber den Bauch ganz wach.

Jussi und Timo ließen ihre Seele und das Schweigen beiseite und strichen überall umher. Sie wollten Fische fangen und schlugen Löcher in das Eis, das sich unter den herrischen Küssen der Sonne mit Tränen bedeckte.

»Sieh!« sagte Timo. »Das Eis schwitzt und weint und wird schon magerer. Der Frühling kommt.«

»Die Sonne braucht das Eis, um an ihm ihre Macht zu zeigen«, sagte Jussi. »Bald wird sie hineinbeißen, es in kleine Stücke zerkauen und seine Tränen in Gestöhn verwandeln. Und wenn sie endlich allen Seen und Wäldern den weißen Mantel ausgezogen und das Moos auf der Erde getrocknet hat, dann wird sie so stolz sein über ihr Werk, daß sie keine Minute mehr schläft. Doch man soll von ihrer Macht nicht zu hoch denken. Sie gibt uns ihr Licht, ihre Wärme – und auch ihre Gleichgültigkeit. Wenn sie es satt hat, zu leuchten, geht sie weg und läßt uns im Dunkeln. Und wenn sich das Leben von uns zurückzieht, so werden wir nicht von ihr aus dem Dunkel geführt.« Leiser fügte Jussi hinzu: »Und wenn mich nun die Götter vergessen und in meinem Grab liegenlassen?«

Er blieb in Gedanken versunken. Er mußte auf Timos Hochzeit erscheinen. Nichts war leichter als das, wenn man einen festen Körper und warmes Blut in den Adern hatte, aber wie würde es sein, wenn man als ganzes Gepäck nur seine Seele besaß?

»Woran denkst du?« fragte Timo.

»Ich zittere vor Angst«, sagte Jussi. »Ich bin nicht mehr so sicher, daß ich dir mein Versprechen halten kann.«

»Beunruhige dich nicht darüber! Es hat keine Eile. Du bist nicht tot, und ich weiß nicht, wen ich heiraten sollte. Warte bis du tot bist, dann kannst du immer noch vor Angst zittern.«

Er lachte. Dann schwiegen sie beide eine Weile. Nachdenklich starrten sie auf den Schnee. Sie sprachen nicht mehr, weil sie sich ein wenig schämten.

Timo liebte seinen Freund und würde jedes Opfer für ihn gebracht haben, wenn es nötig gewesen wäre. Und nun sprach er ganz ruhig von seinem Tod und forderte halb im Scherz, daß er ein absurdes Versprechen halte.

Jussi fragte sich seinerseits, was ihn eigentlich dazu bewogen hatte, ein solches Versprechen zu geben. Er wollte es gerade sagen, als Timo ihm einen Schneeball mitten ins Gesicht warf und er den Mund wieder zumachen mußte.

Da dachten sie beide nicht mehr an das Versprechen und an ihr Gespräch, sondern wälzten sich im Schnee und kämpften miteinander, um zu sehen, wer der Stärkere sei. Dann kehrten sie fröhlich in ihre Hütte zurück, trockneten ihre Kleider am Feuer, kochten eine Fischsuppe und erhielten den Besuch einer Kusine von Timo. Sie brachte einen köstlichen Kuchen mit und bekam zum Dank dafür zahlreiche Küsse von ihrem Vetter, nicht aber von Jussi, der zu schüchtern war, um Mädchen zu küssen.

Timo begleitete die Kusine bis zu ihrer Hütte, während Jussi seine Rentierstiefel auszog, sich auf sein Bett legte und in Gedanken alle Mädchen der Welt küßte, so daß Timo, als er zurückkam, ihn ganz glücklich und erfrischt von den zahllosen Phantasie-Küssen vorfand.

Am folgenden Tag wachte Jussi früh auf und verließ die Hütte. Er hatte am Abend vorher in dem schon etwas feuchten Schnee Bärenspuren gesehen. Trotzdem nahm er keine Waffe mit. Er hatte nicht die Absicht, auf Bären zu schießen, weil sie in dieser Jahreszeit weder für Rentiere noch für Menschen gefährlich waren. Er ging einfach in den Wald, um Holz zu sammeln, während sein Freund noch schlief. Er konnte nicht wissen, daß der Bär, dessen Spuren er gesehen hatte, eine Bärenmutter mit zwei Jungen war, die früher als gewöhnlich zur Welt gekommen waren.

Die Bärin sah Jussi kommen, aber anstatt wegzugehen, kam sie näher, nachdem sie ihre Jungen in Sicherheit gebracht hatte. Sie konnte nicht wissen, daß Jussi keinerlei böse Absicht gegen ihre Kinder hatte. Aus Vorsicht und um sie zu schützen, stieß sie ihren Kriegsruf aus, eine Art rauhes Pfeifen. Sofort legte Jussi sich auf den Boden und tat, als ob er tot wäre. Ein Bär hat soviel Respekt vor dem Tod, daß er nie einen Kadaver anrührt, und es ist ganz einfach, ihn zu täuschen, vorausgesetzt, daß man nicht die geringste Bewegung macht, die Leben verrät. Diese Bärenmutter war mißtrauisch, und um ganz sicher zu sein, daß es sich nicht um einen falschen Toten handelte, setzte sie sich neben Jussi in den Schnee.

Sie hatte Zeit, sie wartete. Sie wartete, bis Jussi einen Krampf in seinem linken Arm bekam. Da sprang eine Flamme in ihren Augen auf, und eine Pranke, deren Krallen schärfer waren als Zähne, schlug in den Arm und riß ihn vom Körper.

Jussi machte keine Bewegung mehr, denn er hatte das Bewußtsein verloren.

Die Bärin wollte ihre Wache gerade aufgeben, da kam Timo, der ein Unheil ahnte, herangestürzt. Als das Tier sah, daß er eine Waffe in der Hand trug, entfloh es zu seinen Jungen.

Jussi tat nicht mehr so, als sei er tot. Er war tot. Er hatte zuviel Blut verloren. Bis zur Hütte, in die Timo seinen Freund trug, führte eine schmale rote Spur. Als es Nacht wurde, leckten zwei Vielfraße sie auf und gaben dem Schnee seine weiße Farbe wieder zurück.

Der Tod eines Menschen nimmt nichts von der Liebe weg, die man für ihn empfunden hat. Da man ihn nirgends mehr findet, sucht man ihn nur noch an der Quelle aller Liebe. Und das Herz, sagt man, ist der Schlüssel der Seele.

Timo tröstete sich in dem Gedanken an ihre Gespräche. Er war nicht einmal traurig. Die Traurigkeit ist für jene, die glauben, der Tod sei eine ewige Nacht. Für sie ist das Denken an einen geliebten Menschen in seinem Grabe ein Monolog ohne Antwort. So stirbt auch die Erinnerung. Und dann ist der andere endgültig gestorben für den Zurückgebliebenen. Das Herz, müde, ins Leere hinein zu lieben, hängt sich an andere Menschen, und von dem Toten bleibt den Lebenden nicht mehr als die Blumen, die sie auf sein Grab legen, aus Verpflichtung, aus Gewohnheit und um einen altgewordenen Kummer zu besänftigen.

Timo dachte nicht daran, ein Kleid, das unter der Erde verweste, mit Blumen zu schmücken.

›Jussi fühlt sich glücklich dort, wo er ist. Weshalb sollte ich es hier nicht ebenso machen wie er?‹

Und Timo ging zum Tanz, war guter Dinge und traf sich mit jungen Mädchen.

Die Nachbarn sagten: »Er hat seinen Freund schon vergessen. Er lacht und unterhält sich. Er benutzt seine Jugend wie eine Waffe. Aber er kann nichts dafür. Man ist schließlich nur einmal jung.«

Ja, er versuchte, das Beste aus seinem Leben zu machen. Er leuchtete und strahlte. Er wurde der Abgott der Mädchen, vor allem seiner Kusine, jener Verwandten, die eines Tages die beiden Freunde besuchte und einen so köstlichen Kuchen mitgebracht hatte.

Timos Mutter, die schöne Kittel für ihren Sohn machte und auch den Vier-Winde-Hut nicht vergaß, sagte: »Die Winde müssen dich lieben. Du bist ein richtiger Wirbelsturm. Findest du nicht, es würde allmählich Zeit, daß du ruhiger wirst und heiratest?«

Timo lächelte und dachte an all die armen Mädchen, die er dann im Stich lassen müßte. Man hätte ihn für eitel halten können, aber er war es nicht im geringsten, nicht mehr als es das Nordlicht ist, das in den wolkenlosen

Nächten den ganzen Himmel in Flammen setzt, tanzt, dem Mond und den Sternen den Hof macht, und so tut, als wollte es die ganze Erde umarmen.

Die Kusine brachte ihm immer häufiger köstliche Kuchen.

»Ich werde nicht mehr kommen«, sagte sie eines Tages zu Timo, »wenn du dich nicht endlich entschließt, mich zu heiraten.«

»Dich zu heiraten?« rief Timo. »Das ist ein guter Gedanke. Also: feiern wir morgen Hochzeit! Wir wollen es überall bekanntgeben.«

Am selben Tag noch erfuhren die Bewohner der ganzen Umgebung, daß am nächsten Tag Timos Hochzeit gefeiert werden sollte. Alle jungen Mädchen außer einer waren traurig. Sie fragten sich, warum ein so schöner junger Mann überhaupt heiraten und sich mit einem einzigen Mädchen begnügen müsse. Solange ihm noch alle ihre Türen offenstanden, brauchte er ihnen die seine doch nicht vor der Nase zuzuschlagen.

Gleichzeitig allerdings beglückwünschten sie ihn überschwenglich, mit Stimmen, die um so mehr fröhlich klangen, als die Fröhlichkeit falsch war.

Man erinnerte sich in Lappland noch lange an diese Hochzeit.

Das Fest selbst wies nichts Besonderes auf, außer den köstlichen Kuchen, die am Abend vorher von geschickten Händen gebacken worden waren. Wie immer bei solchen Gelegenheiten gab es viele Besucher, viel Lärm, viel Lachen und Ausgelassenheit.

Am Tisch der geladenen Gäste fanden sich die Verwandten und Freunde zusammen. Die jung Verheirateten saßen natürlich nebeneinander, aber wie durch Zufall war der Platz rechts neben Timo leer. Ein Freund, der dort sitzen sollte, war noch nicht eingetroffen; wahrscheinlich hatte ihn der Schneesturm gehindert, rechtzeitig zu kommen.

Plötzlich stand der Bräutigam auf und bat seinen Bruder, seinen Platz einzunehmen und sich während der kurzen Zeit, da er weggehe, um seine junge Frau zu kümmern.

»Ich komme bald wieder«, sagte er mit ruhiger und ganz natürlicher Stimme. »Das Fest soll während meiner Abwesenheit weitergehen, als ob ich bei euch wäre. Achtet darauf, daß mein Bruder Leo meine Frau bis zu meiner Rückkehr nicht allein läßt.«

Timo kam nicht zurück, und man begann ihn überall zu suchen. Aber der Schneesturm hatte alle Spuren verweht.

»Die Götter mögen wissen, was aus ihm geworden ist«, sagte die Braut am Arme Leos.

Ja, die Götter wissen, was aus ihm geworden ist, und ebenso die Erzähler dieser Geschichte, denn wenn sie es nicht wüßten, würden sie nicht wagen, sie zu erzählen.

Timo hatte nicht einmal an seinen Freund Jussi gedacht, während er die junge Frau an den Hochzeitstisch führte. Aber als alle auf ihrer beider Gesundheit, die Gesundheit des Hochzeitspaares, tranken, da fühlte er einen ganz leichten Druck gegen seinen rechten Arm: das war Jussi.

»Du siehst, ich halte mein Versprechen«, sagte er. »Aber wir können hier nicht miteinander reden. Komm! Gehen wir eine Weile hinaus.«

Das geschah in jenem Augenblick, als Timo aufstand und die junge Frau seinem Bruder Leo anvertraute.

Draußen sagte Jussi: »Ich kann dir unmöglich alles erzählen, was ich nach meinem Tode erlebt habe. Außerdem darfst du jetzt dort drinnen nicht fehlen. Geh zurück, nimm den Platz neben deiner Frau wieder ein. Ich wollte dir nur beweisen, daß ich mein Versprechen halte. Leb wohl!«

»Darf ich dich nicht begleiten?« sagte Timo. »Und wenn es nur eine kurze Strecke wäre. Danach gehe ich gleich zu meiner Frau zurück.«

»Keiner kann dorthin gehen, wo ich bin«, sagte Jussi. »Es sei denn, er wäre tot.«

»Ich werde so tun, als ob ich tot bin, Jussi, genau wie du es gemacht hast, als die Bärin dich angriff.«

»Ja, aber der Tod ist dann sehr schnell gekommen, mich zu holen, und er hat nicht nur so getan, als sei er der Tod.«

Timo flehte seinen Freund mit Tränen in den Augen und mit solcher Beharrlichkeit an, daß Jussi endlich nachgab.

»Versprich mir, nur einen Augenblick das anzusehen, was ich dir zeigen werde«, sagte er, »nur einen irdischen Augenblick. Danach führe ich dich sofort wieder hierher zurück. Ich werde dir einen Schlag auf die Brust geben, aber du wirst nichts fühlen.«

»Schlag zu!« flüsterte Timo. »Schlag! Töte mich für einen Augenblick.«

Timo fühlte nichts, nicht mehr, als wir den Schlaf fühlen, der kommt und uns scheinbar tötet, um uns unseren Träumen entgegenzutragen.

Timo wachte auf und hörte eine Stimme sagen:

»Er hat hier nichts zu suchen.«

Er machte die Augen auf. Eine Welle von Glückseligkeit überflutete ihn. Auf der Erde kann man seine

Freude hinausschreien, sie einkleiden in Worte; hier war nur das Schweigen jener Liebe und Seligkeit würdig, die in ihn eingetreten waren.

Für uns, die wir auf der Erde leben, würde keines unserer Worte ausreichen, das zu beschreiben, was Timo empfand. Unsere Sonne, unsere Sterne, unsere schönsten Gesichter waren nichts als ein blasser Widerschein gegen das, was sich seinem Blick enthüllte.

»Wir müssen gehen«, sagte Jussi. »Deine Frau und die Hochzeitsgäste warten auf dich.«

»Laß mich noch einen Augenblick hier, ich flehe dich an, nur einen Augenblick. Entreiße mir das Glück, hier zu sein, nicht so schnell. Wenn ich könnte, würde ich für immer hierbleiben.«

»Das kannst du nicht, Timo. Dafür müßtest du tot sein.«

»Aber wie kann ich auf die Erde zurückkehren, nach der Glückseligkeit, die ich hier gefunden habe?«

»Daran bin ich schuld«, sagte Jussi. »Ich hätte dich nicht hierher mitnehmen dürfen. Deine Seele ist noch nicht von deinem Körper befreit. Alles, was du empfunden hast, alles, was du gesehen hast, vollzog sich nur hinter einem Nebel, hinter einem Traum. Es war für dich nur ein Vorgefühl vom Königreich der Seelen. Genug jetzt! Gehen wir zurück!«

Und Jussi führte seinen Freund Timo wieder auf die Erde.

Dort war seine Hütte größer und schöner geworden. Er trat ein. Seine Frau, die Gäste, alles war verschwunden.

›Weshalb haben sie denn nicht auf mich gewartet?‹ dachte Timo. ›Ich bin doch nur einen Augenblick fortgewesen.‹

Neben der Feuerstelle spielte ein Kind mit einem Holzscheit. Im Sessel saß ein Greis, der seine Pfeife rauchte.

»Wer bist du?« fragte der Greis.

Timo nannte seinen Namen.

»Ja, ja, es gab einmal jemanden dieses Namens«, sagte der Alte. »Man erzählt sich, er sei bei seiner Hochzeit, mitten aus dem Fest heraus, verschwunden. Sicher haben ihn die Wölfe geholt oder der Schneesturm, der an jenem Tag gewütet haben soll. Lange hat seine Frau auf ihn gewartet, aber als alle Hoffnung, ihn je wiederzufinden, verloren war, hat sie den Bruder dessen geheiratet, der deinen Namen trug.

Sie war meine Großmutter, und dieses Kind, das am Feuer spielt, ist mein Enkel. Aber woher kommst du? Kein Mensch trägt in dieser Gegend mehr deinen Namen. Ich kenne dich nicht.«

»Ich habe diesen Namen nur zufällig genannt«, antwortete Timo, um den Greis nicht zu erschrecken. »Ich komme von weit her.«

Der Alte legte seine Pfeife auf den Boden und blickte Timo scharf an.

»Selbst wenn du von weit her kommst, so sehe ich nicht ein, weshalb du mir nicht deinen richtigen Namen sagen willst.«

Timo wußte nicht, was er tun sollte.

›Ein paar Augenblicke‹, dachte er, ›und fast ein Jahrhundert ist vergangen.‹

»Du kennst mich nicht, sagte Timo, »weil du noch gar nicht geboren warst, als ich . . .«

Langsam stand der Alte auf und machte eine Bewegung, als wollte er eine Fliege verscheuchen.

»Du hast hier nichts zu suchen.«

»Weshalb nicht?« fragte Timo, der sich daran erinnerte, daß ihm vor gar nicht langer Zeit ähnliche Worte gesagt wurden.

»Weil wir Geister von Verstorbenen nicht lieben. Außerdem hat mein Enkel Angst vor dir.«

»Ich habe keine Angst vor ihm«, sagte das Kind und ging zu seinem Großvater. »Sieh ihn doch an! Er ist unglücklich.«

»Hilf mir, Jussi!« flüsterte Timo.

»Woher weißt du, daß mein Enkel Jussi heißt?«

Der kleine Jussi näherte sich Timo.

»Geh sofort zurück!« rief der Großvater.

Der Knabe dachte nicht daran zu gehorchen. Er machte noch einen Schritt auf Timo zu.

Außer sich schrie der Alte: »Rühr ihn nicht an! Und du, Geist eines Toten, wenn du beschlossen hast, hierzubleiben, so kann ich dich nicht verjagen, aber ich beschwöre dich, laß es nicht zu, daß das Kind dich berührt!«

Timo war verzweifelt. Weder bei den Toten noch bei den Lebenden gab es einen Platz für ihn. Wohin sollte er gehen?

Da begann er plötzlich zu vergessen, alles zu vergessen. Was hatte er hier gesucht? Und dieser Knabe, der Jussi hieß und der ihn anblickte, was wollte er von ihm?

»Gib mir die Hand!« sagte das Kind.

Der Alte fuhr aus seinem Sessel hoch, als ob seinem Enkel eine schreckliche Gefahr drohe, aber er fiel kraftlos wieder auf seinen Sitz zurück.

»Du brauchst keine Angst zu haben«, sagte das Kind und wiederholte, zu Timo gewandt: »Gib mir deine Hand, ich werde sie fassen.«

»Geh zurück, zurück zu deinem Spielzeug«, flehte der Großvater, aber das Kind ergriff die Hand, die Timo ihm hinhielt.

Und es geschah, was manchmal in Lappland geschieht, wenn man einen der Bäume anrührt, die seit Jahrhunderten abgestorben sind: sie zerfallen in Staub.

Die Hand eines Kindes hatte genügt, Timos Seele zu befreien und ihm die Rückkehr in das Königreich zu erlauben, in dem sein Freund Jussi wohnte.

Die Wildgänse

»Wie oft habe ich euch schon gesagt, daß ihr nicht hinsehen sollt, wenn die Wildgänse vorbeifliegen«, sagte die Großmutter zu ihren Enkelinnen Tania und Mania. »Ich habe wohl gemerkt, wie ihr beiden, die Nase in der Luft, mit offenen und weit aufgerissenen Augen am Ufer gestanden habt.«

»Was ist denn Böses dabei?« fragte Mania eigensinnig und blickte die Großmutter mit ihren schwarzen Augen aufsässig an.

Mania, die des Glaubens war, sie sei nur zu dem Zweck auf die Welt gekommen, um ihren Willen durchzusetzen, stieß sehr ungern auf Widerstand. Ihre Schwester Tania sagte nichts und senkte den Kopf. Sie hatte schon oft bemerkt, daß die Großmutter, die immerhin eine gewisse Anzahl von Jahren älter war als sie und ihre Schwester, sehr wohl wußte, was sie sagte. Aber die kleine Tania schwankte stets zwischen der Bewunderung für ihre Großmutter und der Trägheit, sich den vielen Launen ihrer Schwester entgegenzustellen. Dabei geschah es oft, daß sie der Großmutter zwar gehorchen wollte, sich aber sehr leicht von Mania mitreißen ließ.

»Was Böses daran ist?« wiederholte die Großmutter. »Zunächst einmal ist es taktlos. Die Wildgänse merken wohl, wenn sie beobachtet werden, und das stört sie in ihrem Flug. Sie haben doch auch ihre Geheimnisse und mögen es nicht, daß man weiß, wohin sie jeden Winter ziehen.«

Mania zuckte mit den Achseln.

»Dann sind sie einfach dumm, denn ich folge ihnen doch nur mit den Blicken, und sie müßten wissen, daß selbst die schärfsten Augen ihnen nicht weit folgen können.«

Darauf wußte die Großmutter nichts zu antworten. Sie schüttelte nur ratlos den Kopf und sagte leise:

»Ich habe euch gewarnt. Macht, was ihr wollt, aber bedenkt, daß Neugier und Taktlosigkeit einen oft unversehens in Gefahr bringen können.«

»Unsere Großmutter wird eben alt«, sagte Mania zu ihrer Schwester, als sie wieder draußen waren. »Sie weiß nicht mehr, was sie redet. Welche Gefahr könnte in diesem Fall wohl drohen? Daß uns eine Feder auf den Kopf fällt? Und dann: was heißt schon Taktlosigkeit einem Vogel gegenüber! Das ist doch wirklich übertrieben. Ein Vogel ist so winzig und hat überhaupt kein Gehirn. Man kann doch zum Beispiel meinen Kopf und alles, was er enthält, nicht mit dem einer Wildgans vergleichen!«

»Eine Maus hat einen noch kleineren Kopf als ein Vogel«, wagte Tania einzuwenden, »und trotzdem weiß sie genau, was sie will.«

Mania blickte ihre Schwester verachtungsvoll an.

»Tatsächlich!« sagte sie. »Es ist für die Welt ja auch unerhört wichtig, was eine Maus tut.«

»Großmutter hat aber gesagt, daß jedes Lebewesen seinen Platz in der Welt hat und daß man Achtung haben muß vor dem, was es tut.«

»Großmutter sagt mancherlei«, entgegnete Mania spöttisch. »In ihrem Alter bleibt ihr auch nicht viel anderes mehr zu tun.«

Tania machte den Mund auf, um zu antworten, aber ihre Schwester hielt ihn ihr mit der Hand zu.

»Sieh mal, da sind wieder Wildgänse über dem See!« sagte sie. »Sie bilden immer die gleiche Gruppe am Himmel. Und sie fliegen immer in dieselbe Richtung. Wie alle phantasielosen Geschöpfe kennen sie nur einen einzigen Weg. Sie haben bestimmt nur einen einzigen Gedanken in ihrem Kopf. Ich würde mich zu Tode langweilen, wenn ich eine Wildgans wäre. Stell dir vor, man müßte mitten unter Wildgänsen leben!«

»Sieh doch!« rief Tania aufgeregt. »Sie sind über unseren Köpfen in der Luft stehengeblieben. Man könnte meinen, sie hören, was wir reden. Ich habe Angst.«

»Du Dummkopf! Und ihr da oben auch! Ihr seid Dummköpfe, Dummköpfe, Dummköpfe!« schrie Mania böse.

Ihre Stimme war so laut, daß die Großmutter den Kopf zum Fenster hinausstreckte. Dann stürzte sie plötzlich mit zitternden Beinen zur Tür der Hütte. Zu spät. Die beiden kleinen Mädchen flogen den Wildgänsen entgegen und streiften bereits den Wipfel des höchsten Baumes.

»Das ist ja wohl das Kurioseste, was uns geschehen konnte«, rief Mania ihrer Schwester zu, die dicht hinter ihr war.

Tania hatte keine so laute Stimme, daher hörte Mania ihre Antwort nicht. Sie flogen so schnell, daß der Wind ihnen um die Ohren pfiff und eine Unterhaltung erschwerte.

»Eben hat mich eine Wildgans mit ihrem Schwanz an der Nase gekitzelt«, schrie Mania. »Ich habe versucht, sie zu fangen, aber sie hat mir einen Flügelschlag auf die Hand gegeben.«

»Mir ist schwindlig«, klagte Tania, deren Kopf beinahe mit dem ihrer Schwester zusammengestoßen wäre.

»Du mußt nicht nach unten sehen.«

»Mir ist auch schwindlig, wenn ich nach oben sehe.«

»Dann mach die Augen zu!«

Sie schwiegen eine Weile. Dann fing Mania wieder an zu reden.

»Im Grunde finde ich dieses Abenteuer ganz amüsant. Das Merkwürdigste ist, daß wir ohne Flügel fliegen. Man könnte fast auf den Gedanken kommen, es seien die Wildgänse, die uns in ihrem Gefolge durch die Luft ziehen.«

»Großmutter wird sich Sorgen machen«, sagte Tania. »Wir hätten auf sie hören sollen. Jetzt bekommen wir unsere Strafe.«

»Ich muß zugeben, diese Wildgänse scheinen mir etwas Besonderes zu sein«, sagte Mania. »Vielleicht sind sie verzaubert. Aber man braucht trotzdem nicht zu glauben, daß sie viel Macht haben. Eine Gans bleibt immer nur eine Gans. Au!«

Sie war plötzlich still.

»Was hast du?« fragte Tania.

»Nichts. Irgend etwas hat mich am Finger gepickt. Man muß vielleicht doch etwas vorsichtiger sein mit dem, was man sagt.«

Die beiden Mädchen flogen schon eine gute Weile, als die Wildgänse sich einem See näherten und zur Landung an seinem Ufer ansetzten. Mania und Tania landeten ebenfalls. Die Wildgänse stillten ihren Hunger mit mancherlei Nahrhaftem, die kleinen Mädchen begnügten sich damit, wilde Beeren zu essen und ein wenig Wasser zu schöpfen.

»Jetzt hat der Scherz lange genug gedauert«, erklärte Mania. »Wir wollen wieder nach Hause. Und zwar zu Fuß, das ist sicherer.«

Aber die Wildgänse stiegen schon wieder in die Luft, und die beiden Mädchen, trotz aller Bemühungen, auf der Erde zu bleiben, stiegen ihnen nach.

»Ich hasse es, mich nach dem Willen anderer zu richten«, sagte Mania. »Diese Wildgänse nehmen überhaupt keine Rücksicht auf meine Selbstachtung.«

Wie oft die beiden Schwestern noch landen und wieder in die Luft aufsteigen mußten, erzählt die Geschichte nicht. Sicher ist jedoch, daß sie eines Tages auf einer Insel ankamen. Es schien noch weitere Inseln ringsum zu geben, die nur von Vögeln, vor allem von Wildgänsen, bewohnt wurden.

»Das ist also das geheimnisvolle Land«, sagte Mania, »diese winzige Insel, auf der man keinen Schritt tun kann, ohne fürchten zu müssen, daß man ins Meer fällt. Und dazu eine solche Reise, um auf einem lächerlichen Erdklumpen zu landen.«

»Was nützt das Schimpfen«, sagte Tania, die noch etwas leidend aussah. »Die Insel ist nicht gerade groß, das ist wahr, aber es ist nicht sehr kalt hier, und es wird einem vor allem nicht mehr schwindlig.«

»Vögel, Vögel, überall Vögel«, sagte Mania unwillig, »man könnte meinen, es gäbe nur Vögel auf der Erde.«

»Sieh doch«, rief Tania, »die Wildgänse, die uns hergebracht haben, versammeln sich. Ich glaube, sie rufen uns. Laß uns zu ihnen gehen!«

»Ich denke nicht daran. Wenn sie uns etwas sagen wollen, so ist es an ihnen, zu uns zu kommen. Ich möchte übrigens wissen, wie sie das anstellen sollten: mit uns zu sprechen!«

»Und wie wolltest du es anstellen, die Sprache der Gänse zu sprechen?« fragte Tania.

»Ich bin nicht so dumm, eine Sprache zu lernen, die so unangenehm für das Ohr ist. Übrigens sprechen sie nicht, sondern stoßen nur lächerliche Schreie aus. Aber wie dem auch sein mag, was mich im Augenblick viel mehr interessiert, ist, daß ich Hunger habe. Ich hab genug davon, nur wilde Beeren zu essen.«

Eine Wildgans löste sich von den anderen und kam langsam auf die Schwestern zu.

»Ich bin die Großmutter der Wildgänse«, sagte sie in der Menschensprache. Sie neigte den Kopf und fügte hinzu:

»Mein Name ist Feklista.«

»Mein Name ist Tania«, sagte Tania und verneigte sich ebenfalls.

Mania blickte die Gänse-Großmutter von oben herab an und sagte nichts.

»Ich heiße euch willkommen auf unserer Insel. Alles, was uns gehört, steht euch zur Verfügung«, sagte Feklista. »Ihr müßt euch mit wenigem zufriedengeben, vor allem, was die Ernährung angeht, aber ihr werdet gut behandelt werden. Ich habe schon alle gebeten, besonders höflich und entgegenkommend zu euch zu sein. Allerdings gibt es gewisse Vorschriften, denen ihr euch unterwerfen müßt.«

»Ich mich unterwerfen!« rief Mania. »Noch dazu Vorschriften, die von dummen Vögeln erfunden sind! Ausgerechnet ich, die ich meistens nicht einmal meiner eigenen Großmutter gehorche.«

Feklista blickte sie aufmerksam an, wobei sie die Flügel hob und senkte, was bei den Wildgänsen dasselbe ist wie ein Achselzucken bei uns.

»Folgt mir«, sagte sie, »ich will euch eure Wohnung zeigen.«

Sie führte die beiden zu einer kleinen verlassenen Fischerhütte. Drinnen war es sauber, es gab sogar einen kleinen Herd und zwei Betten, ausgestattet mit Gänsefedern.

Tania klatschte in die Hände.

»Das ist wunderhübsch«, sagte sie, »wenn es nachts kalt wird, können wir sogar heizen.«

»Du hast also Streichhölzer?« spottete Mania.

»Es gibt viel Holz auf unserer Insel«, sagte die Gänse-Großmutter.

»Und wie zündet ihr es an? Wahrscheinlich indem ihr von oben darauf blast?« Mania fand ihren Einfall sehr komisch und lachte ausgiebig.

Feliksta wartete, bis sie aufgehört hatte, dann sagte sie ruhig: »Wir heizen auch, wenn es kalt ist. Unser Freund, der Kormoran, hilft uns dabei. Er ist ganz schwarz darüber geworden, wir haben ihn unseren Köhler genannt.«

Sie ging hinaus und rief. Sogleich kam der Kormoran und beugte seinen langen schwarzen Hals respektvoll vor der Gänse-Großmutter.

»Zeige, wie du es uns warm machst!« sagte sie.

Der Kormoran verschwand und kam bald mit trockenen Zweigen zurück, die er in den Herd legte.

»Und nun liefere du uns Feuer!« sagte Mania zu der Gänse-Großmutter. »Das sollte einer Hexe doch leichtfallen.«

»Ich habe tatsächlich etwas von einer Hexe, aber Feuer liefern kann ich nicht«, sagte Feklista.

»Genau das habe ich mir gedacht«, rief Mania triumphierend. »Es genügt eben nicht . . .«

Sie sprach nicht weiter, denn der Kormoran, der einen Augenblick fortgegangen war, kam zurück mit einem langen Zweig, dessen Ende in Flammen stand. Er legte ihn zu den anderen Zweigen, und bald brannte das Feuer im Herd lichterloh.

»Und jetzt möchte ich euch einladen, bei mir zu essen. Hinterher könnt ihr zurückkehren in diese Hütte, um euch auszuruhen«, sagte Feklista zu den beiden Schwestern.

Unterwegs kamen sie an einem Hügel vorbei, und Mania kletterte hinauf, ohne um Erlaubnis gefragt zu haben. Zuvorkommend wartete Feklista, wobei Tania ihr Gesellschaft leistete, am Fuße des Hügels, bis Mania wieder herunterkam.

»Das ist ein kleiner Vulkan«, rief Mania, als sie endlich wieder erschien. »Der Kormoran brauchte nur den Zweig in den Krater zu halten, um ihn in Brand zu setzen. Er hat also keinerlei Ursache zu prahlen, denn nichts ist leichter, als auf diese Weise Feuer zu machen.«

»Niemand hat behauptet, daß es schwer wäre«, sagte die Gänse-Großmutter, die sich wieder in Bewegung setzte.

Sie wohnte in einer kleinen Felsenhöhle am Meer. Wie auf einem Thron saß sie auf ihrem Nest und bat Mania und Tania, es sich neben ihr bequem zu machen. Dann stieß sie einen Schrei aus, und es erschienen zwei Gänse, die den beiden Schwestern zwei Fische zu Füßen legten.

»Ich mag keine rohen Fische«, erklärte Mania.

»Sie sind an der Sonne gebacken worden«, sagte Feklista. »Aber ich hatte euch schon gesagt, daß ihr euch mit wenigem zufriedengeben müßt. Wir sind arm.«

»Anstatt uns zu bedauern, tätet ihr besser daran, uns nach Hause zu schicken«, sagte Mania.

»Das hängt nicht von mir ab«, antwortete Feklista.

»Außerdem«, fuhr Mania fort, ohne auf Feklistas Worte zu hören, »wer hat denn die Wildgänse gebeten, uns hierher zu entführen? Sie müssen uns sofort zu unserer Großmutter zurückbringen.«

»Sie bringen euch zu eurer Großmutter zurück, wenn es Frühling wird«, sagte Feklista. »Nur werdet ihr dann nicht ohne Flügel fliegen können.«

»Und wer macht uns Flügel?« fragte Tania.

»Ich. Aber es hängt von euch ab.«

Ungeduldig rief Mania: »Dann verlange ich, daß du sie uns sofort machst. Ich habe nicht die Absicht, bis zum Frühjahr bei euch zu bleiben, rohe Fische zu essen und Tag und Nacht euer Gekreisch anzuhören.«

Tania schämte sich für ihre Schwester und sagte: »Diese Dame wird glauben, unsere Großmutter hätte uns schlecht erzogen.«

»Schweig doch! Was fällt dir ein, dieses lächerliche hirnlose Tier ›Dame‹ zu nennen! Solchen armen Geschöpfen gegenüber braucht man nicht höflich zu sein.«

Tania schämte sich noch mehr und sagte: »Großmutter hat gesagt, daß man gerade zu den ärmsten Geschöpfen am höflichsten sein muß.«

»Jedes, selbst das unbedeutendste Geschöpf hat das Recht, auf dieser Erde zu leben, sonst würde es gar nicht vorhanden sein«, sagte Feklista.

Mania rief böse: »Wir möchten keine weisen Reden von dir haben, sondern Flügel.«

Die Gänse-Großmutter bückte sich und nahm einen Fisch in den Schnabel. Sie legte ihn auf den Rand ihres Nestes und begann ihn vorsichtig zu verspeisen. Sehr behutsam, so als habe sie Angst, dem Fisch weh zu tun, löste sie das Fleisch und bemühte sich, keine Gräte zu zerbrechen. Zuletzt blieben nur der Kopf, der Schwanz und die unverletzten Gräten übrig.

Mania, die ihr zusah, konnte sich nicht enthalten, ihr Erstaunen zu äußern:

»Ich habe geglaubt, daß Vögel eurer Art die Fische ganz und gar hinunterschlingen. Habt ihr nicht einen ziemlich groben Magen, der alles verträgt?«

»Es stimmt«, antwortete Feklista, »daß es gewisse Vögel gibt, die die Fische mit den Gräten hinunterschlingen. Das sind Egoisten. Sie denken nur an sich selbst und nicht an die armen Fische. Es ist genauso, wie wenn man eine Frucht mit ihrem Kerngehäuse verschluckt. Auf diese Weise tötet man unwiderruflich, was noch wiederaufleben könnte.«

Mania lachte laut heraus.

»Pflanzt ihr etwa die Überreste der Fische, deren Fleisch ihr gegessen habt, in die Erde, damit sie neu wachsen können wie ein Baum?«

Feklista lachte nicht. »Nein«, sagt sie, »wir pflanzen sie nicht in die Erde. Wir haben andere Mittel, den Fischen ihr Leben und ihr Fleisch wiederzugeben.«

Mania zuckte geringschätzig die Achseln.

»Natürlich, wenn man eine Hexe ist, glaubt man sich zu allem fähig.«

»Meine lieben Kinder«, sagte die Gänse-Großmutter von der Höhe ihres Thrones herab, »es geht nicht darum, wessen ihr mich für fähig haltet oder nicht. Ihr seid hier auf einer verzauberten Insel, wo Dinge vor sich gehen, die an keinem andern Ort geschehen. Ich bitte euch also, wie ich euch schon einmal sagte, gewisse Vorschriften zu beachten. Ihr habt gesehen, auf welche Art ich den Fisch gegessen habe. In eurem eigenen Interesse rate ich euch, es genauso zu machen.«

Einige Gänse näherten sich und legten neben das Nest der Großmutter Skelette von Fischen, deren Kopf, Schwanz und Gräten ganz unversehrt waren. Währenddessen aß Tania, die Hunger hatte, ihren Fisch, wobei sie vorsichtig das Fleisch abhob, ohne eine einzige Gräte zu zerbrechen oder auch nur zu knicken. Als sie fertig war, legte sie die Reste ihres Fisches zu den Skeletten, die die Gänse gebracht hatten.

»Sehr gut«, sagte Feklista.

Aber sie sagte nichts, als Mania ihr das Skelett ihres Fisches zuwarf. Das Rückgrat, das Kopf und Schwanz verband, war in der Mitte gebrochen, und mehrere Gräten waren roh herausgerissen.

Am nächsten Tag sah Mania einen Fisch im Meer, der im Kreis schwamm. Obwohl er mit seinem Schwanz verzweifelt ausschlug, kam er immer an dieselbe Stelle zurück. Er sah unglücklich und krank aus.

Die Gänse-Großmutter beobachtete ihn voller Mitleid.

»Da siehst du es«, sagte sie zu Mania. »Durch dich ist er zu einem so trostlosen Dasein verdammt. Es ist mir nicht gelungen, ihm das Rückgrat, das du zerbrochen hast, geradezurichten.«

Mania schwieg. Aber von diesem Tage an wuchs die Zahl der verkrüppelten Fische; ihnen allen fehlte irgend etwas, und sie schwammen mühsam und ohne jede Munterkeit.

Auch die Gänse beklagten sich bitter: Mania aß ihre Eier auf.

Eines Tages fand man den kleinen Vulkan erloschen: Mania hatte aus Spaß Wasser in seinen Krater gegossen.

Die Gänse-Großmutter, saß zwei Tage und zwei Nächte ununterbrochen auf dem Vulkan und flehte ihn an, sein Feuer wieder anzufachen.

Mania, die frieren mußte, weil ihre Hütte nicht mehr geheizt werden konnte, ließ den kleinen Vulkan in Ruhe, erfand aber andere Streiche, um die Gänse herauszufordern. Mit einem Stock bewaffnet, näherte sie sich lautlos einer Gans, die auf ihrem Nest schlief, und schlug nach ihr.

Großmutter Feklista sagte nichts, blickte Mania aber ratlos an und schüttelte betrübt den Kopf.

Endlich wurde es Frühling. Seit einiger Zeit schon verließen die Gänse die Insel. In kleinen Gruppen flogen sie nordwärts.

Eines Morgens trat Feklista in die Hütte der beiden Schwestern und sagte: »Jetzt ist der Augenblick gekommen, da ihr wieder dorthin reisen könnt, wo eure Großmutter euch mit Ungeduld erwartet. Die Gänse, die euch hierhergebracht haben, werden wieder eure Führer sein. Aber ihr müßt wissen, daß es zwar leicht ist, nach Süden zu reisen, aber sehr schwierig, zum Norden hinaufzukommen. Ich habe euch schon gesagt, daß ihr diesmal Flügel braucht. Die zwei Paare, die ich euch gemacht habe, sind gleich groß. Ich selber werde auch mit euch fliegen, aber man kann nie voraussehen, was unterwegs geschieht.«

Zu Beginn der Reise hatten Mania und Tania keine Schwierigkeiten, sich ihrer Flügel zu bedienen. Die Gänse-Großmutter flog neben ihnen und achtete auf sie. Schon hatten sie das Meer beinahe hinter sich, die Küste war nahe, als Mania plötzlich eine große Müdigkeit befiel. Mühsam hob sie die Flügel und ließ sie wieder fallen; das Atmen wurde ihr schwer, der Kopf drehte sich ihr. Da ordnete Großmutter Feklista an, daß alle auf das Ufer niedergehen sollten. Mania landete als erste, so schwerfällig, daß ihre Flügel brachen.

Sie saß im Sand des Ufers und weinte und beschwerte sich, Feklista habe ihre Flügel absichtlich, um sie zu strafen, zu schwer gemacht.

»Nicht deine Flügel sind zu schwer«, sagte Feklista, »sondern du bist es. Du hast nie an etwas anderes gedacht als an dich und dein Vergnügen. Du quältest die andern, ohne dir Gedanken zu machen über die Leiden, die du ihnen zufügtest. So ist deine Seele immer kleiner geworden. Der Körper aber ist schwer, wenn er keine Seele mehr in sich hat, die ihn emporhebt.«

»Du hättest mir doch nur eine Seele zu machen brauchen, so daß ich leichter geworden wäre«, sagte Mania schluchzend. »Du wußtest, daß ich zu schwer zum Fliegen war.«

Die Wildgänse machten sich fertig, um weiterzureisen. Tania erklärte, sie werde bei ihrer Schwester bleiben.

»Nein«, sagte Feklista. »Eure Großmutter ist schon genug in Sorge. Du wirst ihr sagen, daß Mania zu Fuß kommt. Steig du jetzt wieder in die Luft! Ich werde bei deiner Schwester bleiben.«

Tania und die Wildgänse waren nur noch kleine Punkte am Horizont, als Mania aufhörte zu weinen.

»Komm, wir wollen gehen!« sagte Feklista. »Der Weg ist weit. Verlier den Mut nicht, ich werde dich nicht allein lassen.«

Die Wanderung war sehr beschwerlich, vor allem am Anfang. Mania mußte arbeiten, um sich ihre Nahrung und ihr Nachtlager zu verdienen. Und da sie hochmütig mit den Leuten sprach, wurde sie ohne Nachsicht und Freundlichkeit behandelt. Manches Mal mußte sie demütigende Arbeiten verrichten. Dann litt ihr Stolz sehr. Sie beklagte sich bei der Gänse-Großmutter, die ihr, so gut sie konnte, Trost zusprach und ihr immer, wenn es möglich war, bei ihren Arbeiten half.

Mania, die sich ohne Feklista nicht mehr behelfen konnte, begann, ihr gegenüber eine gewisse Dankbarkeit an den Tag zu legen. Einmal geschah es, daß ein Hund sich der Großmutter Feklista bemächtigte. Da ließ sich Mania in einen richtigen Kampf mit ihm ein, und es gelang ihr, ihm die Beute zu entreißen. Sie versteckte Feklista im Wald, pflegte ihre Wunden und blieb bei ihr, bis sie wieder gesund war.

Allmählich wandelte sich Manias Wesen. Sie bat nicht mehr so hochmütig um Gastfreundschaft, und die Leute zeigten sich deshalb bereiter ihr gegenüber. Oft boten sie ihr ein Lager und Nahrung, ohne irgend etwas dafür zu verlangen.

So kamen sie langsam, Schritt für Schritt, in den Norden. Da sie häufig durch Sumpfland gehen mußten, hatte Mania oft nasse Füße. Ihre Müdigkeit wurde immer größer, und die rührende Sorgfalt, mit der Feklista sie umgab, konnte nicht verhindern, daß sie krank wurde.

Da stießen die beiden im Wald auf eine verlassene Hütte. Rasch bereitete die Gänse-Großmutter ein Lager für Mania und wachte neben ihr. Der Raum drehte sich vor Manias Augen; sie hatte Fieber. Plötzlich sah sie einen Fisch, der sich ebenfalls drehte und drehte und verzweifelt immer im Kreise schwamm. Andere Fische kamen hinzu, alle krank, verstümmelt, Krüppel. Dann drehten sie sich auf einmal nicht mehr; sie lagen still im Wasser und blickten Mania starr an. In ihren Augen war so viel Traurigkeit und Wehmut, daß Mania fühlte, wie in ihrer Brust etwas schmolz.

Langsam sanken die Fische auf den Boden des Meeres, Mania sah noch ihre sterbenden Blicke. Und dann sah sie Gänse, die sich im Kreis bewegten, auf der Suche nach ihren verlorenen Eiern. Aus ihren weitgeöffneten Schnäbeln drangen Klagetöne. Wieder schmolz etwas in Manias Brust. Die Kehle war ihr eng, und Tränen der Scham und des Mitleids rollten aus ihren Augen. Sie streckte Feklista, die an ihrem Lager wachte, die Arme entgegen und sagte leise: »Verzeih mir. Ich habe viel Unrecht getan, und ich kann es nicht wiedergutmachen. Ich bin dir gegenüber immer böse gewesen, und du warst immer gut zu mir. Und nun werde ich sterben.«

Großmutter Feklista stieß einen Freudenschrei aus.

»Nein«, sagte sie, »du wirst nicht sterben. Tief in deiner Brust ist nur dein Hochmut geschmolzen. Wenn der Hochmut zergeht, wird die Seele größer. Komm schnell! Ich habe keine Zeit, dir neue Flügel zu machen. Aber du bist jetzt so leicht, daß ich dich auf meinem Rücken tragen kann.«

Bald schlief Mania in ihrem eigenen Bett. Ihre Großmutter, Tania und Feklista pflegten sie der Reihe nach. Drei Tage und drei Nächte reiste sie durch das seltsame Land zwischen Leben und Tod, dann endlich wachte sie auf, und ihre Augen hatten einen neuen Blick.

Kurze Zeit darauf verabschiedete sich die Gänse-Großmutter Feklista von ihren Gastgeberinnen und flog zurück nach ihrer verzauberten Insel auf der anderen Seite der Wälder und Meere.

Nordlicht

Am Ufer eines Sees trat der älteste Greis Lapplands zu einem jungen Mann, der dort fischte.

»Willst du meine Rentierherde haben?«

»Weshalb?« fragte der junge Mann.

»Ich habe keine Kinder, und ich werde bald sterben.«

»Was muß ich tun, um dein Erbe zu werden?«

»Mir folgen.«

Lange wanderten sie. Nach zwei Wochen brandete ihnen das Eismeer entgegen mit seinen weißen und schwarzen Wellen. Unter einem hohen Felsen, den der Ozean vergeblich zu erschüttern versuchte, stand eine Hütte aus Granit. Robben, Walfische und Möwen spielten vor der Hütte ein Spiel, dessen Regeln nur ihnen bekannt waren.

Im Innern der Hütte brannte eine Lampe, und der junge Mann blickte sie lange an, so als würde er angezogen von ihr. Das Licht, das sie verbreitete, enthielt alle Farben des Nordlichts. Oder besser noch: das Nordlicht selbst war in dieser Lampe. So dachte der junge Mann und konnte seinen Blick nicht von ihr wenden, so wie man ihn nicht vom Nordlicht lösen kann, wenn es am Himmel aufbricht und seine Lichtkaskaden auf die Erde schleudert.

»Sieh!« sagte der Alte. »Wir sind mitten im Sommer, aber in meiner Hütte ist es dunkel, und ich brauche das Nordlicht, um sie hell zu machen.«

»Aber das Nordlicht schläft doch während des ganzen Sommers und wacht nur auf, wenn die Sonne hinter dem Horizont ist«, sagte der junge Mann.

Der Alte betrachtete den Jungen, ehe er antwortete: »Ich habe das Nordlicht eingefangen in dieser Lampe, die eine Flasche ist, wie du erkennen wirst, wenn du näher hinsiehst.«

Der junge Mann bekam Angst und rief: »Du hast in dieser Flasche die Seelen der Toten eingefangen, und sie leuchten während des ganzen Sommers nur für dich?«

»Ich weiß«, antwortete der Greis, »ich habe das gestohlen, was wir in unserem Land die Seelen der Toten nennen, die den Lebenden die Polarnacht erhellen.«

»Wer bist du?« rief der Jüngling. »Bist du ein Gott, da du die Seelen der Toten in eine Flasche sperren kannst?«

Der Alte lachte. In seinen Augen leuchtete es wild auf.

»Höre!«

Aus der Flasche tönten Laute, anfangs ein Klagen oder Seufzen, dann eine Art Gesang, ebenso wild wie der Blick des Alten.

Der junge Mann hörte es. Schweiß trat ihm auf die Stirn, und sein Gesicht wurde bleich, so sehr peinigte ihn der Gesang. Er zog sich in eine Ecke des Raumes zurück und setzte sich auf den Boden. Dort wurde er so sehr von Furcht geschüttelt, daß er sein Hemd zerriß und seine Brust sehen ließ.

»Du bist stark«, sagte der Greis, »du hast genau den Körper, den ich brauche.«

Der Jüngling rannte zur Tür, aber er mochte noch so sehr an ihr rütteln, sie ließ sich nicht öffnen, gerade als ob der Wind sich von draußen dagegen stemmte, um zu verhindern, daß der junge Mann die Hütte verließ. Plötzlich wurde der Jüngling ganz ruhig. Er zitterte nicht mehr vor Furcht. Ihm wurde bewußt, daß er einer schrecklichen Gefahr gegenüberstand und daß er ihr nur begegnen konnte, wenn er alle Kräfte sammelte und seine Ruhe bewahrte.

So blickte er dem Greis ins Gesicht und sagte: »Du bist kein Gott, sondern ein Teufel, und ich werde dir meine Seele nicht verkaufen, sofern es das ist, was du von mir willst.«

Der Alte stand auf von seinem Sitz und trat zu dem Jüngling, der nicht zurückwich.

»Ich will deine Seele nicht kaufen, sondern austauschen.«

»Gegen was?«

»Gegen meine Seele. Oder, wenn du das nicht verstehst: ich werde dir deinen Körper nehmen, um dir meinen zu geben. Nein, ich glaube nicht, daß ich der Teufel bin. Aber ich habe ein Mittel gefunden, das mich vor dem Sterben bewahrt. Ich bin schon zweitausend Jahre alt.«

Der junge Mann betrachtete den Alten und dachte: ›Ich glaube es. Er ist nicht verrückt. Er wird seine Seele in meinen Körper pflanzen und die meine in seinen. Ich werde keine Jugend mehr haben. Im nächsten Augenblick schon werde ich uralt sein. Ich bin verloren, wenn nicht ein Wunder . . .‹

Der Greis lächelte. »Was ist Jugend?« sagte er. »Das ganze Leben vor dir, Leidenschaften, Elend, Hoffnungen, immer getäuscht, da doch alles vom Tod verschlungen wird. Während du jetzt in einem einzigen Augenblick dies alles überspringen wirst, um plötzlich fast am Ende deines Lebens zu stehen. Sieh mich an! Trotz meiner weißen Haare, meiner Runzeln, bin ich nicht hinfällig. Ich habe mir immer die kräftigsten Körper ausgesucht. Außerdem bin ich nicht arm. Für die kleine Zeitspanne Leben, die dir noch bleibt, wird es dir an nichts fehlen. Alles, was ich besitze, wird dein sein.«

»Ich brauche keinen Trost«, sagte der Jüngling. Seine Gelassenheit begann den Alten zu beunruhigen.

»Noch nie während meines langen Lebens habe ich einen so gleichgültigen Menschen gesehen. Du fragst nicht einmal, wie wir es anstellen werden, unsere Seelen auszutauschen.«

»Ich bin nicht neugierig.«

»Nun gut, neugierig oder nicht, du wirst mir jetzt zuhören. Du kannst dir wohl denken, daß selbst der größte Hexenmeister der Erde unfähig wäre, eine solche Operation vorzunehmen. In meinem ersten Leben war ich Hexenmeister. Ich konnte alles, nur eines nicht: den Tod aufhalten. Aber ich wollte leben. Der Tod machte mir angst.

Eines Tages fuhr ich bei Nordlicht mit meinem Boot hinaus. Das Leuchten spiegelte sich im Wasser, und dann sah ich, wie zwei oder drei Strahlen noch weiter auf den Wellen lagen, nachdem das Nordlicht erloschen war. Plötzlich fiel mein Blick auf diese Flasche in meinem Boot. Wer sie dorthin gelegt hatte, wußte ich nicht. In jenen weit zurückliegenden Zeiten kannte man solche Gegenstände noch gar nicht. Aber ich ergriff die Flasche und fing mit ihr jene drei Strahlen, die Seelen verstorbener Menschen waren. Sie ließen sich ohne Sträuben in die Flasche pressen und sagten: ›Uns ist alles andere lieber als unter den Toten im Nordlicht zu sein. Sie sind edel dort oben und tun immer nur Gutes für alle, die ihnen lieb waren auf der Erde. Wir aber haben gern Böses getan, als wir auf Erden lebten, und langweilen uns nun zu Tode, weil wir gezwungen sind, ständig Gutes zu tun. Man könnte wirklich sterben vor Langeweile. Dabei sind wir inzwischen gut genug geworden und haben es nicht nötig, noch einmal zu sterben. Verbirg uns deshalb in dieser Flasche! Dieses Gefängnis auf Erden ist immer noch besser als ewig dort oben zu sein. Wenn du irgend etwas brauchst, so werden wir es dir gern beschaffen. Die Toten haben viel mehr Macht als die Lebenden. Das ist ihr einziger Vorteil. Wir werden alles tun, was du willst, vorausgesetzt, daß es nichts Gutes ist.‹

›Ich möchte ewig auf der Erde leben‹, sagte ich.

›Das ist genau das, was wir auch wollten‹, sagten sie, ›aber der Tod hat unsere Körper gestohlen.‹

›Da ihr alles könnt‹, sagte ich, ›so helft mir, mich in einem jungen Körper niederzulassen, wenn der meine alt geworden ist.‹

›Das wäre eine lohnende Aufgabe‹, sagten sie, ›und vor allem, sie ist nicht gut. Es wird allerdings eine schwierige Operation werden. Wir könnten es versuchen, aber nur unter der Bedingung, daß du uns für immer in dieser Flasche verwahrst. Lediglich zum Austausch der Seelen werden wir für wenige Augenblicke herauskommen müssen, danach gehen wir gern wieder in unser Gefängnis. Niemals aber darf uns das Nordlicht erblicken, es würde uns sofort zwingen, zu ihm zurückzukehren.‹

Du siehst, ich habe dich vorhin ein wenig belogen«, fuhr der Greis fort, »in dieser Flasche ist nicht das ganze Nordlicht. Es sind nur drei Tote. Aber du wirst merken, mit welcher Geschwindigkeit sie unsere Seelen austauschen. Es ist wie ein Blitz. Du wirst nichts fühlen. Ich werde nichts fühlen. Plötzlich wirst du ich sein, und ich werde du sein. Aber es eilt nicht. Wir können vorher noch ein wenig reden. Ich weiß noch gar nichts von deinem Leben. Bist du verheiratet?«

»Verlobt.«

»Wird sie mir gefallen?«

Es kostete den Jüngling große Mühe, ruhig zu bleiben. Ihm war, als ob sich schon unsichtbare Hände an ihm zu schaffen machten, seine Brust durchwühlten und irgend etwas suchten.

›Ich muß ruhig bleiben‹, dachte er. ›Noch bin ich nicht verloren. Ich bin noch ich und nicht dieser schreckliche Alte.‹

»Du wirst ihr nicht gefallen«, sagte er laut.

»Aber ich werde ja du sein, und ich nehme doch an, daß sie dich liebt«, spottete der Alte. »Halt! Spring mir nicht an die Kehle! Dazu ist es zu spät. Du kannst nichts mehr tun: weder fliehen noch mich umbringen, noch die Flasche zerbrechen – was dir übrigens auch nichts helfen würde.

Hast du einen Hund? Ja? Gut, ich will dir genau erzählen, was geschehen wird. Sobald er mich erblickt, wird mir der Hund mit einem Freudengebell entgegenstürzen. Dann wird er überrascht zurückweichen. Er wird von neuem näher kommen, um mich zu beschnüffeln. Er wird ein wenig knurren, er ist nicht ganz sicher. Bin ich wirklich sein Herr? Ich habe deine Stimme, aber ich spreche andere Worte als du. Ich habe deine Augen, aber sie blicken anders. Ich habe deine Hände, aber eine andere Art, ihn zu streicheln. Einige Tage lang wird er unsicher sein, und dann hat er sich gewöhnt.

Mit deiner Verlobten wird es genauso gehen. Unaufhörlich wird sie mich fragen, was mit mir geschehen sei, warum ich so verändert wirke, weshalb ich anders mit ihr rede, sie anders küsse. Und dann, eines Tages, hat sie sich gewöhnt.

Nun zu deinen Eltern, deinen Freunden. Sie werden kommen und mich besuchen, aber ich werde nicht einmal ihre Namen wissen. Ich werde ihnen erzählen, ich hätte einen Unfall gehabt, bei dem ich auf den Kopf gefallen sei und das Gedächtnis verloren habe. Oh, ich habe Übung in allen diesen Dingen seit der Zeit, da ich Körper auswechsele.

Vielleicht wirst du eines Tages kommen und mich anklagen, dir deinen Körper gestohlen zu haben. Wer wird dir glauben? Du wirst mit deiner Verlobten sprechen. Du wirst sagen, du hättest ihr gegenüber oft ganz bestimmte Ausdrücke gebraucht, Worte der Zärtlichkeit und des Scherzes. Liebende haben immer eine eigene Sprache unter sich. Du wirst zu ihr sagen: ›Nicht er ist dein Verlobter, sondern ich bin es.‹ Was, glaubst du, wird sie tun? Wenn sie taktlos ist, wird sie dir einen Spiegel vorhalten. Du wirst sagen: ›Aber sieh meine Augen an!‹ Sie wird antworten: ›Gewiß, in deinen Augen ist Jugend, aber deine Haare sind weiß, und dein Gesicht ist voller Runzeln.‹ Und sie wird vielleicht denken, du seiest ein Hexenmeister, da du die vertrauten Worte kennst, die ihr Verlobter gebrauchte. Dann wird sie die Achseln zucken und sich abwenden mit dem Gedanken: ›Dieser Alte möchte nur versuchen, mich zu verführen.‹

Du wirst mich vielleicht umbringen wollen. Aber sobald du mir gegenüberstehst, Auge in Auge mit deinem eigenen Körper, wirst du es nicht wagen. Der Selbstmord gilt bei uns als eines der schwersten Verbrechen.«

Der Alte hielt inne. In der Stille hörte man dumpfe und ungeduldige Laute aus der Flasche dringen.

»Seid nicht so ungeduldig!« rief der Greis. »Laßt mir die Zeit, diesen jungen Mann in seinem Verhalten zu beobachten. Ich muß ihn etwas kennenlernen. Das wird mir nützlich sein, wenn ich er sein werde.«

Der Jüngling blieb unbeweglich, machte den Mund nicht auf, hörte vielleicht nicht einmal zu. Das ärgerte den Alten.

»Was ich dir erzähle, interessiert dich offenbar überhaupt nicht. Du stellst mir auch nicht einmal Fragen darüber, wie dein Leben aussehen wird, wenn du erst ich bist. Ich werde es dir sagen. Ich habe keine Familie mehr, aber mehrere Freunde. Dies hier ist nur eine unserer Wohnungen.«

Und der Alte sprach von sich selber, von seinen Freunden, seinen Rentieren. Er beschrieb genau, wo sich sein Geld befand, das er dem jungen Mann »großzügig« überlassen werde.

Der Jüngling hatte die Augen geschlossen.

»Du schläfst!« schrie der Alte. »Noch niemals, hörst du, niemals bei den dreißig Malen, als ich den Körper ausgetauscht habe, ist mir ein Mensch wie du vorgekommen. Alle hatten Angst. Alle flehten und weinten. Und du wagst es zu schlafen!«

Der Greis richtete sich zu seiner ganzen Größe auf.

»Also gut! Wenn du keine Angst hast, dann begreife wenigstens die Ehre, die ich dir antun werde. In einigen Minuten werde ich zweitausend Jahre Erdenleben in dich eintreten lassen, zweitausend Jahre angesammelten Wissens.«

Der junge Mann schlug die Augen auf.

»Wozu dient es?«

»Zu allem. Ich weiß alles. Ich habe auf alles eine Antwort. Ich bin der größte Weise der Erde.«

Der Jüngling, der ganz abwesend zu sein schien, versunken in Gedanken, murmelte:

»Was brauchst du noch mehr? Genügen dir zweitausend Jahre nicht?«

Der Greis warf den Kopf zurück. Aus seinen Augen schossen die Strahlen eines gewaltigen Hochmuts.

»Nein. Zweitausend Jahre sind mir nicht genug. Ich will meinem Schöpfer beweisen, daß ich noch dort erfolgreich bin, wo er scheitert. Er hat unsere Körper geschaffen. Er gibt ihnen einen Mund und Nahrung und verleiht unserem Blut Wärme. Nach einem langen Leben hat der Mund keine Kraft mehr, Nahrung aufzunehmen, und die Wärme im Blut macht der Kälte Platz. Der Schöpfer ist gezwungen, die Seele aus dem Körper zu holen, damit sie nicht mit ihm verwest. Um sein Versagen, den Tod, wettzumachen, hat er sich für die Seele eine andere Wohnung ausgedacht, in der es keine Würmer gibt, die sie zerfressen: die Ewigkeit.

Ich aber, ich habe meiner Seele dank jener Hilfskräfte, die diese Flasche der Ewigkeit vorziehen, das gegeben, was der Schöpfer ihr nicht hat geben können: die Unsterblichkeit auf Erden. Ich habe den Tod besiegt.«

»Aber nicht die Würmer«, sagte der Jüngling.

»Was willst du damit sagen?«

»Deine Seele ist ein alter Pilz, der von Würmern zerfressen ist.«

Der Alte, immer mehr beunruhigt von der Gelassenheit des Jungen, schrie: »Noch niemals hat ein Mensch es gewagt, so mit mir zu reden. Hast du die Augen eines Hexenmeisters, daß du meinst erkennen zu können, was in meiner Seele vor sich geht?«

»Es gibt viele Dinge, die man nicht sehen kann, von denen man aber trotzdem weiß, wie sie sind. Ich weiß, daß deine zweitausend Jahre alte Seele von Würmern zerfressen ist.«

Es wurde ganz still. Selbst das Gemurmel in der Flasche hatte aufgehört, und die Strahlen, die von dort ausgingen, waren fahl, beinahe farblos geworden. Der Alte hielt den Kopf auf die Brust gesenkt. Aller Hochmut war aus seinen Augen verschwunden, und man sah in ihnen nur große Müdigkeit. Er machte den Eindruck eines gefallenen Gottes, der zum ersten Male begreift, weshalb er gefallen ist.

Er legte die Hand auf seine Brust, als wollte er unsichtbare Würmer daraus verscheuchen. Nicht sein Körper, sondern seine Seele war ihm plötzlich eine unerträgliche Last geworden. Sie hatte tatsächlich ein Gewicht von zweitausend Jahren. Der Greis begriff, daß der Jüngling recht hatte: seine Seele war verwest, zerfressen vor lauter Alter.

Er hob den Kopf und dachte: ›Was macht es aus? Meine Seele kann nicht sterben. Sie fühlt sich alt in einem alten Körper. Sobald sie in einem jungen Körper ist, wird sie nicht mehr so schwer, nicht mehr so müde sein.‹

Er wandte sich zu der Flasche: »Habt keine Angst! Kein einziger Wurm, selbst wenn er unsichtbar ist, kann unsere Seelen zerfressen. Dieser junge Mann hat uns nur erschrecken und uns die Kraft rauben wollen, um die Operation zu verhindern. Fangen wir jetzt an! Es wird Zeit, daß ich in seinen Körper übergehe und er in meinen. Beeilen wir uns!«

Die Strahlen in der Flasche bekamen ihre leuchtenden Farben zurück. Ihre Stimmen, anfangs noch dumpf, wurden lauter und wilder.

Seit geraumer Zeit schon betete der junge Mann. Seine

Großmutter, die ihn sehr geliebt hatte, war tot. Er flehte sie an, ihm zu Hilfe zu kommen.

»Ich weiß, daß das Nordlicht im Sommer schläft«, sagte er zu ihr, »aber es muß doch irgendwo sein. Wecke es auf, bitte, wecke es auf!«

»Bereite dich vor!« befahl der Greis. »Komm hierher zu mir!«

Der Jüngling blickte durch das Fenster zum Himmel. Es war dunkel trotz der Mitternachtssonne, die matt auf dem Meer schimmerte. Der Alte ergriff die Flasche und öffnete sie.

Sogleich spürte der junge Mann Hände in seiner Brust. Sie suchten seine Seele und wollten sie von seinem Körper lösen.

Da flammte plötzlich ein riesiger Schein über den Himmel. Das Nordlicht breitete seine Strahlen aus, als ob eine gewaltige Blume ihre Blüten öffnete. Eines ihrer Blütenblätter drang durch das Fenster in die Hütte. Da verschwanden die Hände aus der Brust des Jünglings. Er stieß einen Freudenschrei aus. Das Nordlicht erlosch, und es war nur noch die Sonne da, die sich fern auf den Wellen schaukelte.

»Wo seid ihr?« schrie der Greis. »Kommt zurück in eure Flasche! Wir werden die Operation an einem anderen Tag mit einem anderen Jüngling machen. Dieser ist nicht geheuer. Kommt zurück! Ohne euch bin ich verloren.«

Mit der Flasche in der Hand riß er die Tür auf. Er schwankte. Der junge Mann, der jetzt Mitleid empfand, stützte ihn, damit er nicht fiel.

Weinend klagte der Alte: »Das Nordlicht hat sie zurückgeholt. Sie werden niemals wiederkommen. Ich habe die Unsterblichkeit verloren.«

Er trat an das Ufer des Meeres und schleuderte die leere Flasche gegen einen Felsen. Sie zersplitterte. Er selber fiel tot zu Boden.

Der junge Mann kehrte nach Hause zurück und erzählte seiner Verlobten alles, was ihm geschehen war. Sie wollte es nicht glauben. Keiner wollte es glauben.

»Wieso glaubt ihr dann«, sagte er, »daß die Toten uns im Nordlicht beschützen?«

Den Skoltlappen
sind folgende Geschichten zuzuschreiben:
Der Seehund · Sankt Alexei · Der weiße Pelzmantel · Der Ratschlags-Verkäufer · Der See von Galajarvi · Sankt Mikolai · Marishka · Der kleine Riese · Sonia · Aschenbrödel · Der Tod der Schwiegermutter · Schicksal · Die Antwort des großen Rentiers · Der Herr über Geburt und Tod · Der Cyld · Die Erschaffung des Menschen · Das kleine Schiff · Der Flötenspieler · Milko, der Engel · Drei Brüder · Der Grobschmied · Das rote Hemd · Ossip · Die Wildgänse · Nordlicht

Bei den Utsjoki-Lappen
fand Robert Crottet die Geschichten:
Der Seidenstoff · Das sonderbare Kind · Die wandernde Pfanne · Samulis Traum · Der Walfisch · Liebespläne · Der goldene Vogel · Der große Hecht · Zwei Freunde

Zu beiden Stämmen gehören:
Die drei Libellen · Unsere Ahnen